Outros títulos de literatura da Jambô

Dungeons & Dragons

A Lenda de Drizzt, Vol. 1 — Pátria
A Lenda de Drizzt, Vol. 2 — Exílio
A Lenda de Drizzt, Vol. 3 — Refúgio
A Lenda de Drizzt, Vol. 4 — O Fragmento de Cristal
A Lenda de Drizzt, Vol. 5 — Rios de Prata
A Lenda de Drizzt, Vol. 7 — Legado
Crônicas de Dragonlance, Vol. 1 — Dragões do Crepúsculo do Outono
Crônicas de Dragonlance, Vol. 2 — Dragões da Noite do Inverno
Crônicas de Dragonlance, Vol. 3 — Dragões do Alvorecer da Primavera
Lendas de Dragonlance, Vol. 1 — Tempo dos Gêmeos

Tormenta

A Deusa no Labirinto
A Flecha de Fogo
A Joia da Alma
Trilogia da Tormenta, Vol. 1 — O Inimigo do Mundo
Trilogia da Tormenta, Vol. 2 — O Crânio e o Corvo
Trilogia da Tormenta, Vol. 3 — O Terceiro Deus
Crônicas da Tormenta, Vol. 1
Crônicas da Tormenta, Vol. 2
Crônicas da Tormenta, Vol. 3

Outras séries

Dragon Age: O Trono Usurpado
Espada da Galáxia
Profecias de Urag, Vol. 1 — O Caçador de Apóstolos
Profecias de Urag, Vol. 2 — Deus Máquina

Para saber mais sobre nossos títulos,
visite nosso site em www.jamboeditora.com.br.

R. A. SALVATORE

A Lenda de Drizzt, Vol. 3

REFÚGIO

Tradução
Carine Ribeiro

DUNGEONS & DRAGONS®
FORGOTTEN REALMS®
A Lenda de Drizzt, Vol. 3 — Refúgio

©2004 Wizards of the Coast, LLC. Todos os direitos reservados.
Dungeons & Dragons, D&D, Forgotten Realms, Wizards of the Coast, The Legend of Drizzt e seus respectivos logos são marcas registradas de Wizards of the Coast, LLC.

Título Original: The Legend of Drizzt, Book 3: Sojourn
Tradução: Carine Ribeiro
Revisão: Emerson Xavier
Diagramação: Tiago H. Ribeiro
Ilustração da Capa: Todd Lockwood
Ilustrações do Miolo: Dora Lauer e Walter Pax
Editor-Chefe: Guilherme Dei Svaldi

Equipe da Jambô: Guilherme Dei Svaldi, Rafael Dei Svaldi, Leonel Caldela, Ana Carolina Gonçalves, Andrew Frank, Cássia Bellmann, Dan Ramos, Daniel Boff, Elisa Guimarães, Felipe Della Corte, Freddy Mees, Glauco Lessa, J. M. Trevisan, Karen Soarele, Matheus Tietbohl, Maurício Feijó, Pietra Guedes Nuñez, Priscilla Souza, Tatiana Gomes, Thiago Rosa, Tiago Guimarães, Vinicius Mendes.

Rua Coronel Genuíno, 209 • Porto Alegre, RS
CEP 90010-350 • Tel (51) 3391-0289
contato@jamboeditora.com.br • www.jamboeditora.com.br

Todos os direitos desta edição reservados à Jambô Editora. É proibida a reprodução total ou parcial, por quaisquer meios existentes ou que venham a ser criados, sem autorização prévia, por escrito, da editora.

2ª edição: abril de 2022 | ISBN: 978858913487-4

Dados Internacionais de Catalogação na Publicação

S182r Salvatore, R. A.
Refúgio / R. A. Salvatore; tradução de Carine Ribeiro. — Porto Alegre: Jambô, 2018.
384p. il.

1. Literatura norte-americana. I. Ribeiro, Carine. II. Saladino, Rogerio. III. Título.

CDU 869.0(81)-311

Dramatis personae

Agorwal de Termalaine. Amigo de Drizzt.

Algazarra. Um urso marrom que mora perto do bosque de Montólio.

Angelander, o Tolo de Prata. Um dragão de prata.

Bartholomew Thistledown. Pai dos irmãos Thistledown, Bartholomew viveu toda sua vida em Maldobar.

Belwar Dissengulp. Um gnomo das profundezas que foi mutilado pelo irmão de Drizzt.

Benson Delmo. Prefeito de Maldobar.

Bruenor Martelo de Batalha. Patriarca anão do clã Martelo de Batalha e rei legítimo dos Salões de Mithral.

Caroak. Um poderoso lobo invernal, veterano de mais de cem batalhas.

Cattibrie. Uma garota humana, filha adotiva de Bruenor.

Connor Thistledown. O mais velho dos irmãos Thistledown.

Calçalargas. Um gigante das colinas que serve a Ulgulu e Kempfana.

Columba Garra de Falcão. Uma das Sete Irmãs, Columba é uma ranger que já matou muitos gigantes.

Darda. Um homem baixo e muito musculoso, com uma barba cerrada.

Dilamon. Uma ranger e antiga mentora de Montólio.

Dinin Do'Urden. Um dos irmãos de Drizzt.

Drizzt Do'Urden. Um elfo negro da cidade de Menzoberranzan, filho de Zaknafein e da Matriarca Malícia Do'Urden.

Eleni Thistledown. Uma jovem que age como uma mãe para seus irmãos mais novos.

Estalo. Um pech, amigo de Drizzt.

Flanny Thistledown. Irmã mais nova da família Thistledown.

Fredegar Esmaga-Pedra. O assistente anão de Columba Garra de Falcão.

Gabriel. Um guerreiro alto, de expressão severa, que viaja com Columba Garra de Falcão.

Graul. O chefe orc da região do Estreito do Orc Morto.

Grudby, o Inepto. Um goblin que fingiu ser um arquimago.

Guenhwyvar. Uma estatueta mágica que pode se transformar em uma pantera. Companheira leal de Drizzt.

Hephaestus. Um dragão vermelho venerável que vive nas cavernas perto de Mirabar.

Irmão Jankin. Um dos Frades Penitentes.

Irmão Herschel. Outro Frade Penitente.

Irmão Mateus. Líder dos Frades Penitentes.

Kellindil. Um arqueiro elfo que odeia os drow.

Kempfana. Irmão de Ulgulu, um filhote de barghest.

Lady Alustriel. Senhora de Lua Argêntea, uma das Sete Irmãs.

Liam Thistledown. Um menino obstinado de dez anos de idade e um notório mentiroso.

Markhe Thistledown. Pai de Bartholemew Thistledown.

Masoj Hun'ett. Um drow que já foi dono de Guenhwyvar.

Matriarca Malícia. Mãe de Drizzt e a Matriarca da Casa Do'Urden.

Mergandevinasander de Chult. Um dragão negro.

Montólio DeBrouchee. Um cego recluso que ensinou a Drizzt os caminhos dos rangers.

Nalfein Do'Urden. Um dos irmãos de Drizzt.

Nathak. Um goblin.

Piante. Coruja que atua como batedora para Montólio.

Porta-Voz Cassius. Porta-voz de Bryn Shander e o Porta-Voz Principal do Conselho Governante de Bez-Burgos.

Roddy McGristle. Um fazendeiro e caçador de recompensas.

Shawno Thistledown. O segundo irmão mais novo depois de Liam Thistledown.

Tephanis. Um célere que trabalha para Ulgulu e Kempfana.

Ulgulu. Uma terrível criatura da Gehenna que se alimenta da força vital dos mortais.

Zaknafein. Pai, mentor e amigo mais querido de Drizzt.

Prelúdio

O elfo negro sentou-se na montanha deserta, observando ansiosamente enquanto a linha avermelhada crescia além do horizonte a leste. Aquele seria talvez seu centésimo nascer do sol, e ele conhecia bem a dor que a luz abrasadora traria a seus olhos cor de lavanda — olhos que conheciam apenas a escuridão do Subterrâneo há mais de quatro décadas.

Porém, o drow não se afastou quando o topo flamejante do sol surgiu no horizonte. Ele aceitou a luz como seu purgatório, uma dor necessária para seguir o caminho que escolhera, para se tornar uma criatura do mundo da superfície.

A fumaça cinzenta flutuava diante do rosto de pele escura do drow. Ele sabia o que ela significava sem sequer olhar para baixo. Sua *piwafwi*, o manto mágico feito pelos drow que o protegera dos olhos dos inimigos tantas vezes no Subterrâneo, enfim sucumbira à luz do dia. A magia do manto tinha começado a se desvanecer semanas antes, e o próprio tecido estava simplesmente derretendo. Buracos imensos apareciam à medida que os pedaços da roupa se dissolviam, e o drow apertou os braços com firmeza para salvar o máximo que pudesse.

Não faria diferença, ele sabia; o manto estava condenado a se desfazer neste mundo tão diferente de onde fora criado. O drow agarrou-se desesperadamente a ele, vendo ali, de alguma forma, uma analogia a seu próprio destino.

O sol se ergueu mais e as lágrimas rolaram dos olhos semicerrados do drow. Ele não podia mais ver a fumaça, não podia ver nada além do brilho cegante daquela bola de fogo terrível. Ainda assim, sentou e observou durante todo o amanhecer.

Para sobreviver, teria que se adaptar.

Drizzt empurrou o dedo do pé dolorosamente contra uma fenda na pedra e desviou sua atenção de seus olhos, das tonturas que ameaçavam tomá-lo. Pensou no quão finas suas botas delicadamente tecidas haviam se tornado e sabia que elas também logo se dissolveriam.

E suas cimitarras? Será que suas magníficas armas drow, que o apoiaram durante tantas provações, deixariam de existir? Que destino teria Guenhwyvar, a pantera mágica que era sua companheira? Inconscientemente, o drow deixou uma mão cair em seu bolso para sentir a estatueta maravilhosa, tão perfeita em todos os detalhes, que ele usava para invocar a gata. Sua solidez o tranquilizou naquele momento de dúvida. Mas e se ela também houvesse sido trabalhada pelos elfos negros, e se também fosse imbuída da magia tão particular a seu domínio? Será que Guenhwyvar logo se perderia?

— Que criatura deplorável eu me tornarei — o drow lamentou em sua língua nativa. Ele se perguntou, não pela primeira vez e certamente não pela última, se sua decisão de deixar o Subterrâneo, de rejeitar o mundo de seu povo maligno, fora sábia.

Sua cabeça pendia, o suor descia em seus olhos, aumentando o ardor. O sol continuava sua ascensão e o drow não conseguiu mais suportar. Levantou e virou-se para a pequena caverna que tomara como sua casa, então, de novo, pousou distraidamente uma mão na estatueta da pantera.

Sua *piwafwi* pendia em farrapos sobre ele, servindo como uma escassa proteção contra o frio dos ventos da montanha. Não havia vento no Subterrâneo, exceto pelas ligeiras correntes que se elevavam das piscinas de magma, e nem frio, exceto pelo toque gelado de algum monstro morto-vivo. Este mundo da superfície, que o drow conhecia há vários meses, apresentava muitas diferenças, muitas variáveis... variáveis demais, ele pensava frequentemente.

Drizzt Do'Urden, porém, recusava-se a se render. O Subterrâneo era o mundo dos seus, de sua família, e naquela escuridão ele não encontraria descanso. Seguindo as exigências de seus princípios, ele havia se rebelado contra Lolth, a Rainha Aranha, a divindade maligna que seu povo reverenciava acima da própria vida. Os elfos negros, a família de Drizzt, não iriam perdoar sua blasfêmia, e o Subterrâneo não tinha buracos suficientemente profundos para escapar de seu alcance.

Mesmo que Drizzt acreditasse que o sol o queimaria por completo, como queimava suas botas e sua preciosa *piwafwi*, mesmo se ele se tornasse nada além daquela fumaça cinzenta, imaterial, espalhada na brisa da montanha gelada, manteria seus princípios e dignidade, aqueles elementos que faziam sua vida valer a pena.

Drizzt tirou os restos de sua capa e jogou-os em um buraco fundo. O vento gelado beliscou sua testa suada, mas o drow caminhava reto e orgulhoso, sua expressão firme e seus olhos lavanda bem abertos.

Este era o destino que havia escolhido.

Ao longo de outra montanha, não tão longe dali, outra criatura observava o sol nascente.

Ulgulu também havia deixado seu local de nascimento, as fendas imundas e fumegantes que marcavam o plano de Gehenna, mas o monstro não viera por sua própria vontade. Era o destino de Ulgulu, sua penitência, crescer neste mundo até conseguir força suficiente para retornar ao seu lar.

O destino de Ulgulu era o assassinato, alimentar-se da força vital dos mortais fracos ao seu redor. Agora estava perto de alcançar sua maturidade: enorme, robusto e terrível.

Cada morte o deixava mais poderoso.

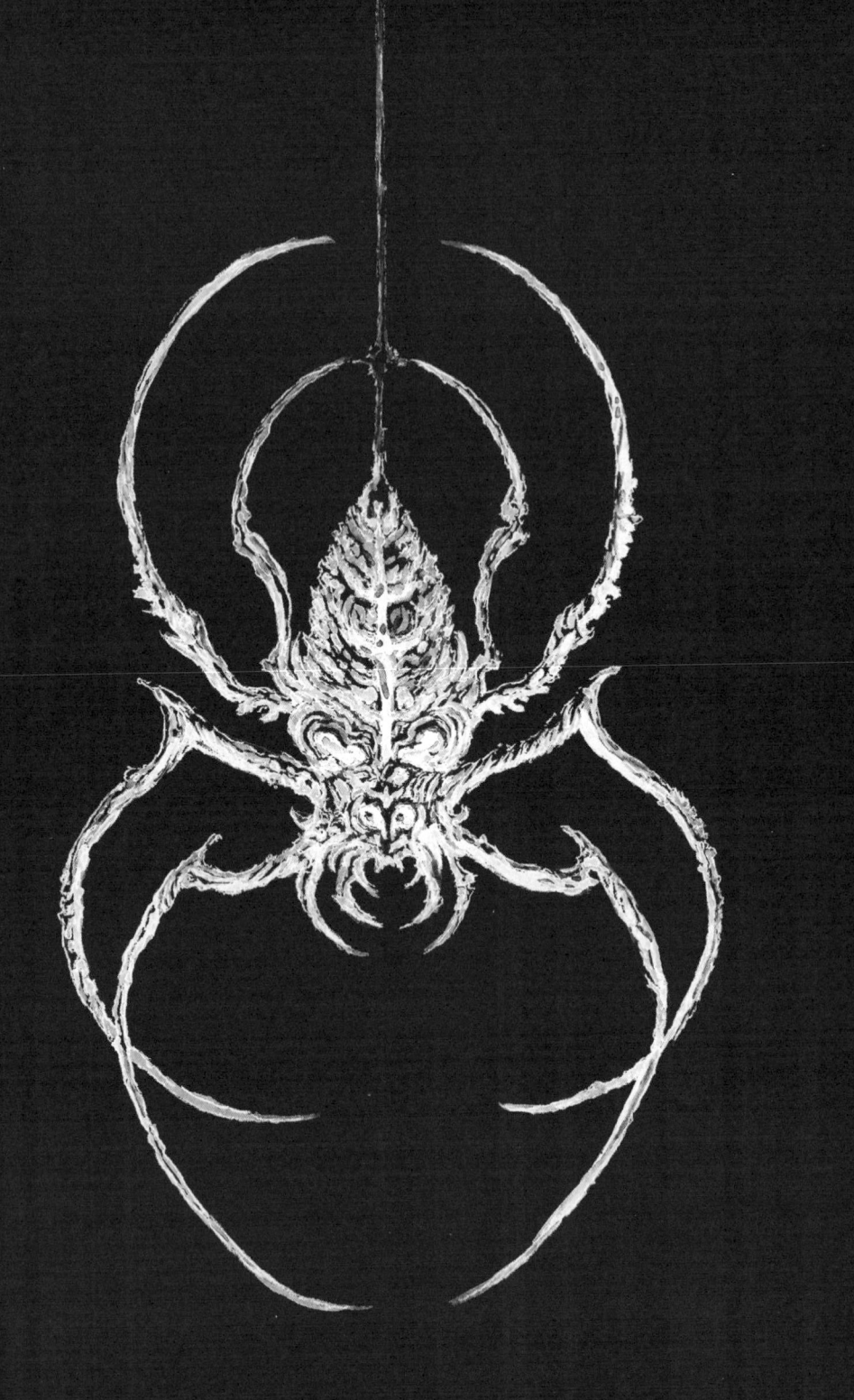

Parte 1
Aurora

Ele queimava meus olhos e fazia cada parte de meu corpo doer. Destruiu minha *piwafwi* e minhas botas, roubou a magia de minha armadura e enfraqueceu minhas confiáveis cimitarras. Ainda assim, todos os dias, sem falta, eu estava lá, sentado em meu poleiro, meu lugar na plateia, para aguardar o nascer do sol.

Ele vinha até mim a cada dia de forma paradoxal. A dor não podia ser negada, mas tampouco eu podia negar a beleza do espetáculo. As cores antes da aurora agarravam minha alma de uma maneira que nenhum padrão de emanações de calor no Subterrâneo poderia. De início achei que o meu transe fosse o resultado da estranheza da cena, mas mesmo agora, muitos anos depois, sinto meu coração saltar ao contemplar o brilho sutil que anuncia o amanhecer.

Agora sei que meu período ao sol — minha penitência diária — era mais do que um mero desejo de me adaptar ao mundo da superfície. O sol veio a se tornar o símbolo da diferença entre o Subterrâneo e meu novo lar. A sociedade da qual fugi, um mundo de relações secretas e conspirações traiçoeiras, não poderia existir nos espaços abertos sob a luz do dia.

Este sol, apesar de toda a angústia que me trouxe fisicamente, representa minha negação daquele outro mundo mais sombrio. Aqueles raios de luz reveladora reforçaram meus princípios com tanta certeza quanto enfraqueceram os itens mágicos feitos pelos drow.

À luz do sol, a *piwafwi*, o manto de proteção que enganava os olhos atentos, a vestimenta de ladrões e assassinos, não passava de um trapo esfarrapado e sem valor.

— Drizzt Do'Urden

Capítulo 1

Lições pungentes

Drizzt se arrastou por trás dos arbustos até a pedra plana e nua que levava à caverna que agora servia como sua casa. Ele sabia que algo havia passado por aquele caminho recentemente — muito recentemente. Não havia pegadas para serem vistas, mas o cheiro era forte.

Guenhwyvar circulava nas rochas acima da caverna da encosta. A visão da pantera deu ao drow um pouco de conforto. Drizzt tinha passado a confiar em Guenhwyvar de forma implícita, e sabia que a gata afastaria quaisquer inimigos escondidos para uma emboscada. Drizzt desapareceu na abertura escura e sorriu quando ouviu a pantera descer logo atrás, cuidando dele.

Drizzt fez uma pausa atrás de uma pedra do lado de dentro da entrada, deixando seus olhos se ajustarem à escuridão. O sol ainda era brilhante, embora estivesse mergulhando rapidamente no céu a oeste, mas a caverna era muito mais escura — o suficiente para Drizzt deixar a visão se adequar ao espectro infravermelho. Assim que o ajuste foi concluído, localizou o intruso. O brilho claro de uma fonte de calor, uma criatura viva, emanava de trás de outra pedra mais fundo na caverna de uma câmara. Drizzt relaxou consideravelmente. Guenhwyvar estava a poucos passos de distância então. Considerando o tamanho da rocha, o intruso não poderia ser um animal muito grande.

Ainda assim, Drizzt tinha sido criado no Subterrâneo, onde cada criatura viva, independentemente do tamanho, era respeitada e considerada perigosa. Ele gesticulou a Guenhwyvar para permanecer em posição perto da saída e se arrastou, tentando conseguir um ângulo de observação melhor do intruso.

Drizzt nunca tinha visto aquele animal antes. Parecia quase felino, mas sua cabeça era menor e mais angular. A criatura devia pesar poucos quilos. Isto, somado à cauda peluda e ao pelo espesso, indicavam que era mais um coletor do que um predador. A criatura inspecionava um punhado de comida, aparentemente sem notar a presença do drow.

— Vai com calma, Guenhwyvar — Drizzt falou com suavidade. deslizando suas cimitarras de volta às suas bainhas. Ele deu outro passo em direção ao intruso para olhá-lo melhor, embora mantivesse uma distância cautelosa para não assustá-lo, acreditando que talvez tivesse encontrado outro companheiro. Se ao menos conseguisse ganhar a confiança do animal...

O pequeno animal virou-se de repente na direção do chamado de Drizzt, suas patinhas frontais batendo rapidamente contra a parede.

— Calma, calma — disse Drizzt devagar, desta vez para o intruso. — Não vou te machucar. — Drizzt deu outro passo e a criatura sibilou e girou, suas patinhas traseiras sapateando no chão de pedra.

Drizzt quase riu em voz alta, achando que a criatura pretendia empurrar-se diretamente através da parede traseira da caverna. Guenhwyvar se curvou então, e a cautela imediata da pantera roubou a alegria do rosto do drow.

A cauda do animal subiu; Drizzt percebeu na luz fraca que a criatura tinha listras distintas correndo por suas costas. Guenhwyvar gemeu e virou-se para fugir, mas era tarde demais...

Cerca de uma hora depois, Drizzt e Guenhwyvar caminhavam pelas trilhas mais baixas da montanha em busca de uma nova casa. Eles haviam recuperado o que podiam, embora não fosse muito. Guenhwyvar mantinha uma boa distância ao lado de Drizzt. A proximidade só servia para deixar o fedor pior.

Drizzt lidou com tudo aquilo com calma, embora o mau cheiro de seu próprio corpo tivesse tornado a lição um pouco mais pungente do que gostaria. O drow não sabia o nome do animal, é claro, mas havia marcado sua aparência na memória. Ele estaria mais preparado da próxima vez que encontrasse um gambá.

— E quanto a meus outros companheiros deste mundo estranho? — Drizzt sussurrou para si mesmo. Não era a primeira vez que o drow havia manifestado tais preocupações. Ele sabia muito pouco sobre a superfície e ainda menos sobre as criaturas que viviam aqui. Passava os meses dentro da caverna e em seus arredores, com apenas incursões ocasionais até as regiões mais baixas e populosas. Lá, em suas explorações em busca de recursos, havia visto alguns animais, geralmente à distância, e até mesmo observou alguns humanos. No entanto, ainda não conseguira criar coragem de sair de seu esconderijo para cumprimentar seus vizinhos, temendo a rejeição em potencial e sabendo que não tinha para onde fugir.

O som da água corrente levou o drow e a pantera até um riacho de águas rápidas. Drizzt logo encontrou uma sombra protetora e começou a tirar suas roupas e armadura, enquanto Guenhwyvar descia um pouco na margem para tentar pescar algo. O som das patas da pantera batendo na água trouxe um sorriso ao rosto severo do drow. Eles comeriam bem esta noite.

Drizzt abriu a fivela de seu cinto e colocou suas armas requintadas ao lado de sua cota de malha. Realmente, o drow se sentia vulnerável sem a armadura e suas armas — nunca as teria deixado tão longe de seu alcance no Subterrâneo —, mas muitos meses se passaram desde a última vez que Drizzt precisara usá-las. Ele olhou para as cimitarras e foi inundado pelas lembranças amargas da última vez que as usara.

Ele havia lutado contra Zaknafein, seu pai, mentor e amigo mais querido. Apenas Drizzt havia sobrevivido ao combate. O lendário mestre de armas se fora, mas o triunfo naquela luta pertencia tanto a Zak quanto a Drizzt, porque não era realmente Zaknafein quem havia vindo atrás de Drizzt naquelas pontes de uma caverna cheia de ácido. Pelo contrário, era o espectro de Zaknafein, sob o controle da maligna mãe de Drizzt, Matriarca Malícia, que buscava vingança contra seu filho por sua renúncia a Lolth e à caótica sociedade drow. Drizzt havia passado mais de trinta anos em Menzoberranzan, mas jamais aceitara os comportamentos malignos e cruéis que eram a norma na cidade drow. Ele tinha sido um motivo constante de constrangimento para a Casa Do'Urden, apesar de sua considerável habilidade com as armas. Quando fugiu da cidade para viver exilado no Subterrâneo selvagem, Drizzt fez que sua mãe, uma alta sacerdotisa, perdesse as boas graças de Lolth.

Como consequência, Matriarca Malícia Do'Urden reergueu o cadáver de Zaknafein, o mestre de armas que havia sacrificado a Lolth, e mandou a coisa morta-viva atrás de seu filho. Malícia calculara mal, porém, porque boa parte da alma de Zak permaneceu em seu cadáver, o suficiente para que ele se negasse a atacar Drizzt. No instante em que Zak conseguiu quebrar o controle de Malícia, gritou em triunfo e saltou para o lago de ácido.

— Meu pai — sussurrou Drizzt, tirando força das palavras simples. Ele havia conseguido ter sucesso onde Zaknafein falhara; havia abandonado os caminhos malignos dos drow, dos quais Zak tinha sido prisioneiro durante séculos, agindo como um peão nos jogos de poder de Matriarca Malícia. No fracasso de Zaknafein, e em seu consequente fim, o jovem Drizzt encontrou força; na vitória de Zak na caverna de ácido, Drizzt encontrou determinação. Drizzt havia ignorado a rede de mentiras que seus antigos professores da Academia em Menzoberranzan haviam tentado tecer e finalmente havia se dirigido à superfície para começar uma nova vida.

Drizzt estremeceu quando entrou no riacho gelado. No Subterrâneo, ele conhecera apenas temperaturas bastante constantes e a escuridão invariável. Aqui, no entanto, o mundo o surpreendia a cada passo. Já havia notado que os períodos da luz do dia e da escuridão não eram constantes; o sol se punha mais cedo a cada dia e a temperatura — que, ao que parecia, variava de uma hora para a outra — vinha caindo constantemente durante as últimas semanas. Mesmo dentro desses períodos de luz e trevas havia algumas inconsistências. Algumas noites eram visitadas por uma esfera de prata brilhante e alguns dias eram cobertos de cinza em vez da cúpula azul brilhante.

Apesar de tudo isso, Drizzt geralmente se sentia confortável com sua decisão de vir a esse mundo desconhecido. Olhando para as armas e a armadura jogadas no chão nas sombras a uma dúzia de metros de onde se banhava, Drizzt teve que admitir que a superfície, apesar de toda sua estranheza, oferecia mais paz do que qualquer parte do Subterrâneo.

Apesar de sua tranquilidade, Drizzt ainda estava em uma área selvagem. Já estava há quatro meses na superfície e ainda se encontrava sozinho, exceto quando conseguia convocar sua companheira felina mágica. Agora, desnudo, exceto por suas calças esfarrapadas, com os olhos ardendo depois do ataque do gambá, com seu sentido de olfato perdido dentro da nuvem de seu próprio aroma pungente e seu senso de audição, normalmente afiado, embotado pelo barulho da água corrente, o drow estava de fato vulnerável.

"Devo estar um farrapo", pensou, passando os dedos esguios por seus cabelos grossos e brancos. Quando olhou de volta para o equipamento, o pensamento foi lavado rapidamente da mente de Drizzt. Cinco formas toscas mexiam em seus pertences e, sem dúvida, importavam-se muito pouco com a aparência esfarrapada do elfo negro.

Drizzt analisou a pele acinzentada e os focinhos escuros dos humanoides de feições canídeas e dois metros de altura, mas, em especial observava as lanças e as espadas que empunhavam. Ele conhecia esse tipo de criatura, uma vez que já as havia visto servindo como escravas em Menzoberranzan. Nessa situação, no entanto, os gnolls pareciam muito diferentes, mais ameaçadores do que Drizzt se lembrava.

Ele considerou por um instante a ideia de correr até as cimitarras, mas descartou o plano, sabendo que uma lança o espetaria antes de chegar perto. O maior gnoll do bando, um gigante de quase dois metros e meio de altura com uma pelagem vermelha impressionante, olhou para Drizzt por um longo momento, olhou o equipamento do drow e então tornou a olhar para ele.

— No que está pensando? — Drizzt murmurou em voz baixa. Drizzt, na verdade, sabia muito pouco sobre os gnolls. Na Academia de Menzoberranzan, ensinaram que os gnolls eram uma raça goblinoide maléfica, imprevisível e bastante perigosa. Ele também ouvira o mesmo sobre os elfos da superfície e os humanos — e, agora percebia, sobre quase todas as raças que não fossem os drow. Drizzt quase riu alto apesar de sua dificuldade. Ironicamente, a raça que mais merecia aquele manto de imprevisibilidade maligna eram os próprios drow!

Os gnolls não fizeram outros movimentos e não proferiram nenhum comando. Drizzt entendia sua hesitação ao ver um elfo negro e sabia que deveria se aproveitar daquele medo natural se quisesse ter alguma chance. Ao invocar as habilidades inatas de sua herança mágica, Drizzt acenou com a mão esquerda e contornou os cinco gnolls com as inofensivas chamas púrpuras.

Uma das feras caiu imediatamente no chão, como Drizzt tinha esperado, mas os outros pararam diante de um sinal da mão estendida de seu líder mais experiente. Eles olharam nervosos ao redor, aparentemente se perguntando sobre a sabedoria de continuar tal encontro. O chefe dos gnolls, no entanto, já tinha visto o inofensivo fogo feérico antes, em uma briga com um infeliz — e agora falecido — ranger e sabia o que era.

Drizzt ficou tenso e tentou determinar seu próximo passo.

O chefe dos gnolls olhou ao redor para seus companheiros, como se estivesse estudando o quão completamente estavam cercados pelas chamas dançarinas. A julgar pelo feitiço, não era um plebeu drow comum que estava no córrego — ou Drizzt esperava que o chefe estivesse pensando nisso.

Drizzt relaxou um pouco quando o líder baixou a lança e indicou para os outros fazerem o mesmo. O gnoll então latiu um emaranhado de palavras que soavam ao drow como sons sem sentido. Ao ver a confusão óbvia de Drizzt, o gnoll gritou algo na língua gutural dos goblins.

Drizzt entendia a linguagem goblin, mas o dialeto do gnoll era tão estranho que ele conseguiu decifrar apenas algumas palavras. "*Amigo*" e "*líder*" estavam entre elas.

Cauteloso, Drizzt deu um passo em direção à margem. Os gnolls cederam terreno, abrindo caminho até seus pertences. Drizzt deu outro passo hesitante, depois ficou mais à vontade quando notou uma forma felina escura agachada nos arbustos a uma curta distância. A seu comando, Guenhwyvar, em um único salto, chegaria direto ao bando de gnolls.

— Você mais eu caminhar juntos? — Drizzt perguntou ao líder gnoll, usando a língua goblin e tentando simular o dialeto da criatura.

O gnoll respondeu com um grito apressado e a única coisa que Drizzt achou que entendia era a última palavra da pergunta:

— ... aliado?

Drizzt assentiu devagar, esperando entender completamente o que a criatura queria dizer.

— Aliado! — o gnoll grunhiu, e todos seus companheiros gargalharam de alívio e bateram nas costas um do outro. Drizzt alcançou seu equipamento e imediatamente embainhou suas cimitarras. Ao ver os gnolls distraídos, o drow olhou para Guenhwyvar e acenou para o arbusto espesso ao longo da trilha à frente. Rápida e silenciosamente, Guenhwyvar assumiu uma nova posição. Não era necessário entregar todos seus segredos, Drizzt percebeu, não até que entendesse as intenções de seus novos companheiros.

Drizzt caminhou junto com os gnolls pelas passagens inferiores e sinuosas da montanha. Os gnolls ficavam longe do drow. Se era por respeito a Drizzt e pela reputação de sua raça ou por algum outro motivo, não fazia ideia. O mais provável, Drizzt suspeitava, era que mantinham a distância simplesmente por causa de seu odor, que o banho tinha feito pouco para diminuir.

O líder dos gnolls dirigia-se a Drizzt de vez em quando, acentuando suas palavras empolgadas com uma piscadela maliciosa ou um esfregar súbito de suas mãos espessas e calejadas. Drizzt não tinha ideia do que o gnoll estava falando, mas supôs pelo estalar dos lábios ansiosos da criatura que ele o levava a algum tipo de banquete.

Drizzt logo adivinhou o destino do bando, porque ele muitas vezes observava a partir de picos altos nas montanhas as luzes de uma pequena comunidade agrícola humana no vale. Drizzt só podia tentar adivinhar a relação entre os gnolls e os agricultores humanos, mas sentiu que não era amigável. Quando se aproximaram da aldeia, os gnolls entraram em posições defensivas, seguiram as fileiras de arbustos e ficaram nas sombras o máximo possível. O pôr do sol estava se aproximando rapidamente quando a trupe se espalhou ao redor da área central da aldeia para ir em direção a uma fazenda isolada a oeste.

O chefe gnoll sussurrou para Drizzt, lançando lentamente cada palavra para que o drow pudesse entender.

— Uma família — grunhiu. — Três homens, duas mulheres...

— ...uma mulher jovem — acrescentou outro com entusiasmo.

O chefe gnoll deu um grunhido.

— E três homens jovens — concluiu. Drizzt achou que agora entendia o propósito da viagem, e o olhar surpreso e questionador em seu rosto levou o gnoll a confirmá-lo com certeza.

— Inimigos — declarou o líder.

Drizzt, sabendo quase nada sobre as duas raças, estava em um dilema. Os gnolls eram saqueadores — isso estava claro — e pretendiam se infiltrar na fazenda assim que a última luz do dia desaparecesse. Drizzt não tinha a menor intenção de juntar-se a eles em sua luta até ter mais informações sobre a natureza do conflito.

— Inimigos? — perguntou ele.

O líder gnoll franziu a testa em aparente consternação. Ele cuspiu uma linha de palavras sem sentido na qual Drizzt pensou ter ouvido:

— Humanos... fracos... escravos. — Todos os gnolls sentiram a súbita inquietação do drow, e começaram a mexer em suas armas e olhar um para o outro nervosamente.

— Três homens — disse Drizzt.

O gnoll cravou sua lança no chão com selvageria.

— Matar mais velho! Pegar dois!

— Mulheres?

O sorriso maligno que se espalhou pelo rosto do gnoll respondeu a pergunta além de qualquer dúvida e Drizzt estava começando a entender sua posição no conflito.

— E as crianças? — ele encarou o líder gnoll e falou cada palavra articuladamente. Não poderia haver mal-entendidos. Sua pergunta final confirmou tudo, porque, embora Drizzt pudesse aceitar a típica selvageria entre inimigos mortais, nunca poderia esquecer a única vez em que participou de uma incursão desse tipo. Ele havia salvado uma criança élfica naquele dia, tinha escondido a menina usando o corpo de sua mãe para poupá-la da ira de seus companheiros drow. De todos os males que Drizzt já testemunhara, o assassinato de crianças tinha sido o pior.

O gnoll cravou sua lança no chão, seu rosto canino contorcido em uma alegria perversa.

— Acho que não — Drizzt disse simplesmente, com o fogo brotando em seus olhos cor de lavanda. De alguma forma, os gnolls notaram, suas cimitarras apareceram em suas mãos.

Novamente o focinho do gnoll se enrugou, desta vez em confusão. Ele tentou levantar sua lança em defesa, sem saber o que aquele drow estranho faria a seguir, mas era tarde demais.

A corrida de Drizzt foi muito rápida. Antes que a ponta da lança do gnoll se movesse, o drow avançou, com as cimitarras liderando o caminho. Os outros quatro gnolls assistiram com espanto quando as lâminas de Drizzt dispararam duas vezes, rasgando a garganta de seu poderoso líder. O gigantesco gnoll caiu para trás em silêncio, agarrando-se futilmente à garganta.

Um gnoll ao lado reagiu primeiro, deixando a lança em riste e investindo na direção de Drizzt. O ágil drow desviou-se facilmente do ataque direto, mas teve o cuidado de não retardar o impulso do gnoll. Enquanto a enorme criatura passava, Drizzt girou ao lado dela e chutou seus tornozelos. Desequilibrado, o gnoll tropeçou, mergulhando a lança profundamente no peito de um companheiro assustado.

O gnoll puxou a arma, mas estava firmemente presa, sua ponta agarrada entre os ossos da coluna do outro gnoll. Ele não estava nem um pouco preocupado com seu companheiro moribundo; tudo que queria era sua arma. Puxou, torceu, xingou e cuspiu ante as expressões de agonia que atravessavam o rosto de seu companheiro — até que uma cimitarra atingiu seu crânio.

Outro gnoll, vendo o drow distraído e achando que seria mais sábio atacar o inimigo à distância, levantou a lança para arremessá-la. Seu braço subiu, mas antes que a arma sequer começasse a avançar, Guenhwyvar o atingiu e o gnoll e a pantera caíram. O gnoll desferiu uma série de socos pesados no flanco musculoso da pantera, mas as garras de Guenhwyvar eram, de longe, mais eficazes. Na fração de segundo que Drizzt levou para se virar de onde os três gnolls estavam mortos a seus pés, o quarto do bando estava morto embaixo da grande pantera. O quinto tinha fugido.

Guenhwyvar se soltou do aperto teimoso do gnoll falecido. Os elegantes músculos da gata ondulavam ansiosos enquanto aguardava o comando esperado. Drizzt observou a carnificina a seu redor, o sangue nas cimitarras e as expressões horríveis nos rostos dos mortos. Ele queria que aquilo terminasse, porque percebeu que havia entrado em uma situação além de sua experiência, atravessando os caminhos de duas raças sobre as quais sabia muito pouco. Depois de um momento de reflexão, no entanto, a única noção que se destacou na mente do drow foi a alegre promessa de morte do líder gnol para as crianças humanas. Havia muito em jogo.

Drizzt virou-se para Guenhwyvar, sua voz mais determinada que resignada.

— Pega.

O gnoll tropeçava ao longo das trilhas, seus olhos se dirigiam de um lado para o outro enquanto imaginava formas escuras por detrás de cada árvore ou pedra.

— Drow! — ele gritou repetidas vezes, usando a própria palavra como encorajamento durante a fuga. — Drow! Drow!

Bufando e ofegando, o gnoll entrou em um matagal com árvores que se estendiam entre duas paredes íngremes de pedra nua. Tropeçou em um tronco caído, escorregou e machucou as costas na inclinação angulosa de uma pedra coberta de musgo. No entanto, as dores menores não retardaram a criatura assustada, não mesmo. O gnoll sabia que estava sendo perseguido, sentia uma presença escorregando para dentro e para fora das sombras logo além das bordas de sua visão periférica.

Quando se aproximou do final do matagal, a escuridão noturna estava densa e o gnoll viu um conjunto de olhos brilhantes e amarelos o encarando de volta. A criatura vira seu companheiro ser derrubado pela pantera e poderia adivinhar o que agora bloqueava seu caminho.

Os gnolls eram monstros covardes, mas podiam lutar com incrível tenacidade quando encurralados. E era exatamente como ele estava.

Percebendo que não tinha escapatória — não podia voltar na direção do elfo negro — o gnoll rosnou e arremessou sua pesada lança.

Então ouviu um farfalhar, uma batida e um grito de dor quando a lança atingiu o alvo. Os olhos amarelos se afastaram por um momento, então uma forma correu em direção a uma árvore. Ela se movia rente ao chão, de forma quase felina, mas o gnoll percebeu imediatamente que não havia atingido a pantera. Quando o animal ferido chegou à árvore, olhou para trás e o gnoll reconheceu-o claramente.

— Guaxinim! — o gnoll soltou, então riu. — Corri de guaxinim! — o gnoll sacudiu a cabeça e soprou toda sua alegria em um suspiro profundo. A visão do guaxinim trouxe algum alívio, mas o gnoll não podia esquecer o que havia acontecido no caminho. Tinha que voltar para o seu covil agora, para informar a Ulgulu, seu gigantesco mestre goblinoide, sua divindade, sobre o drow.

Ele deu um passo para recuperar a lança, depois parou de repente, sentindo um movimento por trás. Lentamente, o gnoll virou a cabeça. Ele podia ver seu próprio ombro e a rocha coberta de musgo por trás.

O gnoll congelou. Nada se movia por atrás, nenhum som era emitido de nenhum lado, mas a criatura sabia que havia algo ali. A respiração do goblinoide vinha em fluxos curtos; suas mãos gordas se apertavam e abriam aos seus lados.

O gnoll girou rapidamente e rugiu, mas o grito de raiva tornou-se um grito de terror quando trezentos quilos de pantera caíram sobre ele de um galho baixo.

O impacto tombou o gnoll imediatamente, mas aquela não era uma criatura fraca. Ignorando as dores ardentes das garras cruéis da pantera, o gnoll agarrou a cabeça de Guenhwyvar, segurando desesperadamente para evitar que sua mandíbula mortal se prendesse a seu pescoço.

Por quase um minuto, o gnoll lutou, seus braços tremendo sob a pressão dos músculos poderosos do pescoço da pantera. A cabeça desceu e Guenhwyvar encontrou um apoio para se prender. Grandes presas travaram no pescoço do gnoll e tiraram a respiração da criatura condenada.

O gnoll se sacudiu e se debateu descontrolado; de alguma forma, conseguindo rolar sobre a pantera. Guenhwyvar permaneceu presa, despreocupada. A mandíbula segurava firme.

Em alguns minutos, ele parou de se debater.

Capítulo 2

Questões de consciência

Drizzt deixou sua visão entrar no espectro infravermelho, a visão noturna que podia ver gradações de calor tão claramente quanto via os objetos na luz. Para seus olhos, suas cimitarras agora brilhavam com o calor do sangue fresco, e os corpos de gnolls rasgados derramavam seu calor ao ar livre.

Drizzt tentou desviar o olhar, tentou observar a trilha que Guenhwyvar tinha pegado em busca do quinto gnoll, mas toda vez seu olhar caía de volta para os gnolls mortos e para o sangue em suas armas.

— O que foi que eu fiz? — Drizzt se perguntou em voz alta.

De verdade, não sabia. Os gnolls haviam falado sobre o assassinato de crianças, um pensamento que provocava raiva dentro de Drizzt, mas o que Drizzt conhecia do conflito entre os gnolls e os humanos da aldeia? Talvez os seres humanos, mesmo as crianças humanas, pudessem ser monstros? Talvez houvessem invadido a aldeia dos gnolls e matado sem piedade. Talvez os gnolls pretendessem atacar porque não tinham escolha e precisavam se defender.

Drizzt correu da cena sangrenta em busca de Guenhwyvar, esperando que pudesse chegar à pantera antes do quinto gnoll estar morto.

Se ele pudesse encontrar o gnoll e capturá-lo, poderia ter algumas das respostas das quais precisava tão desesperadamente.

Ele se movia com passos rápidos e graciosos, fazendo apenas um farfalhar enquanto passava pelos arbustos ao longo da trilha. Encontrou sinais da passagem do gnoll sem dificuldade, e viu, como temia, que Guenhwyvar também havia descoberto a trilha. Quando finalmente chegou ao estreito bosque de árvores, esperava que sua busca estivesse no fim. Ainda assim, o coração de Drizzt se encolheu quando viu a gata, reclinada ao lado de sua última vítima.

Guenhwyvar olhou para Drizzt com curiosidade quando ele se aproximou, os passos do drow obviamente agitados.

— O que foi que nós fizemos, Guenhwyvar? — Drizzt sussurrou. A pantera inclinou a cabeça como se não entendesse. — Quem sou eu para fazer tal julgamento? — Drizzt continuou, falando mais consigo mesmo do que com a gata. Ele se virou de costas para Guenhwyvar e o gnoll morto e foi até um arbusto frondoso, onde poderia limpar o sangue de suas lâminas. — Os gnolls não me atacaram, mas sim me mostraram misericórdia quando me encontraram no córrego. E eu os reembolso derramando seu sangue!

Drizzt virou de volta para Guenhwyvar com a afirmação, como se esperasse, até desejasse, que a pantera o repreendesse, de alguma forma o condenando e justificando sua culpa. Guenhwyvar não tinha se movido um centímetro, e os olhos redondos da pantera, brilhando em um tom de amarelo esverdeado na noite, não se abalaram diante de Drizzt, nem o incriminaram por suas ações de forma alguma.

Drizzt começou a protestar, querendo se afundar em sua culpa, mas a aceitação tranquila de Guenhwyvar não seria abalada. Durante o tempo em que viveram sozinhos no Subterrâneo selvagem, quando Drizzt se perdeu para os impulsos selvagens e se deleitava ao matar, Guenhwyvar às vezes o desobedecia, chegando mesmo ao ponto de, uma vez, retornar para o Plano Astral sem ter sido dispensada. Agora, porém, a pantera não mostrava sinal algum de que partiria, ou mesmo de desapontamento. Guenhwyvar levantou-se, sacudiu a sujeira e os galhos do seu elegante pelo preto e caminhou para se esfregar carinhosamente em Drizzt.

Aos poucos, Drizzt relaxou. Limpou as cimitarras mais uma vez, desta vez na grama grossa, e as colocou de volta nas bainhas. Então, deixou uma mão agradecida cair sobre a enorme cabeça de Guenhwyvar.

— Suas palavras os marcaram como malignos — o drow sussurrou para si mesmo, para se tranquilizar. — Suas intenções me forçaram a agir. — Suas próprias palavras não tinham convicção, mas, naquele momento, Drizzt precisava acreditar nelas.

O drow respirou fundo para se estabilizar e olhou para dentro de si para encontrar a força da qual sabia que precisaria. Percebendo então que Guenhwyvar estava ao seu lado por um longo tempo e precisava retornar ao Plano Astral para descansar, ele alcançou a pequena bolsa que trazia consigo.

Antes de Drizzt ter tirado a estatueta de ônix de sua bolsa, a pata da pantera apareceu e arrancou-a de sua mão. Drizzt olhou para Guenhwyvar com curiosidade, e a gata se inclinou pesadamente sobre ele, quase o tombando no chão.

— Minha amiga leal — disse Drizzt, percebendo que a pantera cansada queria ficar ao lado dele. Ele puxou a mão da bolsa e caiu sobre um joelho, travando Guenhwyvar em um grande abraço. Os dois, lado a lado, caminharam, então, para fora do matagal.

Drizzt não dormiu naquela noite, mas observou as estrelas, pensativo. Guenhwyvar sentiu sua ansiedade e permaneceu por perto durante a ascensão e o pôr da lua, e quando Drizzt saiu para cumprimentar o próximo amanhecer, Guenhwyvar mergulhou, cansada e exaurida, ao seu lado. Eles encontraram uma crista rochosa nos contrafortes e sentaram-se para assistir o espetáculo que se aproximava.

Abaixo deles, as últimas luzes desapareciam das janelas da aldeia agrícola. O céu a leste tornou-se rosa, depois carmesim, mas Drizzt estava distraído. Seu olhar permaneceu nas fazendas muito abaixo; sua mente tentou imaginar as rotinas daquela comunidade desconhecida e tentou encontrar alguma justificativa para os eventos do dia anterior.

Os humanos eram fazendeiros, disso Drizzt sabia, e trabalhadores diligentes, também, porque muitos deles já estavam cuidando de seus campos. Embora esses fatos fossem promissores, no entanto, Drizzt não poderia começar a fazer suposições abrangentes quanto ao comportamento geral da raça humana.

Drizzt, então, tomou uma decisão, enquanto a luz do dia se esticava, iluminando as estruturas de madeira da cidade e os amplos campos de grãos.

— Eu preciso aprender mais, Guenhwyvar — disse suavemente. — Se eu, se nós, vamos permanecer neste mundo, devemos entender mais os nossos vizinhos.

Drizzt assentiu enquanto pensava sobre suas próprias palavras. Já tinha sido comprovado, de forma dolorosa, que ele não poderia continuar como um observador neutro dos eventos do mundo da superfície. Drizzt era frequentemente chamado a agir por sua consciência, uma força que não tinha como negar. No entanto, com tão pouco conhecimento sobre as raças que compartilhavam aquela região, sua consciência poderia facilmente desviá-lo de seus caminhos. Ela poderia oprimir o inocente, indo contra os próprios princípios que Drizzt queria defender.

Drizzt apertou os olhos através da luz da manhã, olhando a aldeia distante, procurando por qualquer pista que pudesse ajudar a responder suas perguntas.

— Eu vou até lá — disse à pantera. — Eu vou até lá, e vou assistir e aprender.

Guenhwyvar manteve-se sentada em silêncio durante todo aquele momento. Se a pantera aprovava ou não, ou mesmo se entendia a intenção de Drizzt, ele não sabia. Desta vez, porém, Guenhwyvar não fez nenhum movimento de protesto quando Drizzt alcançou a estatueta de ônix. Poucos momentos depois, a grande pantera atravessava o túnel planar para sua casa astral, e Drizzt seguia as trilhas que conduziam à aldeia humana e a suas respostas. Parou apenas uma vez, no corpo do gnoll solitário, para pegar o manto da criatura. Drizzt estremeceu com seu próprio roubo, mas a noite gelada lembrou-lhe que a perda de sua *piwafwi* poderia ser algo sério.

Até então, o conhecimento de Drizzt sobre os seres humanos e sua sociedade era severamente limitado. No fundo das entranhas do Subterrâneo, os elfos negros tinham pouco contato, ou mesmo interesse, com o mundo da superfície. A única vez em Menzoberranzan que Drizzt tinha ouvido algo sobre os humanos fora durante seu período como aluno na Academia, os seis meses que passara em Magace, a escola de magos. Os mestres drow haviam avisado os alunos contra o uso da magia "como um ser humano", o que implicava em uma imprudência perigosa associada àquela raça de vida mais curta.

— Magos humanos — diziam os mestres — não têm menos ambições do que os magos drow, mas enquanto um drow pode levar cinco séculos cumprindo esses objetivos, um humano tem apenas poucas décadas.

Drizzt tinha guardado as implicações dessa afirmação por diversos anos, particularmente nos últimos meses, quando olhava para baixo, para aquela aldeia humana, quase diariamente. Se todos os seres humanos, e não apenas os magos, fossem tão ambiciosos quanto muitos dos drow — fanáticos que podiam passar a maior parte de um milênio cumprindo seus objetivos —, seriam consumidos por uma mentalidade obsessiva que beirava a histeria? Ou talvez, Drizzt esperava, as histórias que tinha ouvido sobre os humanos na Academia fossem apenas mais das mentiras típicas que mantinham sua sociedade unida em uma teia de intriga e paranoia. Talvez os humanos estabelecessem seus objetivos em níveis mais razoáveis e encontrassem alegria e satisfação nos pequenos prazeres dos curtos dias de sua existência.

Drizzt encontrou um humano apenas uma vez em suas viagens pelo Subterrâneo. Aquele homem, um mago, havia agido de forma irracional, imprevisível e, derradeiramente, perigosa. O feiticeiro transformara o amigo de Drizzt de um pech, uma criatura humanoide pequena e inofensiva, em um monstro horrível. Quando Drizzt e seus companheiros foram tentar consertar as coisas na torre do feiticeiro, foram recebidos por uma explosão de relâmpagos. No final, o humano foi morto e o amigo de Drizzt, Estalo, continuou preso em seu tormento.

Drizzt tinha ficado com um vazio amargo, um exemplo de um homem que parecia confirmar a verdade dos avisos dos mestres drow. Assim, era com passos cautelosos que Drizzt agora viajava em direção ao assentamento humano, seus passos pesados pelo crescente medo de ter cometido um erro ao matar os gnolls.

Drizzt escolheu observar a mesma fazenda isolada na borda oeste da cidade que os gnolls tinham selecionado para sua invasão. Era uma estrutura longa e baixa, de madeira, com uma única porta e várias janelas fechadas. Uma varanda aberta e coberta percorria o comprimento da frente. Ao lado dela havia um celeiro, de dois andares de altura, com portas largas e altas que poderiam comportar uma carroça imensa. As cercas de vários materiais e tamanhos pontilhavam o quintal imediato, muitas abrigando frangos ou porcos, uma contendo uma cabra e outras que circundavam plantas frondosas enfileiradas que Drizzt não reconhecia.

O quintal era cercado por campos em três lados, mas a parte de trás da casa estava perto da inclinação da montanha, coberta de rochas e arbustos. Drizzt se abaixou sob os ramos baixos de um pinheiro ao lado de um canto traseiro da casa, proporcionando-lhe uma visão da maior parte do quintal.

Os três homens adultos da casa — três gerações, Drizzt supôs baseado em suas aparências — trabalhavam nos campos, longe demais das árvores para que Drizzt pudesse discernir mais detalhes. Perto da casa, no entanto, quatro crianças, uma garota que acabara de alcançar a puberdade e três garotos mais jovens, cumpriam suas tarefas em silêncio, cuidando das galinhas e dos porcos e puxando ervas daninhas de uma horta. Eles trabalhavam separados e com uma interação mínima durante a maior parte da manhã, e Drizzt aprendeu pouco sobre seus relacionamentos familiares. Quando uma mulher robusta com o mesmo cabelo cor de trigo que todos os cinco filhos saiu na varanda e tocou um sino gigante, parecia que todo o ímpeto que estava guardado dentro dos trabalhadores irrompeu além do controle.

Com gritos de celebração, os três meninos correram para a casa, parando por tempo suficiente para jogar vegetais podres em sua irmã mais velha. A princípio, Drizzt pensou que o bombardeio fosse um prelúdio para um conflito mais grave, mas quando a jovem retaliou da mesma forma e os quatro explodiram em risadas, ele reconheceu a brincadeira pelo que era.

Um momento depois, o mais jovem dos homens no campo, provavelmente um irmão mais velho, entrou correndo no quintal, gritando e brandindo uma enxada de ferro. A jovem gritou seu encorajamento para o novo aliado e os três garotos fugiram para a varanda. O homem foi mais rápido, porém, agarrou o pequeno diabrete em fuga com um braço forte e imediatamente o deixou cair numa calha no chiqueiro.

E durante todo o tempo, a mulher com o sino sacudia a cabeça impotente e emitia um fluxo interminável de resmungos exasperados. Uma mulher mais velha, magricela e de cabelos grisalhos, saiu ao lado dela, acenando e ameaçando com uma colher de pau. Aparentemente satisfeito, o jovem lançou um braço sobre os ombros da jovem e eles seguiram os dois primeiros garotos até a casa. O jovem restante saiu da água turva e se mexeu para segui-los, mas a colher de madeira o manteve à distância.

Drizzt não conseguia entender uma palavra do que eles estavam dizendo, é claro, mas entendeu que as mulheres não deixariam o pequeno entrar na casa até que se secasse. O jovem rabugento murmurou algo às costas da mulher que empunhava a colher de pau enquanto se virava para entrar na casa, mas seu tempo não foi tão bem ajustado.

Os outros dois homens, um ostentando uma barba grossa e cinzenta e o outro bem barbeado, surgiram dos campos e se esgueiraram por detrás do garoto enquanto ele resmungava. O garoto foi lançado no ar e, de novo, aterrissou com um som de splash! na calha. Felicitando-se com entusiasmo, os homens entraram na casa para as boas-vindas de todos os outros. O menino encharcado simplesmente rosnou outra vez e derramou um pouco de água no rosto de uma porca que havia vindo para investigar.

Drizzt observou a tudo com crescente espanto. Ele não tinha visto nada conclusivo, mas a maneira brincalhona da família e a aceitação resignada até mesmo do perdedor do jogo o encorajavam. Drizzt sentiu um espírito comunal naquele grupo, com todos os membros trabalhando para um objetivo comum. Se esta única fazenda fosse um reflexo de toda a aldeia, então o lugar certamente se assemelhava à Gruta das Pedras Preciosas, uma cidade comunal dos gnomos das profundezas, muito mais do que se parecia com Menzoberranzan.

A tarde foi muito parecida com a manhã, com uma mistura de trabalho e brincadeira evidente em toda a fazenda. A família se recolheu cedo, apagando suas lâmpadas logo após o pôr do sol, e Drizzt mergulhou mais fundo no matagal da montanha para refletir sobre suas observações.

Ele ainda não podia ter certeza de nada, mas dormiu mais tranquilo naquela noite, sem ser incomodado pelas dúvidas sobre os gnolls mortos.

Durante três dias, o drow se agachou nas sombras atrás da fazenda, observando a família no trabalho e em suas brincadeiras. A proximidade do grupo tornava-se cada vez mais evidente, e sempre que uma verdadeira briga irrompia entre os filhos, o adulto mais próximo logo entrava e mediava o conflito até que chegassem a algum nível de razoabilidade. Invariavelmente, os combatentes voltavam a brincar juntos em um curto espaço de tempo.

Todas as dúvidas haviam desaparecido de Drizzt.

— Temam minhas lâminas, malfeitores — ele sussurrou às montanhas silenciosas uma noite.

O jovem drow renegado tinha decidido que, se algum gnoll ou goblin — ou qualquer criatura de qualquer outra raça — tentasse fazer mal a essa família de fazendeiros em particular, teriam antes que lidar com as cimitarras dançantes de Drizzt Do'Urden.

Drizzt entendia o risco que estava assumindo ao observar a família da fazenda. Se os fazendeiros o notassem — uma distinta possibilidade —, entrariam em pânico. Mas, neste ponto de sua vida, estava disposto a correr tal risco. Parte dele talvez até quisesse ser descoberto.

No começo da manhã do quarto dia, antes que o sol tivesse aparecido no céu a leste, Drizzt partiu em sua patrulha diária, contornando as colinas e os bosques que cercavam a fazenda solitária. Quando o drow voltou para sua tocaia, o dia do trabalho na fazenda estava em pleno andamento. Drizzt sentou-se confortavelmente em uma cama de musgo e espiou das sombras para o brilho do dia sem nuvens.

Menos de uma hora depois, uma figura solitária se arrastou da fazenda, na direção de Drizzt. Era o mais jovem dos filhos, o garoto de cabelos cor de areia que parecia passar quase tanto tempo na calha quanto fora dela, em geral não por sua própria vontade.

Drizzt girou ao redor do tronco de uma árvore próxima, incerto da intenção do rapaz. Logo percebeu que o jovem não o tinha visto, porque o menino escorregou para dentro do matagal, depois bufou por cima do ombro, de volta para a fazenda e se dirigiu para a floresta montanhosa assobiando o tempo todo. Drizzt entendeu então que o rapaz estava fugindo de suas tarefas, e Drizzt quase aplaudiu a atitude despreocupada do menino. Apesar disso, Drizzt não estava convencido da sabedoria da pequena criança em se afastar de casa em terrenos tão perigosos. O menino não poderia ter mais de dez anos de idade; parecia magro e delicado, com olhos azuis e inocentes que espiavam por debaixo de seus cachos cor de âmbar.

Drizzt esperou alguns instantes para permitir que o menino assumisse a dianteira e para ver se alguém o estaria seguindo. Então, seguiu a trilha, deixando que os assobios o guiassem.

O menino se afastou da casa da fazenda até as montanhas, e Drizzt o seguiu a mais ou menos cem passos de distância, determinado a manter o menino longe do perigo.

Nos túneis escuros do Subterrâneo, Drizzt poderia ter se arrastado logo atrás do menino — ou atrás de um goblin, ou praticamente qualquer outra coisa — e bater em seu ombro antes de ser descoberto. Mas depois de apenas uma meia hora ou mais dessa perseguição silenciosa, os movimentos e a mudança errática de velocidade ao longo da trilha, juntamente com o fato dos assobios terem cessado, disseram a Drizzt que o menino sabia que estava sendo seguido.

Em dúvida se o menino tinha percebido alguma terceira pessoa, Drizzt convocou Guenhwyvar da estatueta de ônix e enviou a pantera à frente, caso precisassem flanquear alguém. Drizzt tornou a caminhar em um ritmo cauteloso.

Um momento depois, quando a voz da criança gritou de medo, o drow sacou suas cimitarras e desistiu de qualquer cautela. Drizzt não conseguiu entender nenhuma das palavras do menino, mas o tom desesperado já dizia o suficiente.

— Guenhwyvar! — o drow chamou, tentando trazer a pantera distante de volta ao seu lado. Drizzt não podia parar e esperar pela gata, então seguiu correndo o som.

A trilha seguia uma subida íngreme, saía das árvores de repente, e terminava na borda de um grande desfiladeiro, de cerca de seis metros de diâmetro. Um único tronco atravessava a fenda, e pendurado nele, perto do outro lado, estava o menino. Seus olhos se arregalaram consideravelmente à vista do elfo de pele de ébano, com cimitarras nas mãos. Ele balbuciou algumas palavras que Drizzt não conseguiu decifrar.

Uma onda de culpa inundou Drizzt à vista da criança em perigo; o garoto só tinha ficado nesta situação por causa da perseguição de Drizzt. O desfiladeiro era tão profundo quanto amplo, e a queda terminava em rochas irregulares e arvores. A princípio, Drizzt hesitou, pego de surpresa pelo encontro repentino e suas implicações inevitáveis, então o drow logo esqueceu seus próprios problemas. Ele pôs suas cimitarras de volta em suas bainhas e cruzou os braços sobre o peito no sinal dos drow para a paz, então colocou um pé no tronco.

O menino tinha outras ideias. Assim que se recuperou do choque de ver o elfo estranho, se sacudiu até uma borda no banco de pedra em frente a Drizzt e empurrou o tronco de seu poleiro. Drizzt recuou rapidamente do tronco no momento em que ele caiu na fenda. O drow entendeu então que o menino nunca esteve em perigo real, mas tinha fingido estar em perigo para tirar seu perseguidor de seu esconderijo. E, Drizzt presumiu, se o perseguidor tivesse sido alguém da família do menino, como ele sem dúvida havia suspeitado, o perigo poderia ter desviado qualquer pensamento de punição.

Agora era Drizzt quem estava em uma situação difícil. Ele havia sido descoberto. Tentou pensar em uma maneira de se comunicar com o menino, para explicar sua presença e impedir o pânico. O garoto não esperou por nenhuma explicação. De olhos arregalados e aterrorizados, ele escalou o banco — por um caminho que ele obviamente conhecia bem — e se lançou para os arbustos.

Drizzt olhou em volta impotente.

— Espere! — ele gritou na língua drow, embora soubesse que o menino não entenderia e não teria parado, ainda que entendesse.

Uma forma felina negra correu ao lado do drow e saltou no ar, ultrapassando facilmente a fenda. Guenhwyvar aterrissou com graciosidade do outro lado e desapareceu no mato.

— Guenhwyvar! — Drizzt gritou, tentando parar a pantera. Drizzt não tinha ideia de como Guenhwyvar reagiria à criança. Pelo que Drizzt sabia, a pantera havia encontrado apenas outro humano antes, o mago que os companheiros de Drizzt mataram logo em seguida. Drizzt olhou ao redor buscando um jeito de segui-la. Ele poderia escalar a lateral do desfiladeiro, atravessar o fundo e subir de volta, mas isso levaria muito tempo.

Drizzt correu de volta alguns passos, então investiu na direção do desfiladeiro e saltou no ar, convocando seus poderes inatos de levitação no meio do salto. Drizzt ficou muito aliviado quando sentiu seu corpo se livrar da gravidade do solo. Ele não havia usado seu feitiço de levitação desde que chegara à superfície. O feitiço não servia para um drow escondido sob o céu aberto. Gradualmente, o impulso inicial de Drizzt levou-o perto do banco distante. Ele começou a se concentrar em deslizar até a pedra, mas o feitiço terminou de repente e Drizzt caiu direto no chão. Ignorando as contusões no joelho e as perguntas de por que seu feitiço tinha falhado, Drizzt saiu correndo, gritando desesperado para que Guenhwyvar parasse.

Drizzt ficou aliviado quando encontrou a gata. Guenhwyvar sentava tranquilamente em uma clareira, com uma pata casualmente prendendo o menino deitado com o rosto contra o chão. A criança estava gritando de novo — pedindo socorro, pelo que Drizzt supunha —, mas parecia ileso.

— Venha, Guenhwyvar — Drizzt disse baixinho, com calma — Deixe a criança em paz — Guenhwyvar bocejou preguiçosa e obedeceu, passeando pela clareira até ficar ao lado de seu mestre.

O menino continuou deitado por um longo momento. Então, reunindo sua coragem, se moveu de repente, se levantando em um salto e girando para enfrentar o elfo negro e a pantera. Seus olhos pareciam ainda mais largos, quase uma caricatura de terror, espreitando de seu rosto agora sujo.

— O que é você? — o menino perguntou na linguagem humana comum. Drizzt estendeu seus braços para os lados para indicar que ele não estava entendendo. Por impulso, cutucou um dedo em seu peito e respondeu:

— Drizzt Do'Urden — notou que o menino estava se mexendo sutilmente, tentando disfarçar enquanto movia os pés um para trás do outro e deslizando o outro de volta ao lugar.

Drizzt não ficou surpreso — e assegurou-se de que Guenhwyvar estivesse sob sua observação desta vez — quando o menino virou o corpo e correu, gritando:

— Socorro! É um drizzit! — a cada passo.

Drizzt olhou para Guenhwyvar e deu de ombros, e a gata parecia dar de ombros de volta.

Capítulo 3

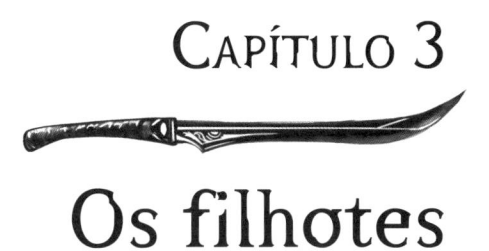

Os filhotes

Nathak, um goblin magricela, abriu caminho devagar sobre a inclinação íngreme e rochosa, com cada passo medido pelo medo. O goblin precisava relatar suas descobertas — cinco gnolls mortos não podiam ser ignorados —, mas a criatura infeliz duvidava seriamente que Ulgulu ou Kempfana aceitassem a notícia de boa vontade. Ainda assim, quais outras opções Nathak tinha? Ele poderia correr, fugir pelo outro lado da montanha e sair para os ermos. Parecia um curso ainda mais desesperado, no entanto, uma vez que o goblin conhecia bem o gosto que Ulgulu tinha pela vingança. O grande mestre de pele púrpura poderia arrancar uma árvore do chão com as mãos nuas, arrancar punhados de pedra da parede da caverna e com facilidade arrancar a garganta de um goblin desertor.

Cada passo fazia um tremor passar pelo corpo de Nathak enquanto o goblin caminhava além do matagal que ocultava a pequena sala de entrada do complexo de cavernas de seu mestre.

— Já passô da hora de voltá, mermão — um dos outros dois goblins no quarto bufou. — Tu meteu o pé tem dois dia.

Nathak apenas assentiu e respirou fundo.

— Eaê? — o terceiro goblin perguntou. — Tu achou os gnoll? — O rosto de Nathak empalideceu, e não havia respiração profunda que poderia aliviar o aperto que veio sobre o peito do goblin.

— Ulgulu taí? — ele perguntou, reticente. Os dois guardas goblins olharam curiosamente um para o outro, e depois de volta para Nathak.

— Ele achô os gnoll — chutou um deles, adivinhando o problema.

— Gnoll morrero.

— Ulgulu vai ficá puto — o outro concluiu antes de se separar do outro sentinela, um deles levantando a pesada cortina que separava a sala de entrada da câmara de audiências.

Nathak hesitou e começou a olhar para trás, como se fosse reconsiderar todo esse curso. Talvez a fuga fosse preferível, pensou ele. Os guardas goblins agarraram seu companheiro magricela e o empurraram para a câmara de audiências, cruzando suas lanças atrás de Nathak para evitar qualquer recuo.

Nathak conseguiu encontrar algum resquício de compostura quando viu que era Kempfana, não Ulgulu, quem estava sentado na enorme cadeira do outro lado da sala. Kempfana havia ganhado uma reputação entre as fileiras goblins como o mais calmo dos irmãos governantes, embora Kempfana, também, houvesse devorado impulsivamente o bastante de seus lacaios para ganhar seu respeito saudável. Kempfana quase não notou a entrada do goblin, mais preocupado em conversar com Calçalargas, o gigante das colinas gordo que antesE reivindicava o complexo de cavernas como seu.

Nathak tropeçou pela sala, atraindo os olhos tanto do gigante da colina quanto do enorme — quase tão grande quanto o gigante — goblinoide de pele escarlate.

— Sim, Nathak — induziu Kempfana, silenciando a reclamação do gigante das colinas com a mão, antes mesmo que começasse a ser pronunciada. — O que você tem a declarar?

— Eu . . . eu — Nathak gaguejou.

Os grandes olhos de Kempfana brilharam em uma luz laranja, um claro sinal de empolgação perigosa.

— Eu encontrô os gnoll! — Nathak soltou de uma vez. — Tudo morto. Morte matada. — Calçalargas emitiu um grunhido baixo e ameaçador, mas Kempfana apertou o braço do gigante das colina com firmeza, lembrando-o de quem estava no comando.

— Mortos? — o goblinoide de pele escarlate perguntou calmamente. Nathak assentiu.

Kempfana lamentou a perda de escravos tão confiáveis, mas os pensamentos do filhote de barghest estavam mais centrados na reação inevitavelmente volátil de seu irmão às notícias. Kempfana não teve que esperar muito tempo.

— Mortos! — surgiu um rugido que quase rachou a pedra. Todos os três monstros na sala instintivamente abaixaram-se e viraram-se para o lado, apenas a tempo de ver uma rocha enorme, a porta grossa para outra sala, explodir e sair voando para o lado.

— Ulgulu! — Nathak gritou, e o pequeno goblin caiu de cara no chão, sem ousar olhar para ele.

A enorme criatura goblinoide de pele roxa invadiu a câmara de audiências, com os olhos incandescentes em raiva alaranjada. Três grandes passos levaram Ulgulu bem ao lado do gigante das colinas, e Calçalargas de repente pareceu bem pequeno e vulnerável.

— Mortos! — Ulgulu rugiu de novo com raiva. Como sua tribo goblin havia diminuído, morta pelos humanos da aldeia ou por outros monstros — ou comida por Ulgulu durante seus ataques habituais de raiva —, o pequeno bando de gnolls tornara-se a principal força de captura para o covil.

Kempfana lançou um olhar furioso a seu irmão maior. Eles haviam chegado ao plano material juntos, dois filhotes de barghest lindos, para comer e crescer. Ulgulu reivindicara o domínio imediatamente, devorando a mais forte de suas vítimas e, assim, crescendo e ficando mais forte. Pela cor da pele de Ulgulu, e por seu tamanho e força, era evidente que o filhote logo poderia retornar às fendas fétidas do vale de Gehenna.

Kempfana esperava que este dia estivesse perto. Quando Ulgulu se fosse, ele governaria; ele comeria e ficaria mais forte. Então, Kempfana também poderia escapar de seu interminável período de desmame neste plano amaldiçoado, poderia retornar para competir entre os barghests em seu legítimo plano de existência.

— Morto — grunhiu Ulgulu de novo. — Levante-se, goblin infeliz, e me diga como! O que fez isso com meus gnolls?

Nathak estremeceu por mais um minuto, e então conseguiu levantar-se e ficar de joelhos.

— Eu não sabo — o goblin gemeu. — Gnoll matados, cortados e rasgados.

Ulgulu apoiou-se nos calcanhares de seus pés molengas e enormes. Os gnolls haviam saído para atacar uma fazenda, com ordens para retornar com o fazendeiro e seu filho mais velho. Aquelas duas refeições humanas robustas teriam reforçado o grande barghest consideravelmente, talvez até levando Ulgulu ao nível de maturação que precisava para retornar à Gehenna.

Agora, à luz do relatório de Nathak, Ulgulu teria que enviar Calçalargas, ou talvez até ir ele mesmo, e a visão ou do gigante ou da monstruosidade de pele púrpura poderia levar o assentamento humano a uma ação organizada e perigosa.

— Tephanis! — Ulgulu rugiu de repente.

Em cima da parede mais distante, em frente a onde Ulgulu tinha feito a sua entrada, uma pequena pedrinha desalojou-se e caiu. A queda foi de apenas alguns metros, mas, quando a pedrinha atingiu o chão, um sprite esbelto tinha deslizado para fora do pequeno cubículo que usava como quarto, atravessado os seis metros da sala de audiências e corrido até o lado de Ulgulu para sentar-se confortavelmente no topo do imenso ombro do barghest.

—Você-me-chamou, sim-você-chamou, meu-mestre — Tephanis zumbiu, rápido demais. Os outros nem sequer perceberam que o sprite de meio metro de altura havia entrado na sala. Kempfana se virou, sacudindo a cabeça em assombro.

Ulgulu rugiu uma gargalhada; ele adorava testemunhar o espetáculo de Tephanis, seu servo mais valoroso. Tephanis era um célere, um sprite diminuto, que se movia em uma dimensão que transcendia o conceito normal de tempo. Possuindo energia ilimitada e uma agilidade que humilharia o halfling ladino mais proficiente, os céleres podiam realizar muitas tarefas que nenhuma outra raça poderia sequer tentar. Ulgulu tinha feito amizade com Tephanis no início de seu mandato no Plano Material — Tephanis era o único membro dos diversos inquilinos do covil sobre o qual o barghest não reivindicava soberania — e esse vínculo tinha dado ao jovem filhote uma vantagem distinta sobre seu irmão. Com Tephanis encontrando potenciais vítimas, Ulgulu sabia exatamente quais devorar e quais deixar para Kempfana, e sabia exatamente como vencer os aventureiros que fossem mais poderosos do que ele.

— Caro Tephanis — Ulgulu ronronou com um som estranho e áspero. — Nathak, o pobre Nathak — o goblin não deixou passar as implicações dessa referência —, informou-me que meus gnoll encontraram-se com um desastre.

— E-você-quer-que-eu-vá-ver-o-que-aconteceu-com-eles, meu-mestre — Tephanis respondeu. Ulgulu levou um momento para decifrar o fio de palavras quase ininteligível, então assentiu ansiosamente.

— Agora-mesmo, meu-meste. Volto-já.

Ulgulu sentiu um ligeiro tremor em seu ombro, mas, quando ele, ou qualquer um dos outros, percebeu o que Tephanis havia dito, a cortina pesada que separava a câmara da sala de entrada estava voltando à sua posição pendurada. Um dos goblins tocou a cabeça por apenas um momento, para ver se Kempfana ou Ulgulu o havia chamado, depois voltou para seu posto, crendo que o movimento da cortina fosse algum truque do vento.

Ulgulu rugiu em uma risada outra vez; Kempfana lançou-lhe um olhar enojado. Kempfana odiava o sprite e o teria matado há muito tempo, mas não podia ignorar os benefícios em potencial caso Tephanis trabalhasse para ele no momento em que Ulgulu voltasse à Gehenna.

Nathak deslizou um pé atrás do outro, na intenção de recuarem silêncio da sala. Ulgulu parou o goblin com um olhar.

— Seu relatório me serviu bem — começou o barghest.

Nathak relaxou, mas só pelo tempo que a mão de Ulgulu levou para disparar, pegar o goblin pela garganta e levantar Nathak do chão.

— Mas teria me servido melhor se você tivesse parado um minuto para descobrir o que aconteceu com meus gnolls!

Nathak suou frio e quase desmaiou, e quando a metade de seu corpo tinha sido enfiado na boca ansiosa de Ulgulu, o goblin de braços magricelas desejou que tivesse desmaiado de fato.

※

— Esfregue a traseira, alivie a dor. Troque e traga de volta de novo. Esfregue a traseira, alivie a dor. Troque e traga de volta de novo — Liam Thistledown repetiu de novo e de novo, uma ladainha para tirar a concentração da sensação de queimação sob suas ceroulas, uma ladainha que o malandro do Liam conhecia muito bem. Desta vez era diferente, porém, com Liam realmente admitindo para si mesmo, depois de um tempo, que ele tinha mesmo tentado fugir de suas tarefas.

— Mas o drizzit era de verdade — grunhiu Liam desafiadoramente.

Como em resposta a sua declaração, a porta do galpão abriu apenas uma fenda e Shawno, o segundo mais novo depois de Liam, e Eleni, a a irmã mais velha, entraram.

— Cê tá encrencado dessa vez — Eleni repreendeu na sua melhor voz de irmã mais velha. — Já foi ruim o bastante fugir quando tem trabalho pra fazer, mas voltar pra casa com essas histórias...!

— O drizzit era de verdade — reclamou Liam, não apreciando a pseudo-maternidade de Eleni. Liam já tinha problemas suficientes com apenas seus pais repreendendo ele; não precisava da retrospectiva afiada de Eleni. — Preto que nem a bigorna do Connor e com um leão tão preto quanto ele!

— Quietos, vocês dois — alertou Shawno. — Se papai souber que estamos aqui falando assim, ele vai chicotear a gente.

— Drizzit — Eleni resmungou, ainda duvidando.

— É verdade! — Liam reclamou alto demais, ganhando uma bofetada de Shawno. Os três se viraram, gelados, quando a porta se abriu.

— Entra aqui! — Eleni sussurrou com dureza, agarrando Flanny, que era um pouco mais velho do que Shawno, mas três anos mais novo que Eleni, pelo colarinho e a arrastando para o galpão. Shawno, sempre o mais preocupado do grupo, rapidamente esticou a cabeça para ver se ninguém estava olhando, então fechou a porta sem fazer barulho.

— Você não deveria estar nos espionando! — Eleni protestou.

— Como eu ia saber que cês tava aqui? — Flanny rebateu. — Eu só vim provocar o pequeno — ela olhou para Liam, torceu a boca e acenou os dedos no ar em sinal de ameaça. — Temam, temam — Flanny cantarolou. — Eu sou o drizzit, vim pra comer meninos!

Liam virou-se, mas Shawno não ficou tão impressionado.

— Ah, cala a boca — ele rosnou para Flanny, enfatizando seu ponto com uma bofetada na parte de trás da cabeça de seu irmão. Flanny virou-se para retaliar, mas Eleni ficou entre eles.

— Parem! — Eleni gritou, tão alto que os quatro filhos dos Thistledown bateram um dedo sobre os lábios e disseram:

— Sssssh!

— O drizzit era de verdade — protestou Liam de novo. — Eu posso provar — se cês não tiverem com muito medo!

Os três irmãos de Liam o observaram com curiosidade. Ele era um notório loroteiro, todos sabiam, mas o que teria a ganhar com isso? Seu pai não acreditava em Liam, e isso era tudo o que importava em relação à punição que receberia. No entanto, Liam foi inflexível, e seu tom deixava claro a todos eles que havia substância por trás da proclamação.

— Como que cê pode provar o drizzit? — perguntou Flanny.

— Não temos tarefa nenhuma amanhã — respondeu Liam. — Nós vamos catar amoras nas montanha.

— Mamãe e Papai nunca vão deixar — Eleni mencionou.

— Eles deixam se a gente conseguir convencer Connor a ir junto — disse Liam, referindo-se ao seu irmão mais velho.

— Connor não ia acreditar em você — argumentou Eleni.

— Mas ele acredita em você! — Liam respondeu de forma brusca, levando os outros a responderem com outro "Ssssh!" em coro.

— Eu não acredito em você — retrucou Eleni calmamente. — Cê tá sempre inventando coisas, sempre causando problema e mentindo pra fugir das suas tarefa!

Liam cruzou seus bracinhos sobre o peito e começou a bater um pé com impaciência em resposta ao fluxo contínuo de lógica de sua irmã.

— Mas cê vai acreditar em mim — grunhiu Liam — se cê conseguir convencer Connor a ir!

— Ah, por favor — Flanny implorou a Eleni, embora Shawno, pensando nas consequências em potencial, sacudisse a cabeça.

— Então, a gente vai pras montanha — disse Eleni a Liam, levando-o a continuar e assim revelando que concordava.

Liam deu um sorriso largo e caiu em um joelho, coletando uma pilha de serragem na qual desenhou um mapa aproximado da área onde ele encontrara o drizzit. Seu plano era simples, usando Eleni, casualmente colhendo amoras, como isca. Os quatro irmãos seguiriam em segredo e observariam quando ela fingisse ter torcido o tornozelo ou sofrido qualquer outra lesão. Estar com problemas havia trazido o drizzit antes; com certeza, com uma garota bem jovem como isca, isso traria o drizzit de novo.

Eleni não gostou da ideia, nem um pouco animada com o conceito de ser plantada como uma minhoca em um anzol.

— Mas cê não acredita em mim, de qualquer forma — apontou Liam logo apontou. Seu sorriso inevitável, completo com um buraco vazio onde um dente havia sido arrancado, mostrou que sua própria teimosia a encurralava.

— Então eu vou! — Eleni resmungou. — E eu não acredito no seu drizzit, Liam Thistledown! Mas se o leão for de verdade, e eu for mordida, eu te esfolo! — Com isso, Eleni virou-se e saiu do depósito.

Liam e Flanny cuspiram em suas mãos, então viraram olhares atrevidos para Shawno até ele superar seus medos. Então os três irmãos juntaram suas palmas em uma bofetada triunfante e molhada. Qualquer desentendimento entre eles sempre parecia desaparecer sempre que um deles encontrava uma maneira de incomodar Eleni.

Nenhum deles disse a Connor sobre sua caçada planejada para o drizzit. Em vez disso, Eleni lembrou-lhe os muitos favores que ele lhe devia e prometeu que consideraria a dívida paga na íntegra — mas somente depois que Liam concordou em assumir a dívida de Connor se não encontrassem o drizzit — se Connor levasse a ela e aos meninos para colher amoras.

Connor resmungou e hesitou, reclamando de algumas ferraduras que precisavam ser feitas para uma das éguas, mas ele nunca poderia resistir aos olhos azuis de sua irmãzinha e ao seu sorriso largo e brilhante, e a promessa de Eleni de apagar sua dívida considerável tinha selado o seu destino. Com a benção de seus pais, Connor levou as crianças dos Thistledown até as montanhas, com um balde nas mãos das crianças e uma espada grosseira no cinto.

Drizzt percebeu o ardil muito antes que a jovem filha do fazendeiro se afastasse sozinha na trilha de amoras. Ele viu, também, os quatro meninos Thistledown, agachados nas sombras de um aglomerado de árvores de bordo ali perto, Connor, um pouco menos do que hábil, brandindo a espada grosseira.

O mais novo os levara até ali, Drizzt sabia. No dia anterior, o drow tinha testemunhado o menino sendo puxado para o depósito de lenha. Gritos de "drizzit!" podiam ser ouvidos de vez em quando, pelo menos no início. Agora, o garoto teimoso queria provar sua história ultrajante.

A apanhadora de amoras se contorceu de repente, depois caiu no chão e gritou. Drizzt reconheceu o grito de "Socorro!" como o mesmo chamado por ajuda que o menino de cabelos cor de areia usara, e um sorriso se abriu em seu rosto negro. Pela maneira ridícula que a menina tinha caído, Drizzt vira a encenação pelo que realmente era. A menina não estava ferida; ela apenas estava gritando para atrair o drizzit.

Com uma sacudida incrédula de sua espessa crina branca, Drizzt começou a se afastar, mas um impulso o deteve. Ele olhou de volta para a trilha de amoras, onde a menina estava sentada esfregando o tornozelo, enquanto olhava nervosa ao redor ou para trás em direção a seus irmãos escondidos. Algo tocou as cordas do coração de Drizzt naquele momento, um impulso que ele não conseguiu resistir. Há quanto tempo ele estava sozinho, vagando sem nenhuma companhia? Ele ansiava por Belwar naquele momento, o svirfneblin que o acompanhara através de muitas provações no Subterrâneo selvagem. Ele ansiava por Zaknafein, seu pai e amigo. Ver a interação entre os irmãos carinhosos era mais do que Drizzt Do'Urden poderia suportar.

Chegara a hora de Drizzt conhecer seus vizinhos.

Drizzt tirou o capuz de sua capa de gnoll, um pouco grande demais para ele, embora a roupa esfarrapada fizesse pouco para esconder a verdade sobre sua raça, e atravessou o campo. Ele esperava que, se pudesse, pelo menos, desviar a reação inicial da menina ao vê-lo, poderia encontrar alguma maneira de se comunicar com ela. Suas esperanças eram, na melhor das hipóteses, um pouco forçadas.

— O drizzit! — Eleni falou de forma engasgada ao vê-lo chegar. Ela queria gritar em voz alta, mas não encontrou ar; ela queria correr, mas seu terror a segurava firmemente.

Do fundo das árvores, Liam falou por ela.

— O drizzit! — o menino gritou. — Eu disse! Eu disse! — Ele olhou para seus irmãos, e Flanny e Shawno estavam tendo as reações empolgadas que eram esperadas. O rosto de Connor, porém, estava preso a uma expressão de pavor tão profundo que um olhar para ele roubou a alegria de Liam.

— Pelos deuses — murmurou o filho mais velho dos Thistledown. Connor havia se aventurado com seu pai e fora treinado para detectar inimigos. Ele olhou agora para seus três irmãos confusos e murmurou uma única palavra que não dizia nada aos meninos inexperientes. — Drow!

Drizzt parou a uma dúzia de passos da garota assustada, a primeira mulher humana que ele tinha visto de perto, e a estudou. Eleni era bonita pelos padrões de qualquer raça, com olhos enormes e suaves, bochechas com covinhas e pele lisa e dourada. Drizzt sabia que não haveria nenhuma luta ali. Ele sorriu para Eleni e cruzou os braços suavemente sobre o peito.

— Drizzt — ele corrigiu, apontando para o peito. Um movimento a seu lado o afastou da menina.

— Corre, Eleni! — Connor Thistledown gritou, sacudindo a espada e indo na direção do drow. — É um elfo negro! Um drow! Corre por sua vida!

De tudo o que Connor tinha gritado, Drizzt entendeu apenas a palavra "drow". A atitude e a intenção do jovem não poderiam ser confundidas, porém, porque Connor investiu diretamente entre Drizzt e Eleni, sua ponta de espada apontada na direção de Drizzt. Eleni conseguiu ficar de pé atrás de seu irmão, mas não fugiu como ele havia instruído. Ela também tinha ouvido falar dos elfos negros malignos, e não deixaria Connor para encarar um sozinho.

— Pra trás, elfo negro — rosnou Connor. — Eu sou um espadachim habilidoso e muito mais forte que você.

Drizzt estendeu as mãos impotente, sem entender uma palavra.

— Pra trás! — Connor gritou.

Por impulso, Drizzt tentou responder no código silencioso drow, uma linguagem intrincada de gestos faciais e de mãos.

— Ele está lançando um feitiço! — Eleni gritou, e ela mergulhou nas amoras. Connor gritou e investiu.

Antes que Connor percebesse o contra-ataque, Drizzt agarrou-o pelo antebraço, usou a outra mão para torcer o pulso do menino e tirar a espada, girou a arma tosca três vezes sobre a cabeça de Connor, virou-a em sua mão delgada e então a entregou, apontando seu punho, de volta ao menino.

Drizzt afastou os braços e sorriu. Nos costumes drow, tal demonstração de superioridade sem ferir o adversário deixava claro um desejo de amizade. Para o filho mais velho do fazendeiro Bartholemew Thistledwn, a demonstração do drow inspirou apenas mais terror.

Connor congelou, de boca escancarada, por um longo momento. Sua espada caiu de sua mão, mas ele não notou; suas calças, sujas, se agarraram às coxas, mas ele não percebeu.

Um grito surgiu de algum lugar dentro de Connor. Ele agarrou Eleni, que se juntou ao seu grito, e eles fugiram de volta para o bosque para reunir os outros, depois, correram até que cruzassem o limiar de sua própria casa.

Drizzt foi deixado, com seu sorriso desaparecendo rapidamente e seus braços abertos, de pé, sozinho na trilha de amoras.

※

Um conjunto de olhos vertiginosos e atrevidos observaram a interação na trilha de amoras com um interesse mais do que casual.

A aparição inesperada de um elfo negro, em particular um vestindo um manto de gnoll, respondeu a muitas perguntas para Tephanis. O detetive célere já havia examinado os cadáveres de gnolls, mas simplesmente não conseguia reconciliar as feridas fatais dos gnolls com as armas toscas normalmente empunhadas pelos simples fazendeiros da aldeia. Ao ver as magníficas cimitarras gêmeas tão casualmente presas aos quadris do elfo negro e a facilidade com que o elfo negro havia despachado o fazendeiro, Tephanis soube a verdade.

A trilha de poeira deixada pelo célere teria confundido os melhores rangers dos Reinos. Tephanis, que nunca fora um sprite direto, ziguezagueou pelas trilhas da montanha, fazendo alguns circuitos ao redor de algumas árvores, subindo e descendo os lados de outras, e basicamente dobrando, ou até triplicando, sua rota. A distância nunca incomodou Tephanis; ele estava de pé diante do filhote de barghest de pele roxa antes mesmo que Drizzt, refletindo sobre as implicações da reunião desastrosa, deixasse a trilha de amoras.

Capítulo 4

Preocupações

A PERSPECTIVA DO FAZENDEIRO BARTHOLOMEW Thistledown mudou consideravelmente quando Connor, seu filho mais velho, falou que o "drizzit" de Liam era um elfo negro. O fazendeiro Thistledown tinha passado seus quarenta e cinco anos em Maldobar, uma vila a oitenta quilômetros do Rio Rauvin, ao norte de Sundabar. O pai de Bartholomew vivera ali, e o pai de seu pai antes dele. Em todo esse tempo, a única notícia que qualquer fazendeiro Thistledown ouvira dos elfos negros foram as histórias de uma incursão drow suspeita em um pequeno assentamento de elfos silvestres a uns cento e cinquenta quilômetros ao norte, na Floresta Fria. Essa incursão, se foi mesmo feita pelos drow, ocorrera há mais de uma década.

A falta de experiência pessoal com a raça drow não diminuiu os medos do fazendeiro Thistledown ao ouvir de seus filhos sobre o encontro no campo de amoras. Connor e Eleni, duas fontes confiáveis e crescidas o suficiente para manter o juízo em um momento de crise, tinham visto o elfo de perto, e não tinham dúvidas sobre a cor de sua pele.

— Só não dá pra entender direito — Bartholomew disse a Benson Delmo, o prefeito gordo e alegre de Maldobar e vários outros fazendeiros que se reuniram em sua casa naquela noite — por que este drow deixou as crianças irem embora. Não sou especialista nos elfos negros, mas já ouvi muito sobre eles para esperar um tipo diferente de ação.

— Talvez Connor tenha sido melhor no ataque do que achou — Delmo tentou supor. Todos tinham ouvido sobre o desarmamento de Connor; Liam e os outros irmãos Thistledown (exceto pelo pobre Connor, é claro) gostaram de contar essa parte em especial.

Por mais que ele apreciasse o voto de confiança do prefeito, Connor balançou a cabeça com insistência ante a sugestão.

— Ele me pegou — admitiu Connor. — Acho que fiquei muito surpreso vendo ele, mas ele me pegou... e me deixou escapar.

— O que não é fácil — disse Bartholomew, desviando possíveis risos da multidão chucra. — Todo mundo aqui viu Connor lutar. No inverno passado, ele derrubou três goblins e os lobos que estavam montando!

— Acalme-se, meu bom fazendeiro Thistledown — disse o prefeito. — Não duvidamos da habilidade do seu filho.

— Eu duvido do inimigo! — acrescentou Roddy McGristle, um homem peludo do tamanho de um urso, o mais experiente no grupo. Roddy passava mais tempo nas montanhas do que cuidando de sua fazenda, um empreendimento recente do qual ele não gostava muito, e sempre que alguém oferecia uma recompensa por orelhas de orcs, Roddy invariavelmente pegava a maior parte das recompensas, muitas vezes mais do que o resto da cidade toda combinada.

— Sossega o facho — disse Roddy a Connor quando o menino começou a se levantar, com um retrucar obviamente por vir. — Eu sei o que cê diz que viu, e eu acho que cê viu o que disse ver. Mas cê disse que é um drow, e esse "nome" traz mais do que cê pode começar a imaginar. Se fosse mesmo um drow o que cê viu, meu palpite é que ocê e toda sua família tivesse bem morta agora lá no campo de amora. Não, não é um drow, pelo meu palpite, mas tem mais coisa nas montanha que pode fazer o que cê diz que isso fez.

— Por exemplo… — disse Bartholomew de forma atravessada, não apreciando as dúvidas que Roddy lançou sobre a história de seu filho. Bartholomew não gostava muito de Roddy, de qualquer forma. O fazendeiro Thistledown mantinha uma família respeitável, e toda vez que Roddy McGristle, bruto e chucro, os visitava, levava a Bartholomew e sua esposa muitos dias para lembrar as crianças, em especial Liam, sobre o que era um comportamento adequado.

Roddy simplesmente deu de ombros, não se ofendendo com o tom de Bartholomew.

— Goblin, troll… pode ser um elfo que pegou sol demais — sua risada, que irrompeu após a última declaração, ressoou pelo grupo, menosprezando a sua seriedade.

— Então, como sabemos com certeza? — perguntou Delmo.

— A gente descobre achando — ofereceu Roddy. — Amanhã de manhã — ele apontou para cada homem sentado na mesa de Bartholomew — a gente sai e vê o que dá pra ver. — Considerando a reunião improvisada acabada, Roddy bateu as mãos na mesa e se levantou. Ele olhou para trás antes de chegar à porta da fazenda, porém, lançou uma piscadinha exagerada e um sorriso quase sem dentes para o grupo. — E caras — ele disse —, não esquece as arma!

A gargalhada de Roddy ainda alcançava o grupo muito depois que o homem chucro havia partido.

— A gente podia chamar um ranger — um dos outros fazendeiros sugeriu em tom esperançoso quando o grupo desanimado começou a partir. — Ouvi dizer que tem uma em Sundabar, uma das irmãs de Lady Alustriel.

— É um pouco cedo demais para isso — respondeu o prefeito Delmo, derrotando quaisquer sorrisos otimistas.

— E tem "cedo demais" quando tem um drow no meio? — Bartholomew logo acrescentou.

O prefeito deu de ombros.

— Vamos com McGristle — ele respondeu. — Se alguém pode descobrir a verdade sobre o que está nas montanhas, é ele. — E se voltou com tato para Connor. — Eu acredito em sua história, Connor. Mesmo. Mas temos que saber com certeza antes de fazer um chamado para uma ajuda tão distinta como uma irmã da senhora de Lua Argêntea.

O prefeito e o resto dos fazendeiros partiram, deixando Bartholomew, seu pai, Markhe e Connor sozinhos na cozinha dos Thistledowns.

— Não era nenhum goblin nem um elfo da floresta — disse Connor em um tom baixo que insinuava tanto raiva quanto constrangimento.

Bartholomew bateu de leve nas costas de seu filho, nunca duvidando dele.

※

Em uma caverna nas montanhas, Ulgulu e Kempfana também passaram uma noite de preocupação pela aparição de um elfo negro.

— Se ele é um drow, então é um aventureiro experiente — Kempfana falou a seu irmão maior. — Experiente o suficiente, talvez, para enviar Ulgulu para maturidade.

— E de volta a Gehenna! — Ulgulu terminou para seu irmão conivente. — Você faz questão de me ver partir.

— Você também espera pelo dia em que poderá voltar às fendas fumegantes — lembrou Kempfana.

Ulgulu rosnou e não respondeu. A aparição de um elfo negro levava a muitas considerações e medos além da lógica simples de Kempfana. Os barghests, como todas as criaturas inteligentes em quase todos os planos de existência, conheciam os drow e mantinham um respeito saudável pela raça. Enquanto um drow talvez não fosse problema demais, Ulgulu sabia que um grupo de ataque de elfos negros, talvez até um exército, poderia representar um desastre. Os filhotes não eram invulneráveis. A aldeia humana fornecia presas fáceis para os filhotes de barghest e poderia continuar a fazê-lo por algum tempo se Ulgulu e Kempfana fossem cuidadosos em seus ataques. Mas se um grupo de elfos negros aparecesse, tais matanças fáceis poderiam desaparecer de repente.

— Devemos lidar com esse drow — observou Kempfana. — Se ele é um batedor, então não deve retornar para relatar suas descobertas.

Ulgulu lançou um olhar gelado na direção de seu irmão e depois chamou seu célere:

— Tephanis — ele gritou, e o célere estava sobre seu ombro antes mesmo que terminasse de articular seu nome.

— Você-precisa-que-eu-vá-e-mate-o-drow-meu-mestre? — o célere respondeu. — Eu-entendi-o-que-você-precisa-que-eu-faça!

— Não! — Ulgulu gritou imediatamente, sentindo que o célere pretendia sair naquele instante. Tephanis estava a meio caminho da porta quando Ulgulu terminou a sílaba, mas o célere estava de volta ao ombro de Ulgulu antes que a última nota do grito tivesse desaparecido.

— Não — repetiu Ulgulu, com mais calma. — Podemos ganhar algo com a aparição do drow.

Kempfana leu o sorriso malvado de Ulgulu e entendeu a intenção de seu irmão.

— Um novo inimigo para as pessoas da cidade — argumentou o filhote menor. — Um novo inimigo para cobrir os assassinatos de Ulgulu?

— Todas as coisas podem ser aproveitadas — o grande barghest de pele roxa respondeu com perversidade —, até mesmo a aparição de um elfo negro. — Ulgulu tornou a se virar para Tephanis.

— Você-deseja-saber-mais-sobre-o-drow, meu-mestre — Tephanis chilreou com entusiasmo.

— Ele está sozinho? — perguntou Ulgulu. — Ele é um batedor para um grupo maior, como tememos, ou um guerreiro solitário? Quais são as suas intenções em relação às pessoas da cidade?

— Ele-poderia-ter-matado-as-crianças — reiterou Tephanis. — Eu-acho-que-ele-deseja-amizade.

— Eu sei — gritou Ulgulu. — Você já disse isso antes. Vá agora e descubra mais! Eu preciso de mais do que o seu palpite, Tephanis, e, de qualquer forma, as ações de um drow raramente sugerem sua verdadeira intenção!

Tephanis saltou do ombro de Ulgulu e fez uma pausa, esperando instruções adicionais.

— Na verdade, querido Tephanis — Ulgulu ronronou —, veja se você pode se apropriar de uma das armas do drow para mim. Poderia ser út-- — Ulgulu parou quando notou o farfalhar na cortina pesada que bloqueava a sala de entrada.

— Um spritezinho empolgado — observou Kempfana.

— Mas tem sua utilidade — respondeu Ulgulu, e Kempfana teve que concordar.

※

Drizzt os viu chegando a quase dois quilômetros de distância. Dez fazendeiros armados seguiam o jovem que ele havia conhecido no bosque de amoras no dia anterior.

Embora eles conversassem e brincassem, o seu avanço era determinado e suas armas eram exibidas de forma proeminente, obviamente prontas para ser usadas. Ainda mais insidioso, caminhando ao lado do grupo principal vinha um homem troncudo de rosto sombrio envolto em peles grossas, brandindo um machado finamente trabalhado e levando dois cachorros amarelos grandes e raivosos presos em correntes grossas.

Drizzt queria entrar em contato com os aldeões, queria continuar os acontecimentos que havia iniciado no dia anterior e saber se poderia, finalmente, encontrar um lugar que pudesse chamar de lar, mas essa situação que se aproximava, ele percebeu, não era a melhor para se obter tais coisas. Se os fazendeiros o encontrassem, com certeza haveria problemas e, enquanto Drizzt não estava muito preocupado com sua própria segurança contra o bando esfarrapado, mesmo considerando o homem troncudo de expressão sombria, ele temia que um dos fazendeiros pudesse se machucar.

Drizzt decidiu que sua missão naquele dia seria evitar o grupo e desviar sua curiosidade. O drow conhecia a distração perfeita para atingir esses objetivos. Ele colocou a estatueta de ônix no chão diante dele e chamou por Guenhwyvar.

Um ruído de zumbido ao seu lado, seguido do farfalhar de um arbusto, distraiu o drow por um momento, enquanto a névoa habitual rodopiava ao redor da estatueta. Drizzt não viu nada de ameaçador se aproximando, e rapidamente se esqueceu da distração. Ele tinha problemas mais urgentes, pensou.

Quando Guenhwyvar chegou, Drizzt e a gata seguiram a trilha para além do bosque de amoras, onde Drizzt imaginou que os fazendeiros começariam sua caça. Seu plano era simples: deixaria o grupo a área por um tempo, deixando o filho do fazendeiro contar sua história do encontro. Guenhwyvar então faria uma aparição ao longo da borda do bosque e lideraria o grupo em uma perseguição fútil. A pantera de pelo negro poderia lançar algumas dúvidas sobre a história do menino da fazenda; talvez assim os homens mais velhos suporiam que as crianças haviam encontrado a gata e não um elfo negro e que a imaginação deles havia fornecido o resto dos detalhes. Era uma aposta, Drizzt sabia, mas, pelo menos, Guenhwyvar lançaria algumas dúvidas sobre a existência do elfo negro e afastaria esse grupo de caça de Drizzt por um tempo.

Os fazendeiros chegaram ao bosque de amoras no tempo esperado, alguns com aparência sombria e prontos para a batalha, mas a maioria do grupo falava casualmente em conversações repletas de risadas. Eles encontraram a espada descartada, e Drizzt observou, sacudindo a cabeça, enquanto o filho do fazendeiro repassava os acontecimentos do dia anterior. Drizzt notou, também, que o homem que empunhava o machado, ouvindo a história sem rodeios, circulava o grupo com seus cachorros, apontando vários pontos no bosque e mandando os cães farejá-los. Drizzt não tinha experiência prática com cães, mas sabia que muitas criaturas tinham sentidos superiores e poderiam ser usadas para ajudar na caça.

— Vá, Guenhwyvar — o drow sussurrou, antes que os cães conseguissem um aroma mais nítido.

A grande pantera deslizou silenciosa pela trilha e ocupou uma posição em uma das árvores no mesmo matagal onde os meninos haviam se escondido no dia anterior. O rugido repentino de Guenhwyvar silenciou a crescente conversa do grupo em um instante, todas as cabeças girando para as árvores.

A pantera saltou para o bosque, disparou entre os humanos atordoados e correu por entre as rochas ascendentes das encostas da montanha. Os fazendeiros berraram e saíram em perseguição, chamando o homem com os cães para que assumisse a liderança. Logo, todo o grupo, com os cachorros ladrando sem controle, afastou-se, e Drizzt entrou no matagal perto da trilha de amoras para refletir sobre os eventos do dia e seu melhor curso de ação.

Ele sentiu um zumbido agitado o seguindo, mas deixou passar, supondo que fosse o barulho de um inseto.

Pelas ações confusas de seus cães, não demorou para que Roddy McGristle descobrisse que a pantera não era a mesma criatura que havia deixado o cheiro na trilha de amoras. Além disso, Roddy percebeu que seus companheiros maltrapilhos, em particular o prefeito obeso, mesmo com sua ajuda, tinham pouca chance de capturar a gata; a pantera poderia saltar sobre ravinas que levariam aos fazendeiros muitos minutos para se contornar.

— Vão em frente! — Roddy disse ao resto do grupo. — Sigam essa coisa nesta trilha aqui. Vou levar meus cachorros até o outro lado pra cercar essa coisa e fazer com que volte na direção de vocês. — Os fazendeiros concordaram e se afastaram, e Roddy puxou as correntes e os cachorros de volta.

Os cães, treinados para a caça, queriam continuar, mas seu mestre tinha outra rota em mente. Muitos pensamentos perturbavam a mente de Roddy naquele momento. Ele estivera por diversas vezes naquelas montanhas em trinta anos, mas nunca havia visto, ou ouvido falar, de tal felino. Além disso, embora a pantera pudesse facilmente ter deixado seus perseguidores muito para trás, ela sempre parecia se mostrar em campo aberto, não muito longe, como se estivesse levando os fazendeiros a algum lugar. Roddy sabia reconhecer uma distração quando via uma, e tinha um bom palpite de onde o perpetrador poderia estar se escondendo. Ele pôs uma focinheira nos cães para mantê-los em silêncio e voltou para o caminho do qual havia vindo, de volta à trilha de amoras.

※

Drizzt descansava contra uma árvore nas sombras do matagal fechado e se perguntava como poderia aumentar sua exposição aos fazendeiros sem causar mais pânico entre eles. Em seus dias observando uma única família na fazenda, Drizzt estava convencido de que poderia encontrar um lugar entre os humanos, deste ou de algum outro assentamento, se pudesse convencê-los de que suas intenções não eram perigosas.

Um zunido à esquerda de Drizzt o arrancou de repente de suas reflexões. Rapidamente, ele puxou suas cimitarras, então algo passou por ele, rápido demais para que reagisse. Ele gritou com uma dor súbita no pulso, e sua cimitarra foi arrancada de sua mão. Confuso, Drizzt olhou para a ferida, esperando ver uma flecha ou um virote preso em seu braço.

O ferimento estava limpo. Um riso agudo fez com que Drizzt girasse para a direita. Lá estava o sprite, com a cimitarra de Drizzt de um jeito despojado sobre um ombro, quase tocando o chão atrás da diminuta criatura, e uma adaga, pingando sangue, na outra mão.

Drizzt se manteve parado, tentando adivinhar o próximo passo da criaturinha. Ele nunca havia visto um célere antes, ou mesmo ouvido falar sobre aquelas criaturas incomuns, mas tinha uma boa ideia da vantagem de seu adversário veloz. Antes que o drow pudesse formar qualquer plano para derrotar o célere, porém, outro inimigo mostrou-se.

Drizzt sabia, assim que ouviu o uivo, que seu grito de dor o revelara. O primeiro dos cães vorazes de Roddy McGristle atravessou o arbusto, investindo no drow por baixo. O segundo, correndo a alguns passos do primeiro, atacou pelo alto, pulando em direção à garganta de Drizzt.

Desta vez, no entanto, Drizzt foi mais rápido. Ele golpeou com a cimitarra restante, acertando a cabeça do primeiro cão e batendo em seu crânio. Sem hesitar, Drizzt se atirou para trás, invertendo sua pegada na lâmina e levando-a acima de seu rosto, na direção do cão que saltava. O punho da cimitarra se prendeu contra o tronco da árvore, e o cão, incapaz de mudar a direção do seu salto, atingiu a outra extremidade da arma com força, empalando-se através da garganta e do peito. O impacto arrancou a cimitarra da mão de Drizzt, e o cão e a lâmina caíram dentro de algum arbusto ao lado da árvore.

Drizzt mal havia se recuperado quando Roddy McGristle apareceu.

— Cê matou meu cachorro! — o enorme homem das montanhas rugiu, levando Sangrador, seu machado grande e já marcado pelas batalhas, na direção da cabeça do drow. O corte fora enganosamente rápido, mas Drizzt conseguiu esquivar-se para o lado. O drow não conseguia entender nenhuma palavra do jorro contínuo de palavrões de McGristle, e sabia que o homem bruto não entenderia nenhuma explicação que Drizzt pudesse tentar oferecer.

Ferido e desarmado, a única defesa de Drizzt era continuar a esquivar-se. Outro golpe quase o pegou, cortando seu manto de gnoll, mas ele encolheu sua barriga, e o machado passou direto por sua cota de malha. Drizzt dançou para o lado, em direção a um conjunto apertado de árvores menores, onde acreditava que sua agilidade maior poderia dar-lhe alguma vantagem. Ele teria que tentar cansar o humano enfurecido, ou pelo menos fazê-lo reconsiderar seu ataque brutal. No entanto, a ira de McGristle não diminuiu. Ele atacou indo logo atrás de Drizzt, rosnando e se balançando a cada passo.

Drizzt agora via as deficiências de seu plano. Ainda que pudesse se manter longe do grande corpo volumoso do humano entre as árvores aglomeradas, o machado de McGristle poderia mergulhar entre elas de forma bastante habilidosa.

A poderosa arma veio pela lateral, ao nível do ombro. Drizzt se jogou no chão desesperadamente, evitando a morte por pouco. McGristle não conseguiu retardar o seu movimento a tempo, e a arma pesada — e fortemente empunhada —, se chocou no tronco de dez centímetros de espessura de um jovem bordo, derrubando a árvore.

O ângulo cada vez mais estreito do tronco em queda segurou o machado de Roddy. Roddy grunhiu e tentou arrancar sua arma, e não percebeu o perigo até o último minuto. Ele conseguiu se afastar do peso principal do tronco, mas foi enterrado sob a copa do bordo. Os ramos rasgaram seu rosto e o lado de sua cabeça, formando uma teia ao redor dele e prendendo-o com firmeza ao chão.

— Maldito seja, drow! — McGristle rugiu, se debatendo inutilmente em sua prisão natural.

Drizzt se arrastou para longe dele, ainda agarrando o pulso ferido. Ele encontrou a sua cimitarra restante, enterrada até o punho no infeliz cachorro. A visão afetou Drizzt; conhecia o valor dos companheiros animais. Levou vários momentos de coração partido até finalmente puxar a lâmina, momentos tornados ainda mais dramáticos pelo outro cão, que, apenas atordoado, estava começando a se mexer de novo.

— Maldito seja, drow! — McGristle rosnou outra vez.

Drizzt entendeu a referência a sua herança, e pôde imaginar o resto. Ele queria ajudar o homem caído, imaginando que poderia começar a abrir caminho em direção a estabelecer uma comunicação mais civilizada, mas não acreditava que o cachorro desperto estaria tão pronto para dar uma pata. Com um olhar final em busca do sprite que tinha começado tudo isso, Drizzt se arrastou para fora do bosque e fugiu para as montanhas.

— A gente já devia ter pegado a coisa! — Bartholomew Thistledown resmungou quando a trupe voltou para a trilha de amoras.

— Se McGristle tivesse aparecido onde disse que iria, a gente já ia ter pegado o gato com certeza! Aliás, cadê o cara e os cachorros?

Um rugido de *"Drow! Drow!"* vindo do aglomerado de bordos respondeu à pergunta de Bartholomew. Os fazendeiros se precipitaram para encontrar Roddy ainda impotentemente, preso pela árvore de bordo derrubada.

— Maldito drow! — Roddy berrou. — Matou meu cachorro! Maldito drow! — ele alcançou a orelha esquerda quando seu braço ficou livre, mas descobriu que a orelha não estava mais ali. — Maldito drow! — rugiu de novo.

Connor Thistledown permitiu que todos vissem o retorno de seu orgulho ante a confirmação de seu conto até então questionado, mas o filho mais velho dos Thistledowns era o único satisfeito com a proclamação inesperada de Roddy. Os outros fazendeiros eram mais velhos do que Connor; eles perceberam as implicações sombrias de ter um elfo negro assombrando a região.

Benson Delmo, limpando o suor de sua testa, fez pouco segredo sobre como estava reagindo à notícia. Ele se virou imediatamente para o fazendeiro ao seu lado, um homem mais novo conhecido por sua habilidade em criar e montar cavalos.

— Vá até Sundabar — ordenou o prefeito. — Encontre-nos um ranger imediatamente!

Em poucos minutos, Roddy foi solto. A essa altura, seu cão ferido havia se juntado a ele, mas saber que um dos seus preciosos animais havia sobrevivido fazia pouco para acalmar o homem áspero.

— Maldito drow! — Roddy rugiu pela talvez milésima vez, limpando o sangue da bochecha. — Eu vou pegar esse drow maldito! — E enfatizou seu ponto ao bater Sangrador, com uma mão, no tronco de outro bordo próximo, quase derrubando aquele também.

Capítulo 5

A perseguição maldita

Os guardas goblins pularam para o lado quando o poderoso Ulgulu rasgou a cortina e saiu do complexo de cavernas. O ar noturno da montanha gelada causou uma sensação agradável no barghest, melhor ainda quando Ulgulu pensou na tarefa diante dele. Ele olhou para a cimitarra que Tephanis tinha lhe entregado, a arma forjada parecendo minúscula na mão imensa de Ulgulu.

Ulgulu inconscientemente deixou a arma cair no chão. Não queria usá-la naquela noite, mas sim suas próprias armas mortíferas, garras e dentes, provar suas vítimas e devorar sua essência vital para se tornar mais forte. No entanto, Ulgulu era inteligente e sua lógica anulou os instintos que desejavam o sabor do sangue. Havia um propósito no trabalho daquela noite, um método que prometia ganhos maiores e a eliminação da ameaça que a aparição inesperada do elfo negro apresentava.

Com um grunhido gutural, um pequeno protesto primordial de Ulgulu, o barghest agarrou a cimitarra novamente e pulou pela montanha, cobrindo longas distâncias a cada passo. A fera parou na beira de um barranco, onde uma única trilha estreita se desenrolava ao longo do penhasco. Ele levaria muitos minutos para descer pela trilha perigosa.

Mas Ulgulu estava com fome.

A consciência de Ulgulu recuou em si mesma, concentrando-se naquele ponto do seu ser que flutuava com a energia mágica. Ele não era uma criatura do Plano Material, e as criaturas extraplanares inevitavelmente tinham poderes que pareciam mágicos para as criaturas do plano em que estavam. Os olhos de Ulgulu brilhavam em um tom laranja de empolgação quando emergiu de seu transe apenas alguns minutos depois. Ele olhou para o penhasco, visualizando um ponto no chão plano abaixo, talvez a uns quatrocentos metros de distância.

Uma porta cintilante e multicolorida apareceu diante de Ulgulu, suspensa no ar além da borda do barranco. Com um riso que se parecia mais com um rugido, Ulgulu abriu a porta e encontrou, logo adiante, o lugar que havia visualizado. Ele passou por ela, contornando a distância do chão da ravina com um único passo extradimensional.

Ulgulu se apressou, descendo a montanha em direção à aldeia humana, correndo ansioso para pôr em movimento as engrenagens de seu plano.

Quando o barghest aproximou-se das encostas mais baixas da montanha, novamente entrou naquele canto mágico de sua mente. O ritmo dos passos de Ulgulu diminuiu, então a criatura parou por completo, se sacudindo em espamos e gaguejando de forma indecifrável. Ossos se fundiram com sons de explosão, sua pele se rasgava e se colava, escurecendo até assumir um tom quase completamente negro.

Quando Ulgulu tornou a andar, seus passos — os passos de um elfo negro — não eram tão longos.

Bartholomew Thistledown estava sentado com seu pai Markhe e seu filho mais velho naquela noite, na cozinha da fazenda solitária nos arredores a oeste de Maldobar. A esposa e a mãe de Bartholomew tinham ido ao celeiro para acomodar os animais durante a noite, e os quatro filhos mais novos já estavam na segurança de suas camas no pequeno quarto fora da cozinha.

Em uma noite normal, o resto da família Thistledown, as três gerações, também estariam roncando aconchegados em suas camas, mas Bartholomew temia que muitas noites se passariam antes que qualquer aparência de normalidade voltasse para aquela fazenda tranquila. Um elfo negro tinha sido visto na área e, enquanto Bartholomew não estava convencido de que esse estranho quisesse fazer mal a eles (o drow facilmente poderia ter matado Connor e as outras crianças), sabia que a aparição do drow causaria uma agitação em Maldobar por algum tempo.

— A gente podia voltar pra cidade — disse Connor. — Eles iam encontrar algum lugar pra gente, e toda a Maldobar ia dar apoio.

— Dar apoio? — Bartholomew respondeu com sarcasmo. — E eles iam sair de suas fazendas todo dia para vim aqui ajudar a gente a continuar nosso trabalho? Quantos deles você acha que iam vir aqui toda noite para cuidar dos animais?

A cabeça de Connor caiu ante a repreensão de seu pai. O jovem deslizou uma mão para o punho de sua espada, lembrando-se de que não era uma criança. Ainda assim, sentia uma gratidão silenciosa pela mão de apoio que seu avô deixou cair casualmente sobre seu ombro.

— Cê tem que pensar antes de falar essas coisas, garoto — Bartholomew continuou, seu tom acalmando-se quando começou a perceber o profundo efeito que suas duras palavras tinham sobre seu filho. — A fazenda é sua vida, é tudo o que importa.

— A gente podia levar as crianças — Markhe acrescentou. — O menino tem o direito de ficar com medo, com um elfo negro por perto e coisa assim.

Bartholomew virou-se e deixou seu queixo cair na palma de sua mão. Ele odiava pensar em separar a família. A família era sua fonte de força, como tinha sido através de cinco gerações de Thistledowns e além.

No entanto, aqui estava Bartholomew, repreendendo Connor, apesar de o menino ter falado apenas pelo bem da família.

— Eu devia ter pensado melhor, pai — ele ouviu Connor sussurrar, e sabia que seu próprio orgulho não poderia aguentar contra a percepção da dor de Connor. — Me desculpa.

— Não precisa — respondeu Bartholomew, voltando para os outros. — Eu que tinha que pedir desculpa. Todo mundo ficou de cabelo em pé com esse elfo negro por aí. Cê tá certo no seu pensamento, Connor. A gente tá muito longe de tudo aqui pra tá seguro.

Como se em resposta, fez-se ouvir um som alto de madeira se quebrando e um grito abafado de fora da casa, vindo da direção do celeiro. Naquele único momento horrível, Bartholomew Thistledown percebeu que deveria ter tomado sua decisão mais cedo, quando a reveladora luz do dia ainda oferecia à sua família alguma medida de proteção.

Connor reagiu primeiro, correndo até a porta e a abrindo. O pátio estava em um silêncio mortal; nem mesmo o som dos grilos perturbava a cena surrealista. Uma lua silenciosa pendia no céu, lançando longas e tortuosas sombras de cada cerca e árvore. Connor observou, sem ousar respirar, por um longo segundo, que mais parecia uma hora.

A porta do celeiro rangeu e caiu de suas dobradiças. Um elfo negro entrou no pátio da fazenda.

Connor fechou a porta e recostou-se contra ela, precisando do seu apoio tangível.

— Mãe — ofegou ante os rostos assustados de seu pai e avô. — Drow.

Os homens Thistledowns hesitaram, suas mentes girando através do tumulto de mil ideias horríveis. Eles simultaneamente pularam de seus assentos, Bartholomew indo buscar uma arma e Markhe indo em direção a Connor e à porta.

Sua ação repentina tirou Connor de sua paralisia. Ele puxou a espada do cinto e abriu a porta, na intenção de correr e encarar o intruso.

Um único salto de suas pernas poderosas trouxe Ulgulu até a porta da fazenda. Connor correu às cegas pela escuridão, esbarrou na criatura — que ainda se mostrava como um drow delgado — ricocheteou e caiu, atordoado, na cozinha. Antes que qualquer um dos homens pudesse reagir, a cimitarra bateu no topo da cabeça de Connor com toda a força do barghest que a empunhava, quase dividindo o jovem ao meio.

Ulgulu entrou desimpedido na cozinha. Ele viu o velho — o inimigo mais fraco restante — vindo em sua direção e invocou sua natureza mágica para acabar com o ataque. Uma onda de emoção transmitida cobriu Markhe Thistledown, uma onda de desespero e terror tão grande que ele não conseguia combater. Sua boca enrugada se abriu em um grito silencioso e o velho cambaleou para trás, encostando em uma parede e agarrando, impotente, seu peito.

A investida de Bartholomew Thistledown carregava o peso de uma fúria desenfreada. O fazendeiro ofegava e rosnava sons ininteligíveis enquanto abaixava seu forcado e atingia o intruso que havia assassinado seu filho.

A aparência delgada que o barghest assumira não diminuiu a força gigante de Ulgulu. À medida que as pontas do forcado se aproximavam do peito da criatura, Ulgulu bateu uma única mão na haste da arma. Bartholomew congelou, com a ponta da haste de seu forcado o atingindo em cheio em sua barriga, roubando sua respiração.

Ulgulu ergueu o braço rapidamente, levantando Bartholomew do chão e batendo a cabeça do fazendeiro em uma viga do teto com força suficiente para quebrar seu pescoço. O barghest jogou Bartholomew e sua arma casualmente do outro lado da cozinha e se dirigiu ao velho.

Talvez Markhe o tivesse visto se aproximando, talvez o velho estivesse muito destruído pela dor e pela angústia para registrar qualquer evento na sala. Ulgulu foi até ele e abriu a boca. Ele queria devorar o velho, para se deleitar com a força vital dessa pessoa como tinha feito com a mulher mais nova no celeiro. Ulgulu tinha lamentado suas ações no celeiro assim que o êxtase da matança desaparecera. Mais uma vez, o lado racional do barghest deslocou seus impulsos básicos. Com um grunhido frustrado, Ulgulu dirigiu a cimitarra ao peito de Markhe, acabando com a dor do velho.

Ulgulu olhou ao redor para admirar seu trabalho sangrento, lamentando não haver se banqueteado dos bons fazendeiros jovens, mas lembrando-se dos ganhos maiores que suas ações trariam. Um grito confuso o levou até o cômodo lateral, onde as crianças dormiam.

※

Drizzt desceu das montanhas hesitante no dia seguinte. Seu pulso, onde o sprite o havia esfaqueado, latejava, mas a ferida estava limpa e Drizzt estava confiante de que iria se curar. Ele se agachou em um arbusto na encosta atrás da fazenda Thistledown, pronto para tentar outro encontro com as crianças. Drizzt tinha visto muito da comunidade humana, e passado tempo demais sozinho, para desistir. Era ali que pretendia fazer seu lar se pudesse ultrapassar as óbvias barreiras do preconceito, personificadas mais intensamente pelo grande homem com os cachorros furiosos.

Daquele ângulo, Drizzt não conseguia ver a porta do celeiro, e tudo parecia estar como deveria na fazenda ante o brilho do pré-amanhecer.

Os fazendeiros não saíram com o sol, no entanto, e em todas as outras vezes eles saíam no mais tardar no momento do amanhecer. Um galo cantou e vários animais se embaralharam ao redor do celeiro, mas a casa continuou em silêncio. Drizzt sabia que isso era incomum, mas acreditou que o encontro nas montanhas no dia anterior houvesse feito com que os fazendeiros se escondessem. Provavelmente, a família tinha deixado a fazenda por completo procurando o abrigo do maior conjunto de casas na aldeia propriamente dita. Os pensamentos pesavam muito sobre Drizzt; outra vez, havia interrompido a vida daqueles ao seu redor apenas mostrando seu rosto. Lembrou-se da Gruta das Pedras Preciosas, a cidade dos gnomos svirfneblin, e o tumulto e o potencial perigo que sua aparição trouxe para eles.

O dia ensolarado se iluminou, mas uma brisa gelada soprou nas montanhas. Ninguém ainda se mostrava ainda no pátio ou dentro da casa, pelo que Drizzt pôde notar. O drow observou a tudo, cada vez mais preocupado a cada segundo que passava.

Um ruído de zumbido familiar arrancou Drizzt de suas contemplações. Ele sacou sua cimitarra restante e olhou ao redor. Ele desejou poder chamar Guenhwyvar, mas não havia passado tempo suficiente desde a última visita da gata. A pantera precisava descansar em sua casa astral por mais um dia antes de estar forte o suficiente para andar ao lado de Drizzt. Não vendo nada em sua área imediata, Drizzt caminhou entre os troncos de duas grandes árvores, uma posição mais defensável contra a velocidade estonteante do sprite.

O zumbido desapareceu um instante mais tarde, e o sprite não estava em lugar algum. Drizzt passou o resto desse dia movendo-se sob os arbustos, instalando armadilhas de fios e cavando fossos rasos. Se ele e o sprite se encontrassem novamente, o drow estava determinado a mudar o resultado.

As sombras que se alongavam e o céu ocidental carmesim trouxeram a atenção de Drizzt de volta à fazenda Thistledown. Nenhuma vela foi acesa dentro da fazenda para derrotar a penumbra.

Drizzt ficou cada vez mais preocupado. O retorno do sprite desagradável foi um lembrete pungente dos perigos da região e, com a contínua inatividade no pátio da fazenda, um medo surgiu dentro dele, se enraizou e logo cresceu em um sentimento de pavor.

O crepúsculo escureceu até tornar-se noite. A lua levantou-se e continuou a subir no céu oriental.

Nenhuma vela ainda queimava na casa, e não surgiu um único som através das janelas escuras.

Drizzt saiu dos arbustos e atravessou o pequeno campo caseiro. Ele não tinha intenções de se aproximar da casa; só queria ver o que poderia descobrir. Talvez os cavalos e a pequena carroça do fazendeiro tivessem desaparecido, dando provas à suspeita anterior de Drizzt de que os fazendeiros se refugiaram na aldeia.

Quando passou ao lado do celeiro e viu a porta quebrada, Drizzt soube instintivamente que não era o caso. Seus medos cresciam a cada passo. Ele olhou através da porta do celeiro e não ficou surpreso ao ver a carroça parada no meio do celeiro e os estábulos repletos de cavalos.

Ao lado da carroça, entretanto, estava a mulher mais velha, destruída e coberta por seu próprio sangue seco. Drizzt foi até ela e soube de imediato que estava morta, assassinada por uma arma afiada. No mesmo instante seus pensamentos foram para o sprite maligno e sua própria cimitarra desaparecida. Quando encontrou o outro cadáver, atrás do vagão, soube que algum outro monstro, algo mais cruel e poderoso, estava envolvido. Drizzt nem conseguiu identificar este segundo corpo meio devorado.

Drizzt correu do celeiro para a fazenda, jogando fora toda cautela. Encontrou os corpos dos homens Thistledowns na cozinha e, para o seu completo horror, as crianças mortas, ainda deitadas em suas camas. Ondas de repulsa e culpa caíram sobre o drow quando olhou para os corpos das crianças. A palavra *"drizzit"* ressoou dolorosamente em sua mente ao olhar para o menino de cabelos cor de areia.

O tumulto das emoções de Drizzt era demais para ele. O elfo cobriu seus ouvidos contra essa palavra condenatória, *"drizzit"*, mas ela ecoava sem parar, perseguindo-o, lembrando-o.

Incapaz de recuperar o fôlego, Drizzt correu da casa. Se tivesse revirado a sala com mais cuidado, teria encontrado, debaixo da cama, a cimitarra desaparecida, partida ao meio e deixada ali para ser encontrada pelos aldeões.

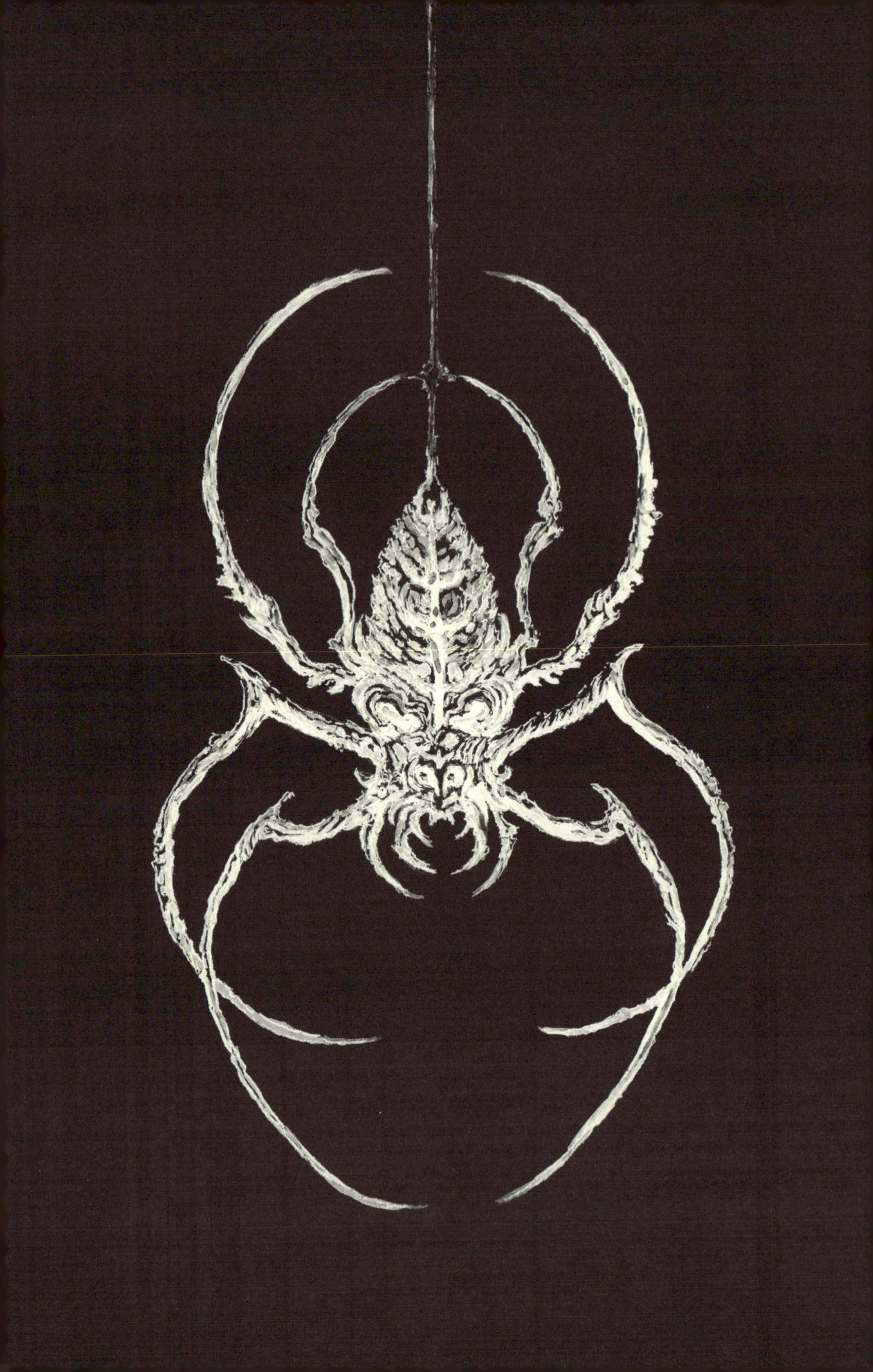

Parte 2
A ranger

Existe alguma força no mundo que exerça peso maior sobre os ombros do que a culpa? Eu já senti esse fardo com frequência. O carreguei comigo em muitos passos por longas estradas.

A culpa se assemelha a uma espada com dois gumes. Por um lado, corta pela justiça, impõe a prática moral a quem a teme. A culpa, a consequência da consciência, é o que separa as pessoas boas das más. Dada uma situação que prometa algum benefício, a maioria dos drow pode vir a matar outro, seja um de seus familiares ou não, e ir embora sem nenhum ônus emocional. O drow assassino pode ter medo da retaliação, mas não derramará lágrima alguma por sua vítima.

Para os seres humanos — e para os elfos da superfície, e para todas as outras raças bondosas — o sofrimento imposto pela consciência geralmente supera as ameaças externas. Alguns concluiriam que a culpa, a consciência, é a principal diferença entre as variadas raças dos Reinos. De tal forma, a culpa deve ser considerada uma força positiva.

Mas há outro lado dessa emoção pesada. A consciência nem sempre adere ao juízo racional. A culpa é sempre um fardo auto imposto, mas nem sempre é corretamente imposta. E foi o que aconteceu comigo no percurso de Menzoberranzan até Vale do Vento Gélido. Eu levei de Menzoberranzan a culpa por Zaknafein, meu pai, sacrificado em meu nome. Eu levei para Gruta das Pedras Preciosas a culpa por Belwar Dissengulp, o svirfneblin que meu irmão tinha mutilado. Ao longo das muitas estradas, surgiram muitos outros fardos: Estalo, morto pelo monstro que me perseguia; os gnolls, mortos por minha própria mão; e os fazendeiros — mais dolorosamente — aquela família simples da fazenda assassinada pelo filhote de barghest.

Racionalmente, eu sabia que não era culpa minha, que as ações estavam além da minha influência, ou em alguns casos, como com os gnolls, que eu agi corretamente. Mas a racionalidade não ajuda muito com o peso da culpa.

Com o tempo, reforçado pela confiança de amigos leais, consegui me aliviar de muitos desses fardos. Outros permanecem e vão continuar comigo para sempre. Aceito isso como algo inevitável, e uso tal peso para guiar os meus passos futuros.

Esse, creio eu, é o verdadeiro propósito da consciência.

— Drizzt Do'Urden

Capítulo 6

Sundabar

— Ah, chega, Fret — disse a mulher alta ao anão de vestes e barba brancas, afastando as mãos dele. Ela passou os dedos pelos cabelos grossos e castanhos, bagunçando-o bastante.

— *Tsc, tsc* — o anão respondeu, levando imediatamente suas mãos para o ponto sujo na capa da mulher. Ele a limpava freneticamente, mas o contínuo deslocamento da ranger o impedia de conseguir algum resultado. — Por que, Senhora Garra de Falcão, eu acredito que você faria bem em consultar alguns livros sobre comportamento adequado?

— Eu acabei de chegar de Lua Argêntea — Columba Garra de Falcão respondeu com indignação, lançando uma piscadela para Gabriel, o outro guerreiro na sala, um homem alto de rosto severo. — É normal pegar um pouco de poeira da estrada.

— Há quase uma semana! — reclamou o anão. — Você foi ao banquete ontem à noite com essa mesma capa! — O anão então notou que, em sua confusão com a capa de Columba, ele tinha manchado suas vestes de seda, e essa catástrofe desviou sua atenção da ranger.

— Querido Fret — disse Columba, lambendo um dedo e esfregando-o sobre a sujeira em sua capa —, você é o mais incomum dos criados.

O rosto do anão ficou vermelho como uma beterraba e ele bateu um chinelo brilhante no chão de azulejos.

— Criado? — ele bufou. — Eu devo dizer...

— Então diga! — Columba riu.

— Eu sou o sábio mais bem sucedido... um dos sábios mais bem sucedidos — do norte! Minha tese sobre a etiqueta adequada dos banquetes raciais...

— Ou a falta de etiqueta adequada — Gabriel não pôde evitar interromper. O anão se virou para ele com raiva. — Pelo menos, quando os anões estão envolvidos — o guerreiro alto finalizou com um dar de ombros inocente.

O anão tremia visivelmente e seus chinelos faziam uma percussão respeitável no piso duro.

— Ah, querido Fret — ofereceu Columba, lançando uma mão reconfortante no ombro do anão e correndo ao longo da sua barba amarela muito bem aparada.

— Fred! — O anão retrucou bruscamente, afastando a mão da ranger. — Fredegar!

Columba e Gabriel olharam um para o outro por um breve momento de sintonia, depois gritaram o sobrenome do anão em uma explosão de risadas.

— Esmaga-pedra!

— Fredegar Mergulhapena seria mais apropriado! — Gabriel acrescentou.

Um olhar para o anão furioso disse ao homem que tinha passado da sua hora de partir, então pegou sua mochila e saiu do quarto, parando apenas para lançar uma última piscadela na direção de Columba.

— Eu só queria ajudar — o anão baixou as mãos nos bolsos impossivelmente profundos e abaixou a cabeça.

— E você ajudou! — Columba gritou para confortá-lo. — Quer dizer, você conseguiu mesmo uma audiência com Helm Amigo dos Anões.

Fret continuou, recuperando um pouco de seu orgulho.

— Alguém precisa estar apropriada ao ver o Mestre de Sundabar.

— De fato, precisa mesmo — Columba prontamente concordou. — No entanto, tudo o que tenho para vestir está diante de você, querido Fret: manchado e sujo da estrada. Temo que não vou causar uma boa impressão aos olhos do Mestre de Sundabar. Ele e minha irmã se tornaram tão amigos... — foi a vez de Columba fingir um beicinho vulnerável e, embora sua espada tivesse transformado gigantes em comida de abutre, a ranger poderia jogar este jogo melhor do que a maioria.

— O que devo fazer? — Ela inclinou a cabeça com curiosidade enquanto olhava para o anão. — Talvez — provocou. — Se ao menos...

O rosto de Fret começou a se iluminar com a dica.

— Não — concluiu Columba com um suspiro pesado. — Eu nunca poderia impor isso a você — Fret realmente saltou com alegria, batendo palmas com suas mãos grossas.

— Com certeza você poderia, Senhora Garra de Falcão! Com certeza você poderia!

Columba mordeu o lábio para evitar qualquer risada mais humilhante quando o anão empolgado saltou para fora da sala. Ainda que ela provocasse Fret com frequência, Columba admitiria prontamente que amava o pequeno anão. Fret havia passado muitos anos em Lua Argêntea, onde a irmã de Columba governava, e fez muitas contribuições para a famosa biblioteca de lá. Fret era mesmo um sábio notável, conhecido por sua extensa pesquisa sobre os costumes de várias raças, tanto boas quanto malignas, e era um especialista nas questões humanoides. Também era um bom compositor. Quantas vezes, Columba se perguntou com sincera humildade, tinha andado ao longo de uma trilha de uma montanha qualquer, assobiando uma melodia alegre composta por este mesmo anão?

— Querido Fret — a ranger sussurrou baixinho quando o anão voltou, com um vestido de seda sobre um braço, mas cuidadosamente dobrado para que não se arrastasse pelo chão, joias diversas e um par de sapatos elegantes na outra mão com uma dúzia de alfinetes presos entre seus lábios franzidos e uma corda de medição sobre uma orelha. Columba escondeu seu sorriso e decidiu dar ao anão essa batalha. Ela entraria na ponta dos pés no salão de audiências de Helm Amigo dos Anões com um vestido de seda, a imagem perfeita da elegância, com o sábio diminuto resplandecendo orgulhosamente ao seu lado.

Enquanto isso, Columba sabia, os sapatos apertariam e machucariam seus pés e o vestido encontraria algum lugar para coçar onde não conseguiria alcançar. Tudo pelos deveres da sua posição, Columba pensou enquanto olhava o vestido e os acessórios. Olhou para o rosto radiante de Fret e percebeu que valia a pena todo aquele trabalho.

Tudo pelos deveres de amizade, pensou.

O fazendeiro havia cavalgado sem parar por mais de um dia; a visão de um elfo negro muitas vezes causava esses efeitos em aldeões simples. Ele levou dois cavalos de Maldobar; um que havia deixado alguns quilômetros atrás, a meio caminho entre as duas cidades — e se tivesse sorte, encontraria o animal intacto durante a viagem de volta — e o segundo cavalo, o precioso garanhão do fazendeiro, que estava começando a se cansar. Ainda assim, o fazendeiro se curvou baixo na sela, fazendo sua montaria seguir em frente. As tochas do relógio noturno de Sundabar, no alto das grossas paredes de pedra da cidade, estavam à vista.

— Pare e diga seu nome! — veio o grito formal do capitão dos guardas do portão quando o cavaleiro se aproximou, meia hora depois.

Columba inclinou-se sobre Fret buscando apoio enquanto seguiam o criado de Helm pelo corredor longo e decorado até a sala de audiências. A ranger poderia atravessar uma ponte de corda sem corrimões, poderia disparar o arco com uma precisão mortal montada sobre um corcel em galope, poderia subir uma árvore vestindo uma cota de malha completa, com espada e escudo na mão. Mas ela não podia, com toda a sua experiência e agilidade, lidar com os sapatos sofisticados em que Fret tinha apertado seus pés.

— E esse vestido — sussurrou Columba irritada, sabendo que a roupa impraticável seria dividida em seis ou sete pedaços se tivesse a oportunidade de brandir sua espada enquanto a usava, ou mesmo inspirar com força.

Fret olhou para ela, magoado.

— Este vestido é certamente o mais bonito... — Columba gemeu, com cuidado para não dar ao empertigado anão motivos para fazer birra. — Realmente não consigo encontrar palavras adequadas à minha gratidão, querido Fret.

Os olhos cinzentos do anão brilhavam, embora não estivesse certa de que ele acreditasse em uma palavra do que ouvira. De qualquer forma, Fret percebeu que Columba se preocupava o suficiente com ele para seguir suas sugestões, e este fato era tudo o que realmente importava para ele.

— Eu peço mil perdões, minha senhora — veio uma voz por trás. Toda a comitiva virou-se para ver o capitão do turno noturno, com um fazendeiro ao seu lado, trotando pelo corredor sombrio.

— Bom capitão! — Fret protestou contra a violação do protocolo. — Se deseja uma audiência com a senhora, deve fazer uma apresentação no salão. Então, e somente então, e somente se o mestre permitir, você pode...

Columba pousou uma mão no ombro do anão para silenciá-lo, por reconhecer a urgência gravada nos rostos dos homens, um olhar que a heroína aventureira já vira muitas vezes.

— Continue, capitão — ela sugeriu. Para acalmar Fret, acrescentou — Nós temos alguns momentos antes que nossa reunião comece. O Mestre Helm não ficará esperando.

O fazendeiro avançou corajosamente.

— Peço mil perdões, minha senhora — ele começou, remexendo seu chapéu nervosamente nas mãos. — Eu sou apenas um fazendeiro de Maldobar, uma pequena aldeia ao norte…

— Eu conheço Maldobar — informou Columba. — Muitas vezes vi o lugar das montanhas. Uma comunidade boa e robusta. — O fazendeiro se iluminou com sua descrição. — Espero que nada de ruim tenha acontecido em Maldobar.

— Ainda não, minha senhora — respondeu o fazendeiro —, mas temos problemas à vista, não devemos duvidar — fez uma pausa e olhou para o capitão para obter apoio.

— Drow. — Os olhos de Columba se arregalaram ante as notícias. Mesmo Fret, batendo seu pé impacientemente durante toda a conversa, parou para observar.

— Quantos? — Columba perguntou.

— Somente um, pelo que vimos. Tememos que seja um batedor ou espião, e sem nenhuma boa intenção.

Columba concordou com a cabeça.

— Quem viu o drow?

— Crianças primeiro — respondeu o fazendeiro, arrancando um suspiro de Fret e fazendo o pé do anão bater impaciente mais uma vez.

— Crianças? — o anão bufou.

A determinação do fazendeiro não vacilou.

— Então McGristle o viu — ele disse, olhando diretamente para Columba. — E McGristle já viu muita coisa!

— O que é um McGristle? — Fret bufou.

— Roddy McGristle — respondeu Columba, com um tom um tanto azedo, antes que o fazendeiro pudesse explicar. — Um caçador de recompensas e notável caçador de peles.

— O drow matou um dos cachorros de Roddy — o agricultor acrescentou com entusiasmo — e quase cortou Roddy! Derrubou uma árvore nele! Ele perdeu uma orelha no meio disso tudo.

Columba não entendia bem do que o fazendeiro estava falando, mas não precisava também. Um elfo negro tinha sido visto e confirmado na região, e tal fato sozinho faria a ranger agir. Ela tirou os sapatos sofisticados e os entregou a Fret, depois disse a um dos criados para ir direto encontrar seus companheiros de viagem e, por fim, disse ao outro para repassar seu pedido desculpas ao Mestre de Sundabar.

— Mas Senhora Garra de Falcão! — Fret gritou.

— Não há tempo para formalidades — respondeu Columba, e Fret sabia por sua óbvia empolgação que não estava muito decepcionada por cancelar sua audiência com Helm. Ela já estava se remexendo, tentando abrir uma fenda na parte traseira de seu vestido magnífico.

— Sua irmã não ficará satisfeita — Fret grunhiu alto sobre o som do bater de sua bota.

— Minha irmã pendurou a mochila há muito tempo — replicou Columba —, mas a minha ainda se cobre da sujeira fresca da estrada!

— Com certeza — o anão murmurou, de uma forma evidentemente nada elogiosa.

— Você pretende vir, então? — o fazendeiro perguntou esperançoso.

— Claro — respondeu Columba. — Nenhum ranger respeitável poderia ignorar a aparição de um elfo negro! Meus três companheiros e eu partiremos para Maldobar nesta noite, embora eu implore que você permaneça aqui, bom fazendeiro. Você viajou bastante e com pressa — é óbvio — e precisa dormir.

Columba olhou ao redor curiosamente por um momento, depois colocou um dedo sobre os lábios franzidos.

— O quê? — o anão irritado perguntou a ela.

O rosto de Columba iluminou-se quando seu olhar caiu em Fret.

— Eu tenho pouca experiência com elfos negros — começou —, e meus companheiros, pelo que sei, nunca lidaram com um — seu sorriso, se alargando, fez Fret quase cair para trás. — Venha, querido Fret — Columba ronronou para o anão. Com os pés descalços batendo espontaneamente no chão de azulejos, ela levou Fret, o capitão e o fazendeiro de Maldobar pelo corredor para a sala de audiências de Helm.

Fret estava confuso — e esperançoso — por um momento graças à súbita mudança de direção de Columba. Assim que Columba começou a conversar com Helm, o mestre de Fret, pedindo desculpas pelo inconveniente inesperado e pedindo a Helm que enviasse alguém que poderia ajudar na missão a Maldobar, o anão começou a entender.

※

No momento em que o sol encontrou o caminho acima do horizonte oriental na manhã seguinte, o grupo de Columba, que incluía um arqueiro elfo e dois poderosos guerreiros humanos, estava a mais de quinze quilômetros do portão pesado de Sundabar.

— *Ugh!* — Fret gemeu quando a luz aumentou. Ele montava um robusto pônei Adbar ao lado de Columba. — Veja como a lama sujou minhas roupas! Certamente será o fim de todos nós! Morrer imundo em uma estrada abandonada pelos deuses!

— Escreva uma música sobre isso — sugeriu Columba, devolvendo os sorrisos largos de seus outros três companheiros.

— A balada dos cinco aventureiros engasgados, será como chamarei.

O olhar furioso de Fret durou apenas o momento que Columba levou para lembrá-lo de que Helm Amigo dos Anões, o próprio Mestre de Sundabar, havia enviado Fret nessa viagem.

Capítulo 7

Fúria latente

Da mesma manhã que o grupo de Columba partiu para Maldobar, Drizzt partiu em uma jornada própria. O horror de sua descoberta macabra na noite anterior não diminuiu, e o drow temia que nunca diminuiria, mas outra emoção entrou nos seus pensamentos. Não poderia fazer nada pelos fazendeiros e seus filhos, nada além de vingar suas mortes. E isso não era tão agradável para Drizzt; ele tinha deixado o Subterrâneo para trás, e a selvageria também, esperava. Com as imagens da carnificina ainda claras em sua mente, e sozinho como estava, Drizzt podia recorrer apenas a sua cimitarra em busca de justiça.

Drizzt tomou duas precauções antes de seguir o rastro do assassino. Primeiro, se arrastou de volta para o pátio, na parte de trás da casa, onde os fazendeiros haviam colocado um arado quebrado. A lâmina de metal era pesada, mas o drow determinado a ergueu e a carregou sem pensar no desconforto.

Drizzt então chamou Guenhwyvar. Assim que a pantera chegou e notou a carranca de Drizzt, ficou em posição de alerta. Guenhwyvar já estava com Drizzt tempo suficiente para reconhecer essa expressão e entender que entraria em batalha antes de retornar à sua casa astral.

Partiram antes do amanhecer, com Guenhwyvar seguindo facilmente a pista clara do barghest, conforme Ulgulu esperava. Seu ritmo era lento, com Drizzt sendo atrasado pelo arado, mas firme, e assim que Drizzt ouviu o som de um zumbido distante, sabia que tinha feito bem em levar o objeto inconveniente com ele.

Ainda assim, o resto da manhã passou sem incidentes. A trilha levou a dupla a um barranco rochoso e à base de um penhasco alto e assimétrico. Drizzt temia ter que escalar o penhasco e deixar o arado para trás, mas logo viu uma trilha estreita que se escondia ao longo da parede. O caminho ascendente permanecia plano, enquanto se desenrolava ao redor das curvas escarpadas na face do penhasco, com voltas cegas e perigosas. Querendo usar o terreno como sua vantagem, Drizzt enviou Guenhwyvar muito à frente e seguiu sozinho, arrastando o arado e se sentindo vulnerável no penhasco aberto.

Esse sentimento não fez muito para apagar o fogo ardente nos olhos de Drizzt, que se incendiavam claramente sob o capuz baixo da capa de gnoll, grande demais para ele. Se a visão do barranco se aproximando logo ao lado deixasse o drow nervoso, bastava a Drizzt se lembrar dos fazendeiros. Pouco tempo depois, quando Drizzt ouviu o ruído de zumbido esperado vindo de algum lugar mais abaixo na trilha estreita, ele apenas sorriu.

O zumbido rapidamente se aproximou por trás. Drizzt recuou contra a parede do penhasco e sacou sua cimitarra, monitorando cuidadosamente o tempo que o sprite levava para se aproximar.

Tephanis brilhou ao lado do drow, o pequeno punhal do célere se lançando e tentando provocar uma abertura nos movimentos defensivos da cimitarra rodopiante. O sprite desapareceu em um instante, subindo à frente de Drizzt, mas Tephanis havia conseguido acertar, cortando Drizzt em um ombro.

Drizzt inspecionou a ferida e assentiu sério, aceitando-a como um incômodo menor. Sabia que não poderia derrotar o ataque terrivelmente rápido, e sabia, também, que permitir o primeiro golpe era necessário para sua vitória final. Um grunhido no caminho à frente colocou Drizzt em alerta. Guenhwyvar havia encontrado o sprite, e a pantera, com suas patas ligeiras que podiam rivalizar com a velocidade do célere, sem dúvida havia feito a criatura recuar.

Mais uma vez Drizzt se colocou de costas para a parede, monitorando a aproximação do zumbido. Assim que viu o sprite retornando, Drizzt saltou para o caminho estreito, com a cimitarra já em prontidão. A outra mão do drow estava menos em evidência e segurava firme um objeto metálico, pronto para incliná-lo e bloquear a abertura.

O sprite acelerou em direção à parede, como Drizzt imaginava, e com facilidade, evitar a cimitarra. . Mas, prestando atenção em seu alvo, o sprite não percebeu a outra mão de Drizzt.

Drizzt quase não registrou os movimentos do sprite, mas o súbito *"bong!"* e as vibrações em sua mão quando a criatura atingiu o arado trouxeram um sorriso a seus lábios. Ele deixou cair o arado e pegou o sprite inconsciente pela garganta, mantendo-o longe do chão. Guenhwyvar apareceu ao redor da curva no momento em que o sprite sacudia a tontura de sua cabeça de traços compridos, suas orelhas longas e pontudas quase atingindo o outro lado da cabeça a cada movimento.

— Que criatura você é? — Drizzt perguntou na língua goblin, idioma que tinha funcionado com o bando de gnolls. Para sua surpresa, descobriu que o sprite entendia, embora sua resposta aguda e acelerada tenha chegado rápido demais para que Drizzt começasse a compreender.

O drow sacudiu o sprite para silenciá-lo e depois grunhiu:

— Uma palavra por vez! Qual é o seu nome?

— Tephanis — o sprite disse indignado. Tephanis podia mover as pernas cem vezes por segundo, mas elas não podiam ajudá-lo muito enquanto estava suspenso no ar. O sprite olhou para a borda estreita e viu sua pequena adaga caída ao lado do arado amassado.

A cimitarra de Drizzt se moveu ameaçadora.

— Você matou os fazendeiros? — o elfo negro perguntou sem rodeios. Quase o socou em resposta ao riso do sprite.

— Não — disse Tephanis ligeiro.

— Quem fez isso?

— Ulgulu! — proclamou o sprite. Tephanis apontou o caminho e deixou escapar um fluxo de palavras empolgadas. Drizzt conseguiu distinguir algumas, "Ulgulu", "esperando" e "jantar" sendo as mais perturbadoras delas.

Drizzt não sabia bem o que faria com o sprite capturado. Tephanis era simplesmente rápido demais para Drizzt manusear com segurança. Ele olhou para Guenhwyvar, sentada tranquila a poucos metros do caminho, mas a pantera apenas bocejou e se esticou.

Drizzt estava prestes a fazer outra pergunta, a tentar descobrir como Tephanis se encaixava nesse cenário todo, mas o sprite arrogante decidiu que já havia sofrido o suficiente naquele encontro. Com suas mãos movendo-se rápido demais para que Drizzt reagisse, Tephanis alcançou a bota, sacou outra faca e cortou o pulso já ferido de Drizzt.

Desta vez, no entanto, o sprite arrogante havia subestimado seu oponente. Drizzt não conseguia igualar a velocidade do sprite, nem sequer poderia acompanhar a pequena adaga. E, por mais dolorosas que as feridas fossem, Drizzt estava repleto demais de raiva para notar. Apenas aumentou a pressão no aperto no pescoço do sprite e empurrou sua cimitarra à frente. Mesmo com uma mobilidade tão limitada, Tephanis foi rápido e ágil o bastante para se esquivar, rindo de forma selvagem o tempo todo.

O sprite contra-atacou, cavando um corte mais profundo no antebraço de Drizzt. Finalmente Drizzt escolheu uma tática que Tephanis não conseguiria rebater, uma que tirava a vantagem do sprite. Bateu Tephanis na parede, depois jogou a criatura atordoada do penhasco.

Algum tempo depois, Drizzt e Guenhwyvar se esconderam nos arbustos na base de uma inclinação íngreme e rochosa. No topo, por detrás de arbustos e galhos colocados com cuidado, havia uma caverna e, de vez em quando, podiam se ouvir vozes de goblins.

Ao lado da caverna, na lateral do terreno inclinado, havia uma queda acentuada. Além da caverna, a montanha subia em um ângulo ainda maior. Os rastros, ainda que às vezes fossem escassos na pedra nua, levaram Drizzt e Guenhwyvar àquele lugar; não havia dúvidas de que o monstro que matara os fazendeiros estava na caverna.

Drizzt novamente lutou contra sua decisão de vingar a morte dos fazendeiros. Ele teria preferido uma justiça mais civilizada, um tribunal, mas o que poderia fazer? Com certeza, o drow não poderia ir até os aldeões humanos com suas suspeitas, nem até ninguém. Escondido no mato, Drizzt pensou de novo nos fazendeiros, no menino de cabelos cor de areia, na jovem garota bonita e no jovem que ele desarmara na trilha de amoras. Drizzt lutou muito para manter sua respiração firme. No Subterrâneo selvagem, às vezes se entregava a seus impulsos instintivos, um lado mais sombrio de si mesmo que lutava com uma eficiência brutal e mortal, e agora podia sentir seu *alter ego* dentro de si mais uma vez. A princípio, tentou sublimar a raiva, mas então se lembrou das lições que aprendeu. Esse lado mais sombrio era uma parte dele, uma ferramenta para a sobrevivência, e não era completamente mau.

Ele era necessário.

Drizzt entendia sua desvantagem na situação, no entanto. Não tinha ideia de quantos inimigos encontraria, ou mesmo que tipo de monstros poderiam ser. Ele ouviu goblins, mas a carnificina na fazenda indicava que algo muito mais poderoso estava envolvido. O bom senso de Drizzt lhe dizia para se sentar e observar, para descobrir mais sobre seus inimigos.

Outro instante fugaz de lembrança, a cena na fazenda, descartou esse bom senso. Com a cimitarra em uma mão e o punhal do sprite em outra, Drizzt subiu a colina pedregosa. O elfo negro não diminuiu o ritmo quando se aproximou da caverna, apenas rasgou os arbustos e caminhou direto.

Guenhwyvar hesitou e observou logo atrás, confusa com as táticas diretas do drow.

Tephanis sentiu um ar fresco contra seu rosto e pensou por um momento que estava em um sonho agradável. Porém, o sprite saiu de seu delírio e percebeu que estava se aproximando do chão muito rápido. Felizmente, Tephanis não estava longe do penhasco. Ele fez as mãos e os pés girarem rápido o suficiente para produzir um zumbido constante, e arranhou e chutou o penhasco, em um esforço para retardar sua descida. Enquanto isso, começou os encantamentos para um feitiço de levitação, provavelmente a única coisa que poderia salvá-lo.

Alguns segundos agonizantes e lentos se passaram antes que o sprite sentisse seu corpo impulsionado pelo feitiço. Ele ainda atingiu o chão com força, mas percebeu que suas feridas eram menores do que seriam caso caísse a toda velocidade.

Tephanis levantou-se um tanto quanto devagar e tentou espanar a poeira que o cobria. Seu primeiro pensamento foi o de ir e avisar Ulgulu do drow que se aproximava, mas imediatamente mudou de ideia. Ele não podia levitar até o complexo da caverna a tempo de avisar o barghest, e havia apenas um caminho até o penhasco — onde o drow estava.

Tephanis não estava com vontade alguma de enfrentar aquele lá de novo.

Ulgulu não tentou cobrir seus rastros. O elfo negro servia às necessidades do barghest e agora ele planejava transformar Drizzt em sua próxima refeição, que poderia levá-lo à maturidade e permitir que voltasse para Gehenna.

Os dois guardas goblins de Ulgulu não ficaram muito surpresos com a entrada de Drizzt. Ulgulu havia dito a eles que esperassem o drow e apenas o atrasassem na entrada até que o barghest pudesse ir lidar com ele. Os goblins interromperam a conversa de repente, moveram suas lanças formando uma cruz de bloqueio sobre a cortina, e inflaram seus peitos magricelas, seguindo as instruções do chefe enquanto Drizzt se aproximava.

— Ninguém pode entrar — começou um deles, mas, com um único deslizar da cimitarra de Drizzt, o goblin e seu companheiro cambalearam, agarrando-se às suas gargantas abertas. A barreira de lanças caiu e Drizzt sequer desacelerou enquanto atravessava a cortina.

No meio da sala interior, o drow viu seu inimigo. De pele escarlate e tamanho gigante, o barghest esperava com os braços cruzados e um sorriso perverso e confiante.

Drizzt jogou a adaga e investiu logo atrás dela. Esse movimento salvou a vida do drow, porque quando o punhal passou inofensivamente pelo corpo de seu inimigo, Drizzt reconheceu a armadilha. Ele investiu de qualquer maneira, incapaz de interromper seu impulso, e sua cimitarra penetrou na imagem sem encontrar nada tangível para cortar.

O verdadeiro barghest estava atrás do trono de pedra na parte de trás da sala. Usando outro poder de seu considerável repertório mágico, Kempfana enviou uma imagem de si mesmo para o meio da sala para manter o drow no lugar.

Naquele instante, os instintos de Drizzt disseram que estava sendo enganado. Aquele não era um monstro real que enfrentava, mas uma aparição com a intenção de deixá-lo de guarda aberta e vulnerável. A sala era pouco decorada; nada nas proximidades oferecia qualquer cobertura.

Ulgulu, levitando acima do drow, desceu rapido, pousando suavemente atrás dele. O plano era perfeito e o alvo estava bem no lugar.

Drizzt, tendo seus reflexos e músculos treinados e aperfeiçoados para atingir a perfeição no combate, sentiram a presença e mergulharam na imagem quando Ulgulu lançou um golpe pesado. A grande mão do barghest apenas acertou os cabelos flutuantes de Drizzt, mas apenas isso quase rasgou a cabeça do drow na lateral.

Drizzt fez um meio giro com o corpo enquanto mergulhava, voltando a ficar de pé de frente para Ulgulu. Ele encontrou um monstro ainda maior do que a imagem gigante, mas nem isso conseguiu intimidar o drow enfurecido. Como um elástico, Drizzt voltou imediatamente na direção do barghest. Quando Ulgulu se recuperou de seu erro inesperado, a cimitarra solitária de Drizzt o tinha acertado três vezes na barriga e tinha cavado um pequeno buraco sob o seu queixo.

O barghest rugiu de raiva, mas não ficou muito ferido, porque a arma de Drizzt perdeu a maior parte da sua magia no período que o drow passara na superfície, e apenas as armas mágicas — como as garras e os dentes de Guenhwyvar — poderiam realmente ferir uma criatura das fendas de Gehenna.

A enorme pantera bateu na parte de trás da cabeça de Ulgulu com força suficiente para tombar o barghest de cara no chão. Ulgulu jamais sentira dor como a que sentiu quando as garras de Guenhwyvar rasgaram sua cabeça.

Drizzt se mexeu para se juntar a ela, quando ouviu um farfalhar vindo da parte de trás da sala. Kempfana saiu de trás do trono, berrando em protesto.

Foi a vez de Drizzt utilizar magia. Ele lançou um globo de escuridão no caminho do barghest de pele escarlate e depois mergulhou nele, agachado em suas mãos e joelhos. Incapaz de desacelerar, Kempfana investiu, tropeçou no drow apoiado — chutando Drizzt com força o suficiente para arrancar o ar de seus pulmões — e caiu com força do outro lado da escuridão.

Kempfana sacudiu a cabeça para se recuperar e plantou suas mãos enormes no chão para se levantar. Drizzt estava sobre o barghest em pouco tempo, enchendo-o de cortes com sua cimitarra impiedosa em um frenesi. Os cabelos de Kempfana estavam cobertos de sangue quando conseguiu se recuperar o suficiente para jogar o drow longe. Ele se levantou cambaleante e virou-se para encarar o drow.

Do outro lado da sala, Ulgulu rastejava e caía, rolava e se contorcia. A pantera era rápida e esquivava demais para os contra-ataques pesados da criatura gigante. Uma dúzia de cortes marcavam o rosto de Ulgulu e agora Guenhwyvar tinha os dentes presos na parte de trás do pescoço do monstro e as quatro patas rasgando as costas do barghest.

Ulgulu tinha outra opção, no entanto. Ossos estalavam e se fundiam. O rosto cicatrizado de Ulgulu se transformou em um focinho alongado cheio de dentes caninos perversos. Pelo grosso brotou em todo o barghest, afastando os ataques das garras de Guenhwyvar. Os braços agitados tornaram-se patas que chutavam.

Guenhwyvar lutava agora contra um lobo gigantesco, e a vantagem da pantera foi breve.

Kempfana o seguiu lentamente, mostrando um novo respeito a Drizzt.

— Você matou todos eles — disse Drizzt na língua dos goblins, com uma voz tão fria que fez o barghest de pele escarlate congelar.

Kempfana não era uma criatura estúpida. O barghest reconheceu a raiva explosiva naquele drow e havia sentido a mordida afiada da cimitarra.

Kempfana era inteligente demais para atacar de frente, então voltou a evocar suas habilidades do outro mundo. No piscar de seus olhos laranjas incandescentes, o barghest de pele escarlate tinha desaparecido, atravessado uma porta extradimensional e reaparecido atrás de Drizzt.

Assim que Kempfana desapareceu, Drizzt por instinto pulou para o lado. O golpe por trás foi mais rápido, porém, chocando-se certeiro contra as costas de Drizzt e lançando-o do outro lado da sala. Drizzt bateu na base de uma parede e caiu de joelhos, arfando em busca de ar.

Kempfana, dessa vez, foi direto até ele; o drow tinha deixado sua cimitarra cair a meio caminho da parede, longe do alcance de Drizzt.

O grande lobo-barghest, de quase duas vezes o tamanho de Guenhwyvar, rolou sobre a pantera e a dominou. Sua grande mandíbula estalava perto da garganta e do rosto de Guenhwyvar, enquanto a pantera batalhava selvagemente para mantê-la à distância. Ela não poderia esperar vencer uma luta contra o lobo. A única vantagem que a pantera mantinha era a mobilidade. Como uma flecha negra, Guenhwyvar lançou-se debaixo do lobo e em direção à cortina.

Ulgulu uivou e começou a perseguição, arrancando a cortina e investindo, em direção à luz evanescente do dia.

Guenhwyvar saiu da caverna quando Ulgulu rasgou a cortina, girou no mesmo instante e saltou diretamente para as encostas acima da entrada. Quando o grande lobo saiu, a pantera novamente caiu sobre as costas de Ulgulu e tornou a rasgá-lo e cortá-lo.

— Ulgulu matou os fazendeiros, não eu — gritou Kempfana enquanto se aproximava. Ele chutou a cimitarra de Drizzt para o outro lado da sala. — Ulgulu quer você, que matou seus gnolls. Mas eu vou matar você, guerreiro drow. Eu vou me banquetear em sua força vital para que possa ganhar força!

Drizzt, ainda tentando recuperar a respiração, mal ouviu as palavras. Os únicos pensamentos que lhe ocorreram foram as imagens dos fazendeiros mortos, imagens que davam coragem a Drizzt. O barghest aproximou-se e Drizzt lançou um olhar vil sobre ele, um olhar tão determinado que não fora nem um pouco diminuído pela situação obviamente desesperadora do drow.

Kempfana hesitou ao ver aqueles olhos ardentes estreitados, e o atraso do barghest deu a Drizzt o tempo que precisava. Ele já havia lutado contra monstros gigantes, principalmente os ganchadores. As cimitarras de Drizzt sempre encerravam aquelas batalhas, mas, nos golpes iniciais, ele havia todas as vezes usado apenas seu próprio corpo. A dor nas costas não era nada perto de sua raiva crescente. Ele se afastou da parede, permanecendo agachado, e mergulhou entre as pernas de Kempfana, girando e segurando por detrás do joelho do barghest.

Kempfana, despreocupado, se abaixou para agarrar o drow, que se contorcia. Drizzt evitou o alcance do gigante por tempo suficiente para encontrar alguma alavanca. Ainda assim, Kempfana aceitou os ataques como uma mera inconveniência. Quando Drizzt desequilibrou o barghest, Kempfana caiu de propósito, na intenção de esmagar o elfinho nervoso. Mais uma vez, Drizzt foi rápido demais para o barghest. Se contorceu por debaixo do gigante em queda, colocou os pés de volta debaixo dele e correu para a extremidade oposta da câmara.

— Não, você não vai! — Kempfana berrou, rastejando e depois correndo em perseguição. Assim que Drizzt pegou sua cimitarra, braços gigantes se envolveram ao redor dele e o levantaram do chão sem dificuldade.

— Vou te esmagar e te devorar! — Kempfana rugiu e, de fato, Drizzt escutou uma das suas costelas estalarem. Tentou se contorcer para enfrentar seu inimigo, depois desistiu da ideia, concentrando-se em liberar seu braço que empunhava a espada.

Outra costela quebrou; os grandes braços de Kempfana se apertaram. O barghest não queria simplesmente matar o drow, no entanto, percebendo os grandes ganhos para a maturidade que poderia ter ao devorar um inimigo tão poderoso, alimentando-se da força vital de Drizzt.

— Vou te comer, drow — o monstro riu. — Um banquete!

Drizzt agarrou sua cimitarra em ambas as mãos com uma força inspirada pelas imagens da fazenda. Ele abriu caminho com a arma e desferiu um golpe direto acima de sua cabeça. A lâmina entrou na boca aberta e ansiosa de Kempfana e mergulhou na garganta do monstro.

Drizzt torceu e girou.

Kempfana se debateu violentamente e os músculos e as articulações de Drizzt quase se separaram sob a tensão. No entanto, o drow achou seu foco, o punho da cimitarra, e continuou torcendo e girando.

Kempfana desceu com todo seu peso, gargalhando, e rolou para Drizzt, tentando arrancar a sua vida por esmagamento. A dor começou a se infiltrar na consciência de Drizzt.

— Não! — gritou o elfo, se agarrando à imagem do garoto de cabelos cor de areia, morto em sua cama. Drizzt continuou a torcer e revirar a lâmina. O gorgolejar continuou, um som sibilante de ar subindo através do sangue sufocante. Drizzt sabia que a batalha havia sido vencida quando a criatura acima dele não se movia mais.

Drizzt queria apenas se enrolar em posição fetal e recuperar o fôlego, mas disse a si mesmo que ainda não tinha terminado. Arrastou-se para fora do abraço de Kempfana, limpou o sangue (seu próprio sangue) de seus lábios, arrancou sua cimitarra sem cerimônia da boca de Kempfana, e recuperou sua adaga.

Ele sabia que suas feridas eram graves, poderiam ser fatais se não cuidasse imediatamente delas. Sua respiração continuou a entrar em gemidos forçados e ensanguentados. No entanto, não se preocupava com elas no momento, porque Ulgulu, o monstro que havia matado os fazendeiros, ainda estava vivo.

Guenhwyvar saltou das costas do lobo gigante, encontrando outra vez um apoio tênue na inclinação íngreme acima da entrada da caverna. Ulgulu girou, grunhindo, e saltou para a pantera, arranhando e raspando as pedras em um esforço para subir mais.

Guenhwyvar saltou sobre o barghest, se virou imediatamente e rasgou a parte traseira de Ulgulu. O lobo girou, mas Guenhwyvar saltou novamente para a encosta.

O jogo de bate-e-volta continuou por vários momentos, com Guenhwyvar atacando, depois fugindo. Finalmente, no entanto, o lobo antecipou a esquiva da pantera. Ulgulu trouxe a pantera para baixo no meio de seu salto, em suas mandíbulas enormes. Guenhwyvar se contorceu e se soltou, mas aproximou-se do desfiladeiro íngreme. Ulgulu pairava sobre a gata, bloqueando qualquer fuga.

Drizzt saiu da caverna enquanto o grande lobo caía sobre ela, empurrando Guenhwyvar para trás. Pedras rolavam pelo desfiladeiro, as pernas traseiras da pantera escorregavam e arranhavam a pedra, tentando encontrar algo em que se segurar. Mesmo a poderosa Guenhwyvar não conseguiria se manter firme contra o peso e a força do lobo-barghest, Drizzt sabia.

Drizzt viu imediatamente que não conseguiria tirar o lobo de Guenhwyvar a tempo. Ele puxou a estatueta de ônix e atirou-a perto dos combatentes.

— Vá, Guenhwyvar! — ordenou.

Guenhwyvar normalmente não abandonaria seu mestre em um momento tão perigoso, mas a pantera entendeu o que Drizzt tinha em mente. Ulgulu empurrava implacável, conduzindo Guenhwyvar com firmeza na direção da borda.

Em seguida, a fera estava apenas empurrando uma fumaça intangível. Ulgulu inclinou-se para a frente e revirou-se violentamente, chutando mais pedras e a estatueta de ônix no desfiladeiro. Com o desequilíbrio, o lobo não conseguiu se segurar, e Ulgulu começou a cair.

Ossos estalaram novamente, e a pele canina diminuiu; Ulgulu não podia conjurar um feitiço de levitação em sua forma canina. Desesperado, o barghest se concentrou, alcançando sua forma goblinoide. O focinho do lobo encurtou-se em uma cara plana, as patas engrossaram e se refizeram em braços.

A criatura meio transformada não conseguiu fazer o feitiço — em vez disso, se arrebentou contra a pedra.

Drizzt saiu da borda e entrou em um feitiço de levitação, descendo lentamente perto da parede rochosa. Como antes, o feitiço logo se dissipou. Drizzt saltou e se agarrou pelos últimos seis metros da queda, chegando a uma aterrissagem difícil no fundo rochoso. Ele viu o barghest se contorcendo a poucos metros de distância e tentou se levantar em defesa, mas a escuridão o dominou.

Drizzt não podia saber quantas horas se passaram quando um estrondoso rugido o despertou algum tempo depois. Estava escuro então, uma noite nublada. Aos poucos, as lembranças do encontro voltaram para o drow atordoado e ferido. Para seu alívio, viu que Ulgulu estava imóvel na pedra ao lado dele, meio goblin e meio lobo, era claro que estava bem bem morto.

Um segundo rugido, na direção da caverna, virou o drow em direção à borda acima dele. Lá estava Calçalargas, o gigante da colina, que havia voltado de uma caçada e estava indignado com a carnificina que encontrou.

Drizzt soube, assim que conseguiu se forçar a ficar de pé, que não conseguiria lutar outra batalha naquele dia. Procurou por um momento, encontrou a estatueta de ônix e a colocou na bolsa. Não estava muito preocupado com Guenhwyvar. Ele tinha visto a pantera sobreviver a situações piores — apanhada na explosão de uma varinha mágica, puxada para o Plano da Terra por um elemental enfurecido, até mesmo derrubada em um lago de ácido. A estatueta parecia intacta, e Drizzt estava certo de que Guenhwyvar estava agora confortavel e em repouso em sua casa astral.

Drizzt, no entanto, não podia se dar ao luxo de ter esse descanso. O gigante já havia começado a abrir caminho pela encosta rochosa. Com um olhar final para Ulgulu, Drizzt sentiu uma sensação de vingança que pouco fez para derrotar as agonizantes e amargas lembranças dos fazendeiros assassinados. Ele partiu, avançando para as montanhas selvagens, fugindo do gigante e da culpa.

Capítulo 8

Pistas e enigmas

Mais de um dia havia se passado desde o massacre quando o primeiro dos vizinhos dos Thistledowns foi até a fazenda isolada e sentiu o cheiro da morte.

Ele voltou uma hora depois com o prefeito Delmo e vários outros fazendeiros armados. Eles foram até a casa dos Thistledowns e atravessaram o terreno com cautela, colocando um pano sobre seus rostos para combater o cheiro terrível.

— Quem poderia ter feito isso? — o prefeito exigiu. — Que monstro? — Como se respondesse, um dos fazendeiros saiu do quarto e entrou na cozinha, segurando uma cimitarra quebrada nas mãos.

— Uma arma drow? — o fazendeiro perguntou. — Temos que buscar McGristle — Delmo hesitou. Esperava que o grupo de Sundabar chegasse a qualquer momento e achava que a famosa ranger Columba Garra de Falcão seria mais capaz de lidar com a situação do que o homem das montanhas volátil e incontrolável. O debate nunca começou, porém, porque o rosnado de um cão alertou a todos na casa que McGristle havia chegado. O homem corpulento e sujo entrou na cozinha, com um lado do rosto horrivelmente cicatrizado e coberto de sangue marrom e seco.

— Arma drow! — ele cuspiu, reconhecendo a cimitarra com muita clareza. — A mesma que usou em mim!

— A ranger chegará logo — começou Delmo, mas McGristle quase não ouviu. Ele se aproximou da sala e entrou no quarto adjacente, batendo nos corpos com o pé e se curvando para inspecionar alguns detalhes menores.

— Vi os rastro lá fora — declarou McGristle de repente. — Dois par, com certeza.

— O drow tem um aliado — argumentou o prefeito. — Mais um motivo para aguardarmos o grupo de Sundabar.

— Bah! Cê nem sabe se eles tão chegando! — McGristle bufou. — Tenho que ir atrás do drow agora, que a trilha tá bem no nariz do meu cachorro!

Vários dos fazendeiros reunidos concordaram com a cabeça, até que Delmo lembrou-lhes exatamente o que poderiam enfrentar.

— Um único drow te derrubou, McGristle — disse o prefeito. — Agora você acha que há dois deles, talvez mais, e você quer que a gente saia pra caçar?

— Azar, foi isso que me derrubou! — Roddy rebateu. Olhou em volta, apelando para os fazendeiros, agora menos ansiosos. — Eu tava com esse drow na minha mão, já tava no jeito!

Os fazendeiros empalideceram, nervosos e sussurravam um para o outro enquanto o prefeito levava Roddy pelo braço e o conduzia ao lado da sala.

— Espere um dia — implorou Delmo. — Nossas chances serão muito maiores se a ranger chegar.

Roddy não parecia convencido.

— Essa batalha é minha — grunhiu. — Ele matou meu cachorro e me deixou feio.

— Você o quer, e o terá — prometeu o prefeito —, mas pode haver mais em jogo aqui do que seu cão ou seu orgulho.

O rosto de Roddy se contorceu maliciosamente, mas o prefeito foi inflexível. Se um grupo de ataque drow estava mesmo operando na área, toda Maldobar estava em perigo iminente. A maior defesa do pequeno grupo até que a ajuda pudesse chegar de Sundabar era a unidade, e tal defesa falharia se Roddy liderasse um grupo de combatentes (que já eram escassos) em uma perseguição nas montanhas. Benson Delmo era esperto o bastante para saber que não poderia apelar a Roddy nesses termos. Ainda que o homem das montanhas estivesse em Maldobar há alguns anos, era, em essência, um caçador solitário e não devia fidelidade à cidade.

Roddy virou-se, decidindo que o encontro tinha acabado, mas o prefeito o agarrou com força e o fez voltar. O cachorro de Roddy arreganhou os dentes e grunhiu, mas tal ameaça era uma pequena consideração para o homem gordo à luz da horrível carranca que Roddy lhe lançou.

— Você terá o drow — disse logo o prefeito — mas espere a ajuda de Sundabar, eu imploro. — Ele mudou para termos que Roddy realmente poderia apreciar. — Não sou um homem de poucas posses, McGristle, e você era um caçador de recompensas antes de chegar aqui, e ainda é, eu imagino.

A expressão de Roddy rapidamente mudou de indignação para curiosidade.

— Espere a ajuda, então vá atrás do drow — o prefeito fez uma pausa, considerando sua próxima oferta. Ele realmente não tinha experiência nesse tipo de coisa e, enquanto não queria oferecer um valor muito baixo e estragar o interesse que tinha iniciado, não queria abrir mão de muito mais do que necessário. — Mil peças de ouro pela cabeça do drow.

Roddy já havia participado desse jogo de estabelecer preços muitas vezes. Escondeu bem o deleite, a oferta do prefeito era cinco vezes sua taxa normal e ele teria ido atrás do drow em qualquer caso, com ou sem pagamento.

— Duas mil! — o homem das montanhas resmungou sem perder um segundo, suspeitando de que poderia ter pedido mais por seus problemas. O prefeito quase caiu para trás, mas lembrou-se várias vezes de que a própria existência da cidade poderia estar em jogo.

— E nenhuma peça de cobre a menos! — Roddy acrescentou, cruzando os braços fortes sobre o peito.

— Aguarde a senhorita Garra de Falcão — Delmo disse calmo — e você terá seus dois mil.

※

Durante toda a noite, Calçalargas seguiu a trilha do drow ferido. O gigante das colinas ainda não estava certo do que sentia sobre a morte de Ulgulu e Kempfana, os mestres não solicitados que haviam ocupado sua cova e sua vida. E, ao mesmo tempo que Calçalargas temia qualquer inimigo que pudesse vencer esses dois, o gigante sabia que o drow estava bastante ferido.

Drizzt percebeu que estava sendo seguido, mas pouco poderia fazer para esconder seus rastros. Uma perna, ferida em sua descida saltando no barranco, arrastava-se dolorosa e Drizzt estava fazendo o que podia para se manter à frente do gigante. Quando o amanhecer veio, claro e brilhante, Drizzt sabia que sua desvantagem aumentara. Não podia esperar escapar do gigante da colina através da reveladora luz do dia.

A trilha mergulhou em um pequeno agrupamento de árvores de vários tamanhos, brotando onde quer que pudessem encontrar fissuras entre os numerosos pedregulhos. Drizzt queria passar direto por elas — não via nenhuma opção além de continuar sua fuga —, mas enquanto se inclinava para uma das árvores maiores buscando apoio para recuperar o fôlego, um pensamento veio até ele. Os ramos da árvore pendiam limpos, flexíveis como uma corda.

Drizzt olhou de volta pela trilha. Mais alto e cruzando uma extensão nua de pedra, o implacável gigante da colina avançava. Drizzt puxou sua cimitarra com o braço que ainda parecia funcionar e cortou o ramo mais longo que conseguiu encontrar. Então, procurou uma rocha adequada.

O gigante alcançou o bosque cerca de meia hora depois, o seu enorme tacape balançando no final de um braço imenso. Calçalargas parou abruptamente quando o drow apareceu por trás de uma árvore, bloqueando o caminho.

Drizzt quase suspirou em voz alta quando o gigante parou na exata área designada. Ele temia que o enorme monstro continuasse e o atropelasse, uma vez que Drizzt, ferido como estava, ofereceria pouca resistência. Aproveitando o momento de hesitação do monstro, Drizzt gritou:

— Alto! — na língua goblin e conjurou um feitiço simples, contornando o gigante em chamas púrpuras inofensivas.

Calçalargas se mexeu desconfortável, mas não avançou na direção deste inimigo estranho e perigoso. Drizzt olhou para os pés do gigante com um interesse mais do que casual.

— Por que está me seguindo? — Drizzt exigiu saber. — Deseja se juntar aos outros no sono da morte?

Calçalargas correu sua língua gorda sobre os lábios secos. Até então, esse encontro não estava indo conforme o esperado. Agora, o gigante pensou além dos primeiros impulsos instintivos que o levaram até ali e tentou refletir sobre suas opções. Ulgulu e Kempfana estavam mortos, Calçalargas tinha sua caverna de volta. Mas os gnolls e goblins também tinham desaparecido, e aquele pequeno e irritante sprite não aparecia fazia algum tempo. Um pensamento repentino veio até o gigante.

— Amigos? — Calçalargas perguntou esperançoso.

Embora estivesse aliviado por perceber que o combate poderia ser evitado, Drizzt estava mais do que um pouco cético ante a oferta. O grupo de gnolls tinha lhe feito uma oferta semelhante, para fins desastrosos, e este gigante estava obviamente conectado com os outros monstros que Drizzt acabara de matar, aqueles que haviam assassinado a família na fazenda.

— Amigos para quê? — Drizzt perguntou hesitante esperando, contra todo o senso lógico, descobrir que essa criatura fosse motivada por alguns princípios, e não apenas pela sede de sangue.

— Para matar — respondeu Calçalargas, como se a resposta fosse óbvia. Drizzt grunhiu e sacudiu a cabeça em uma negativa irritada, sua crina branca voando selvagem. Ele soltou a cimitarra de sua bainha, pouco se importando se o pé do gigante estava no laço de sua armadilha.

— Vou te matar! — Calçalargas gritou ante a reviravolta súbita, e o gigante ergueu o seu tacape e deu um enorme passo à frente, um passo encurtado pelo ramo da videira, o puxando firme pelo seu tornozelo.

Drizzt verificou seu desejo de se precipitar, lembrando-se de que a armadilha tinha sido colocada em movimento e lembrando-se, também, que em sua condição atual seria difícil superar o formidável gigante.

Calçalargas olhou para o laço e rugiu com indignação. O galho não era um apoio tão adequado assim e o nó não estava tão apertado. Se Calçalargas tivesse simplesmente tentado desamarrá-la, o gigante facilmente poderia ter deslizado a corda do pé. Gigantes das colinas, no entanto, nunca foram conhecidos por sua inteligência.

— Vou te matar! — O gigante gritou de novo, e chutou forte contra a tensão do ramo. Impulsionado pela força considerável do chute, a grande rocha amarrada à outra extremidade do ramo, atrás do gigante, avançou através do mato e teve seu trajeto interrompido pelas costas de Calçalargas.

Calçalargas começou a gritar pela terceira vez, mas a ameaça supostamente assustadora saiu como uma lufada de ar forçado. O tacape pesado caiu no chão e o gigante, segurando a região dos seus rins, caiu de joelhos.

Drizzt hesitou um momento, sem saber se deveria correr ou terminar de matar o gigante. Não temia por si mesmo, o gigante não iria trás dele tão cedo, mas não conseguiu esquecer a expressão espalhafatosa no rosto do gigante quando o monstro havia dito que eles poderiam matar juntos.

— Quantas outras famílias você vai matar? — Drizzt perguntou na língua drow.

Calçalargas não conseguiu entender a língua. Apenas grunhiu e rosnou através da dor ardente.

— Quantas? — perguntou Drizzt de novo, sua mão agarrando o punho cimitarra e seus olhos estreitando-se ameaçadoramente.

Ele foi rápido e firme.

Para o alívio absoluto de Benson Delmo, o grupo de Sundabar — Columba Garra de Falcão, seus três companheiros de luta e Fret, o sábio anão — chegaram mais tarde naquele mesmo dia. O prefeito ofereceu à trupe comida e descanso, mas, assim que Columba ouviu falar do massacre na fazenda Thistledown, ela e seus companheiros se puseram em movimento no mesmo instante, com o prefeito, Roddy McGristle e vários fazendeiros curiosos logo atrás.

Columba ficou desapontada de forma evidente quando chegaram à fazenda isolada. Uma centena de rastros obscureciam pistas críticas, e muitos dos objetos da casa, mesmo os corpos, tinham sido manipulados e movidos. Ainda assim, Columba e seus companheiros experientes se moviam metodicamente, tentando decifrar o que podiam da cena horripilante.

— Pessoas insensatas! — Fret repreendeu os fazendeiros quando Columba e os outros completaram a investigação. — Vocês auxiliaram nossos inimigos!

Vários dos fazendeiros, até o prefeito, olharam ao redor com desconforto, mas Roddy rosnou e se ergueu na direção do anão almofadinhas. Columba intercedeu rapidamente.

— Sua presença anterior aqui prejudicou algumas pistas — explicou Columba calmamente para o prefeito, enquanto se posicionava de forma prudente entre Fret e o corpulento homem da montanha. Columba tinha ouvido muitas histórias de McGristle antes, e sua reputação não era de ser previsível ou calmo.

— Nós não sabíamos — o prefeito tentou explicar.

— Claro — respondeu Columba. — Vocês reagiram como qualquer um reagiria.

— Qualquer um inexperiente — observou Fret.

— Cala sua boca! — McGristle rosnou, assim como seu cachorro.

— Acalme-se, bom senhor — disse Columba. — Nós temos muitos inimigos lá fora para precisarmos de inimigos aqui.

— Inexperiente? — McGristle latiu para ela. — Eu cacei uns cem homens, e eu conheço bem esse maldito drow para encontrar ele.

— Nós sabemos que foi o drow? — Columba perguntou, considerando suas dúvidas.

Com um aceno de Roddy, um fazendeiro de pé do lado da sala trouxe a cimitarra quebrada.

— Arma drow — disse Roddy com dureza, apontando para o rosto com cicatrizes. — Eu vi de perto!

Um olhar para a ferida irregular do homem da montanha disse a Columba que a cimitarra de borda fina não a havia causado, mas a ranger deixou passar, não vendo nenhuma vantagem na discussão.

— E rastro de drow — insistiu Roddy. — As pegada são parecida com as que a gente viu na trilha de amora, onde tava o drow!

O olhar de Columba levou todos os olhos para o celeiro.

— Algo poderoso quebrou aquela porta — ela raciocinou. — E a mulher mais jovem lá dentro não foi morta por nenhum elfo negro.

Roddy continuou firme.

— O drow tem um bicho de estimação — insistiu. — uma pantera preta grandona. Maldito gato gigante!

Columba continuou desconfiada. Não havia visto nenhum rastro que correspondesse às patas de uma pantera, e a forma como uma parte da mulher tinha sido devorada, com ossos e tudo, não se encaixava com nada que conhecia sobre felinos grandes. Porém, manteve seus pensamentos para si mesma, percebendo que o rude homem da montanha não queria nenhum mistério nublando suas conclusões já decididas.

— Agora, se cê já viu o que queria aqui, vamo seguir a trilha — disse Roddy. — Meu cachorro pegou um cheiro, e o drow já tá com vantagem demais!

Columba lançou uma expressão preocupada ao prefeito, que se afastou, envergonhado, sob seu olhar penetrante.

— Roddy McGristle irá com você — explicou Delmo, mal conseguindo cuspir as palavras, desejando que não tivesse feito aquele acordo impulsivo com Roddy. Vendo a cabeça fria da jovem ranger e seu grupo, tão diferentes quanto possível do temperamento violento de Roddy, o prefeito agora achava que seria melhor se Columba e seus companheiros lidassem com a situação do seu próprio jeito. Mas um acordo era um acordo.

— Será o único de Maldobar que irá se juntar à sua equipe — continuou Delmo. — Ele é um caçador experiente e conhece esta área melhor que qualquer um.

Columba, para a descrença de Fret, fez mais uma concessão.

— O dia está prestes a acabar — disse Columba. E acrescentou incisiva à McGristle — Nós sairemos com a primeira luz.

— O drow já tá muito na frente! — Roddy protestou. — A gente tem que pegar ele agora!

— Você supõe que o drow está fugindo — respondeu Columba, mais uma vez calma, mas agora com uma ponta severa em sua voz. — Quantos homens mortos já supuseram o mesmo de seus inimigos? — desta vez, Roddy, perplexo, não gritou de volta. — O drow, ou o grupo de drow, poderia estar escondido nas proximidades. Gostaria de esbarrar com eles de surpresa, McGristle? Poderia você combater os elfos negros na escuridão da noite?

Roddy apenas ergueu as mãos, rosnou e se afastou, com seu cão logo atrás.

O prefeito ofereceu a Columba e seu grupo hospedagem em sua própria casa, mas a ranger e seus companheiros preferiram ficar na fazenda Thistledown. Columba sorriu quando os fazendeiros partiram, e Roddy instalou um acampamento a uma curta distância, obviamente para ficar de olho na ranger. Ela se perguntou o quanto McGristle tinha a ganhar com tudo isso e suspeitava que era bem mais do que se vingar de um rosto marcado e uma orelha perdida.

— Você quer mesmo que esse homem bestial venha conosco? — Fret perguntou mais tarde, enquanto o anão, Columba e Gabriel sentavam-se ao redor da pequena fogueira no pátio da fazenda. O elfo arqueiro e o outro integrante do grupo estavam de guarda no perímetro.

— É a cidade deles, querido Fret — explicou Columba. — E não posso refutar o conhecimento de McGristle sobre a região.

— Mas ele é tão sujo — o anão resmungou. Columba e Gabriel trocaram sorrisos, e Fret, percebendo que não chegaria a lugar algum com seu argumento, abriu seu saco de dormir e entrou, girando propositalmente de costas para os outros.

— Bom e velho Mergulhapena — murmurou Gabriel, mas observou que o sorriso resultante de Columba não conseguia diminuir a preocupação sincera em seu rosto.

— Algum problema, Lady Garra de Falcão? — perguntou ele.

Columba encolheu os ombros.

— Algumas coisas não se encaixam direito na ordem das coisas aqui — ela começou.

— Não foi uma pantera que matou a mulher no celeiro — observou Gabriel, pois ele também havia notado algumas discrepâncias.

— Também não foi um drow quem matou o fazendeiro, aquele que chamaram de Bartholemew, na cozinha — disse Columba. — A viga que quebrou o pescoço quase se quebrou junto. Apenas um gigante possui tal força.

— Magia? — Gabriel perguntou.

Novamente, Columba deu de ombros.

— A magia dos drow é geralmente mais sutil, de acordo com nosso sábio — disse, olhando para Fret, que já estava roncando bastante alto. — E mais completa. Fret não acredita que a magia drow tenha matado Bartholemew ou a mulher, ou destruído a porta do celeiro. E há outro mistério sobre a questão dos rastros.

— Dois pares — disse Gabriel — e com quase um dia de diferença.

— E de diferentes profundidades — acrescentou Columba. — Um par, o segundo, poderia ter sido o de um elfo negro, mas o outro, o par do assassino, é muito profundo para os passos leves de um elfo.

— Um agente do drow? — supôs Gabriel. — Um habitante dos planos inferiores conjurado, talvez? Será que o elfo negro desceu até aqui para conferir o trabalho de seu monstro? — Desta vez, Gabriel se juntou a Columba em seu dar de ombros confuso.

— É o que devemos descobrir — concluiu Columba.

Gabriel, então, acendeu um cachimbo, e Columba mergulhou no sono.

— Oh-mestre, meu-mestre — Tephanis cantou, vendo a forma grotesca do barghest quebrado, meio transformado. O célere realmente não se importava tanto com Ulgulu ou seu irmão, mas suas mortes deixavam algumas implicações graves para o futuro do sprite. Tephanis juntou-se ao grupo de Ulgulu para obter ganhos mútuos. Antes que os barghests chegassem, o pequeno sprite passava seus dias em solidão, roubando sempre que podia nas aldeias próximas. Ele tinha se saído bem sozinho, mas sua vida era uma existência solitária e sem graça.

Ulgulu havia mudado isso. O exército dos barghests oferecia proteção e companhia, e Ulgulu, sempre em busca de novas e mais tortuosas matanças, fornecia a Tephanis uma infinidade de missões importantes.

Agora, o célere tinha que se afastar de tudo, porque Ulgulu estava morto e Kempfana estava morto, e nada que Tephanis pudesse fazer mudaria esses fatos simples.

— Calçalargas? — o célere se perguntou de repente. Pensou que o gigante da colina, o único membro que faltava na caverna, poderia ser um excelente companheiro. Tephanis viu os rastros do gigante com muita clareza, afastando-se da área da caverna e adentrando nas trilhas mais profundas entre as montanhas. Bateu as mãos empolgado, talvez cem vezes no segundo seguinte, depois parou, acelerando em busca de seu novo amigo.

Ao longe, nas montanhas, Drizzt Do'Urden olhou as luzes de Maldobar pela última vez. Assim que desceu dos altos picos após seu encontro desagradável com o gambá, o drow encontrou um mundo de selvageria quase igual ao reino das trevas que havia deixado para trás. Quaisquer esperanças que tenham nascido em Drizzt durante seus dias observando a família de fazendeiros agora estavam perdidas, enterradas sob o peso da culpa e das terríveis imagens de carnificina que sabia que o perseguiriam para sempre.

A dor física do drow tinha diminuído um pouco; podia respirar direito agora, embora o esforço o ferisse, e os cortes nos braços e nas pernas haviam fechado. Ele sobreviveria.

Olhando para Maldobar, outro lugar que nunca poderia chamar de lar, Drizzt se perguntou se isso poderia ser uma coisa boa.

Capítulo 9

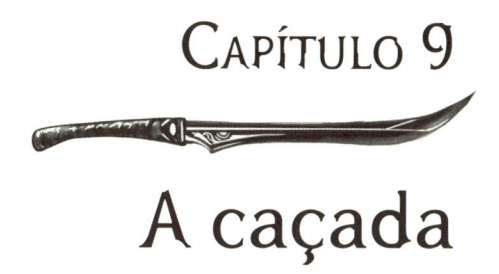

A caçada

— O QUE É ISSO? — PERGUNTOU FRET, CAUTELOSO atrás das dobras da capa verde-floresta de Columba.

Columba, e mesmo Roddy, também se aproximaram hesitantemente, porque, ainda que a criatura parecesse morta, nunca tinham visto nada parecido. Parecia ser uma mutação estranha entre goblin e lobo, de tamanho gigante.

Eles ganharam coragem enquanto se aproximavam do corpo, convencidos de que estava mesmo morto. Columba abaixou-se e tocou a criatura com a espada.

— Está morto há mais de um dia, pelo meu palpite — anunciou.

— Mas o que é isso? — Fret perguntou novamente.

— Mestiço — murmurou Roddy.

Columba inspecionou com cuidado as estranhas articulações da criatura. Observou, também, as muitas feridas infligidas sobre a coisa — rasgos, na verdade, como aqueles causadas pelo arranhão de um grande felino.

— Metamorfo — adivinhou Gabriel, mantendo guarda ao lado da área rochosa.

Columba assentiu com a cabeça.

— Morto no meio da transformação.

— Eu nunca ouvi falar de nenhum mago goblin — reclamou Roddy.

— Ah, sim — começou Fret, alisando as mangas de sua túnica de tecidos suaves. — Havia, é claro, Grubby, o Inepto, arquimago impostor, que...

Um assobio vindo do alto parou o anão. Em cima da borda estava Kellindil, o arqueiro elfo, balançando os braços.

— Tem mais aqui em cima — gritou o elfo quando conseguiu chamar a atenção do grupo. — Dois goblins e uma criatura gigante de pele vermelha, com uma aparência que nunca vi!

Columba examinou o penhasco. Acreditava que poderia escalá-lo, mas um olhar para o pobre Fret disse-lhe que eles teriam que voltar para a trilha, uma viagem de quase dois quilômetros.

— Você fica aqui — disse ela a Gabriel. O homem de rosto severo assentiu com a cabeça e moveu-se para uma posição defensiva entre alguns pedregulhos, enquanto Columba, Roddy e Fret voltaram ao longo do barranco.

A meio caminho da única trilha sinuosa que se movia ao longo do penhasco, eles encontraram Darda, o guerreiro restante do grupo. Um homem baixo e extremamente musculoso, coçava a barba enquanto examinava o que parecia ser um arado.

— Isso é dos Thistledown! — Roddy gritou. — Eu já vi lá na fazenda, separado pra consertar!

— Por que está aqui? — Columba perguntou.

— E por que parece estar sujo de sangue? — acrescentou Darda, mostrando-lhes as manchas no lado côncavo. O guerreiro olhou por cima da borda no barranco, depois de volta ao arado. — Alguma criatura infeliz bateu aqui com força — refletiu Darda —, então provavelmente caiu no barranco.

Todos os olhos se concentraram em Columba enquanto a ranger tirava seu cabelo grosso de seu rosto, colocava a mão delicada, mas calejada, no queixo, e tentava resolver esse novo enigma. As pistas eram muito poucas, porém, e um momento depois, Columba levantou as mãos em irritação e se dirigiu ao longo da trilha. O caminho serpenteava e saía do penhasco quando se aproximava do topo, mas Columba voltou para a borda, logo acima de onde deixaram Gabriel. O guerreiro a viu imediatamente e seu aceno disse à ranger que tudo estava calmo lá embaixo.

— Venham — Kellindil os chamou, e então, levou o grupo para a caverna. Algumas respostas ficaram claras para Columba no momento em que ela olhou para a carnificina na sala interna.

— Filhote de barghest! — exclamou Fret, olhando para o cadáver gigante de pele escarlate.

— Barghest? — Roddy perguntou, perplexo.

— Claro — retrucou Fret. — Isso explica o lobo gigante no desfiladeiro.

— Caiu no meio da transformação — concluiu Darda. — Suas muitas feridas e o chão de pedra acabaram com ele antes que pudesse completar a transição.

— Barghest? — Roddy perguntou novamente, desta vez com raiva, não gostando nem um pouco de ser deixado fora de uma discussão que não conseguia entender.

— Uma criatura de outro plano de existência — explicou Fret. — Gehenna, é o que se supõe. Barghests enviam seus filhotes para outros planos, às vezes para o nosso, para se alimentar e crescer — ele fez uma pausa para pensar. — Para se alimentar — repetiu, com o tom de voz incitando os outros a completar sua conclusão.

— A mulher no celeiro. — Columba disse inexpressivamente.

Os membros do grupo de Columba assentiram com a cabeça ante a revelação súbita, mas McGristle, de rosto sombrio, mantinha sua teimosa teoria original.

— Um drow matou eles! — rosnou.

— Você tem a cimitarra quebrada? — Columba perguntou. Roddy sacou a arma de uma das muitas dobras das camadas de suas roupas de peles.

Columba pegou a arma e inclinou-se para examinar o barghest morto. A lâmina, sem dúvidas, combinava com as feridas do animal, especialmente a ferida fatal na garganta do barghest.

— Você disse que o drow empunhava um par, certo? — observou Columba a Roddy enquanto segurava a cimitarra.

— O prefeito disse — corrigiu Roddy — por conta da história que o filho do Thistledown contou. Quando eu vi o drow — ele retomou a arma —, tava com só uma — a que usou pra matar o clã Thistledown! — Roddy propositadamente não mencionou que o drow, enquanto empunhava apenas uma arma, usava bainhas para duas cimitarras no cinto.

Columba sacudiu a cabeça, duvidando da teoria.

— O drow matou este barghest — disse ela. — As feridas se encaixam com a lâmina, a irmã da que você está segurando, creio eu. E, se você verificar os goblins na sala da frente, vai ver que suas gargantas foram cortadas por uma cimitarra curvada semelhante.

— Como os ferimentos dos Thistledowns! — Roddy rosnou.

Columba achou melhor ficar quieta sobre a hipótese que estava construindo, mas Fret, que não gostava do grandão, ecoou os pensamentos de todos, com exceção de McGristle.

— Mortos pelo barghest — proclamou o anão, se lembrando dos dois conjuntos de pegadas no pátio — na forma do drow!

Roddy olhou para ele com ódio e Columba lançou a Fret um olhar de comando, desejando que o anão ficasse quieto. Fret interpretou mal o olhar da ranger, no entanto, crendo que estava surpresa com seu poder de raciocínio, e orgulhosamente continuou.

— Isso explica os dois conjuntos de pegadas, o conjunto mais pesado, feito antes pelo bar...

— Mas e a criatura no desfiladeiro? — Darda perguntou a Columba, entendendo o desejo de sua líder de calar Fret. — Será que suas feridas também combinam com a lâmina curva?

Columba pensou por um momento e conseguiu acenar um agradecimento sutil a Darda.

— Algumas, talvez — respondeu. — É mais provável que aquele barghest tenha sido morto pela pantera — olhou diretamente para Roddy —, o gato que você disse que o drow mantinha como um animal de estimação.

Roddy chutou o barghest morto.

— Foram os drow que mataram o clã Thistledown! — ele rosnou. Roddy havia perdido um cão e uma orelha para o elfo negro e não aceitava nenhuma conclusão que diminuísse suas chances de reivindicar a recompensa de duas mil peças de ouro que o prefeito tinha imposto.

Um grito de fora da caverna acabou com o debate — tanto Columba quanto Roddy ficaram felizes com isso. Depois de liderar o grupo até o covil, Kellindil voltou para fora, seguindo algumas pistas adicionais que havia descoberto.

— Pegadas de bota — explicou o elfo, apontando para uma trilha pequena e coberta de musgo, quando os outros saíram. — E olhem aqui — ele mostrou-lhes arranhões na pedra, um sinal claro de uma luta. — Eu acredito que o drow foi até a borda — explicou Kellindil. — E além, talvez atrás do barghest e da pantera. Estou apenas supondo.

Depois de um tempo seguindo a trilha que Kellindil havia reconstruído, Columba e Darda, e até Roddy, concordaram com o pressuposto.

— Devemos voltar para o barranco — sugeriu Columba. — Talvez possamos encontrar uma trilha para além do desfiladeiro pedregoso que nos conduzirá a respostas mais claras.

Roddy coçou as cascas da ferida em sua cabeça e mostrou a Columba um olhar desdenhoso que lhe mostrava suas emoções. Roddy não se importava nem um pouco com as "respostas mais claras" da ranger, tendo tirado todas as conclusões que precisava há muito tempo. Roddy estava determinado — além de qualquer outra coisa, Columba sabia — a levar a cabeça do elfo negro.

Columba Garra de Falcão não estava tão certa sobre a identidade do assassino. Muitas perguntas ainda martelavam na cabeça da ranger e dos outros membros de seu grupo. Por que o drow não havia matado as crianças Thistledowns quando se encontraram mais cedo nas montanhas? Se a história que Connor havia contado para o prefeito fosse verdade, então, por que o drow tinha devolvido a arma para o garoto? Columba tinha a firme convicção de que o barghest, e não o drow, tinha assassinado a família Thistledown, mas por que o drow aparentemente tinha ido atrás do barghest?

Será que o drow havia se aliado com os barghests, em uma aliança que deu errado rápido demais? Ainda mais intrigante para a ranger — que possuía como único interesse proteger os civis da guerra infinita entre as raças bondosas e os monstros —, será que o drow havia perseguido o barghest em busca de vingança pela chacina da fazenda? Columba suspeitava que a última hipótese era verdadeira, mas não conseguia entender os motivos do drow. Teria o barghest, ao matar a família, posto os fazendeiros de Maldobar em alerta, arruinando assim uma planejada invasão drow?

Mais uma vez, as peças não se encaixavam direito. Se os elfos negros planejassem uma invasão a Maldobar, certamente nenhum deles teria se revelado de antemão. Algo dentro de Columba lhe dizia que esse único drow havia agido sozinho, que havia vindo e vingado os agricultores mortos. Ela deu de ombros e decidiu considerar como um truque de seu próprio otimismo, lembrando-se de que os elfos negros raramente eram conhecidos por atos tão altruístas.

No momento em que os cinco atravessaram o caminho estreito e voltaram para analisar o cadáver maior, Gabriel já havia encontrado a trilha, indo mais fundo nas montanhas. Dois conjuntos de rastros eram evidentes, os do drow e os mais frescos pertencentes a uma criatura gigante e bípede, talvez um terceiro barghest.

— O que aconteceu com a pantera? — Fret perguntou, se sentindo um pouco sobrecarregado com sua primeira expedição de campo em muitos anos.

Columba riu alto e sacudiu a cabeça impotente. Cada resposta parecia trazer muitas outras perguntas.

Drizzt continuou em movimento durante noite, fugindo, como vinha fazendo há tantos anos, de mais uma realidade sombria. Ele não havia matado os fazendeiros — os salvara do grupo de gnolls —, mas agora eles estavam mortos. Drizzt não conseguia escapar desse fato. Ele tinha entrado em suas vidas, por sua própria vontade, e agora estavam mortos.

Na segunda noite depois do encontro com o gigante da colina, Drizzt viu uma fogueira distante nas trilhas sinuosas da montanha, na direção do covil do barghest. Sabendo que essa visão não poderia ser uma coincidência, o drow convocou Guenhwyvar para o seu lado, depois mandou a pantera observar mais de perto.

Sem parar, a grande gata correu, sua forma lustrosa e negra invisível nas sombras da noite enquanto com rapidez alcançava o acampamento.

Columba e Gabriel descansavam ao lado da fogueira, se divertindo com as contínuas travessuras de Fret, que estava ocupado limpando seu colete caríssimo com uma escova firme e resmungando durante todo o processo.

Roddy estava mais isolado do outro lado da trilha, escondido em segurança em um nicho entre uma árvore caída e uma grande rocha, com seu cachorro enrolado a seus pés.

— Ah, esta sujeira me incomoda! — Fret gemeu. — Nunca, nunca vou conseguir limpar essa roupa! Terei que comprar uma nova — olhou para Columba, que tentava futilmente segurar o riso. — Ria se quiser, Senhora Garra de Falcão — o anão advertiu. — O preço sairá da sua bolsa, não duvide!

— Um dia triste é aquele quando se precisa comprar uma joia para um anão — Gabriel mencionou, e, após ouvir essas palavras, Columba começou a rir.

— Ria se quiser! — Fret disse novamente, e então esfregou mais forte com a escova, rasgando um buraco no tecido. — Raios e trovões! — ele xingou, então jogou a escova no chão.

— Cala a boca! — Roddy resmungou para eles, roubando a alegria do momento. — Cês querem trazer o drow pra cá?

O olhar fulminante de Gabriel era intransigente, mas Columba percebeu que o conselho do homem da montanha, embora rudemente dado, era apropriado.

— Vamos descansar, Gabriel — a ranger disse a seu companheiro de batalhas. — Darda e Kellindil chegarão e será nossa vez de montar guarda. Eu imagino que a estrada de amanhã não será menos cansativa — Columba olhou para Fret e piscou —, nem menos suja do que hoje.

Gabriel deu de ombros, pendurou o cachimbo na boca e apertou as mãos atrás da cabeça. Esta era a vida que ele e seus companheiros de aventura gostavam, acampando sob as estrelas com a música do vento da montanha nos ouvidos.

Fret, porém, se revirava no chão duro, resmungando e rosnando enquanto se movia por cada posição desconfortável.

Gabriel não precisava olhar para Columba para saber que ela compartilhava seu sorriso. Ele também não precisava olhar para Roddy para saber que o homem da montanha se irritava com o ruído contínuo. Sem dúvida, parecia imperceptível para os ouvidos de um anão da cidade, mas soava inconfundível para aqueles mais acostumados à estrada.

Um assovio vindo da escuridão soou ao mesmo tempo em que o cachorro de Roddy eriçou os pelos e rosnou.

Columba e Gabriel estavam de pé e na extremidade do acampamento em um segundo, buscando o perímetro da luz da fogueira em direção ao chamado de Darda. Da mesma forma, Roddy, puxando o cachorro, se esgueirou ao longo da grande rocha, fugindo da luz direta para que seus olhos pudessem se ajustar à escuridão.

Fret, envolvido demais seu próprio desconforto, finalmente notou os movimentos.

— O quê? — o anão perguntou com curiosidade. — O quê?

Depois de uma conversa breve e sussurrada com Darda, Columba e Gabriel se separaram, circulando no acampamento em direções opostas para garantir a integridade do perímetro.

— A árvore — veio um sussurro suave, e Columba se agachou. Em um momento, notou Roddy, habilmente escondido entre a rocha e alguns arbustos. O homem enorme, também, tinha sua arma em prontidão, enquanto a outra mão segurava firme o focinho de seu cão, mantendo o animal em silêncio.

Columba seguiu o aceno de Roddy para os galhos espalhados de um olmeiro solitário. A princípio, a ranger não conseguiu discernir nada incomum entre os ramos frondosos, mas depois viu o brilho amarelo dos olhos felinos.

— A pantera do drow — sussurrou Columba. Roddy concordou com a cabeça. Eles sentaram-se quietos e observaram, sabendo que o menor movimento poderia alertar a gata. Poucos segundos depois, Gabriel se juntou a eles, ficando em uma posição silenciosa e seguindo os olhos para o mesmo ponto mais escuro no olmeiro. Todos os três entenderam que o tempo era seu aliado; naquele mesmo momento, Darda e Kellindil estavam sem dúvida se posicionando.

Sua armadilha seguramente teria pego Guenhwyvar, mas um momento depois, o anão saiu do acampamento, tropeçando na direção de Roddy. O homem da montanha quase caiu, e quando ele, por reflexo, jogou a mão sem armas para a frente para aparar a queda, o cachorro dele correu, latindo violentamente.

Como uma flecha negra, a pantera se afastou da árvore e fugiu para a noite. A sorte de Guenhwyvar havia se esgotado, porém, porque ela cruzou diretamente pela posição de Kellindil, e o arqueiro elfo, com sua visão superior, a viu de forma clara.

Kellindil ouviu os latidos e gritos na distância, de volta ao acampamento, mas não tinha como saber o que havia acontecido. Qualquer hesitação que o elfo tinha, no entanto, foi logo dissipada quando uma voz gritou muito clara.

— Mata essa coisa assassina! — Roddy gritou.

Crendo então que a pantera ou seu companheiro drow houvesse atacado o acampamento, Kellindil deixou sua flecha voar. O projétil encantado enterrou-se fundo no flanco de Guenhwyvar enquanto a pantera corria.

Então veio o grito de Columba, contradizendo Roddy.

— Não! — gritou a ranger. — A pantera não fez nada para merecer nossa ira!

Kellindil correu para a trilha da pantera. Com seus olhos élficos sensíveis enxergando no espectro infravermelho, ele viu claramente o calor do sangue se espalhando a partir do local em que fora atingida e afastando-se do acampamento.

Columba e os outros o alcançaram um momento depois. Os traços élficos de Kellindil, sempre angulosos e belos, pareciam afiados quando seu olhar irritado caiu sobre Roddy.

— Você manipulou meu tiro, McGristle — disse com raiva. — Por suas palavras, eu atirei em uma criatura que não merecia uma flechada! Avisarei uma vez, uma única vez, para nunca mais fazê-lo

— depois de um último olhar raivoso para mostrar ao homem da montanha a força do significado de suas palavras, Kellindil começou a seguir a trilha de sangue.

Um fogo de fúria queimava em Roddy, mas ele o sublimou, entendendo que estava sozinho contra o formidável quarteto e o anão almofadinhas. Roddy deixou que seu olhar irritado caísse sobre Fret, porém, sabendo que nenhum dos outros poderia discordar de seu julgamento.

— Guarda a língua na boca quando tiver perigo! — Roddy rosnou. — E fica com essas bota fedida longe das minhas costas.

Fret olhou em volta incrédulo quando o grupo começou a sair atrás de Kellindil.

— Fedidas? — o anão perguntou em voz alta. Ele olhou para baixo, magoado, para suas botas cuidadosamente polidas. — Fedidas — ele disse para Columba, que parou por um minuto para oferecer um sorriso reconfortante.

— Sujas pelas costas daquele lá, provavelmente!

※

Guenhwyvar voltou para Drizzt assim que os primeiros raios do amanhecer começaram a se esgueirar das montanhas a leste. Drizzt sacudiu a cabeça impotente, muito pouco surpreso pela flecha cravada no flanco de Guenhwyvar. Relutante, mas sabendo que era o melhor a se fazer, Drizzt tirou o punhal que havia tomado do célere e arrancou a flecha.

Guenhwyvar resmungou suavemente durante o procedimento, mas ficou quieta e não ofereceu resistência. Então, Drizzt, embora quisesse manter Guenhwyvar ao seu lado, permitiu que a pantera voltasse para sua casa astral, onde a ferida iria se curar mais rápido. A flecha tinha dito ao drow tudo o que precisava saber sobre seus perseguidores, e Drizzt acreditava que precisaria da pantera novamente o quanto antes. Ele subiu em um afloramento rochoso e olhou através do crescente brilho para as trilhas mais baixas, esperando a aproximação de mais um inimigo.

Ele não viu nada, é claro; mesmo ferida, Guenhwyvar tinha se afastado com facilidade de seus perseguidores e, para um homem ou qualquer ser similar, o acampamento ficava a horas de distância.

Mas eles viriam, Drizzt sabia, forçando-o a lutar outra batalha que não queria. Drizzt olhou ao redor, se perguntando quais armadilhas poderia fazer, quais vantagens poderia ganhar quando o encontro chegasse ao combate, como vinha acontecendo com todos os encontros.

As lembranças de seu último encontro com os humanos, do homem com os cães e os outros fazendeiros, invadiram abruptamente os pensamentos de Drizzt. Naquela ocasião, a batalha tinha sido inspirada por um mal entendido, uma barreira que Drizzt duvidava que pudesse superar. Drizzt não tivera nenhum desejo de lutar contra os humanos naquele momento, e ainda não o tinha, mesmo com o ferimento de Guenhwyvar.

A luz estava crescendo, e o drow, ainda ferido, apesar de ter descansado durante a noite, queria encontrar um buraco escuro e confortável. Mas Drizzt não podia se dar ao luxo de se atrasar, não se quisesse escapar da próxima batalha.

— Até onde vocês vão me seguir? — Drizzt sussurrou para a brisa da manhã, prometendo em um tom sombrio, mas determinado. — Veremos.

Capítulo 10

Uma questão de honra

— A PANTERA ENCONTROU O DROW — CONCLUIU Columba, depois que ela e seus companheiros passaram algum tempo inspecionando a região perto do afloramento rochoso. A flecha de Kellindil estava quebrada no chão, quase no mesmo ponto onde os rastros da pantera terminavam. — E a pantera desapareceu.

— É o que parece — Gabriel concordou, coçando a cabeça e olhando para os rastros confusos.

— Gato do inferno — rosnou Roddy McGristle. — Voltou praquele lugar imundo!

Fret queria perguntar: "A sua casa?", mas teve o bom senso de manter o pensamento sarcástico para si mesmo.

Os outros, também, deixam passar a afirmação do homem da montanha. Eles não tinham respostas para este enigma, e o palpite de Roddy era tão bom quanto o de qualquer um deles no momento. A pantera ferida e a trilha de sangue fresco desapareceram, mas o cachorro de Roddy logo encontrou o cheiro de Drizzt. Latindo com entusiasmo, o cão os conduziu, e Columba e Kellindil, ambos rastreadores especializados, muitas vezes encontravam outras evidências que confirmavam a direção.

A trilha ia ao longo do lado da montanha, mergulhava através de árvores muito juntas, e continuava em uma extensão de pedra nua, terminando de repente em outro barranco. O cachorro de Roddy se moveu direto para a borda e até o primeiro passo em uma descida rochosa e traiçoeira.

— Maldita magia drow — resmungou Roddy. Ele olhou ao redor e deu um soco na própria coxa, imaginando que levaria muitas horas para contornar a parede íngreme.

— A luz do dia está diminuindo — lembrou Columba. — Vamos acampar aqui e encontrar o caminho para baixo de manhã.

Gabriel e Fret concordaram com a cabeça, mas Roddy discordou.

— A trilha tá fresca agora! — o homem da montanha argumentou. — É bom a gente pelo menos descer com o cachorro e voltar antes de montar acampamento.

— Isso pode levar horas... — Fret começou a reclamar, mas Columba silenciou o anão almofadinha.

— Venha — a ranger chamou os outros, e caminhou para o oeste, onde o chão inclinava-se em um declive íngreme, mas escalável.

Columba não concordava com o raciocínio de Roddy, mas não queria mais discussões com o representante designado por Maldobar.

No fundo do barranco, encontraram apenas mais enigmas. Roddy fez seu cachorro esquadrinhar em todas as direções, mas não conseguiu encontrar nenhum vestígio do drow evasivo. Depois de vários minutos de contemplação, a verdade despertou na mente de Columba e seu riso revelou tudo a seus outros companheiros experientes.

— Ele nos enganou! — Gabriel riu, adivinhando a fonte do riso de Columba. — Ele nos levou até o penhasco, sabendo que nós suporíamos que teria usado alguma magia para descer!

— Do que cê tá falando? — Roddy perguntou com raiva, embora o caçador de recompensas experiente entendesse exatamente o que aconteceu.

— Você quer dizer que temos que escalar todo o caminho de volta? — Fret perguntou, se queixando.

Columba riu mais uma vez, mas ficou sóbria rápido ao olhar para Roddy e disse:

— De manhã.

Desta vez, o homem da montanha não ofereceu objeções.

No momento em que o próximo amanhecer chegou, o grupo subiu ao topo do barranco e Roddy fez seu cachorro encontrar de novo o cheiro de Drizzt, voltando na direção do afloramento rochoso onde encontraram a flecha. O truque tinha sido simples o suficiente, mas a mesma pergunta incomodava a todos os rastreadores experientes: como o drow se afastou de sua pista de forma limpa o suficiente para enganar por completo o cachorro? Quando eles voltaram para as árvores próximas, Columba sabia a resposta.

Ela assentiu com a cabeça para Kellindil, que já estava largando sua mochila pesada. O elfo ágil escolheu um ramo baixo e foi para o meio das árvores, procurando por possíveis rotas que o drow pudesse ter seguido em escalada. Os galhos de várias árvores se entrelaçavam, então as opções pareciam muitas, mas Kellindil guiou com segurança Roddy e seu cão para a nova trilha, saindo para o lado de um matagal e dando voltas na lateral da montanha, de volta na direção de Maldobar.

— A cidade! — gritou Fret angustiado, mas os outros não pareciam preocupados.

— Não a cidade — sugeriu Roddy, intrigado demais para manter o tom irritado em sua voz. Como um caçador de recompensas, Roddy gostava de um oponente digno, pelo menos durante a perseguição. — O córrego — explicou Roddy, acreditando que agora havia entendido a mentalidade do drow. — O drow foi pro córrego, para andar lá dentro por um tempo e sair limpo, de volta prum lugar mais selvagem.

— O drow é um adversário astuto — observou Darda, concordando de todo o coração com as conclusões de Roddy.

— E agora ele tem pelo menos um dia de vantagem sobre nós — observou Gabriel.

Depois que o suspiro enojado de Fret finalmente desapareceu, Columba ofereceu ao anão uma certa esperança:

— Não tema — disse. — Estamos bem abastecidos, mas o drow não. Ele deve parar para caçar ou colher alimentos, mas podemos continuar.

— A gente agora só vai dormir quando precisar! — Roddy acrescentou, determinado a não ser atrasado pelos outros membros do grupo. — E só por pouco tempo!

Fret deu outro suspiro cansado.

— E começaremos a racionar nossos suprimentos agora mesmo — acrescentou Columba, tanto para aplacar Roddy quanto por achar prudente. — Vamos seguir com intensidade o suficiente para nos aproximarmos do drow. Não quero atrasos.

— Racionar — Fret murmurou em voz baixa. Ele suspirou pela terceira vez e colocou uma mão reconfortante em sua barriga. Não havia palavras para definir o quanto o anão desejava estar de volta ao seu pequeno quarto no castelo de Helm em Sundabar!

※

A intenção de Drizzt era continuar se embrenhando entre as montanhas até que a parte perseguidora tivesse perdido o interesse pela empreitada. Continuou usando suas táticas para despistá-los, muitas vezes voltando e indo até as árvores para começar uma segunda trilha em uma direção completamente diferente. Muitos córregos proporcionavam mais barreiras ao cheiro, mas os perseguidores de Drizzt não eram novatos, e o cachorro de Roddy era tão bom quanto qualquer cão de caça. Não só o grupo manteve-se na pista de Drizzt, mas também se aproximaram nos dias seguintes.

Drizzt ainda acreditava que poderia confundi-los, mas sua aproximação contínua trazia outras preocupações ao drow. Não tinha feito nada para merecer uma perseguição tão obstinada; havia até mesmo vingado as mortes da família de fazendeiros. E, apesar do voto irritado de Drizzt de que iria sozinho, que não traria mais perigo para ninguém, conhecia a solidão por tempo demais. Não podia deixar de olhar por cima do ombro, por curiosidade, não medo, e seu desejo não diminuía.

Assim, Drizzt não podia negar seu interesse em relação ao grupo que o perseguia. Tal curiosidade cresceu com Drizzt estudando as figuras ao redor da fogueira em uma noite escura, e aquilo poderia ser sua ruína. Ainda assim, a percepção, e sua autorrepreensão, chegaram tarde demais para que o drow fizesse alguma coisa quanto a isso. Suas necessidades o tinham atrasado, e agora o acampamento de seus perseguidores se achava a apenas vinte metros de distância.

As brincadeiras entre Columba, Fret e Gabriel apertavam o coração de Drizzt, embora não conseguisse entender suas palavras. Qualquer desejo que o drow sentisse de entrar no acampamento era reduzido, no entanto, sempre que Roddy e seu cão nervoso passavam pela luz da fogueira. Aqueles dois nunca parariam para ouvir nenhuma explicação, Drizzt sabia.

O grupo havia designado dois guardas, um elfo e um humano alto. Drizzt passou furtivamente pelo humano, adivinhando de modo acertado que o homem não seria tão acostumado à escuridão quanto o elfo. No entanto, o drow, mais uma vez contra toda cautela, seguiu caminho para o outro lado do campo, em direção do sentinela élfico.

Apenas uma vez, Drizzt havia encontrado seus primos da superfície. Fora uma ocasião desastrosa. O grupo de incursão para o qual Drizzt fora um batedor havia abatido todos os integrantes de uma reunião de elfos da superfície, exceto por uma única menina elfa, que Drizzt conseguiu esconder. Levado por aquelas memórias assustadoras, Drizzt precisava ver um elfo de novo, um elfo vivo e saudável.

A primeira indicação de que Kellindil teve de que alguém estava na área veio quando uma pequena adaga assobiou próxima a seu peito, cortando com precisão a corda de seu arco. O elfo girou de imediato e olhou nos olhos cor de lavanda do drow. Drizzt estava a poucos passos de distância.

O brilho vermelho dos olhos de Kellindil mostrava que ele estava vendo Drizzt no espectro infravermelho. O drow cruzou as mãos sobre o peito no sinal de paz do Subterrâneo.

— Finalmente nos encontramos, meu primo negro — Kellindil sussurrou com dureza na língua dos drow, com sua voz marcada por uma raiva evidente e seus olhos brilhantes se estreitando ameaçadores. Rápido como um gato, Kellindil sacou uma espada finamente trabalhada, com a lâmina brilhando em uma chama vermelha ardente, de seu cinto.

Drizzt ficou espantado e esperançoso quando soube que o elfo podia falar sua língua, e com o simples fato de que o elfo não falara alto o suficiente para alertar os outros no acampamento. O elfo da superfície era do tamanho de Drizzt, e tinha as mesmas feições delicadas, mas seus olhos eram mais estreitos e seus cabelos dourados não eram tão longos ou grossos quanto a crina branca de Drizzt.

— Eu sou Drizzt Do'Urden — Drizzt começou hesitante.

— Eu não me importo com o seu nome! — Kellindil revidou. — Você é um drow. Isso é tudo que preciso saber! Venha então, drow. Venha e vamos descobrir quem é o mais forte!

Drizzt ainda não tinha sacado sua lâmina e não tinha intenção de fazê-lo.

— Eu não quero ter de lutar com você... — a voz de Drizzt sumiu no momento em que percebeu que suas palavras eram inúteis contra o ódio intenso que o elfo da superfície tinha contra ele.

Drizzt queria explicar tudo para o elfo, contar sua história por inteiro e ser perdoado por uma voz diferente da sua. Se outro ser — em particular um elfo de superfície — soubesse de suas provações e concordasse com suas decisões, concordasse que agira corretamente ao longo de sua vida diante de tais horrores, então a culpa sairia dos ombros de Drizzt. Se ao menos ele pudesse encontrar aceitação entre aqueles que o odiavam tanto — como ele mesmo odiava — os caminhos de seu povo sombrio, então Drizzt Do'Urden estaria em paz.

Mas a ponta da espada do elfo não se abaixou nenhum centímetro, nem a carranca diminuiu em seu claro rosto élfico, um rosto mais acostumado a sorrisos.

Drizzt não encontraria nenhuma aceitação ali, não naquele momento e provavelmente nunca. Ele se perguntou se seria sempre julgado assim. Ou ele, talvez, julgasse mal aos que estavam ao seu redor, dando aos humanos e a este elfo mais crédito pela justiça do que mereciam?

Eram duas noções perturbadoras com as quais Drizzt teria que lidar outro dia, porque a paciência de Kellindil havia chegado ao fim. O elfo foi até o drow com a ponta da espada abrindo o caminho.

Drizzt não ficou surpreso — como poderia? Pulou para trás, fora do alcance imediato, e invocou sua magia inata, deixando cair um globo de escuridão impenetrável sobre o elfo que avançava.

Já acostumado com magia, Kellindil entendeu o truque do drow. O elfo inverteu a direção, mergulhando pela parte de trás do globo e subindo, com a espada a postos.

Os olhos cor de lavanda tinham desaparecido.

— Drow! — Kellindil gritou alto, e aqueles no acampamento no mesmo instante explodiram em movimento. O cachorro de Roddy começou a uivar, e aquele som ansioso e ameaçador seguiu Drizzt de volta às montanhas, condenando-o a seu contínuo exílio.

Kellindil recostou-se contra uma árvore, alerta, mas não preocupado que o drow ainda estivesse na área. Drizzt não podia saber naquela época, mas suas palavras e as ações que se seguiram — fugir ao invés de lutar — tinham mesmo posto um pouco de dúvida na mente não tão fechada do amável elfo.

— Ele perderá sua vantagem com a luz do amanhecer — Columba disse com esperança depois de várias horas infrutíferas tentando acompanhar o ritmo do drow. Eles estavam em um vale rochoso em formato de cratera, e a trilha do drow conduzia para o lado oposto em uma subida alta e bastante íngreme.

Fret, quase tropeçando de exaustão ao seu lado, foi rápido ao responder:

— Vantagem? — o anão gemeu. Ele olhou para a próxima parede da montanha e balançou a cabeça. — Morreremos de cansaço antes de encontrar este drow infernal!

— Se não dá conta de acompanhar, então cai morto logo! — Roddy rosnou. — Não vou deixar esse drow fedido escapar de novo!

Não foi Fret, no entanto, mas outro membro do grupo, quem caiu inesperadamente. Uma grande rocha despencou de repente no grupo, acertando o ombro de Darda com força suficiente para atirar o homem no ar. Ele nunca teve a chance de gritar antes de cair de bruços na poeira.

Columba agarrou Fret e rolou para uma rocha próxima, Roddy e Gabriel fizeram o mesmo. Outra pedra, e várias outras mais, trovejaram ao redor deles.

— Avalanche? — o anão atordoado perguntou quando se recuperou do choque.

Columba, também preocupada com Darda, não perdeu tempo respondendo, embora soubesse a verdade sobre sua situação — e sabia que não era uma avalanche.

— Ele está vivo — Gabriel gritou por trás de sua pedra protetora, a uma dúzia de metros da de Columba. Outra pedra passou, errando por pouco a cabeça de Darda.

— Droga — murmurou Columba. Ela espiou por sobre sua rocha, examinando ambos os lados da montanha e os penhascos inferiores em sua base. — Agora, Kellindil — sussurrou para si mesma —, ganhe algum tempo para nós.

Como se em resposta, ouviu-se o som do arco restaurado do elfo, seguido por um rugido irritado. Columba e Gabriel olharam um para o outro e sorriram severamente.

— Gigantes de pedra! — Roddy gritou, reconhecendo o timbre profundo e rasgado da voz que rugia.

Columba agachou-se e esperou, de costas para a rocha e com sua bolsa aberta na mão. As pedras pararam, em vez disso, sons de pancadas trovejantes se fizeram ouvir à frente deles, perto da posição de Kellindil. Columba correu para Darda e gentilmente virou o homem.

— Isso doeu — Darda sussurrou, esforçando-se para sorrir de seu eufemismo óbvio.

— Não fale — respondeu Columba, procurando um frasco de poção em sua bolsa. Mas a ranger ficou sem tempo. Os gigantes, vendo-a em campo aberto, retomaram seu ataque.

— Volte para trás da pedra! — Gabriel gritou. Columba deslizou o braço debaixo do ombro do homem caído para apoiar Darda enquanto, tropeçando a cada movimento, rastejava até a rocha.

— Depressa! Depressa! — Fret gritou, observando-os ansioso com as costas grudadas contra a pedra grande.

Columba inclinou-se de repente sobre Darda, achatando-o no chão enquanto outra rocha voava logo acima de suas cabeças.

Fret começou a roer as unhas, depois percebeu o que estava fazendo e parou, com um olhar enojado.

— Depressa! — ele gritou mais uma vez para seus amigos. Outra rocha caiu, perto demais.

Pouco antes de Columba e Darda chegarem a Fret, uma pedra se chocou direto contra a parte de trás da rocha. Fret, com as costas apertadas contra a barreira de pedra, voou sem controle, abrindo caminho para seus companheiros rastejantes. Columba colocou Darda atrás da rocha, depois se virou, imaginando que teria que sair outra vez e buscar o anão caído.

Mas Fret já estava de volta, xingando e resmungando, e mais preocupado com um novo buraco em sua roupa luxuosa do que com qualquer lesão corporal.

— Vem pra cá! — Columba gritou para ele.

— Raios e trovões! Gigantes estúpidos! — foi tudo o que Fret respondeu, pisando com força de volta para trás da pedra, com os punhos apertados de raiva contra seus quadris.

O ataque continuou, tanto à frente dos companheiros presos quanto ao redor deles. Então Kellindil mergulhou até eles, deslizando para a rocha ao lado de Roddy e seu cachorro.

— Gigantes de pedra — explicou o elfo. — Uma dúzia no mínimo — então, apontou para uma crista a meio caminho da montanha.

— O drow nos trouxe pra cá — rosnou Roddy, batendo o punho na pedra. Kellindil não estava convencido, mas decidiu manter a boca fechada.

No alto do afloramento rochoso, Drizzt observou o desdobramento da batalha. Ele passou pelos caminhos mais baixos uma hora antes, antes do amanhecer. No escuro, os gigantes à espreita não haviam sido obstáculo para o drow furtivo; Drizzt passara por eles sem maiores problemas.

Agora, olhando para a luz da manhã, Drizzt perguntou-se sobre seu curso de ação. Quando passou pelos gigantes, esperava que seus perseguidores tivessem problemas. Se perguntou se deveria ter tentado avisá-los... Ou deveria ter se afastado da região, levando os humanos e o elfo para fora do caminho dos gigantes?

Mais uma vez, Drizzt não entendia onde se encaixava nesse mundo estranho e brutal.

— Deixe que lutem entre eles — disse com dureza, como se tentasse se convencer. Drizzt relembrou de propósito o encontro da noite anterior. O elfo tinha atacado apesar de ele ter declarado que não queria lutar. Lembrou também da flecha que havia tirado do flanco de Guenhwyvar.

— Deixe que eles todos se matem — disse Drizzt logo antes de se virar para ir embora. Olhou por cima do ombro uma última vez e notou que alguns dos gigantes estavam em movimento. Um grupo permaneceu no cume, banhando o fundo do vale com um suprimento de rochas que parecia ser infinito, enquanto dois outros grupos, um à esquerda e outro à direita, desciam, movendo-se para cercar o grupo aprisionado.

Drizzt sabia então que seus perseguidores não escapariam. Assim que os gigantes os flanqueassem, não teriam nenhuma proteção no fogo cruzado.

Algo aconteceu dentro do drow naquele momento, as mesmas emoções que o levaram à ação contra o grupo de gnolls. Não podia saber com certeza, mas, como com os gnolls e seus planos para atacar a fazenda, Drizzt suspeitava que os gigantes eram os malignos nesta luta.

Outros pensamentos suavizaram a expressão determinada de Drizzt, as memórias das crianças humanas brincando na fazenda, do menino de cabelos cor de areia sendo jogado na calha de água do chiqueiro.

Drizzt largou a estatueta de ônix no chão.

— Venha, Guenhwyvar — ele ordenou. — Somos necessários.

※

— Estamos sendo flanqueados! — Roddy McGristle rosnou, vendo os grupos de gigantes movendo-se pelas trilhas mais altas.

Columba, Gabriel e Kellindil olharam um para o outro, procurando por alguma saída. Eles haviam lutado contra gigantes muitas vezes em suas viagens, juntos e com outros grupos. Em todas as outras vezes, haviam entrado em batalha ansiosamente, felizes em aliviar o mundo de alguns monstros incômodos. Desta vez, todos suspeitavam que o resultado pudesse ser diferente. Os gigantes de pedra tinham a reputação de serem os melhores lançadores de rocha em todos os reinos e um único golpe poderia matar o mais forte dos homens. Além disso, Darda, embora vivo, não tinha condições de fugir, e nenhum dos outros tinha intenções de deixá-lo para trás.

— Fuja, homem da montanha — disse Kellindil a Roddy. — Você não nos deve nada.

Roddy olhou para o arqueiro com incredulidade:

— Eu não fujo, elfo — rosnou ele. — De nada!

Kellindil assentiu e encaixou uma flecha no arco.

— Se eles chegarem aos lados, estamos condenados — explicou Columba a Fret. — Peço seu perdão, querido Fret. Eu não deveria ter te tirado da sua casa. — Fret deu de ombros. Ele enfiou as mãos nas vestes e sacou um pequeno, mas robusto, martelo de prata. Columba sorriu à vista, pensando no quão estranho o martelo parecia nas mãos suaves do anão, mais acostumadas a segurar uma pena.

***

Na parte superior do cume, Drizzt e Guenhwyvar seguiram os movimentos do grupo de gigantes de pedra que circulavam no flanco esquerdo do grupo preso. Drizzt estava determinado a ajudar os humanos, mas não tinha certeza de quão eficaz seria contra os gigantes de pedra. Ainda assim, ele achou que, com Guenhwyvar ao seu lado, poderia encontrar alguma maneira de interromper o grupo de gigantes por tempo suficiente para que o grupo pudesse ter tempo de respirar.

O vale ia ficando mais largo enquanto avançava, e Drizzt percebeu que o grupo de gigantes que ia para outra direção, para o flanco direito do grupo preso, provavelmente estava fora do alcance das rochas.

— Venha, minha amiga — Drizzt sussurrou para a pantera logo antes de puxar sua cimitarra e começar a descer em uma pedra quebrada e irregular. Um momento depois, porém, assim que notou o terreno a uma curta distância à frente do grupo de gigantes, Drizzt agarrou Guenhwyvar pelo pescoço e levou a pantera de volta ao cume superior.

Ali, o chão estava irregular e rachado, mas sem dúvidas estável. Logo à frente, no entanto, grandes pedregulhos e centenas de rochas pequenas e soltas estavam espalhadas pelo terreno inclinado. Drizzt não tinha tanta experiência na dinâmica de uma montanha, mas mesmo ele podia ver que a paisagem íngreme e frouxa estava a ponto de desabar.

O drow e a gata correram para a frente, ficando acima do grupo de gigantes outra vez. Os gigantes estavam quase em posição; alguns começaram a lançar pedras no grupo. Drizzt se arrastou até uma grande rocha e empurrou-se contra ela, derrubando-a. As táticas de Guenhwyvar eram muito menos sutis. A pantera correu pela lateral da montanha, desalojando as pedras com todos os grandes passos, pulando na parte de trás das rochas e saltando quando começavam a cair.

Pedregulhos caíam e se soltavam. Pequenas pedras passavam entre elas, tomando impulso. Drizzt, comprometido com a ação, correu para o meio da avalanche em ascensão, jogando pedras, se empurrando contra outras — o que quer que pudesse fazer para aumentar a precipitação. Logo, o próprio chão sob os pés do drow estava deslizando e toda a parte do lado da montanha parecia estar descendo.

Guenhwyvar correu à frente da avalanche, um sinal de perdição para os gigantes pegos de surpresa. A pantera surgiu, mas eles repararam na grande gata apenas por um instante, porque toneladas de pedras se chocaram contra eles.

Drizzt sabia que tinha problemas; não era tão rápido e ágil quanto Guenhwyvar e não podia esperar escapar do deslizamento ou sair do caminho dele. Então, o drow saltou alto, próximo à crista de um pequeno cume, e conjurou um feitiço de levitação no meio do salto.

Drizzt lutou muito para manter sua concentração no esforço. O feitiço havia falhado duas vezes antes, e se não pudesse mantê-lo agora, se caísse entre as pedras, sabia que certamente morreria.

Apesar de sua determinação, Drizzt sentia-se cada vez mais pesado no ar. Agitou os braços com força inutilmente, procurou aquela energia mágica dentro de seu corpo drow — mas ele continuava descendo.

— Os que conseguem nos acertar tão na frente! — Roddy gritou quando um pedregulho jogado saltou inofensivamente longe pelo flanco direito. — Os da direita tão longe demais pra atirar, e os da esquerda...

Columba seguiu a lógica de Roddy e dirigiu seu olhar para a crescente nuvem de poeira no flanco esquerdo. Ela olhou fixamente as pedras em cascata e viu o que poderia ter sido uma forma élfica coberta por uma capa escura. Quando olhou para Gabriel, sabia que ele também tinha visto o drow.

— Nós temos que ir agora — Columba gritou para o elfo.

Kellindil assentiu com a cabeça e girou para o lado da rocha que usava como barreira, com o arco inclinado.

— Rápido — Gabriel acrescentou —, antes que o grupo à direita se aproxime.

O arco de Kellindil disparou outra vez. Em frente, um gigante uivou de dor.

— Fique aqui com Darda — Columba disse a Fret, então ela, Gabriel e Roddy — segurando seu cão em uma coleira apertada — saíram da cobertura e investiram nos gigantes à frente. Rolaram de pedra em pedra, cortando seu caminho em ziguezagues confusos para evitar que os gigantes antecipassem seus movimentos. Durante todo o tempo, as flechas de Kellindil voavam acima deles, mantendo os gigantes mais preocupados em se abaixar do que em lançar as pedras.

Rochedos marcavam as encostas mais baixas da montanha, com fendas que ofereciam cobertura, mas que separavam os três guerreiros. Eles também não podiam ver os gigantes, mas sabiam a direção em geral e escolheram seus caminhos separados da melhor maneira possível.

Ao virar uma curva fechada entre duas paredes de pedra, Roddy encontrou um dos gigantes. Imediatamente, o homem da montanha soltou seu cachorro, e o cão feroz investiu sem medo e saltou alto, mal alcançando a cintura do colosso de seis metros de altura.

Pego de surpresa pelo ataque repentino, o gigante soltou seu enorme tacape e agarrou o cachorro no meio do salto. Ele teria esmagado o vira-lata problemático em um instante, exceto que Sangrador, o machado cruel de Roddy, cortou sua coxa com toda a força que o corpulento homem da montanha conseguia reunir. O gigante soltou o cachorro de Roddy, que foi escalando e arranhando e depois mordendo o rosto e o pescoço do gigante. Abaixo, Roddy cortava, derrubando o monstro como se fosse uma árvore.

※

Meio flutuando e meio dançando no alto das pedras saltitantes, Drizzt seguia deslizando. Viu um gigante emergir, tropeçando, do tumulto, apenas para ser encontrado por Guenhwyvar. Ferido e atordoado, o gigante caiu.

Drizzt não teve tempo para saborear o sucesso de seu plano desesperado. O feitiço de levitação continuava de alguma forma, mantendo-o leve o suficiente para que pudesse continuar surfando pela avalanche. Mesmo acima do deslizamento principal, no entanto, algumas pedras acertavam com força o drow e a poeira o engasgava e feria seus olhos sensíveis. Quase cego, conseguiu detectar um cume que poderia fornecer algum abrigo, mas a única maneira de chegar lá seria cancelando seu feitiço de levitação e escalando.

Outra pedra acertou Drizzt, quase girando-o no ar. Ele podia sentir o feitiço falhar e sabia que tinha apenas uma chance. Recuperou seu equilíbrio, dispersou seu feitiço e caiu no chão correndo.

Ele rolou e se virou, correndo o mais rápido que pôde. Uma rocha acertou o joelho da perna já ferida, forçando-o paralelamente ao chão. Drizzt estava rodando de novo, tentando como podia chegar à segurança do cume.

Seu impulso acabou muito cedo. Ele voltou a ficar de pé, na intenção de se jogar na última distância, mas a perna de Drizzt não teve forças e se dobrou naquele instante, deixando-o preso e exposto.

Ele sentiu o impacto nas costas e achou que sua vida estava no fim. Um momento depois, atordoado, Drizzt percebeu apenas que, de alguma forma, estava atrás do cume e que fora enterrado por alguma coisa, mas não com pedras ou terra.

Guenhwyvar estava em cima de seu mestre, protegendo Drizzt até que a última das rochas saltitantes tivesse parado.

À medida que os penhascos deram lugar a um terreno mais aberto, Columba e Gabriel voltaram à vista um do outro. Eles perceberam algum movimento bem à frente, atrás de uma parede solta de pedregulhos empilhados de cerca de três metros de altura e quinze metros de comprimento.

Um gigante apareceu no topo da parede, rugindo e segurando uma rocha acima de sua cabeça, pronto para lançá-la. O monstro tinha várias flechas cravadas em seu pescoço e peito, mas parecia não se importar.

O próximo tiro de Kellindil foi o que chamou a atenção do gigante, no entanto, uma vez que o elfo cravou uma flecha certeira no cotovelo do monstro. O gigante uivou e apertou o braço, aparentemente esquecendo-se da sua rocha, que em seguida caiu com um baque na sua cabeça. O gigante ficou imóvel, atordoado, e mais duas flechas atingiram seu rosto. Ele se balançou por um momento, depois caiu sobre a terra.

Columba e Gabriel trocaram sorrisos rápidos, compartilhando sua apreciação pelo hábil elfo arqueiro, depois continuaram a ofensiva, indo para extremidades opostas da parede.

Columba pegou um gigante de surpresa ao virar sua curva. O monstro alcançou seu tacape, mas a espada de Columba foi mais rápida e cortou sua mão. Gigantes de pedra eram inimigos formidáveis, com punhos que podiam lançar uma pessoa direto para o chão e uma pele quase tão dura quanto a pedra que lhes dava o nome. Mas ferido, surpreso, e sem seu tacape, o gigante não era páreo para a ranger experiente. Ela pulou no alto da parede, que a colocou cara a cara com o gigante, e pôs sua espada para trabalhar.

Em duas estocadas, o gigante foi cegado. A terceira, uma deslizada lateral deslumbrante, cortou um sorriso na garganta do monstro. Então, Columba entrou na defensiva, esquivando-se com cuidado e bloqueando os últimos movimentos desesperados do monstro moribundo.

Gabriel não teve tanta sorte quanto sua companheira. O gigante restante não estava perto do canto da parede de pedra empilhada. Embora Gabriel tenha surpreendido o monstro enquanto avançava, o gigante teve tempo suficiente — e uma pedra na mão — para reagir.

Gabriel pegou sua espada para desviar o projétil, e o ato salvou sua vida. A pedra arrancou a espada do guerreiro de suas mãos e ainda veio com força suficiente para jogar Gabriel no chão. Gabriel era um veterano, e a principal razão pela qual ainda estava vivo depois de tantas batalhas era o fato de que sabia quando recuar. Ele se forçou a passar por aquele momento de dor estonteante e conseguiu ficar de pé, depois correu de volta ao outro lado da parede.

O gigante, com seu tacape pesado na mão, veio logo atrás. Uma flecha cumprimentou o monstro quando este se revelou, mas ele afastou o dardo irritante como se não fosse mais do que um incômodo e caiu sobre o guerreiro.

Gabriel logo ficou sem espaço. Ele tentou voltar para os caminhos quebrados, mas o gigante o cortou, prendendo-o em uma pequena fenda entre pedras enormes. Gabriel puxou a adaga e amaldiçoou seu azar.

Columba já havia despachado o seu gigante a essa altura e correu ao redor do muro de pedra, vendo imediatamente Gabriel e o gigante.

Gabriel viu a ranger também, mas apenas deu de ombros, quase se desculpando, sabendo que Columba não poderia chegar até ele a tempo de salvá-lo. O gigante, grunhindo, deu um passo em frente, na intenção de acabar com o homem insignificante, mas então se fez ouvir um *"crack"* agudo e o monstro parou abruptamente. Seus olhos varreram o local por um momento ou dois, então caiu aos pés de Gabriel, morto.

Gabriel olhou para o lado, para o alto da parede de pedras, e quase riu alto.

O martelo de Fret não era uma arma grande — sua cabeça tinha apenas cinco centímetros de diâmetro —, mas era bem sólida, e em um único golpe, o anão o tinha cravado através do espesso crânio do gigante de pedra em um golpe limpo.

Columba aproximou-se, embainhando a espada, também não entendendo nada. Olhando para suas expressões chocadas, Fret não ficou feliz.

— Eu ainda sou um anão, afinal! — desabafou para eles, cruzando os braços, indignado. A ação trouxe o martelo manchado de cérebro em contato com a túnica de Fret, e o anão perdeu sua animação para um ataque de pânico. Lambeu os dedos sujos e apagou a mancha horrível, então olhou a sanguinolência em sua mão com um horror ainda maior.

Columba e Gabriel riram em voz alta.

— Saiba que você vai pagar pela túnica! — Fret ralhou com Columba. — Ah, você certamente vai!

Um grito ao lado os tirou de seu alívio momentâneo. Os quatro gigantes restantes, tendo visto um grupo de seus companheiros enterrados em uma avalanche e outro grupo derrotado tão eficientemente, perderam o interesse na emboscada e começaram a fugir.

Logo atrás deles ia Roddy McGristle e seu cão uivante.

Um único gigante escapou tanto da avalanche quanto das terríveis garras da pantera. Ele corria sem qualquer controle agora em toda a parte da montanha, buscando o cume mais alto.

Drizzt mandou Guenhwyvar em uma busca rápida, depois encontrou um galho para usar como bengala e conseguiu se levantar. Dolorido, empoeirado e ainda se curando das feridas da batalha contra os barghests — e agora de mais algumas de sua pequena aventura na montanha — Drizzt começou a andar. Um movimento no fundo da inclinação, no entanto, chamou sua atenção e o fez parar. Ele virou-se para encarar o elfo e, mais especificamente, a flecha encaixada no arco.

Drizzt olhou em volta, mas não tinha onde buscar cobertura. Poderia conjurar um globo de escuridão em algum lugar entre ele e o elfo, talvez, mas acreditava que o arqueiro habilidoso, já tendo mirado, não erraria mesmo com tal obstáculo. Drizzt estabilizou os ombros e virou devagar, diretamente de frente para o elfo, com orgulho.

Kellindil afrouxou a corda de seu arco e removeu a flecha. Kellindil, também, tinha visto a forma coberta com uma capa escura flutuando acima do deslizamento de pedras.

— Os outros estão de volta com Darda — disse Columba, indo até o elfo naquele momento — e McGristle está perseguindo...

Kellindil não respondeu nem olhou para a ranger. Ele assentiu de forma brusca, levando o olhar de Columba para cima da encosta até a forma escura, que se moveu de novo para a montanha.

— Deixe-o ir — sugeriu Columba. — Aquele lá nunca foi nosso inimigo.

— Eu tenho medo de deixar um drow sair livre — respondeu Kellindil.

— Eu também — respondeu Columba —, mas temo mais as consequências se McGristle encontrar o drow.

— Voltaremos a Maldobar e nos livraremos desse homem — Kellindil sugeriu —, então você e os outros podem retornar a Sundabar para sua reunião. Tenho parentes nessas montanhas; juntos iremos vigiar nosso amigo de pele escura e ver se ele não causa nenhum mal.

— Concordo — disse Columba.

Ela se virou e começou a andar, e Kellindil, sem precisar de mais nada para convencê-lo, virou-se para seguir.

O elfo fez uma pausa e olhou para trás uma última vez. Então, alcançou sua mochila e sacou um frasco, depois pousou-o em campo aberto no chão. Quase como uma reflexão tardia, Kellindil sacou um segundo item, este de seu cinto, e deixou cair no chão ao lado do frasco. Satisfeito, se virou e seguiu a ranger.

Quando Roddy McGristle voltou de sua perseguição selvagem e infrutífera, Columba e os outros já tinham guardado tudo e estavam preparados para sair.

— Vamos atrás do drow — proclamou Roddy. — Ele ganhou um pouco de tempo, mas dá pra alcançar rápido.

— O drow se foi — disse Columba severa. — Não devemos persegui-lo mais.

O rosto de Roddy se enrugou em descrença e parecia estar à beira de uma explosão.

— Darda precisa de descanso urgente! — Columba rosnou, sem pensar em retroceder. — As flechas de Kellindil estão quase esgotadas, assim como nossos suprimentos.

— Não vou esquecer tão facilmente os Thistledowns! — Roddy declarou.

— Nem o drow — Kellindil colocou.

— Os Thistledowns já foram vingados — acrescentou Columba — e você sabe que é verdade, McGristle. O drow não os matou, mas com certeza matou seus assassinos!

Roddy rosnou e se virou. Era um caçador de recompensas experiente e, portanto, um investigador experiente. Ele havia descoberto a verdade há muito tempo, mas não podia ignorar a cicatriz no rosto ou a perda de sua orelha — ou a alta recompensa pela cabeça do drow.

Columba antecipou e entendeu seu raciocínio silencioso.

— O povo de Maldobar não estará tão ansioso para ver o drow morto quando souberem a verdade sobre o massacre — disse —, e nem tão disposto a pagar, eu acho.

Roddy lançou um olhar furioso sobre ela, mas, mais uma vez, não podia contestar sua lógica. Quando o grupo de Columba começou a voltar para Maldobar, Roddy McGristle foi com eles.

※

Drizzt voltou a descer a montanha mais tarde naquele dia, procurando por algo que lhe dissesse o paradeiro de seus perseguidores. Ele encontrou o frasco de Kellindil e aproximou-se cauteloso, depois relaxou quando notou o outro item ao lado dele, a pequena adaga que havia tirado do sprite, a mesma que usara para cortar a corda do arco élfico em seu primeiro encontro.

O líquido dentro do frasco tinha um cheiro doce, e o drow, com a garganta ainda seca do pó da rocha, deu um gole com prazer. Uma série de calafrios dormentes correu pelo corpo de Drizzt, refrescando-o e revitalizando-o. Ele quase não comeu por vários dias, mas a força que tinha escoado de sua forma, até então frágil, retornou em uma explosão repentina. Sua perna rasgada ficou entorpecida por um momento, e Drizzt sentiu que ela também se fortalecia.

Uma onda de tontura cobriu Drizzt então, e ele cambaleou até a sombra de uma rocha próxima e sentou-se para descansar.

Quando acordou, o céu estava escuro e cheio de estrelas, e ele se sentia muito melhor. Mesmo sua perna, tão rasgada por deslizar pela avalanche, havia tornado a conseguir suportar seu peso. Drizzt sabia quem tinha deixado o frasco e a adaga para ele e, agora que entendera a natureza da poção de cura, sua confusão e indecisão só cresceram.

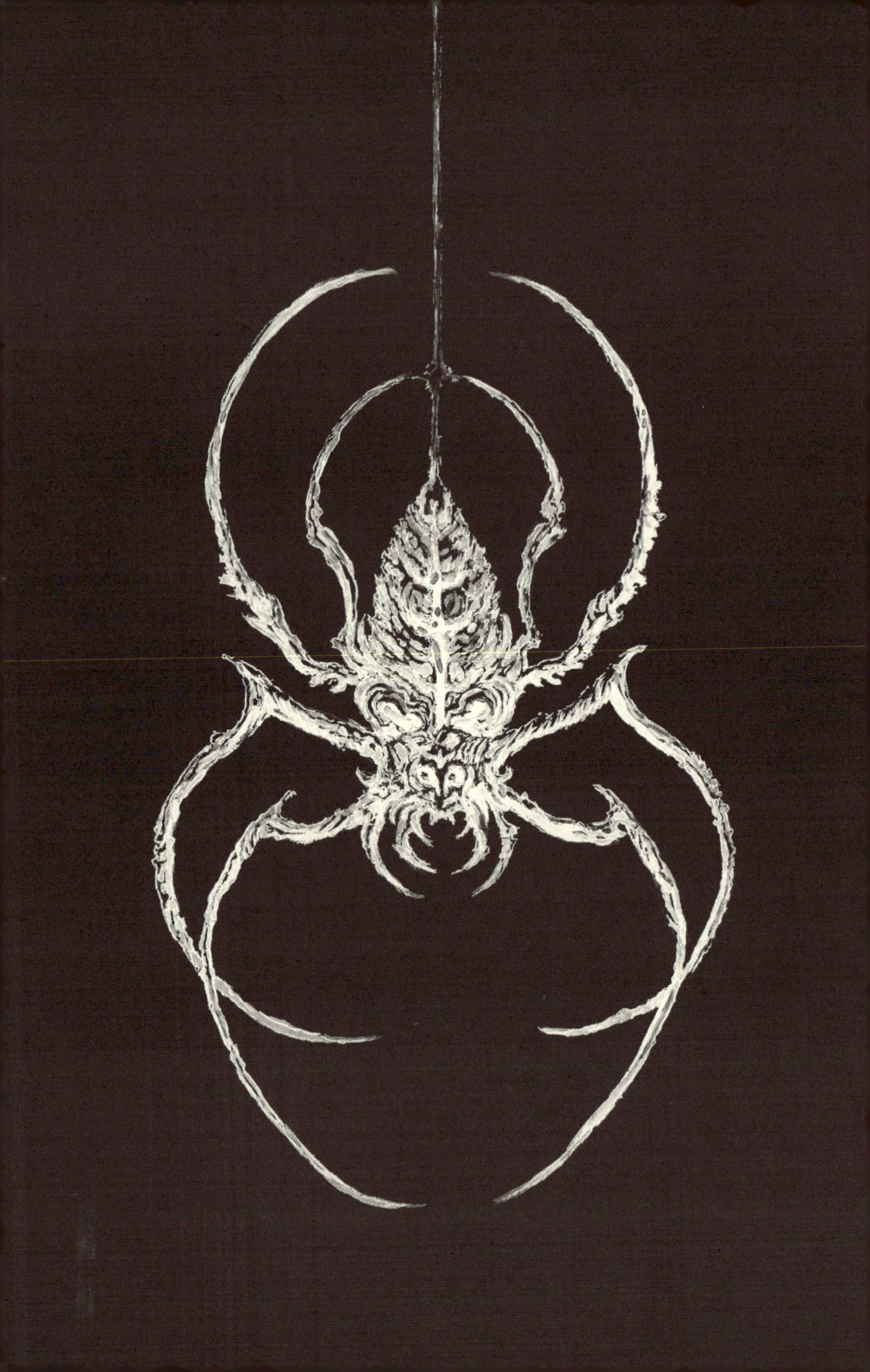

Parte 3
Montólio

Para os diversos povos do mundo, nada é tão fora de alcance, e ao mesmo tempo tão pessoal, quanto o conceito de deuses. Minha experiência em minha pátria havia me mostrado pouco sobre os seres sobrenaturais além das influências da divindade vil dos drow, a Rainha Aranha, Lolth.

Depois de testemunhar a carnificina a serviço de Lolth, demorei a aceitar o conceito de qualquer deus, de qualquer ser que pudesse ditar códigos de comportamento de toda uma sociedade. A moral não é uma força interna? E se ela é, os princípios são ditados ou percebidos?

Então, a próxima pergunta seria sobre os próprios deuses: tais entidades seriam, na verdade, seres reais ou manifestações de crenças compartilhadas? Os elfos negros são maus porque seguem os preceitos da Rainha Aranha ou seria Lolth um ponto culminante da conduta naturalmente maligna dos drow?

Da mesma forma, quando os bárbaros do Vale do Vento Gélido atravessam a tundra para a guerra, gritando o nome de Tempus, o Senhor das Batalhas, eles estão seguindo os preceitos de Tempus, ou Tempus é apenas o nome que eles dão às suas ações?

Isso, eu não posso responder. Nem, pelo que percebi, qualquer outra pessoa. No fim, para a tristeza de um pregador, a escolha de um deus é pessoal. Um missionário pode coagir e enganar os futuros discípulos, mas nenhum ser racional pode realmente seguir as ordens determinadas por qualquer figura divina se tais ordens forem contrárias aos seus próprios princípios. Nem eu, Drizzt Do'Urden, nem meu pai, Zaknafein, jamais poderíamos nos tornar discípulos da Rainha Aranha. E Wulfgar do Vale do Vento Gélido, meu amigo nos últimos anos, embora ainda possa gritar para o Deus da Batalha, não agrada a tal entidade chamada Tempus, exceto nas ocasiões em que usa seu poderoso martelo de guerra.

Eu não sei qual é a opção correta — e não me importo.

— Drizzt Do'Urden

Capítulo 11

Inverno

Drizzt escolheu trilhar entre as montanhas altas e rochosas por dias, abrindo tanto espaço entre ele e a aldeia de fazendeiros — e as horríveis lembranças — quanto podia. A decisão de fugir não tinha sido consciente; se Drizzt estivesse menos fora de si, poderia ter visto a caridade nos presentes do elfo, a poção de cura e a adaga devolvida, como uma possível dica de uma amizade futura.

Mas as lembranças de Maldobar e a culpa que pesava nos ombros do drow não seriam descartadas com facilidade. A aldeia agrícola tornou-se apenas mais uma parada na busca para encontrar um lar, uma busca que acreditava ser cada vez mais inútil. Drizzt perguntou-se como poderia até mesmo ir para a próxima aldeia que encontrasse. O potencial de tragédia tinha ficado bem claro. Ele não parou para pensar que a presença dos barghests poderia ter sido uma circunstância incomum, e que, talvez, na ausência de tais demônios, seu encontro poderia ter sido diferente.

Neste ponto baixo de sua vida, todos os pensamentos de Drizzt concentraram-se em uma única palavra que ecoava apenas em sua cabeça e cortava seu coração: *"drizzit"*.

A trilha de Drizzt eventualmente levou-o a uma passagem larga nas montanhas e a um desfiladeiro íngreme e rochoso preenchido com a névoa de um rio que rugia muito abaixo. O ar estava ficando mais frio, algo que Drizzt não entendia, e o vapor úmido parecia agradável ao drow. Ele desceu o penhasco rochoso, uma jornada que levou a maior parte do dia, e encontrou a margem do rio em cascata.

Drizzt tinha visto rios no Subterrâneo, mas nenhum deles poderia rivalizar com esse. O Rauvin saltava através das pedras, espirrando gotículas de água. Ele se aglomerava entre grandes pedregulhos, passava por campos de pedras menores e mergulhava de repente em quedas de cinco vezes a altura do drow. Drizzt ficou encantado com a visão e o som, mas, mais do que isso, também viu as possibilidades de manter aquele lugar como um santuário. Muitas calhas margeavam o rio, em piscinas estáticas onde a água tinha se desviado da corrente do fluxo principal. Lá também se reuniam peixes, descansando de suas lutas contra a corrente forte.

A visão causou um nó na barriga de Drizzt. Ele se ajoelhou sobre uma piscina, com sua mão preparada para atacar. Levou muitas tentativas para entender a refração da luz solar através da água, mas o drow foi rápido e esperto o bastante para aprender esse jogo. A mão de Drizzt mergulhou de repente e voltou segurando com firmeza uma truta de trinta centímetros de comprimento.

Drizzt jogou o peixe longe da água, deixando-o saltar sobre as pedras, e logo pegou outro. Ele comeria bem naquela noite, pela primeira vez desde que fugiu da região da aldeia de fazendeiros, e tinha bastante água clara e fria para satisfazer sua sede.

Aquele lugar era chamado de Estreito do Orc Morto por aqueles que conheciam a região. No entanto, o título era um pouco errado, porque, embora centenas de orcs houvessem mesmo morrido naquele vale rochoso em inúmeras batalhas contra legiões humanas, milhares mais ainda viviam ali, espreitando nas muitas cavernas das montanhas, prestes a atacar os intrusos. Poucas pessoas iam ali, e nenhuma delas com bom senso.

Para Drizzt, ingênuo, com o abastecimento fácil de comida e água e a névoa confortável para combater o ar surpreendentemente gelado, esse desfiladeiro parecia o refúgio perfeito.

O drow passou seus dias amontoado nas sombras seguras das muitas rochas e pequenas cavernas, preferindo pescar e colher alimentos nas horas escuras da noite. Ele não via esse estilo noturno como um retorno a qualquer coisa que já tenha sido. Quando saiu do Subterrâneo, determinou que viveria entre os moradores da superfície como um morador da superfície, e se esforçou para acostumar-se ao sol durante o dia. Drizzt não tinha mais tais ilusões. Escolheu as noites para suas atividades porque eram menos dolorosas para seus olhos sensíveis e porque sabia que quanto menos expusesse sua cimitarra ao sol, mais sua mágica duraria.

No entanto, não levou muito tempo para Drizzt entender o porquê de os habitantes da superfície parecerem preferir a luz do dia. Sob os raios quentes do sol, o ar ainda era tolerável, ainda que um pouco frio. Durante a noite, Drizzt descobriu que precisava se refugiar da brisa gelada que escorria pelas bordas íngremes do desfiladeiro repleto de névoa. O inverno estava se aproximando do norte, mas o drow, criado no mundo sem estações do Subterrâneo, não tinha como saber disso.

Em uma dessas noites, com um vento brutal soprando a noroeste, tão gelado que adormecia as mãos do drow, Drizzt chegou a uma conclusão importante. Mesmo com Guenhwyvar ao lado dele, amontoada sob uma saliência baixa, Drizzt sentia uma dor severa crescendo em suas extremidades. O nascer do sol estava a muitas horas de distância, e Drizzt se perguntava se iria mesmo sobreviver para vê-lo.

— Muito frio, Guenhwyvar — ele gaguejou através de seus dentes que se chocavam. — Muito frio.

Ele flexionou seus músculos e se moveu com força, tentando restaurar a circulação perdida. Então se preparou mentalmente, pensando nos tempos passados quando estava quente, tentando derrotar o desespero e enganar seu próprio corpo para esquecer o frio. Um único pensamento se destacou de forma clara, uma lembrança das cozinhas na academia de Menzoberranzan. No Subterrâneo sempre quente, Drizzt nunca havia considerado o fogo como uma fonte de calor. Até então, Drizzt tinha visto o fogo como apenas um método de cozinhar, um meio de produzir luz e uma arma ofensiva. Agora, assumiu uma importância ainda maior para o drow. Como os ventos continuando a soprar cada vez mais frios, Drizzt percebeu, com horror, que só o calor do fogo poderia mantê-lo vivo.

Ele olhou ao redor para procurar algo que pudesse acender. No Subterrâneo, queimava hastes de cogumelos, mas nenhum cogumelo era grande o bastante na superfície. Havia plantas, porém, árvores que eram ainda maiores do que os fungos do Subterrâneo.

— Pega uma… haste — Drizzt gaguejou para Guenhwyvar, sem conhecer nenhuma palavra para madeira ou árvore. A pantera o olhou com curiosidade.

— Fogo — implorou Drizzt. Ele tentou se levantar, mas percebeu que suas pernas e pés estavam dormentes. Então, a pantera entendeu. Guenhwyvar rosnou uma vez e correu para a noite. A grande gata quase tropeçou sobre uma pilha de ramos e galhos que tinham sido deixados — por quem, Guenhwyvar não sabia — logo do lado de fora da entrada. Drizzt, preocupado com sua sobrevivência no momento, sequer questionou o retorno súbito da gata.

Drizzt tentou, sem sucesso, acender uma fogueira durante muitos minutos, golpeando sua adaga contra uma pedra. Finalmente, entendeu que o vento impedia que as faíscas caíssem, então levou a madeira para uma área mais protegida. Agora suas pernas doíam, e sua própria saliva congelava ao longo de seus lábios e queixo.

Então uma faísca atingiu a pilha seca. Drizzt abanou cuidadoso a pequena chama, mantendo-a entre suas mãos para evitar que a atingisse com muita força.

⁂

— A fogueira foi acesa — disse um elfo ao companheiro.

Kellindil assentiu com gravidade, sem saber ao certo se ele e seus companheiros élficos haviam agido certo ao ajudar o drow. Kellindil havia retornado de Maldobar, enquanto Columba e os outros partiram para Sundabar, e encontrou-se com uma pequena família élfica, parentes seus, que morava nas montanhas perto do Estreito do Orc Morto. Com a ajuda especializada, o elfo teve pouca dificuldade em localizar o drow e, juntos, ele e os seus vinham observando-o curiosos ao longo das últimas semanas.

O estilo de vida inocente de Drizzt não dissipou todas as dúvidas do elfo cauteloso, uma vez que Drizzt era um drow, afinal, de pele negra aos olhos e de coração negro por reputação.

Ainda assim, o suspiro de Kellindil foi de alívio quando também notou o brilho leve e distante. O drow não congelaria, e Kellindil acreditava que este drow não merecia tal destino.

⁂

Depois da refeição naquela noite, Drizzt recostou-se em Guenhwyvar — e a pantera aceitou alegre o calor do corpo compartilhado — e olhou para as estrelas, brilhando intensamente no ar frio.

— Você se lembra de Menzoberranzan? — perguntou à pantera. — Você lembra de quando nos conhecemos?

Se Guenhwyvar o entendeu, a gata não deu nenhuma indicação. Com um bocejo, Guenhwyvar se enrolou em Drizzt e colocou a cabeça entre duas patas estendidas.

Drizzt sorriu e esfregou grosseiramente a orelha da pantera. Ele havia conhecido Guenhwyvar em Magace, a escola de magia da Academia, quando a pantera estava sob a posse de Masoj Hun'ett, o único drow que Drizzt já havia matado. Drizzt se esforçou para não pensar nesse incidente agora. Com o fogo queimando vívido, aquecendo os dedos dos pés, aquela não era uma noite para memórias desagradáveis. Apesar dos muitos horrores que enfrentara na cidade onde tinha nascido, Drizzt encontrou alguns prazeres lá e aprendeu muitas lições úteis. Mesmo Masoj ensinou-lhe coisas que agora o ajudavam mais do que jamais teria acreditado. Tornando a olhar para as chamas crepitantes, Drizzt pensou que, se não fosse por suas tarefas de aprendiz de acender velas, sequer teria sabido como fazer uma fogueira. Era inegável que tal conhecimento o salvou de uma morte gelada.

O sorriso de Drizzt foi de curta duração à medida que seus pensamentos continuavam por essas vias. Não tantos meses depois daquela lição particularmente útil, Drizzt fora forçado a matar Masoj.

Drizzt recostou-se mais uma vez e suspirou. Sem perigo e nem nenhuma companhia hostil aparentemente iminente, este talvez fosse o período mais simples de sua vida, mas nunca antes as complexidades de sua existência o dominaram tanto.

Ele foi arrancado de sua tranquilidade um momento depois, quando um grande pássaro, uma coruja com penas fofas, de formato semelhante a chifres em sua cabeça arredondada, voou de repente por cima. Drizzt riu de sua própria incapacidade de relaxar; no segundo que levara para reconhecer o pássaro como algo nada ameaçador, já tinha se levantado e sacado sua cimitarra e sua adaga. Guenhwyvar também reagiu ao pássaro, mas de uma maneira muito diferente. Com Drizzt de repente de pé e fora do caminho, a pantera se aproximou do calor do fogo, esticou-se lânguida e bocejou de novo.

A coruja voou silenciosa em brisas invisíveis, levantando-se com a névoa do vale do rio oposto à parede que Drizzt havia descido primeiro.

O pássaro deslizou durante a noite até um espesso bosque de abetos ao lado de uma montanha, chegando a descansar em uma ponte de madeira e corda construída através dos galhos mais altos de três árvores. Depois de alguns instantes, o pássaro tocou um pequeno sino de prata, preso à ponte para essas ocasiões.

Um momento depois, o pássaro tocou o sino novamente.

— Já estou indo — veio uma voz de baixo. — Paciência, Piante. Deixe um homem cego andar em um ritmo confortável!

Como se compreendesse, e desfrutasse da brincadeira, a coruja tocou o sino pela terceira vez.

Um homem velho com um enorme bigode cinzento similar a uma escova e olhos leitosos apareceu na ponte. Ele tropeçou e quicou até chegar ao pássaro. Montólio costumava ser um ranger de grande fama, que agora vivia seus últimos anos, por escolha própria, isolado nas montanhas e cercado pelas criaturas que ele mais amava (não considerava humanos, elfos, anões ou qualquer uma das outras raças inteligentes parte delas). Apesar de sua idade considerável, Montólio permanecia alto e ereto, ainda que os anos tivessem deixado suas marcas no eremita, enrugando uma mão que agora mais parecia as garras do pássaro do qual ele se aproximava.

— Paciência, Piante — murmurou repetidamente. Alguém que o observasse abrindo caminho com tanta facilidade sobre a ponte traiçoeira nunca teria adivinhado que ele era cego, e aqueles que conheciam Montólio certamente não o descreveriam assim. Em vez disso, poderiam ter dito que seus olhos não funcionavam, mas em seguida acrescentariam que ele não precisava deles. Com suas habilidades e conhecimento, e com seus muitos amigos animais, o velho ranger "via" mais do mundo ao seu redor do que a maioria daqueles com visão normal.

Montólio estendeu o braço, e a grande coruja pousou sobre ele, encontrando um apoio firme na pesada manga de couro do homem.

— Você viu o drow? — Montólio perguntou.

A coruja respondeu com um piado, depois fez uma complicada série de bufões e pios que Montólio absorveu, pesando todos os detalhes. Com a ajuda de seus amigos, em particular dessa coruja bastante tagarela, o ranger havia monitorado o drow por vários dias, curioso sobre o porquê de um elfo negro vagar pelo vale. A princípio, Montólio supusera que o drow estava de alguma forma conectado com Graul, o chefe dos orcs da região, mas com o passar do tempo, o ranger começou a criar suspeitas diferentes.

— Um bom sinal — observou Montólio quando a coruja assegurou-lhe que o drow ainda não tinha entrado em contato com as tribos de orcs. Graul já era maligno o suficiente sem ter aliados tão poderosos quanto os elfos negros!

Ainda assim, o ranger não conseguia descobrir por que os orcs não haviam procurado o drow. Provavelmente ainda não o tinham visto; o drow se esforçava para permanecer discreto, sem acender nenhuma fogueira (até esta noite) e saindo apenas após o pôr do sol. Ou, era mais provável, Montólio pensou enquanto refletia mais sobre o assunto, os orcs haviam visto o drow, mas ainda não haviam tido coragem de entrar em contato.

De qualquer forma, toda a situação estava se provando uma distração bem-vinda para o ranger, enquanto seguia as rotinas diárias de preparar sua casa para o próximo inverno. Ele não temia a aparição do drow. Montólio não temia muita coisa — e se o drow e os orcs não fossem aliados, o conflito resultante poderia valer a pena assistir.

— Pode ir — o ranger disse para aplacar a coruja queixosa. — Vá e cace alguns ratos!

A coruja saiu de imediato, rodeou uma vez por baixo, e depois por cima da ponte, e dirigiu-se para a noite.

— Só tome cuidado para não comer nenhum dos ratos que eu mandei para vigiar o drow! — Montólio gritou para o pássaro e riu, sacudindo seus longos cachos cinzentos, então voltou para a escada no final da ponte. Ele prometeu, ao descer, que logo pegaria sua espada e descobriria o que esse elfo negro em particular poderia desejar na região.

O velho ranger fazia muitas promessas assim.

Os disparos de aviso do outono logo deram lugar ao ataque do inverno. Não demorou muito para Drizzt descobrir o significado das nuvens cinzentas, mas quando a tempestade caiu, daquela vez na forma de neve em vez de chuva, o drow ficou realmente espantado. Ele tinha visto a brancura ao longo das partes altas das montanhas, mas nunca tinha chegado suficientemente alto para inspecioná-la e apenas supôs que fosse uma coloração das rochas. Agora, Drizzt observava os flocos brancos descerem no vale; eles desapareciam nas corredeiras do rio, mas se acumulavam nas pedras.

Quando a neve começou a se acumular e as nuvens ficaram cada vez mais baixas no céu, Drizzt chegou a uma conclusão terrível. Rapidamente convocou Guenhwyvar para o lado dele.

— Devemos encontrar um abrigo melhor — explicou à pantera cansada. Guenhwyvar só havia sido liberada para sua casa astral no dia anterior. — E devemos estocar material para nossas fogueiras.

Várias cavernas se espalhavam pelo vale daquele lado do rio. Drizzt encontrou uma, não só profunda e escura, mas também protegida do vento por uma crista alta de pedra. Ele entrou, parando ainda do lado de dentro para deixar seus olhos se adaptarem ao brilho cegante da neve.

O chão da caverna era irregular e seu teto não era alto. Grandes pedregulhos estavam espalhados de forma aleatória e, ao lado, perto de um deles, Drizzt notou uma sombra mais escura, indicando uma segunda câmara. Ele colocou sua braçada de madeira no chão e começou a ir em direção a ela, então parou de repente: tanto ele quanto Guenhwyvar haviam sentido outra presença.

Drizzt sacou sua cimitarra, deslizou para trás do pedregulho e olhou em volta. Com sua infravisão, o outro habitante da caverna, uma bola quente e brilhante, consideravelmente maior do que o drow, não era difícil de detectar. Drizzt soube imediatamente o que era, embora ainda não tivesse nenhum nome para a criatura. Ele havia visto essa criatura de longe várias vezes, observando-a enquanto, com habilidade — e uma velocidade surpreendente, considerando o seu tamanho — pegava os peixes no rio.

Seja lá como se chamasse, Drizzt não desejava lutar pela caverna; havia outros buracos na área, mais fáceis de se alcançar.

O grande urso marrom, no entanto, parecia ter um desejo diferente. A criatura agitou-se de repente e se elevou nas patas traseiras, seu rugido de avalanche ecoou por toda a caverna e suas garras e dentes se tornaram bem visíveis.

Guenhwyvar, a entidade astral da pantera, conhecia o urso como um antigo rival, e um que os gatos sábios faziam o possível para evitar. Ainda assim, a pantera corajosa saltou bem na frente de Drizzt, disposta a enfrentar a criatura maior para que seu mestre pudesse escapar.

— Não, Guenhwyvar! — Drizzt comandou, e agarrou a gata e puxou-a para trás de si até estar novamente na dianteira.

O urso, outro dos muitos amigos de Montólio, não se moveu para atacar, mas manteve sua posição com ferocidade, não apreciando a interrupção do sono tão aguardado.

Drizzt sentiu algo ali que não podia explicar — não uma amizade com o urso, mas uma compreensão estranha do ponto de vista da criatura. Ele se achou tolo ao embainhar sua lâmina, mas não podia negar a empatia que sentia, quase como se estivesse vendo a situação pelos olhos do urso.

Cautelosamente, Drizzt aproximou-se, atraindo o urso para seu olhar. O urso parecia quase surpreso, mas aos poucos baixou as garras e a careta de seu rosnado tornou-se uma expressão que Drizzt entendeu como curiosidade.

Drizzt alcançou lentamente a bolsa e tirou um peixe que estava guardando para o jantar. Atirou-o para o urso, que o cheirou uma vez, depois engoliu, praticamente sem mastigar.

Outro longo momento de observação se seguiu, mas a tensão desapareceu. O urso arrotou uma vez, recuou e logo estava roncando, satisfeito.

Drizzt olhou para Guenhwyvar e deu de ombros impotente, sem ter ideia de como havia se comunicado tão profundamente com o animal. A pantera parecia ter entendido as conotações da troca, também, porque o pelo de Guenhwyvar já não estava mais eriçado.

Durante o resto do tempo que Drizzt passou naquela caverna, fez questão de, sempre que tivesse comida extra, deixar cair um bocado para o urso adormecido. Às vezes, especialmente se Drizzt tivesse jogado um peixe, o urso sentia o cheiro e despertava por tempo suficiente para engolir a refeição. No entanto, com frequência, o animal ignorava a comida, roncava ritmicamente e sonhava com mel, frutas e ursas, e tudo o que os ursos sonhavam.

— Ele está morando com Algazarra? — Montólio ofegou quando descobriu por intermédio de Piante que o drow e o urso genioso estavam dividindo a caverna de duas câmaras. Montólio quase caiu — e teria caído, se não estivesse tão perto do tronco da árvore de apoio. O velho ranger se recostou ali, atordoado, coçando a barba por fazer e cofiando o bigode. Conhecia o urso há vários anos, e até mesmo ele não estava certo se estaria disposto a partilhar uma moradia com ele. Algazarra era uma criatura que se irritava com facilidade, como muitos dos orcs estúpidos de Graul tinham aprendido ao longo dos anos.

— Eu acho que Algazarra está cansado demais para discutir — Montólio racionalizou, mas sabia que algo mais estava acontecendo. Se um orc ou um goblin tivesse entrado naquela caverna, Algazarra teria esmagado a criatura sem pensar duas vezes. No entanto, o drow e sua pantera estavam lá, dia após dia, acendendo sua fogueira na câmara externa, enquanto Algazarra roncava satisfeito.

Como um ranger, e conhecendo muitos outros rangers, Montólio viu e ouviu falar sobre coisas estranhas. Até agora, porém, ele sempre considerou a habilidade inata de se conectar mentalmente com animais selvagens como sendo algo de domínio exclusivo dos elfos da superfície, sprites, halflings, gnomos e humanos que haviam treinado no caminho da floresta.

— Como um elfo negro saberia sobre um urso? — Montólio perguntou em voz alta, ainda coçando a barba. O ranger considerou duas possibilidades: ou havia mais na raça drow do que ele sabia, ou este elfo negro em particular não era semelhante aos seus. Dado o comportamento já estranho do elfo, Montólio supôs que fosse a última opção, embora desejasse descobrir com certeza. Sua investigação teria que esperar, no entanto. A primeira neve já havia caído, e o ranger sabia que a segunda, e a terceira, e muitas outras, não tardariam. Nas montanhas ao redor do Estreito do Orc Morto havia pouco movimento, uma vez que as neves começaram.

※

Guenhwyvar provou ser a salvação de Drizzt ao longo das semanas seguintes. Naquelas ocasiões em que a pantera estava no Plano Material, Guenhwyvar saía entre as nevascas geladas e profundas, caçando e, mais importante, trazendo de volta madeira para o fogo.

Ainda assim, as coisas não eram fáceis para o drow deslocado. Todos os dias, Drizzt teve que ir até o rio e quebrar o gelo que se formava nas partes mais lentas, as piscinas de pesca de Drizzt, ao longo de sua margem. Não era uma caminhada longa, mas a neve logo estava profunda e traiçoeira, muitas vezes deslizando pela encosta atrás de

Drizzt para enterrá-lo em um abraço congelado. Várias vezes, Drizzt cambaleava de volta para sua caverna, incapaz de sentir qualquer coisa em suas mãos e pernas. Ele logo aprendeu a deixar o fogo aceso antes de sair, porque após seu retorno, não tinha forças para segurar a adaga e a pedra para acender uma faísca.

Mesmo quando a barriga de Drizzt estava cheia e estava cercado pelo brilho do fogo e pela pele de Guenhwyvar, estava com frio e completamente miserável. Pela primeira vez em muitas semanas, o drow questionou sua decisão de deixar o Subterrâneo e, à medida que seu desespero crescia, questionou sua decisão de deixar Menzoberranzan.

— Com certeza, sou um sem teto infeliz — muitas vezes queixava-se naqueles momentos não mais tão raros de autopiedade. — E com certeza vou morrer aqui, com frio e sozinho.

Drizzt não tinha ideia do que estava acontecendo no mundo estranho à sua volta. Será que o calor que encontrou quando chegou ao mundo da superfície retornaria em algum momento? Ou seria uma maldição vilanesca, talvez dirigida a ele pelos seus inimigos de Menzoberranzan? Essa confusão levou Drizzt a um dilema problemático: deveria permanecer na caverna e tentar aguardar o fim da tempestade (porque como mais poderia chamar o inverno)? Ou deveria sair do vale do rio e procurar um clima mais quente?

Ele teria saído, e a jornada pelas montanhas por certo o mataria, mas notou outro evento coincidindo com o clima severo. As horas de luz do dia diminuíram e as horas da noite aumentaram. Será que o sol desapareceria completamente, engolindo a superfície em uma escuridão e frio eternos? Drizzt duvidou dessa possibilidade, então, usando um pouco de areia e um frasco vazio que tinha em sua bolsa, começou a medir o tempo da luz e da escuridão.

Suas esperanças afundavam cada vez que seus cálculos mostravam um pôr do sol mais rápido e, à medida que a estação se aprofundava, o desespero de Drizzt também. Sua saúde também diminuiu. Ele parecia mesmo uma coisa infeliz, magro e trêmulo, quando percebeu pela primeira vez o ponto de reviravolta da estação, o solstício de inverno. Ele mal acreditava em suas descobertas — suas medidas não eram tão precisas —, mas, depois dos próximos dias, Drizzt não podia negar o que a areia caindo dizia a ele.

Os dias estavam durando mais tempo.

A esperança de Drizzt voltou. Ele suspeitava de uma variação sazonal desde que os primeiros ventos frios começaram a soprar meses antes. Havia visto os ursos pescando mais diligentes à medida que o tempo piorava, e agora acreditava que a criatura tinha antecipado o frio e tinha armazenado a gordura para dormir.

Essa crença, e suas descobertas sobre a luz do dia, convenceram a Drizzt de que tal desolação congelada não duraria.

No entanto, o solstício não trouxe nenhum alívio imediato. O vento soprava mais e a neve continuava a se acumular. Mas Drizzt estava determinado outra vez, e seria preciso mais do que um inverno para derrotar o drow indomável.

Então aconteceu — quase da noite para o dia, ao que pareceu. As neves diminuíram, o rio correu com menos gelo, e o vento deslocou-se para trazer um ar mais quente. Drizzt sentiu uma onda de vitalidade e esperança, uma libertação do sofrimento e da culpa que ele não podia explicar. Drizzt não conseguia perceber que impulsos eram esses que se agarravam a ele, não tinha nome ou conceito para tais, mas estava tão imerso na primavera atemporal como todas as criaturas naturais do mundo da superfície.

Uma manhã, quando Drizzt terminou a refeição e preparou-se para a cama, seu companheiro de quarto adormecido se afastou da câmara lateral, visivelmente mais delgado, mas ainda formidável. Drizzt observou com atenção o urso cambaleando, se perguntando se deveria convocar Guenhwyvar ou sacar sua cimitarra. O urso, no entanto, não lhe deu atenção alguma. Ele se arrastou na direção dele, parou para cheirar e lamber a pedra achatada que Drizzt usava como prato, e entrou na luz do sol quente, parando na saída da caverna para dar um bocejo e uma espreguiçada tão profunda que Drizzt entendeu que a soneca do inverno estava no fim. Drizzt também entendeu que em breve a caverna ficaria lotada com o animal perigoso vagando, e decidiu que, talvez, com o clima mais hospitaleiro, não valesse a pena lutar por ela.

Drizzt partiu antes que o urso voltasse, mas, para o prazer do urso, ele havia deixado uma última refeição de peixe. Pouco tempo depois, Drizzt estava se instalando em uma caverna mais rasa e menos protegida a poucas centenas de metros abaixo da parede do vale.

Capítulo 12

Conhecer seus inimigos

O INVERNO SE FOI TÃO RÁPIDO QUANTO CHEGOU. A neve diminuía a cada dia e o vento do sul trouxe um ar que não era gelado. Drizzt logo se instalou em uma rotina confortável; o maior problema que enfrentou foi o brilho do sol que se refletia no chão ainda coberto de neve. O drow tinha se adaptado bastante ao sol nos seus primeiros meses na superfície, caminhando — e até mesmo combatendo — à luz do dia. Agora, porém, com a neve branca lançando aquele reflexo cegante em seu rosto, Drizzt mal conseguia enxergar.

Ele saía apenas à noite e deixava o dia para os ursos e outras criaturas. Drizzt não estava muito preocupado; a neve logo desapareceria, ou ao menos é o que imaginava, e poderia voltar para a vida fácil que havia marcado os últimos dias antes do inverno.

Uma noite, bem alimentado, bem descansado e sob a suave luz de uma lua fascinante, Drizzt olhou para o outro lado do rio, até a parede do vale.

— O que tem ali? — o drow sussurrou para si mesmo. Embora a correnteza do rio estivesse forte com o derretimento da primavera, mais cedo naquela noite, Drizzt encontrara um possível caminho através dele, uma série de pedras grandes e não muito afastadas que se elevavam acima da água.

A noite mal havia começado; a lua ainda não havia chegado ao seu ápice no céu. Repleto do espírito de aventura e bom humor tão típicos da estação, Drizzt decidiu dar uma olhada. Ele saltou para a margem do rio e pulou leve e ágil pelas pedras. Para um humano ou um orc — ou a maioria das outras raças do mundo — atravessar as pedras molhadas, em intervamos irregulares e, muitas vezes, arredondadas, poderia ter parecido muito difícil e traiçoeiro para sequer tentar, mas o drow ágil conseguiu passar com bastante facilidade.

Ele desceu na outra margem correndo, saltando sobre ou ao redor das muitas rochas e pedras sem pensar ou se importar. Quão diferente seria seu comportamento se soubesse que estava agora do lado do vale pertencente a Graul, o grande chefe dos orcs!

Uma patrulha orc viu o drow antes que chegasse a meio caminho da parede do vale. Os orcs tinham visto o drow antes, em ocasiões em que Drizzt estava pescando no rio. Por temer elfos negros, Graul ordenou que seus lacaios mantivessem distância, imaginando que a nevasca acabaria expulsando o intruso. Mas o inverno tinha passado e o tal drow solitário tinha permanecido, e agora ele havia atravessado o rio.

Graul torceu suas mãos de dedos grossos quando lhe deram a notícia. O orc grande ficou um pouco aliviado pela crença de que o drow estava sozinho e não era integrante de um grupo maior. Ele poderia ser um batedor ou um renegado; Graul não podia saber com certeza, e as implicações de ambas as possibilidades não agradavam ao chefe dos orcs. Se o drow fosse um batedor, mais elfos negros poderiam aparecer a seguir, e se o drow fosse um renegado, poderia considerar os orcs como possíveis aliados.

Graul era o chefe por muitos anos, um mandato estranhamente longo para os orcs caóticos. O grande orc tinha sobrevivido por não se arriscar, e Graul não queria começar a se arriscar agora. Um elfo negro poderia usurpar a liderança da tribo, uma posição que Graul estimava muito. Isso, Graul não permitiria. Duas patrulhas orcs saíram de buracos escuros logo depois, com ordens explícitas para matar o drow.

Um vento frio soprava acima da parede do vale, e a neve estava mais profunda ali, mas Drizzt não se importava. Grandes manchas de abetos se lançavam diante dele, escurecendo os vales montanhosos e convidando-o, depois de um inverno encurralado na caverna, a explorar.

Ele já havia deixado quase um quilômetro e meio atrás de si quando percebeu que estava sendo seguido. Não chegou a ver nada, exceto talvez uma sombra fugaz pela visão periférica, mas seus sentidos intangíveis de guerreiro deixavam claro, sem dúvida alguma, de que havia mais gente ali. O drow foi para o lado de uma inclinação íngreme, passou sobre um monte de árvores grossas e correu para o cume alto. Quando chegou lá, deslizou atrás de uma rocha e se virou para observar.

Sete formas escuras, seis humanoides e uma canina, grande, saíram das árvores atrás dele, seguindo sua trilha com cuidado e disciplina. Daquela distância, Drizzt não conseguia notar a raça, embora suspeitasse que fossem humanos. Olhou ao redor em busca da melhor rota de fuga, ou da melhor área defensável.

Drizzt notou que sua cimitarra estava em uma mão, sua adaga na outra. Quando se deu conta que já havia sacado as armas, e que o grupo que o perseguia estava chegando desconfortavelmente perto, o drow fez uma pausa e refletiu.

Ele poderia encarar os perseguidores ali e acertá-los enquanto escalavam os últimos metros traiçoeiros da subida escorregadia.

— Não — grunhiu Drizzt, descartando tal possibilidade assim que pensou nela. Poderia atacar, e provavelmente vencer, mas então, que fardo de culpa carregaria por causa desse combate? Drizzt não queria lutar, nem desejava nenhum contato. Ele já carregava toda a culpa que podia suportar.

Ele ouviu as vozes de seus perseguidores, puxões guturais semelhantes à língua goblin.

— Orcs — sussurrou o drow, combinando o idioma com o tamanho humano das criaturas.

Porém, tal reconhecimento não fez muito para mudar as atitudes do drow. Drizzt não tinha amor por orcs —já tinha visto o suficiente daquelas criaturas malcheirosas em Menzoberranzan —, mas também não tinha nenhum motivo ou justificativa para lutar contra esse bando. Ele se virou, escolheu um caminho, e fugiu pela noite.

A perseguição era obstinada; os orcs estavam perto demais para que Drizzt os afastasse. Ele viu um problema se desenrolando, porque se os orcs fossem hostis (e por seus gritos e grunhidos, Drizzt acreditava que era o caso) então Drizzt havia perdido sua oportunidade de combatê-los em um terreno favorável. A lua já havia se posto há muito tempo e o céu tinha assumido a coloração azulada do antes do amanhecer. Orcs não gostavam da luz do sol, mas com o brilho da neve ao seu redor, Drizzt ficaria quase impotente nela.

Obstinado, o drow ignorou a opção da batalha e tentou escapar da perseguição, voltando na direção do vale. Foi quando Drizzt cometeu seu segundo erro, uma vez que outro bando de orcs, acompanhado por um lobo e uma forma muito maior, um gigante de pedra, estava à espera.

A trilha era bem nivelada, um lado dela caindo abruptamente por uma encosta rochosa à esquerda do drow e o outro subindo tão íngreme e tão rochoso quanto, à sua direita. Drizzt sabia que seus perseguidores teriam poucos problemas para segui-lo em uma trilha tão predeterminada, mas confiava apenas na velocidade agora, tentando voltar para sua caverna defensável antes que o sol cegante surgisse.

Um grunhido o alertou um momento antes que um enorme lobo de pelos grossos, chamado de worg, pulasse sobre as rochas logo acima dele e parasse à sua frente. O worg saltou em sua direção, com as mandíbulas se fechando, tentando acertar sua cabeça. Drizzt se abaixou imediatamente, sob o ataque, e sua cimitarra saiu em um instante, num corte para alargar ainda mais a bocarra do animal. O worg despencou com força atrás do drow, ainda girando, sua língua cobrindo o sangue que jorrava.

Drizzt o golpeou novamente, deixando-o cair, mas os seis orcs entraram correndo, brandindo lanças e porretes. Drizzt virou-se para fugir e, em seguida, abaixou-se de novo, bem a tempo, quando uma rocha arremessada passou, rolando ladeira abaixo.

Sem pensar duas vezes, Drizzt trouxe um globo de escuridão sobre sua própria cabeça.

Os quatro orcs à frente mergulharam no globo sem perceber. Os dois companheiros restantes pararam, agarrando suas lanças e olhando nervosos ao redor. Não podiam ver nada dentro da escuridão mágica, mas pelos golpes de lâminas e os gritos selvagens, parecia que havia todo um exército lutando lá dentro. Em seguida, outro som se ouviu do escuro, o som do rosnado de um felino.

Os dois orcs recuaram, olhando por cima dos ombros e desejando que o gigante de pedra se apressasse e chegasse logo. Um de seus companheiros orc, e depois outro, saíram fugindo da escuridão, gritando de terror. O primeiro passou correndo por seus semelhantes assustados, mas o segundo sequer conseguiu chegar até eles.

Guenhwyvar jogou-se sobre o orc infeliz e atirou-o ao chão, arrancando sua vida. A pantera mal desacelerou, pulando e derrubando um dos dois que estavam do lado de fora, enquanto tropeçavam freneticamente para fugir. Os que sobraram do lado de fora do globo cambaleavam sobre as pedras, e Guenhwyvar, depois de terminar a segunda matança, pulou atrás deles.

Drizzt saiu do outro lado do globo ileso, com sua cimitarra e adaga escorrendo sangue de orc. O gigante, enorme e de ombros quadrados, com pernas tão grandes quanto troncos de árvores, chegou para encará-lo, e Drizzt sequer hesitou. Saltou para uma pedra grande, então saltou de novo, com sua cimitarra apontando o caminho.

Sua agilidade e velocidade surpreenderam o gigante de pedra; o monstro nunca chegou a conseguir levantar seu tacape ou sua mão livre para bloquear. Mas a sorte não estava com o drow desta vez. Sua cimitarra, encantada com a magia do Subterrâneo, tinha visto muito da luz da superfície. Ela, ao ser pressionada contra a pele dura como pedra do gigante de mais de quatro metros de altura, se dobrou a quase noventa graus, e quebrou na altura do punho.

Drizzt recuou, traído pela primeira vez por sua arma de confiança. O gigante uivou e levantou seu tacape, sorrindo maliciosamente até uma forma negra se elevar sobre sua vítima pretendida e se chocar no seu peito, rasgando com suas quatro garras violentas.

Guenhwyvar salvou Drizzt outra vez, mas o gigante estava longe de ter sido derrotado. Ele bateu e se debateu até que a pantera voou para longe dele. Guenhwyvar tentou girar e voltar, mas a pantera pousou no declive e seu impulso derrubou a cobertura de neve. A gata deslizou e caiu, e enfim libertou-se do escorregão, ilesa, mas bem abaixo na montanha, longe de Drizzt e da batalha.

O gigante não sorria desta vez. O sangue jorrava de uma dúzia de cortes fundos em seu peito e rosto. Atrás dele, na trilha, o outro grupo orc, liderado por um segundo worg uivante, se aproximava com rapidez.

Como qualquer guerreiro sábio obviamente superado em número, Drizzt virou-se e correu.

Se os dois orcs que haviam fugido de Guenhwyvar tivessem voltado ao declive, poderiam ter derrotado o drow. Os orcs, no entanto, não eram famosos por sua coragem, e esses dois já estavam do outro lado do declive e ainda estavam correndo, sem sequer olhar para trás.

Drizzt correu pela trilha, procurando por algum jeito de poder descer e se juntar à pantera. Nenhuma parte da encosta parecia promissora, porque ele teria que seguir o caminho devagar e com cuidado, e com um gigante fazendo chover pedras na cabeça dele. Subir parecia ser tão inútil quanto com o monstro tão perto, então o drow continuou correndo ao longo da trilha, esperando que ela não terminasse tão cedo.

O sol começou a se mostrar no horizonte, só mais um problema — um dos muitos, naquele momento — para o drow desesperado.

Compreendendo que a sorte estava contra ele, Drizzt de alguma forma sabia, mesmo antes de virar a última curva fechada da trilha, que tinha chegado ao fim da estrada. Um deslizamento de pedras há muito tempo havia bloqueado a trilha. Drizzt parou e puxou sua bolsa, sabendo que estava ficando sem tempo.

O grupo de orcs liderado pelo worg alcançou o gigante, ambos ganhando confiança na presença do outro. Juntos, seguiram em frente, com o worg maligno acelerando para assumir a liderança.

A criatura acelerou ao redor de uma curva fechada, tropeçando e tentando parar quando se enroscou de repente em um laço de corda. Worgs não eram criaturas estúpidas, mas ele não entendeu completamente as terríveis implicações quando o drow empurrou uma pedra arredondada sobre a borda do barranco. O worg não havia entendido até que a corda se esticou e a pedra puxou a fera, voando, para trás.

A armadilha simples tinha funcionado de forma perfeita, mas era a única vantagem que Drizzt poderia esperar. Atrás dele, a trilha estava totalmente bloqueada, e, aos lados, as encostas subiam e caíam íngremes demais para fugir por lá. Quando os orcs e o gigante viraram a curva, hesitantes após verem seu worg ser levado para um passeio bastante acidentado, Drizzt se firmou para enfrentá-los com apenas uma adaga na mão.

O drow tentou conversar usando a língua goblin, mas os orcs não o ouviriam. Antes que a primeira palavra deixasse a boca de Drizzt, um deles já havia atirado sua lança.

A arma veio como um borrão para o drow cego, mas era uma haste recurvada lançada por uma criatura desajeitada. Drizzt facilmente esquivou-se e devolveu o lance com a adaga. O orc podia ver melhor do que o drow, mas não era tão rápido. Ele pegou a adaga com facilidade — com a sua garganta. Gorgolejando, a criatura caiu, e seu companheiro mais próximo agarrou a faca e a arrancou, não para salvar o outro orc, mas apenas para colocar as mãos em uma arma tão bem forjada.

Drizzt pegou a lança tosca e plantou os pés firmes no chão enquanto o gigante de pedra se aproximava.

Uma coruja voou de repente sobre o gigante e deu um pio, mal distraindo o monstro determinado. Um momento depois, porém, o gigante titubeou para frente, movido pelo peso de uma flecha que de repente atingiu suas costas.

Drizzt viu a haste de plumas negras ainda balançando quando o gigante irritado se virou. O drow não questionou a ajuda inesperada. Dirigiu sua lança com todas as suas forças direto na parte traseira do monstro.

O gigante teria se voltado para contra-atacar, mas a coruja deu outro rasante e piou, e outra flecha assobiou, esta cravando no peito do gigante. Outro pio, e outra flecha encontrou o alvo.

Os orcs atordoados pareciam desnorteados graças ao atacante invisível, mas o brilho do sol da manhã na neve oferecia pouca ajuda às criaturas noturnas. O gigante, atingido no coração, continuou de pé com o olhar vazio, sem perceber que sua vida estava no fim. O drow atacou com sua lança novamente por trás, mas tal ação só serviu para derrubar o monstro para longe de Drizzt.

Os orcs olharam um para o outro e ao redor, perguntando-se como poderiam fugir.

A coruja estranha mergulhou mais uma vez, agora acima de um orc, e deu um quarto pio. O orc, entendendo as implicações, acenou com os braços e gritou, depois ficou em silêncio com uma flecha cravada em seu rosto.

Os quatro orcs restantes fugiram, um subindo a encosta, outro correndo de volta por onde tinha vindo e dois correndo em direção a Drizzt.

Uma rotação hábil da lança fez sua haste bater no rosto do orc, então Drizzt completou o movimento de rotação para desviar a ponta da lança do outro orc para o chão. O orc deixou cair a arma, percebendo que não conseguiria recuperá-la a tempo de parar o drow.

O orc que subia a encosta percebeu sua desgraça quando a coruja de sinalização se aproximou dele. A criatura aterrorizada mergulhou atrás de uma pedra ao ouvir um pio, mas se fosse mais inteligente, teria percebido seu erro. Pelo ângulo dos tiros que haviam derrubado o gigante, o arqueiro deveria estar em algum lugar naquele declive.

Uma flecha acertou sua coxa enquanto se agachava, fazendo com que caísse, se retorcendo, de costas no chão íngreme. Com o rosnado e os movimentos do orc, o arqueiro invisível (e que não via) não precisava do último pio da coruja para mirar seu segundo tiro, este atingindo o orc diretamente no peito e o silenciando para sempre.

Drizzt inverteu sua direção no mesmo instante, atingindo o segundo orc com a parte de trás da lança. Em um piscar de olhos, o drow inverteu sua pegada pela terceira vez e dirigiu a ponta da lança na garganta da criatura, cravando para cima, em direção a seu cérebro. O primeiro orc que Drizzt tinha acertado cambaleou e sacudiu a cabeça violentamente, tentando reorientar-se para a batalha. Ele sentiu as mãos do drow agarrarem na frente de sua túnica suja de pele de urso, e então sentiu uma lufada de ar enquanto voava sobre a borda, seguindo a mesma rota do worg que havia sido pego antes na armadilha.

⁂

Ao ouvir os gritos de seus companheiros moribundos, o orc na trilha abaixou a cabeça e acelerou, acreditando piamente que estava mesmo sendo muito esperto por escolher aquela rota. No entanto, mudou de ideia de repente quando virou uma curva e correu diretamente para as patas de uma enorme pantera negra.

⁂

Drizzt recostou-se, exausto, contra a pedra, segurando sua lança pronta para um ataque enquanto a coruja estranha flutuava de volta para a lateral da montanha. A coruja manteve sua distância, porém, descendo sobre o afloramento que forçava a curva fechada de uma trilha a uma dúzia de passos de distância.

O movimento acima chamou a atenção do drow. Ele quase não podia enxergar na luz ofuscante, mas conseguiu perceber uma forma humanoide escolhendo um caminho cuidadoso em sua direção.

A coruja partiu outra vez, circulando acima do drow e piando, e Drizzt agachou-se, alerta e nervoso, quando o homem escorregou para uma posição atrás do esporão rochoso. No entanto, nenhuma flecha seguiu a direção do pio da coruja. Em vez disso, veio o arqueiro.

Ele era alto, ereto e muito velho, com um enorme bigode cinza e cabelos grisalhos selvagens. O mais curioso de tudo eram seus olhos leitosos brancos e sem pupilas. Se Drizzt não tivesse testemunhado a exibição de arquearia do homem, teria acreditado que o homem fosse cego. Os membros do velho também pareciam frágeis, mas Drizzt não deixou as aparências enganá-lo. O arqueiro especialista mantinha seu arco longo curvado e pronto, com uma flecha presa com firmeza, sem quase nenhum esforço. O drow não precisava pensar muito para ver a eficiência mortal com a qual o humano poderia usar aquela arma.

O velho disse algo em um idioma que Drizzt não conseguiu entender, então em uma segunda língua, depois em goblin, o que Drizzt entendia.

— Quem é você?

— Drizzt Do'Urden — o drow respondeu de forma pausada, tendo alguma esperança no fato de que poderia pelo menos se comunicar com aquele adversário.

— Isso é um nome? — perguntou o velho. Ele riu e deu de ombros. — Seja o que for, e quem quer que seja, e por que você pode estar aqui, é de menor importância.

A coruja, percebendo o movimento, começou a piar e lançar-se em rasantes, mas era tarde demais para o velho. Atrás dele, Guenhwyvar surgiu ao redor de uma curva e se aproximou em uma corrida, com as orelhas achatadas e os dentes descobertos.

Aparentemente inconsciente do perigo, o velho terminou o pensamento.

— Você é meu prisioneiro agora.

Guenhwyvar emitiu um grunhido baixo e gutural e o drow abriu um grande sorriso.

— Eu acho que não — respondeu Drizzt.

Capítulo 13

Montólio

— Amigo seu? — o velho humano perguntou com calma.

— Guenhwyvar — explicou Drizzt.

— É um gato grande?

— Ah, é — respondeu Drizzt.

O velho ranger aliviou a pressão na corda do arco e deixou a flecha escorregar devagar, apontando para baixo. Fechou os olhos, inclinou a cabeça para trás e pareceu cair dentro de si mesmo. Um momento depois, Drizzt percebeu que as orelhas de Guenhwyvar se levantaram de repente, e o drow entendeu que esse estranho humano estava de alguma forma fazendo um vínculo telepático com a pantera.

— Mas é uma boa gata — disse o velho um momento depois. Guenhwyvar saiu do afloramento, fazendo a coruja se afastar voando em frenesi, e casualmente passou pelo velho, indo para o lado de Drizzt. Ao que parecia, a pantera havia abandonado todas as preocupações de que o velho fosse um inimigo.

Drizzt considerou curiosas as ações de Guenhwyvar, vendo-as da mesma forma que viu seu próprio acordo empático com o urso naquela caverna na estação anterior.

— Boa gata — o velho repetiu.

Drizzt recostou-se contra a pedra e relaxou sua mão na lança.

— Eu sou Montólio — o velho explicou com orgulho, como se o nome significasse algo para o drow. — Montólio DeBrouchee.

— É um prazer conhecê-lo e adeus — disse Drizzt sem rodeios. — Se terminarmos a nossa reunião, então podemos seguir os nossos próprios caminhos.

— Nós podemos — concordou Montólio —, se nós dois assim quisermos.

— Eu sou seu... *prisioneiro*... de novo? — perguntou Drizzt com um pouco de sarcasmo na voz.

A sinceridade do riso resultante de Montólio trouxe um sorriso ao rosto do drow apesar do seu cinismo.

— Meu? — o velho perguntou com incredulidade. — Não, não, acredito que resolvemos essa questão. Mas você matou alguns lacaios de Graul no dia de hoje, uma ação que o rei orc vai querer punir. Deixe-me oferecer-lhe um quarto no meu castelo. Os orcs não se aproximarão do lugar — mostrou um sorriso irônico e inclinou-se para Drizzt para sussurrar, como se estivesse revelando um segredo. — Eles não se aproximarão de mim, sabe? — Montólio apontou para seus olhos estranhos. — Eles acreditam que sou um mago maligno porque... — Montólio se esforçou para procurar pela palavra que transmitiria o pensamento, mas a linguagem gutural era limitada e ele logo ficou frustrado.

Drizzt relembrou em silêncio o curso da batalha, então o maxilar dele abriu-se com uma surpresa inegável quando percebeu a verdade do que havia suposto. O velho realmente era cego! A coruja, circundando os inimigos e piando, conduzira seus disparos. Drizzt olhou ao redor para o gigante e o orc mortos e sua mandíbula não fechou; o velho não havia errado.

— Você vem? — Montólio perguntou. — Eu gostaria de saber os... — mais uma vez teve que procurar um termo apropriado — "propósitos"... que um elfo negro teria pra passar um inverno em uma caverna com Algazarra, o urso.

Montólio se envergonhou de sua inabilidade em conversar com o drow, mas, pelo contexto, Drizzt pôde muito bem entender o que o velho queria dizer, até mesmo ter uma ideia do significado de termos estranhos como "inverno" e "urso".

— Graul, o rei orc, tem mais dez mil guerreiros para enviar contra você — observou Montólio, percebendo que o drow estava demorando para aceitar a oferta.

— Eu não irei com você — declarou Drizzt por fim. O drow queria muito ir, queria aprender algumas coisas sobre este homem notável, mas muitas tragédias haviam encontrado aqueles que haviam cruzado o caminho de Drizzt.

O rosnado baixo de Guenhwyvar disse a Drizzt que a pantera não aprovava sua decisão.

— Eu atraio problemas — Drizzt tentou explicar ao velho, à pantera e a si mesmo. — Você ficaria melhor, Montólio DeBrouchee, se ficasse longe de mim.

— Isso é uma ameaça?

— Um aviso — respondeu Drizzt. — Se você me levar, se você me permitir ficar perto de você, então você estará condenado, assim como os fazendeiros da aldeia.

Montólio ficou alerta no mesmo instante ante a menção da aldeia agrícola distante. Ele tinha ouvido que uma família em Maldobar tinha sido brutalmente assassinada e que uma ranger, Columba Garra de Falcão, tinha sido chamada para ajudar.

— Eu não tenho medo da desgraça — disse Montólio, forçando um sorriso. — Eu vivi por muitas... lutas, Drizzt Do'Urden. Eu lutei em uma dúzia de guerras sangrentas e passei um inverno inteiro preso na encosta de uma montanha com uma perna quebrada. Matei um gigante com apenas uma adaga e... fiz amizade com cada animal por cinco mil passos em qualquer direção. Não tema por mim — mais uma vez veio aquele sorriso irônico e consciente. — Mas então — Montólio disse devagar —, não é por mim que você teme.

Drizzt sentiu-se confuso e um pouco insultado.

— Você teme por si mesmo — continuou Montólio, sem medo. — Autopiedade? Não combina com alguém com sua habilidade. Deixe ela pra lá e venha comigo.

Se Montólio tivesse visto a carranca de Drizzt, teria adivinhado a próxima resposta. Guenhwyvar, no entanto, percebeu, e a pantera se chocou com força na perna de Drizzt.

Pela reação de Guenhwyvar, Montólio entendeu a intenção do drow.

— A gata quer que você venha — ele observou. — Será melhor do que uma caverna — prometeu —, e a comida é melhor do que peixe meio cozido.

Drizzt olhou para Guenhwyvar e, novamente, a pantera bateu nele, desta vez, com um grunhido mais alto e insistente.

Drizzt permaneceu inflexível, lembrando-se resoluto da imagem da carnificina naquela fazenda distante.

— Eu não vou — disse com firmeza.

— Então eu devo declarar você como um inimigo e um prisioneiro! — Montólio rosnou, esticando a corda de seu arco em prontidão. — Sua gata não o ajudará desta vez, Drizzt Do'Urden! — Montólio inclinou-se, sorriu e sussurrou. — A gata concorda comigo.

Era demais para Drizzt. Ele sabia que o velho não dispararia, mas o encanto traiçoeiro de Montólio rapidamente derrubou as defesas mentais do drow, por mais firmes que fossem.

O que Montólio descreveu como um castelo acabou por ser uma série de cavernas de madeira escavadas em torno das raízes de abetos gigantes e bem próximas. Alpendres de galhos entrelaçados aumentavam a proteção e, de alguma forma, conectavam as cavernas, e uma parede baixa de pedras empilhadas rodeava todo o complexo. Quando Drizzt se aproximou do lugar, notou várias pontes de corda e madeira que cruzavam de árvore em árvore em várias alturas, com escadas de cordas que levavam até o nível do solo e com bestas montadas com segurança em intervalos bem regulares.

O drow não se queixou de que o castelo era feito de madeira. Drizzt havia passado três décadas em Menzoberranzan vivendo em um maravilhoso castelo de pedra e cercado por muitas estruturas de tirar o fôlego de tão belas, mas nenhuma delas parecia tão acolhedora quanto a casa de Montólio.

Os pássaros chilrearam suas boas-vindas à aproximação do velho ranger. Os esquilos, até mesmo um guaxinim, pulavam animados entre os galhos das árvores para se aproximarem dele — embora continuassem à distância quando perceberam que uma enorme pantera acompanhava Montólio.

— Eu tenho muitos quartos — explicou Montólio a Drizzt —, muitos cobertores e muita comida.

Montólio odiava a língua limitada dos goblins. Ele tinha tantas coisas que queria dizer, e tantas coisas que queria aprender com o drow. Isso parecia impossível, se não excessivamente tedioso, em uma linguagem tão básica e negativa por natureza, não projetada para pensamentos ou conceitos complexos. A língua goblin tinha mais de cem palavras para matar e para ódio, mas nenhuma para emoções mais nobres, como a compaixão. A palavra goblin para amizade poderia ser traduzida para o significado de uma aliança militar temporária ou servidão a um goblin mais forte, e nenhuma definição cabia às intenções de Montólio em relação ao elfo negro solitário.

A primeira tarefa, então, o ranger decidiu, seria ensinar a este drow a língua comum.

— Nós não podemos falar — não havia palavra para "apropriadamente" em goblin, então Montólio teve que improvisar — ... bem... neste idioma — explicou a Drizzt —, mas terá que servir enquanto eu ensinar a língua dos seres humanos... se você quiser aprender.

Drizzt permaneceu hesitante em aceitar. Quando se afastou da aldeia agrícola, havia decidido que o seu papel na vida seria o de um eremita, e até agora tinha se saído muito bem, melhor do que esperava. A oferta era tentadora, porém, e, em um nível prático, Drizzt sabia que conhecer o idioma comum da região poderia mantê-lo longe de problemas. O sorriso de Montólio quase alcançou as orelhas do ranger quando o drow aceitou.

Piante, a coruja, no entanto, não parecia tão satisfeita. Com o drow — ou, mais particularmente, com a pantera do drow — por perto, a coruja passaria menos tempo no conforto dos galhos inferiores dos abetos.

— Primo, Montólio DeBrouchee levou o drow pra casa! — um elfo gritou com entusiasmo para Kellindil. Todo o grupo estava procurando a trilha de Drizzt desde o fim do inverno. Quando viram que o drow não estava mais no Estreito do Orc Morto, os elfos, em especial Kellindil, temiam problemas, temiam que o drow talvez tivesse se aliado a Graul e seus lacaios orcs.

Kellindil levantou-se de um salto, incapaz de entender as notáveis notícias. Ele sabia sobre Montólio, o lendário ranger (ainda que um pouco excêntrico), e sabia também que Montólio, com todos os seus contatos animais, poderia julgar os intrusos com bastante precisão.

— Quando? Como? — perguntou Kellindil, mal sabendo por onde começar. Se o drow o confundira nos meses anteriores, o elfo da superfície estava completamente abalado agora.

— Há uma semana — respondeu o outro elfo. — Não sei como isso aconteceu, mas o drow agora anda no bosque de Montólio abertamente e com sua pantera ao seu lado.

— E Montólio está...

O outro elfo interrompeu Kellindil, vendo onde sua linha de preocupação estava indo.

— Montólio está ileso e no controle da situação — assegurou a Kellindil. — Pelo visto, acolheu o drow por vontade própria, e agora achamos que o velho ranger está ensinando ao elfo negro a língua comum.

— Incrível — foi tudo o que Kellindil conseguiu responder.

— Nós poderíamos vigiar o bosque de Montólio — ofereceu o outro elfo. — Se teme pela segurança do velho ranger...

— Não — respondeu Kellindil. — Não. O drow, mais uma vez, provou não ser um inimigo. Eu suspeitei de suas intenções amigáveis desde que o encontrei perto de Maldobar. Agora estou satisfeito. Vamos seguir com nossas vidas e deixar o drow e o ranger com as deles.

Os outros elfos assentiram com a cabeça, mas uma diminuta criatura que escutava fora da tenda de Kellindil não tinha tanta certeza.

Tephanis entrava no acampamento dos elfos todas as noites para roubar alimentos e outros itens que o deixariam mais confortável. O sprite tinha ouvido falar do elfo negro alguns dias antes, quando os elfos haviam retomado sua busca por Drizzt, e ele tinha se esforçado para ouvir suas conversas desde então, tão curioso quanto qualquer outro sobre o paradeiro daquele que havia destruído Ulgulu e Kempfana.

Tephanis sacudiu violentamente sua cabeça de orelhas imensas.

— Maldito-o-dia-em-que-aquele-lá-voltou! — ele sussurrou, soando um pouco como um zangão agitado. Então, o sprite correu, seus pés pequenos mal tocando o chão. Tephanis havia feito outro contato nos meses que se passaram desde que Ulgulu tinha morrido, outro aliado poderoso que ele não queria perder.

Em poucos minutos, encontrou Caroak, o grande lobo invernal de pelos prateados, no pico alto que chamavam de casa.

— O-drow-está-com-o-ranger — Tephanis tagarelou, e a fera canina parecia entender — Cuidado-com-aquele-lá, vai-por-mim. Foi-ele-quem-matou-meus-antigos-mestres. Mortos!

Caroak olhou para a grande extensão da montanha na qual ficava o bosque de Montólio. O lobo invernal conhecia bem aquele lugar, e conhecia bem o suficiente para ficar longe de lá. Montólio DeBrouchee era amigo de todos os tipos de animais, mas os lobos invernais eram mais monstros do que animais e estavam longe de serem amigos dos rangers.

Tephanis, também, olhou na direção de Montólio, com medo de voltar a enfrentar o drow sorrateiro. O simples pensamento de encontrar aquele lá novamente fez com que a cabeça do pequeno sprite doesse (e o ferimento do arado nunca havia se curado por completo).

À medida que o inverno abriu espaço para a primavera durante as semanas seguintes, também Drizzt e Montólio abriram espaço para a amizade. A língua comum da região não era muito diferente da língua goblin, era mais uma mudança de inflexão do que de palavras completas, e Drizzt a aprendeu rapidamente, chegando até a ler e escrever. Montólio mostrou-se um excelente professor, e, na terceira semana, já falava com Drizzt apenas na língua comum e franzia o cenho impaciente toda vez que Drizzt voltava a usar o goblin para dar uma resposta.

Para Drizzt, este foi um momento divertido, um tempo de vida fácil e prazeres compartilhados. A coleção de livros de Montólio era extensa, e o drow se via absorto nas aventuras da imaginação, nas histórias dos dragões e nos relatos de batalhas épicas. Qualquer dúvida que Drizzt poderia ter tido se fora há muito tempo, assim como suas dúvidas sobre Montólio. O abrigo nos abetos era, de fato, um castelo, e o velho, o melhor anfitrião que Drizzt já conhecera.

Drizzt aprendeu muitas outras coisas com Montólio durante essas primeiras semanas, aulas práticas que o ajudariam pelo resto de sua vida. Montólio confirmou as suspeitas de Drizzt sobre uma mudança sazonal do tempo, e ele mesmo ensinou Drizzt a antecipar o clima do dia a dia observando os animais, o céu e o vento.

Isso, também, Drizzt pegou logo, como Montólio havia suspeitado que faria. Montólio nunca teria acreditado até que tivesse testemunhado pessoalmente, mas esse drow incomum possuía o comportamento de um elfo da superfície, talvez até o coração de um ranger.

— Como você acalmou o urso? — Montólio perguntou um dia, uma dúvida que o incomodara desde o primeiro dia em que descobriu que Drizzt e Algazarra estavam compartilhando uma caverna.

Drizzt honestamente não sabia como responder, porque ainda não entendia o que havia acontecido naquela reunião.

— Da mesma forma que você acalmou Guenhwyvar quando nos conhecemos — o drow disse por fim.

O sorriso de Montólio disse a Drizzt que o velho entendia melhor do que ele.

— Coração de um ranger — sussurrou Montólio enquanto se afastava. Com seus ouvidos excepcionais, Drizzt ouviu o comentário, mas não o compreendeu completamente.

As aulas de Drizzt vieram mais rápido à medida que os dias se passavam. Agora, Montólio concentrava-se na vida à sua volta, os animais e as plantas. Ele mostrou a Drizzt como juntar provisões e entender as emoções de um animal apenas observando seus movimentos. O primeiro teste real veio logo depois, quando Drizzt, remexendo os ramos externos de um arbusto frutífero, encontrou a entrada de uma cova pequena e foi prontamente confrontado por um texugo irritado.

Piante, no céu acima, emitiu uma série de pios para alertar Montólio, e o primeiro instinto do ranger foi ajudar seu amigo drow. Os texugos eram, talvez, as piores criaturas da região, mais até que os orcs, mais fáceis de se irritar do que Algazarra, o urso, e muito dispostas a assumir a ofensiva contra qualquer oponente, por maior que seja. Montólio ficou de fora, no entanto, ouvindo as descrições contínuas da cena por intermédio de Piante.

O primeiro instinto de Drizzt foi levar imediatamente sua mão até sua adaga. O texugo recuou e mostrou suas garras e presas cruéis, sibilando e cuspindo mil reclamações.

Drizzt recuou, e até mesmo colocou a adaga de volta na bainha. De repente, viu o encontro do ponto de vista do texugo, sabia que o animal sentia-se muito ameaçado. De alguma forma, Drizzt então se deu conta de que o texugo tinha escolhido essa cova como um lugar para criar a ninhada de filhotes que se aproximava.

O texugo parecia confuso com os movimentos deliberados do drow. No final da gravidez, a mãe prenhe não queria brigar e, quando Drizzt com muito cuidado e colocou o arbusto de volta a seu lugar para esconder a toca, o texugo voltou a ficar sobre suas quatro patas, cheirou o ar para que pudesse se lembrar do cheiro do elfo negro, e voltou para o seu buraco.

Quando Drizzt virou-se, encontrou Montólio sorrindo e aplaudindo.

— Mesmo um ranger teria dificuldades em acalmar um texugo irritado — explicou o velho.

— O texugo tinha filhotes — respondeu Drizzt. — Ela queria lutar menos do que eu.

— Como você sabe disso? — Montólio perguntou, embora não duvidasse das percepções do drow.

Drizzt começou a responder, então percebeu que não podia. Olhou de volta para o arbusto, depois para Montólio, impotente.

Montólio riu alto e voltou ao seu trabalho. Ele, que seguia os caminhos da deusa Mielikki por tantos anos, sabia o que estava acontecendo, mesmo que Drizzt não.

— O texugo poderia ter te rasgado, você sabe — o ranger disse com ironia quando Drizzt foi para o lado dele.

— Ela estava com filhotes — lembrou Drizzt —, e não era um inimigo tão grande.

O riso de Montólio zombou dele.

— Não era tão grande? — o ranger ecoou. — Confie em mim, Drizzt, você preferiria se engalfinhar com o Algazarra do que com uma mamãe texugo!

Drizzt apenas deu de ombros em resposta, sem argumentos contra o homem mais experiente.

— Você realmente acredita que essa faca insignificante teria sido alguma defesa contra ela? — Montólio perguntou, agora querendo levar a discussão para uma direção diferente.

Drizzt parou para pensar na adaga, a que tirara do sprite. Novamente não podia argumentar; a faca era mesmo insignificante. Ele riu tanto dela quanto de si mesmo.

— É tudo o que tenho, temo eu — respondeu.

— Nós vamos resolver isso — prometeu o ranger, depois não falou mais sobre o assunto. Montólio, apesar de toda a sua calma e confiança, conhecia bem os perigos da região selvagem e montanhosa.

O ranger havia passado a confiar em Drizzt sem reservas.

Montólio despertou Drizzt pouco antes do pôr do sol e levou o drow a uma árvore enorme no extremo norte do bosque. Um buraco grande, quase uma caverna, estava na base da árvore, muito bem escondido por arbustos e um manto colorido para se assemelhar ao tronco da árvore. Assim que Montólio o afastou, Drizzt entendeu o segredo.

— Um arsenal? — o drow perguntou com espanto.

— Você gosta de cimitarras — respondeu Montólio, lembrando-se da arma que Drizzt tinha quebrado no gigante de pedra. — Eu tenho uma boa.

Ele rastejou pra dentro e remexeu por um tempo, depois voltou com uma lâmina curva e bem forjada. Drizzt entrou no buraco para examinar a maravilhosa exibição de armas quando o ranger saiu. Montólio possuía uma grande variedade de armas, desde punhais ornamentais e berdiches a bestas, leves e pesadas, todas polidas e muito bem cuidadas. Na parte de trás do tronco interno da árvore, havia uma variedade de lanças, incluindo um ranseur de metal, uma arma de haste de três metros de comprimento com uma lâmina longa e pontiaguda e duas farpas menores saindo para os lados perto da ponta.

— Você prefere um escudo, ou talvez um punhal, para sua outra mão? — Montólio perguntou quando o drow, murmurando para si mesmo com sincera admiração, reapareceu. — Você pode ficar com o que quiser, exceto aqueles que têm a coruja com garras engastada. Aquele escudo, espada e elmo são meus.

Drizzt hesitou um momento, tentando imaginar o ranger cego tão equipado para o combate corpo a corpo.

— Uma espada — disse por fim — ou outra cimitarra, se você tiver uma.

Montólio olhou-o com curiosidade.

— Duas lâminas longas para lutar — observou — Você provavelmente se embolaria nelas, eu acho.

— Não é um estilo de luta tão incomum entre os drow — disse Drizzt. Montólio deu de ombros, não duvidando, e voltou.

— Esta é mais para exibição, temo eu — disse ele quando voltou, com uma lâmina excessivamente ornamentada. — Você pode usá-la se quiser, ou pegar uma espada. Eu tenho muitas espadas.

Drizzt pegou a cimitarra para medir o equilíbrio. Era um pouco leve demais e talvez um pouco frágil demais. O drow decidiu mantê-la, no entanto, acreditando que sua lâmina curva seria um complemento melhor para sua outra cimitarra do que uma espada lisa e pesada.

— Eu vou cuidar delas tão bem quanto você — prometeu Drizzt, percebendo o quão grande era o presente que o humano lhe havia dado.

— E vou usá-las — acrescentou, sabendo o que Montólio realmente queria ouvir — apenas quando precisar de verdade.

— Então ore para que nunca precise delas, Drizzt Do'Urden — respondeu Montólio. — Eu vi a paz e eu vi a guerra, e posso dizer-lhe que prefiro a primeira! Venha agora, amigo. Há tantas coisas mais que desejo mostrar!

Drizzt observou as cimitarras uma última vez, depois as colocou nas bainhas no cinto e seguiu Montólio.

Com o verão que se aproximava rapidamente e com uma companhia tão agradável e empolgante, tanto o professor quanto seu estudante incomum estavam de bom humor, antecipando uma temporada de lições valiosas e eventos maravilhosos.

Quão menores ficariam seus sorrisos se soubessem que certo rei orc, irritado com a perda de dez soldados, dois worgs e um precioso aliado gigante, tinha seus olhos amarelados e sanguinários examinando a região, procurando o drow. O grande orc estava começando a se perguntar se Drizzt teria voltado para o Subterrâneo ou tinha se juntado a algum outro grupo, talvez com os pequenos grupos élficos que se sabiam estar na região, ou com o maldito ranger cego, Montólio. Se o drow ainda estivesse na área, Graul pretendia encontrá-lo. O chefe dos orcs não corria riscos, e a mera presença do drow constituía um risco.

Capítulo 14

O teste de Montólio

— Bom, já esperei o suficiente! — Montólio disse com seriedade numa tarde.

Ele deu ao drow outra sacudida.

— Esperou? — perguntou Drizzt, limpando o sono de seus olhos.

— Você é um guerreiro ou um mago? — Montólio continuou. — Ou os dois? Um desses tipos multitalentosos? Os elfos da superfície são conhecidos por isso.

A expressão de Drizzt retorceu-se em confusão.

— Eu não sou um mago — disse com uma risada.

— Guardando segredos, né? — Montólio repreendeu, embora seu sorriso continuasse diminuindo sua fachada de severidade. Ele claramente se endireitou fora do buraco do quarto de Drizzt e cruzou os braços sobre o peito. — Isso não leva a nada. Eu te acolhi, e se você é um mago, devo ser informado!

— Por que você está falando isso? — perguntou o drow, perplexo. — Onde você...

— Piante me disse! — Montólio soltou. Drizzt estava realmente confuso. — Na luta, quando nos conhecemos — explicou Montólio —, você escureceu a área ao redor de si e de alguns orcs. Não negue, mago. Piante me disse!

— Aquilo não foi nenhum feitiço — Drizzt reclamou impotente — e não sou um mago.

— Não foi um feitiço? — ecoou Montólio. — Então, um dispositivo? Bem, deixe-me vê-lo!

— Não é um dispositivo — respondeu Drizzt. — É uma habilidade. Todos os drow, mesmo os mais baixos na hierarquia, podem criar globos de escuridão. Não é tão difícil.

Montólio pensou na revelação por um momento. Ele não tinha experiência com elfos negros antes de Drizzt ter entrado em sua vida.

— Quais outras "habilidades" você possui?

— Fogo das fadas — respondeu Drizzt. — É uma linha de...

— Eu conheço o feitiço — disse Montólio. — É muito usado pelos sacerdotes da floresta. Todos os drow também podem criar isso?

— Eu não sei — Drizzt respondeu honestamente. — Além disso, eu sou — ou era — capaz de levitar. Somente os drow nobres podem fazer isso. Temo que o poder esteja perdido para mim, ou logo estará. Essa habilidade começou a falhar desde que vim para a superfície, como minha *piwafwi*, minhas botas e minhas cimitarras feitas pelos drow me falharam.

— Experimente — sugeriu Montólio.

Drizzt concentrou-se por um longo momento. Sentiu-se cada vez mais leve, então se afastou do chão. Assim que se levantou, no entanto, seu peso voltou e seus pés voltaram a tocar a terra. Não chegou a subir dez centímetros.

— Impressionante — murmurou Montólio.

Drizzt apenas riu e sacudiu sua crina branca.

— Posso voltar a dormir agora? — perguntou, voltando para o saco de dormir...

Montólio tinha outros planos. Ele havia testado o companheiro, para encontrar os limites das habilidades de Drizzt, magias e outras coisas. Um novo plano chegou ao ranger, mas tinha que colocá-lo em ação antes que o sol caísse.

— Espere — ele chamou Drizzt. — Você pode descansar mais tarde, depois do pôr do sol. Eu preciso de você agora, e de suas "habilidades". Você poderia convocar um globo de escuridão, ou você precisa de tempo para contemplar o feitiço?

— Alguns segundos — respondeu Drizzt.

— Então pegue sua armadura e armas — disse Montólio — e venha comigo. E rápido. Não quero perder a vantagem da luz do dia.

Drizzt deu de ombros e vestiu-se, depois seguiu o ranger até a ponta norte do bosque, uma parte pouco usada do complexo da floresta.

Montólio ficou de joelhos e puxou Drizzt para baixo ao lado dele, apontando um pequeno buraco ao lado de um pequeno monte com grama.

— Um javali passou a viver ali — explicou o velho ranger. — Não quero machucá-lo, mas tenho receio de chegar perto o suficiente para fazer contato. Javalis são imprevisíveis, na melhor das hipóteses.

Um longo momento de silêncio se passou. Drizzt se perguntou se Montólio simplesmente queria esperar que o javali surgisse.

— Vá em frente, então — comandou o ranger.

Drizzt virou-se para ele incrédulo, imaginando que Montólio esperava que caminhasse até ali e cumprimentasse seu convidado imprevisível e não convidado.

— Anda — continuou o ranger. — Faça seu globo de escuridão. Bem em frente ao buraco, se puder.

Drizzt entendeu, e seu suspiro aliviado fez Montólio morder o lábio para esconder sua risada reveladora. Um momento depois, a área à frente do pequeno monte desapareceu na escuridão. Montólio fez um gesto para Drizzt esperar e entrou.

Drizzt ficou tenso, observando e ouvindo. Vários gritos agudos surgiram de repente, então Montólio gritou em perigo. Drizzt levantou-se de um salto e investiu de cabeça, quase tropeçando na forma prostrada de seu amigo.

O velho ranger gemia e se contorcia e não respondia a nenhum dos chamados silenciosos do drow. Sem ouvir nenhum javali por perto, Drizzt se abaixou para descobrir o que aconteceu e recuou quando encontrou Montólio encolhido, agarrando seu peito.

— Montólio — Drizzt sussurrou, pensando que o velho estava muito ferido. Se inclinou para falar diretamente no rosto do ranger, depois se esticou mais rápido do que pretendia quando o escudo de Montólio bateu no lado de sua cabeça.

— É Drizzt! — gritou o drow, esfregando o futuro hematoma. Ouviu Montólio pular diante dele, então ouviu a espada do ranger sair de sua bainha.

— Claro que é. — Montólio explodiu em gargalhadas.

— Mas e o javali?

— Javali? — Montólio ecoou. — Não tem nenhum javali, seu drow bobo. Nunca houve um. Nós somos os oponentes aqui. Chegou a hora de se divertir!

Agora, Drizzt entendeu por completo. Montólio o manipulou para usar sua escuridão apenas para tirar a sua vantagem da visão. Montólio estava desafiando-o, em termos justos.

— Sem usar o corte da lâmina! — Drizzt respondeu, muito disposto a brincar. Como Drizzt adorava tais testes de habilidade em Menzoberranzan com Zaknafein!

— Pelo seu próprio bem! — Montólio retrucou com um riso que veio direto da barriga. O ranger mandou sua espada em um arco e a cimitarra de Drizzt a rebateu de forma inofensiva.

Drizzt contra-atacou com dois golpes rápidos e curtos no meio, um ataque que teria derrotado a maioria dos inimigos, mas não fez mais do que tocar uma melodia de duas notas no escudo bem colocado de Montólio. Certo da localização de Drizzt, o escudo do ranger correu para a frente.

Drizzt foi empurrado para trás antes que conseguisse sair do caminho. A espada de Montólio entrou novamente no lado, e Drizzt a bloqueou. O escudo do velho bateu em frente outra vez, e Drizzt desviou seu impulso, plantando os calcanhares de forma obstinada.

O ranger criativo puxou o escudo até o alto, tomando uma das lâminas de Drizzt e boa parte do equilíbrio do drow, e, ao mesmo tempo, enviou sua espada direto na direção do tronco de Drizzt.

Drizzt sentiu de alguma forma o ataque. Saltou de volta nos dedos dos pés, encolheu a barriga e jogou seu quadril para trás. Para seu desespero, ainda sentiu o deslocamento de ar da espada passando perto dele.

Drizzt foi à ofensiva, lançando várias rotinas astutas e intrincadas que, acreditava, iriam acabar com o combate. Montólio antecipou cada uma, porém, uma vez que todos os esforços de Drizzt foram recompensados com o mesmo som da cimitarra atingindo o escudo. O ranger veio então e Drizzt foi pressionado com força. O drow não era um novato na luta às cegas, mas Montólio vivia cada hora de todos os dias como um cego e agia com tanta facilidade quanto a maioria dos homens com visão perfeita.

Logo Drizzt percebeu que não poderia ganhar no globo. Ele pensou em afastar o ranger da área do feitiço, mas a situação mudou de repente quando a escuridão expirou. Achando que a brincadeira havia acabado, Drizzt recuou vários passos, sentindo seu caminho com os pés em uma raiz ascendente de uma árvore.

Montólio examinou seu oponente com curiosidade por um momento, constatando a mudança na postura de luta, então se aproximou, abaixado e com força.

Drizzt se achou muito esperto enquanto mergulhava de cabeça sobre o ranger, com a intenção de pousar de pé atrás de Montólio e voltar de um lado ou outro enquanto o humano confuso girasse, desorientado.

Drizzt não conseguiu o que esperava, no entanto. O escudo de Montólio encontrou o rosto do drow enquanto ele estava a meio caminho, e Drizzt gemeu e caiu com força no chão. Quando conseguiu sair da tontura, percebeu que Montólio estava sentado confortavelmente nas suas costas, com a espada descansando nos ombros de Drizzt.

— Como... — Drizzt começou a perguntar.

A voz de Montólio era tão afiada quanto Drizzt já havia ouvido.

— Você me subestimou, drow. Você me considerou cego e indefeso. Nunca mais faça isso!

Drizzt se perguntou honestamente, por apenas uma fração de segundo, se Montólio queria matá-lo, de tão irritado que o ranger estava. Sabia que sua condescendência havia ferido o homem, e percebeu então que Montólio DeBrouchee, tão confiante e capaz, carregava seu próprio peso sobre seus velhos ombros. Pela primeira vez desde que conheceu o ranger, Drizzt parou para pensar no quão doloroso devia ter sido para ele perder a visão. O que mais, pensou Drizzt, Montólio havia perdido?

— Tão óbvio — disse Montólio depois de uma pequena pausa. Sua voz suavizou de novo. — Comigo atacando por baixo, como eu fiz.

— Óbvio, apenas se você percebesse que o feitiço da escuridão havia terminado — respondeu Drizzt, perguntando-se o quão deficiente era Montólio. — Eu nunca teria tentado a manobra de mergulho na escuridão, sem meus olhos para me guiar, mas como um cego poderia saber que o feitiço não estava mais ativo?

— Você me disse! — Montólio protestou, ainda não fazendo nenhum movimento para sair das costas de Drizzt. — Com sua postura. Com o barulho repentino de seus pés, leve demais para ser feito na escuridão absoluta. E com seu suspiro, drow! Aquele suspiro entregou seu alívio, como se você soubesse naquele momento que não poderia me derrotar sem sua visão.

Montólio levantou-se de cima de Drizzt, mas o drow permaneceu de bruços, digerindo as revelações. Ele percebeu o quão pouco sabia sobre seu companheiro, o quanto tinha tomado como certo em relação a Montólio.

— Venha, então — disse Montólio. — A primeira lição desta noite foi encerrada. Foi valiosa, mas há outras coisas que devemos fazer.

— Você disse que eu poderia dormir — Drizzt lembrou.

— Eu achei que você fosse mais competente — respondeu Montólio sem hesitar, lançando um sorriso na direção do drow ainda deitado.

Enquanto Drizzt absorvia ansiosamente as muitas lições que Montólio o ensinava, naquela noite e nos dias que se seguiram, o antigo ranger reuniu suas próprias informações sobre o drow. Seu trabalho estava mais focado no presente, com Montólio ensinando a Drizzt sobre o mundo ao seu redor e como sobreviver nele. Invariavelmente, um ou outro, geralmente Drizzt, deixava passar algum comentário sobre seu passado. Tornou-se quase uma brincadeira entre os dois, lembrar-se de algum evento distante, mais para medir a expressão chocada do outro do que para dizer qualquer coisa relevante. Montólio tinha algumas boas histórias de seus muitos anos na estrada, histórias de batalhas valorosas contra goblins e pegadinhas engraçadas que os rangers, em geral sérios, muitas vezes faziam uns com os outros. Drizzt permaneceu um pouco reservado sobre seu próprio passado, mas, ainda assim, suas histórias sobre Menzoberranzan, sobre a sinistra e insidiosa Academia e sobre as guerras selvagens que jogavam família contra família, foram muito além de qualquer coisa que Montólio jamais imaginara.

No entanto, tão intenso quanto as histórias do drow, era, e Montólio sabia que Drizzt estava guardando isso para si, o fardo que o drow carregava nos ombros. O ranger, a princípio, não pressionou Drizzt. Manteve sua paciência, satisfeito de que ele e Drizzt compartilhavam princípios e — como veio a perceber com a drástica melhora das habilidades de ranger de Drizzt — uma maneira similar de ver o mundo.

Uma noite, sob a luz prateada da lua, Drizzt e Montólio se recostavam em cadeiras de madeira que o ranger tinha construído no alto, em galhos de um grande abeto. O brilho da lua minguante, mergulhando e se esquivando do movimento rápido das nuvens dispersas, encantava o drow.

Montólio não conseguia ver a lua, é claro, mas o velho ranger, com Guenhwyvar confortavelmente deitada no colo, não apreciava menos a brisa noturna. Ele passava a mão distraído no pelo grosso do pescoço musculoso de Guenhwyvar e ouvia os muitos sons carregados pela brisa, as conversas de mil criaturas que o drow nunca percebia, mesmo que a audição de Drizzt fosse superior à de Montólio. O velho ranger ria de vez em quando, por ouvir um rato do campo guinchar com raiva de uma coruja — Piante provavelmente — por interromper sua refeição e forçá-lo a fugir para o seu buraco.

Olhando para o ranger e Guenhwyvar, tão à vontade e aceitando um ao outro, Drizzt sentiu uma pontada de culpa e amizade.

— Talvez eu nunca devesse ter vindo — sussurrou, voltando o olhar para a lua.

— Por quê? — perguntou Montólio baixinho. — Você não gosta da minha comida?

Seu sorriso desarmou Drizzt quando o drow se voltou para ele com seriedade.

— Para a superfície, quero dizer — explicou Drizzt, conseguindo dar uma risada apesar de sua melancolia. — Às vezes eu acho que minha escolha foi um ato egoísta.

— A sobrevivência muitas vezes é — respondeu Montólio. — Eu mesmo me senti assim em algumas ocasiões. Uma vez fui forçado a cravar minha espada no coração de um homem. A dureza do mundo traz um grande remorso, mas felizmente é um lamento passageiro e com certeza não é um sentimento para se levar para a batalha.

— Como eu gostaria que isso passasse! — observou Drizzt, mais para si mesmo ou para a lua do que para Montólio.

Mas a observação atingiu Montólio em cheio. Quanto mais próximos ele e Drizzt se tornavam, mais o ranger compartilhava o fardo desconhecido de Drizzt. O drow era jovem pelos padrões dos elfos, mas já era sábio e habilidoso na batalha além da maioria dos soldados profissionais. Era inegável que alguém da raça de Drizzt encontraria barreiras no mundo intolerante da superfície. Porém, pela estimativa de Montólio, Drizzt conseguiria superar tais preconceitos e viver uma vida longa e próspera, diante de seus consideráveis talentos. O que era, Montólio se perguntou, o fardo que esse elfo carregava? Drizzt sofria mais do que sorria e castigava-se mais do que deveria.

— O seu lamento é sincero? — Montólio perguntou. — A maioria não é, sabe? A maioria dos fardos autoimpostos baseia-se em percepções erradas. Nós, que temos caráter sincero, nos julgamos por padrões mais estritos do que impomos aos outros. É uma maldição, suponho, ou uma benção, dependendo de como se vê — ele dirigiu seu olhar sem visão na direção de Drizzt. — Tome isso como uma benção, meu amigo, um chamado interior que o obriga a se forçar na direção de alturas inacessíveis.

— Uma benção frustrante — respondeu Drizzt de forma casual.

— Somente quando você não para e pensa nos avanços que tal esforço te trouxe — Montólio respondeu rápido, como se estivesse esperando aquela resposta do drow. — Aqueles que aspiram a menos conseguem menos. Disso, não há dúvida. É melhor, acho, tentar alcançar as estrelas do que ficar frustrado porque você sabe que não pode alcançá-las. — Lançou para Drizzt seu típico sorriso irônico. — Pelo menos aquele que se esticar consegue um bom alongamento, uma boa visão, e talvez até uma maçã num galho baixo pelo seu esforço!

— E talvez também uma flecha voando baixo disparada por algum agressor não visto — observou Drizzt com raiva.

Montólio inclinou sua cabeça impotente contra o incessante fluxo de pessimismo de Drizzt. Era doloroso para ele ver aquele drow bondoso tão ferido.

— Sim, é possível — disse Montólio, um pouco mais seco do que pretendia — Mas a perda da vida só é grandiosa para aqueles que conseguem viver! Deixe sua flecha vir baixa e pegar quem está agachado no chão. Sua morte não seria tão trágica!

Drizzt não podia negar a lógica, nem o conforto que o velho ranger lhe dera. Durante as últimas semanas, as filosofias informais de Montólio e sua forma de olhar para o mundo — de forma pragmática, mas com fortes marcas de uma exuberância juvenil, deixaram Drizzt mais à vontade do que ele havia estado desde aqueles primeiros dias de treinamento no ginásio de Zaknafein. Mas Drizzt também não podia negar o inevitável curto tempo de vida desse conforto. As palavras podiam acalmar, mas não podiam apagar as lembranças assustadoras do passado de Drizzt, as vozes distantes de Zaknafein, Estalo e dos fazendeiros, todos agora mortos. Um único eco mental de "drizzit" inutilizou todas as horas do conselho bem intencionado de Montólio.

— Chega dessa brincadeira torta — Montólio continuou, parecendo perturbado. — Eu te considero meu amigo, Drizzt Do'Urden, e espero que você me considere da mesma forma. Que tipo de amigo posso ser contra esse peso que oprime seus ombros, sem saber mais sobre ele? Ou eu sou seu amigo, ou não sou. A decisão é sua, mas, se eu não for, não vejo nenhum propósito em compartilhar noites tão maravilhosas quanto essa ao seu lado. Diga-me, Drizzt, ou saia da minha casa!

Drizzt quase não podia acreditar que Montólio, normalmente tão paciente e relaxado, o tivesse colocado contra a parede. A primeira reação do drow foi recuar, construir uma parede de raiva diante das presunções do velho e se apegar àquilo que considerava pessoal. Conforme os momentos passaram, porém, e Drizzt ultrapassou sua surpresa inicial e levou um tempo para examinar a declaração de Montólio, ele entendeu uma verdade básica que desculpava esses pressupostos: ele e Montólio se tornaram mesmo amigos, principalmente graças aos esforços do ranger.

Montólio queria compartilhar o passado de Drizzt, para que melhor entendesse e confortasse seu novo amigo.

— Sabe Menzoberranzan, a cidade do meu nascimento e dos meus semelhantes? — perguntou Drizzt com suavidade. Até mesmo falar aquele nome o afligia. — E você conhece o comportamento do meu povo ou os decretos da Rainha Aranha?

A voz de Montólio era sombria quando respondeu.

— Conte-me tudo, por favor.

Drizzt assentiu com a cabeça — Montólio sentiu o movimento, mesmo que não pudesse ver — e relaxou contra a árvore. Seu olhar estava voltado na direção da lua, mas na verdade olhava além dela. Sua mente vagou por suas aventuras, de volta a Menzoberranzan, à Academia e à Casa Do'Urden. Manteve seus pensamentos por ali por um tempo, persistindo nas complexidades da vida familiar dos drow e na simplicidade bem-vinda de seus tempos na sala de treinamento com Zaknafein.

Montólio observou pacientemente, imaginando que Drizzt estivesse procurando por onde começar. Pelo que aprendeu com os comentários de Drizzt, a vida de Drizzt fora cheia de aventuras e turbulências, e Montólio sabia que não seria fácil para Drizzt, com seu comando ainda limitado da língua comum, contar tudo com precisão. Além disso, levando em conta os fardos, a culpa e a tristeza que o drow com certeza carregava, Montólio suspeitava que Drizzt poderia estar hesitante.

— Eu nasci em um dia importante na história da minha família — começou Drizzt. — Naquele dia, a Casa Do'Urden eliminou a Casa DeVir.

— Eliminou?

— Massacrou — explicou Drizzt. Os olhos cegos de Montólio não revelavam nada, mas a expressão do ranger mostrava clara repulsa, como Drizzt esperava. Drizzt queria que seu companheiro entendesse os aspectos mais profundos do horror da sociedade drow, então acrescentou:

— E, nesse dia também, meu irmão, Dinin, cravou a espada no coração de nosso outro irmão, Nalfein.

Um calafrio percorreu a espinha de Montólio e ele balançou a cabeça. Percebeu que estava apenas começando a entender os fardos que Drizzt carregava.

— É a tradição dos drow — disse Drizzt calmamente, tentando transmitir a atitude casual dos elfos negros em relação ao assassinato. — Existe uma estrutura de classificação estrita em Menzoberranzan. Para escalá-la, para alcançar uma posição mais elevada, seja como indivíduo ou família, você simplesmente elimina aqueles acima de você.

Um leve tremor na voz de Drizzt o entregou para o ranger. Montólio entendeu que Drizzt jamais aceitara aquelas práticas malignas.

Drizzt continuou com sua história, contando-a por inteiro e com precisão, pelo menos em relação aos mais de quarenta anos que passou no Subterrâneo. Falou de seus dias sob a tutela estrita de sua irmã Vierna, limpando a capela da casa sem parar e aprendendo seus poderes inatos e seu lugar na sociedade drow. Drizzt passou muito tempo explicando essa peculiar estrutura social a Montólio, as hierarquias baseadas em uma classificação estrita e a hipocrisia da "lei" dos drow, uma fachada cruel que espelhava uma cidade completamente caótica. O ranger se encolheu quando ouviu falar sobre as guerras entre famílias. Eram conflitos brutais que não permitiam sobreviventes nobres, nem mesmo crianças. Montólio se encolheu ainda mais quando Drizzt lhe contou sobre a "justiça" drow, sobre a destruição causada em uma casa que falhasse na tentativa de erradicar outra família.

O relato foi menos sombrio quando Drizzt contou sobre Zaknafein, seu pai e amigo mais querido. Claro, as lembranças felizes de Drizzt de seu pai tornaram-se apenas um curto indulto, um prelúdio para os horrores da morte de Zaknafein.

— Minha mãe matou meu pai — Drizzt explicou com sobriedade, com sua dor profunda evidente. — O sacrificou a Lolth por meus crimes, depois animou seu cadáver e o enviou para me matar, para me punir por trair a família e a Rainha Aranha.

Demorou um pouco para Drizzt retomar a história, mas quando retomou, voltou a falar com sinceridade, até mesmo revelando seus próprios fracassos em seus dias sozinhos no Subterrâneo selvagem.

— Eu temi ter perdido a mim mesmo e a meus princípios para algum monstro instintivo e selvagem — disse Drizzt, à beira do desespero.

Mas então, a onda emocional que tinha sido sua existência aumentou de novo, e um sorriso encontrou seu rosto enquanto contou de seu tempo ao lado de Belwar, o Mais Honrado dos Mestres de Escavações svirfneblin, e Estalo, o pech que tinha sido transformado em um ganchador. Conforme esperado, o sorriso não durou muito, uma vez que o relato de Drizzt o levou até o momento em que Estalo caiu sob o ataque do monstro desmorto de Malícia. Outro amigo havia morrido em nome de Drizzt.

Apropriadamente, quando Drizzt chegou à sua saída do Subterrâneo, o amanhecer brotou nas montanhas a leste. Agora, Drizzt escolheu suas palavras com mais cuidado, nem um pouco pronto para divulgar a tragédia da família de fazendeiros por medo de que Montólio o julgasse e o culpasse, destruindo seu novo vínculo. Racionalmente, Drizzt poderia lembrar a si mesmo que não havia matado os fazendeiros, e até vingara suas mortes, mas a culpa raras vezes era uma emoção racional, e Drizzt simplesmente não conseguia encontrar as palavras — não ainda.

Montólio, envelhecido e sábio e com batedores animais em toda a região, sabia que Drizzt estava escondendo algo. Quando eles se conheceram pela primeira vez, o drow havia mencionado uma família de fazendeiros condenada, e Montólio tinha ouvido falar de uma família massacrada na aldeia de Maldobar. Montólio não acreditou por um minuto que Drizzt pudesse ter feito aquilo, mas suspeitava que o drow estivesse de alguma forma envolvido. Porém, não pressionou Drizzt. O elfo negro tinha sido mais honesto e mais completo do que Montólio esperava, e o ranger estava confiante de que o drow preencheria os buracos óbvios em seu próprio tempo.

— É uma boa história! — Montólio respondeu por fim. — Você passou por mais coisas em suas poucas décadas do que a maioria dos elfos poderia imaginar em trezentos anos. Mas as cicatrizes são poucas, e elas curarão.

Drizzt, não tão certo, lançou um olhar lamentável sobre ele, e Montólio só podia oferecer um tapinha reconfortante no ombro ao se levantar e se dirigir para a cama.

Drizzt ainda estava dormindo quando Montólio despertou Piante e amarrou uma nota grosseira à perna da coruja. Piante não estava tão satisfeito com as instruções do ranger; a jornada poderia levar uma semana, um período de tempo valioso e agradável a esta altura da temporada de caça a ratos e acasalamento. Apesar de todos os seus piados de reclamações, a coruja não desobedeceria.

Piante arrumou as penas, pegou a primeira rajada de vento e subiu sem esforço na faixa coberta de neve para as correntes que a levariam a Maldobar — e além disso para Sundabar, se necessário. Uma certa ranger de fama considerável, uma irmã da senhora de Lua Argêntea, ainda estava na região, pelo que Montólio soube por seus contatos animais, e ele incumbiu Piante de procurá-la.

※

— Será-que-nunca-vai-acabar? — o sprite gemeu, observando o humano corpulento passar ao longo da trilha. — Primeiro-o-drow-chato-e-agora-esse-bruto. Será-que-nunca-vou-me-livrar-desses-problemáticos? — Tephanis bateu sua cabeça e tamborilou com os pés com tanta rapidez que cavou um pequeno buraco.

Na trilha, o cão amarelo grande e coberto de cicatrizes rosnou e mostrou os dentes, e Tephanis, percebendo que sua reclamação tinha sido muito alta, correu em um largo semicírculo, cruzando a trilha muito atrás do viajante e subindo no outro flanco. O cão amarelo, ainda olhando na direção oposta, inclinou a cabeça e ganiu confuso.

Capítulo 15

Uma sombra sobre o santuário

Drizzt e Montólio não disseram nada sobre a história do drow nos dias seguintes. Drizzt refletiu sobre suas lembranças dolorosamente reavivadas, e Montólio, por sensibilidade, lhe deu todo o tempo que precisava. Eles seguiram suas rotinas diárias metódicas um pouco distantes e com menos entusiasmo, mas a distância era uma coisa passageira, o que ambos perceberam.

Aos poucos, se reaproximaram, deixando Drizzt com a esperança de ter encontrado um amigo tão verdadeiro quanto Belwar ou mesmo Zaknafein. Uma manhã, porém, o drow foi acordado por uma voz que reconhecia muito bem, e naquele instante, Drizzt supôs que seu tempo com Montólio tinha acabado.

Ele se arrastou até a parede de madeira que protegia sua toca e escutou:

— Um elfo drow, Monshi — disse Roddy McGristle, segurando uma cimitarra quebrada para que o velho ranger visse. O corpulento homem da montanha, que parecia ainda maior sob a grossa camada de peles que vestia, estava em cima de um cavalo pequeno, mas musculoso, do lado de fora da parede de pedras ao redor do bosque. — Cê viu ele?

— Ver? — Montólio ecoou sarcástico, dando uma piscadela exagerada com seus olhos brancos leitosos. Roddy não achou engraçado.

— Cê sabe do que eu tô falando! — ele rosnou. — Cê vê mais que o resto de nós, então não se faz de besta!

O cachorro de Roddy, que ostentava uma cicatriz horrenda onde Drizzt o atingira, percebeu um cheiro familiar e começou a farejar com entusiasmo e a correr de um lado para o outro ao longo das trilhas do bosque.

Drizzt agachou-se em prontidão, com uma cimitarra em uma mão e um olhar de medo e confusão no rosto. Ele não tinha vontade de lutar — não queria nem atacar o cachorro outra vez.

— Traga seu cão de volta ao seu lado! — Montólio bufou.

A curiosidade de McGristle era óbvia.

— Cê viu o elfo negro, Monshi? — ele repetiu a pergunta, desta vez com desconfiança.

— Pode ser que eu tenha visto — respondeu Montólio. Ele virou-se e soltou um assobio agudo, mal audível. No mesmo instante, o cachorro de Roddy, ouvindo a clara ira do ranger em termos inequívocos, colocou a cauda entre as pernas e recostou-se para ficar ao lado do cavalo do mestre.

— Eu tenho uma ninhada de filhotes de raposa lá dentro — o ranger mentiu com raiva. — Se o seu cão chegar até ela... — Montólio deixou a ameaça em aberto, e aparentemente Roddy ficou impressionado. Colocou um laço na cabeça do cão e puxou-o para o seu lado.

— Um drow, deve ser o mesmo, veio aqui antes das primeiras neves — prosseguiu Montólio.

— Você terá uma caçada difícil com aquele lá, caçador de recompensas — ele riu. — Ele teve algum problema com Graul, pelo que eu soube, então foi embora, voltou para sua casa escura, eu acho. Você quer seguir o drow no Subterrâneo? Certamente sua reputação cresceria, caçador de recompensas, embora sua própria vida possa ser o preço!

Drizzt relaxou com as palavras; Montólio mentira por ele! Podia ver que o ranger não gostava de McGristle, e este fato também trouxe conforto para Drizzt. Então, Roddy voltou com força, colocando a história da tragédia em Maldobar de uma maneira contundente e distorcida que colocou a amizade de Drizzt e Montólio sob uma prova difícil.

— O drow matou os Thistledowns! — Roddy rugiu para o sorriso presunçoso do ranger, que desapareceu em um piscar de olhos. — Matou eles, e sua pantera comeu um deles. Cê conhecia Bartholomew Thistledown, ranger. Que vergonha falar tão calmo do seu assassino!

— O drow os matou? — perguntou Montólio em tom sombrio.

Roddy estendeu a cimitarra quebrada mais uma vez.

— Fatiou eles — ele resmungou. — Tem duas mil peças de ouro pela cabeça dele; te dou quinhentas se cê conseguir descobrir alguma coisa pra mim.

— Não preciso do seu ouro — respondeu Montólio rapidamente.

— Mas cê precisa ver o assassino preso? — Roddy rebateu — Cê lamenta pelas mortes do clã Thistledown, uma família como qualquer outra?

A pausa seguinte de Montólio levou Drizzt a acreditar que o ranger poderia entregá-lo. Drizzt decidiu então que não iria correr, qualquer que fosse a decisão de Montólio. Poderia negar a raiva do caçador de recompensas, mas não a de Montólio. Se o ranger o acusasse, Drizzt teria que enfrentá-lo e ser julgado.

— Um dia triste — murmurou Montólio. — Uma boa família, de verdade. Pegue o drow, McGristle. Será a melhor recompensa que você já ganhou.

— Onde começo? — Roddy perguntou com calma, aparentemente pensando que havia conquistado Montólio. Drizzt também pensou, em especial quando Montólio se virou e olhou para o bosque.

— Você já ouviu falar da Caverna de Morueme? — Montólio perguntou.

A expressão de Roddy desmontou a olhos vistos ao ouvir a pergunta. A caverna de Morueme, à beira do grande deserto de Anauroch, recebeu tal nome graças à família de dragões azuis que morava lá.

— Duzentiquarenta quilômetro — McGristle rosnou. — Atravessa-no as Terras Baixas. Um trecho difícil.

— O drow foi para lá, ou para perto de lá, no início do inverno — mentiu Montólio.

— O drow foi até os dragão? — Roddy perguntou, surpreso.

— É mais provável que o drow tenha ido para algum outro buraco naquela região — respondeu Montólio. — Os dragões de Morueme provavelmente já devem saber sobre ele. Você deveria perguntar por lá.

— Não gosto muito da ideia de barganhar com dragão — disse Roddy sombriamente. — Arriscado demais, e até ir pra lá... Bom, é caro!

— Então parece que Roddy McGristle perdeu sua primeira captura — disse Montólio. — Mas foi uma boa tentativa, contra um elfo negro.

Roddy puxou as rédeas de seu cavalo para dar meia-volta.

— Melhor não contar comigo falhando, Monshi! — ele rugiu por cima do ombro. — Eu não vou deixar esse aí escapar, nem que eu tenha que revirar tudo quanto é buraco das Terras Baixas.

— Parece trabalho demais por duas mil peças de ouro — observou Montólio, nada impressionado.

— O drow me tirou meu cachorro, minha orelha e me deu essa cicatriz! — Roddy rebateu, apontando para seu rosto rasgado. O caçador de recompensas percebeu o absurdo de suas ações. Era óbvio que o ranger cego não poderia vê-lo. E girou de volta, fazendo seu cavalo galopar para longe do bosque.

Montólio acenou enojado com uma mão às costas de McGristle, depois se virou para encontrar o drow. Drizzt encontrou-o na borda do bosque, quase não sabendo como agradecer a Montólio.

— Nunca gostei daquele lá — explicou Montólio.

— A família Thistledown foi assassinada — admitiu Drizzt sem rodeios. Montólio assentiu. — Você sabia?

— Eu sabia antes de você chegar aqui — respondeu o ranger. — Honestamente, no começo me perguntei se você tinha feito aquilo.

— Não fui eu — disse Drizzt. Mais uma vez, Montólio assentiu.

Chegou a hora de Drizzt contar os detalhes de seus primeiros meses na superfície. Toda a culpa voltou quando contou sua batalha contra o grupo de gnolls, e toda a dor o atingiu em cheio, focada na palavra *"drizzit"*, quando ele falou sobre os Thistledowns e sua descoberta horrível. Montólio identificou o sprite rápido como sendo um célere, mas teve muita dificuldade em explicar as criaturas goblinoides gigantes e o lobo com o qual Drizzt lutara na caverna.

— Você fez certo matando os gnolls — disse Montólio quando Drizzt terminou. — Liberte sua culpa por esse ato e deixe-o cair no vazio.

— Como eu poderia saber? — Drizzt perguntou sincero. — Tudo o que aprendi foi em Menzoberranzan e ainda não aprendi a separar a verdade das mentiras.

— Foi uma jornada confusa — disse Montólio, e seu sorriso sincero aliviou bastante a tensão. — Venha, e deixe-me falar sobre as raças e por que suas cimitarras foram instrumentos da justiça quando derrubaram os gnolls.

Como um ranger, Montólio dedicara sua vida à luta interminável entre as raças boas — humanos, elfos, anões, gnomos e halflings sendo as mais proeminentes — e os malignos goblinoides e gigantes, que viviam apenas para destruir como uma desgraça para os inocentes.

— Orcs são meus inimigos favoritos — explicou Montólio. — Então, agora me contento em ficar de olho — um olho de coruja, pra ser mais preciso — em Graul e seus parentes malcheirosos.

Tudo então entrou em perspectiva para Drizzt. O conforto inundou o drow, porque os instintos de Drizzt provaram ser corretos e agora ele finalmente poderia ficar livre da culpa — por algum tempo, pelo menos.

— E o caçador de recompensas e aqueles como ele? — Drizzt perguntou. — Não parecem se encaixar tão bem nas suas descrições das raças.

— Há bons e maus em todas as raças — explicou Montólio. — Eu falei apenas sobre a conduta geral, e não duvide que a conduta geral dos goblinoides e dos gigantes seja maligna!

— Como é possível saber? — pressionou Drizzt.

— Basta observar as crianças — respondeu Montólio. Ele explicou as diferenças não tão sutis entre as crianças das raças bondosas e as crianças das raças malignas. Drizzt o ouviu, mas distante, sem precisar de esclarecimentos. Tudo sempre parecia levar às crianças. Drizzt sentiu-se melhor em relação a suas ações contra os gnolls quando viu as crianças Thistledowns brincando. E, de volta a Menzoberranzan, o que parecia ter sido há apenas um dia e há mil anos, ao mesmo tempo, o pai de Drizzt expressava crenças semelhantes. "Será que todas as crianças drow são malignas?" Zaknafein se perguntara, e em toda a sua vida enclausurada, Zaknafein tinha sido assombrado pelos gritos de crianças moribundas, drows nobres presos no fogo cruzado entre as famílias em conflito.

Um momento longo e silencioso se seguiu quando Montólio terminou, ambos os amigos aproveitando o tempo para digerir as muitas revelações do dia. Montólio sabia que Drizzt estava confortado quando o drow, de forma bastante inesperada, virou-se para ele, deu um grande sorriso, e desviou abruptamente do assunto sombrio.

— Monshi? — Drizzt perguntou, lembrando o nome pelo qual McGristle tinha chamado Montólio perto do muro de pedra.

— Montólio DeBrouchee — O velho ranger cacarejou, lançando uma piscadela grotesca na direção de Drizzt. — Monshi, para meus amigos e para aqueles como McGristle, que têm dificuldades em falar palavras mais complexas que "cuspir", "urso" ou "matar!"

— Monshi — Drizzt murmurou em voz baixa, se divertindo um pouco às custas de Montólio.

— Você não tem tarefas para fazer, *drizzit*? — O velho ranger bufou.

Drizzt assentiu com a cabeça e saiu, caminhando bem rápido. Desta vez, o som de *"drizzit"* não doeu tanto.

※

— Caverna de Morueme — disse Roddy. — Maldita Caverna de Morueme!

Uma fração de segundo depois, um pequeno sprite parou no topo do cavalo de Roddy, encarando o caçador de recompensas atordoado. Tephanis assistiu a conversa no bosque de Montólio e havia amaldiçoado sua sorte quando o ranger havia dispensado o caçador de recompensas. Se Roddy pudesse pegar Drizzt, o célere imaginava, ambos estariam fora do seu caminho, um fato que não alarmava Tephanis.

— Você-não-é-burro-o-bastante-pra-acreditar-naquele-velho, né? — Tephanis soltou.

— Aqui — Roddy gritou, agarrando sem jeito o sprite, que apenas pulou para baixo, recuou, passou pelo cachorro assustado e escalou o cavalo até sentar-se atrás de Roddy.

— O que diabos é você? — o caçador de recompensas rugiu. — E fique quieto!

— Eu sou um amigo — Tephanis disse tão devagar quanto podia. Roddy olhou-o cauteloso por cima do ombro. — Se-você--quer-o-drow-você-está-indo-na-direção-errada — disse o sprite em um tom presunçoso.

Pouco tempo depois, Roddy estava agachado nos altos penhascos ao sul do bosque de Montólio e viu o ranger e seu convidado de pele escura fazendo suas tarefas.

— Boa-caçada. — Tephanis desejou, então se foi, de volta a Caroak, o grande lobo que cheirava melhor do que aquele humano em particular.

Roddy, com os olhos fixos na cena distante, quase não notou a partida do célere.

— Cê vai pagar pela mentira, ranger — ele murmurou em voz baixa. Um sorriso maligno se espalhou em seu rosto enquanto pensava em uma maneira de chegar aos companheiros. Seria algo delicado. Mas, até então, lidar com Graul sempre fora.

O mensageiro de Montólio retornou dois dias depois com uma carta de Columba Garra de Falcão. Piante tentou contar a resposta da ranger, mas a coruja empolgada estava completamente incapaz de transmitir relatos tão longos e intrincados. Abalado e sem outra opção, Montólio entregou a carta a Drizzt e pediu ao drow para lê-la em voz alta e rapidamente. Por ainda não ser um leitor experiente, Drizzt tinha lido várias linhas do papel enrugado antes de perceber o que era. A carta detalhava o relato de Columba sobre o que aconteceu em Maldobar e a perseguição subsequente. A versão de Columba chegou perto da verdade, inocentando Drizzt e culpando os filhotes de barghest como sendo os assassinos.

O alívio de Drizzt era tão grande que mal podia pronunciar as palavras à medida que a carta continuava para expressar o prazer e a gratidão de Columba de o "drow digno" estar sob os cuidados do velho ranger.

— Você conseguiu o que merecia por fim, meu amigo — era tudo o que Montólio precisava dizer.

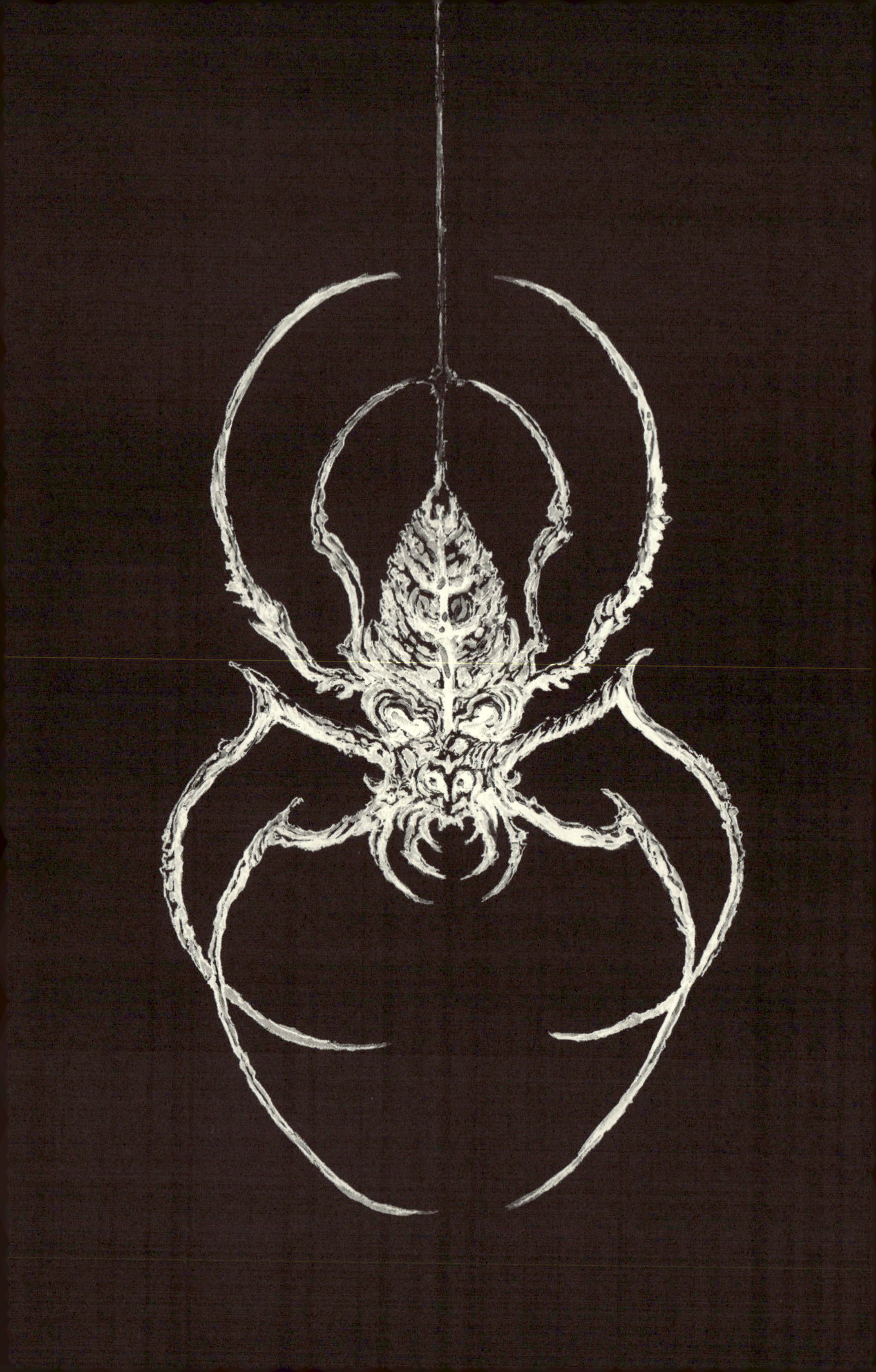

Parte 4
Deliberações

Eu agora vejo minha longa estrada como uma busca pela verdade — a verdade sobre meu coração, sobre o mundo que me rodeia e sobre as maiores questões a respeito de propósito e existência. Como se define o bem e o mal?

Eu carreguei um código interno de moral comigo em minha jornada, e se nasci com ele ou se ele me foi passado por Zaknafein — ou se simplesmente se desenvolveu a partir de minhas percepções — nunca saberei. Tal código me forçou a deixar Menzoberranzan, porque, apesar de eu não ter certeza do que essas verdades poderiam ter sido, eu sabia sem dúvida que não seriam encontradas nos domínios de Lolth.

Depois de muitos anos no Subterrâneo fora de Menzoberranzan e depois de minhas primeiras experiências terríveis na superfície, cheguei a duvidar da existência de qualquer verdade universal, cheguei a me perguntar se existia, no final das contas, qualquer propósito para a vida. No mundo dos drow, a ambição era o único propósito, a busca de ganhos materiais que vinham com um posto mais alto na hierarquia. Mesmo assim, me parecia algo muito pequeno, embora fosse algo que muitos pudessem considerar um motivo para existir.

Eu te agradeço, Montólio DeBrouchee, por confirmar minhas suspeitas. Aprendi que a ambição daqueles que seguem preceitos egoístas não passa de um desperdício caótico, um ganho finito cujo preço é uma perda infinita. Porque existe sim uma harmonia no universo, um canto consonante de bem comum. Para se juntar a essa melodia, é preciso encontrar uma harmonia interior, deve-se encontrar as notas que soam verdadeiras.

Há outra coisa a ser acrescentada sobre essa verdade: criaturas malignas não sabem cantar.

— Drizzt Do'Urden

Capítulo 16

Sobre deuses e propósitos

As aulas continuaram indo bem. O velho ranger havia diminuído a carga emocional intensa do drow, e Drizzt aprendia a seguir os caminhos do mundo natural melhor do que qualquer um que Montólio já tinha visto. Mas ele sentia que algo ainda incomodava o drow, embora não tivesse ideia do que poderia ser.

— Todos os seres humanos possuem uma audição tão boa? — Drizzt perguntou-lhe de repente enquanto arrastavam um enorme galho caído para fora do bosque. — Ou a sua é uma benção, talvez, para compensar sua cegueira?

A franqueza da pergunta surpreendeu Montólio apenas pelo momento que levou para reconhecer a frustração do drow, uma inquietação causada pelo fracasso de Drizzt em entender as habilidades do homem.

— Ou seria a sua cegueira, talvez, um ardil, uma artimanha que você usa para ganhar vantagem? — Drizzt pressionou implacável.

— E se for? — Montólio respondeu abertamente.

— Então é um ardil muito bom, Montólio DeBrouchee — respondeu Drizzt. — Com certeza te ajuda contra inimigos… e amigos também — as palavras tinham um gosto amargo para Drizzt, e ele suspeitava que estava deixando seu orgulho trazer o seu pior à tona.

— Não é comum você ser superado em batalha — respondeu Montólio, reconhecendo seu breve combate como a origem das frustrações de Drizzt. Se ele pudesse ter visto o drow naquele momento, a expressão de Drizzt teria revelado muito. — Você pega pesado demais consigo mesmo — continuou Montólio depois de um silêncio desconfortável. — Eu não te derrotei de verdade.

— Você me deixou caído e indefeso.

— Você se derrotou sozinho — explicou Montólio. — Eu sou cego de verdade, mas não tão indefeso quanto você parece achar. Você me subestimou. Eu também sabia que você me subestimaria, embora quase não acreditasse que *você* pudesse ser tão cego.

Drizzt parou abruptamente, e Montólio parou em seguida, ao perceber o atrito do galho aumentar de repente. O velho ranger sacudiu a cabeça e gargalhou. Ele então puxou uma adaga, girou-a no ar, pegou e gritou:

— Bétula! — E lançou-a diretamente em uma das poucas bétulas do bosque. — Poderia um cego fazer isso? — Montólio perguntou retoricamente.

— Então você pode ver — afirmou Drizzt.

— É claro que não — Montólio retrucou de forma brusca. — Meus olhos não funcionam há cinco anos. Mas também não sou cego, Drizzt, em especial neste lugar, que chamo de lar!

— No entanto, você achou que eu estava cego — continuou o ranger, sua voz ainda calma. — Em nossa luta, quando seu feitiço de escuridão expirou, você acreditou ter conseguido uma vantagem. Você achou que todas as minhas ações, ações eficazes, devo dizer, tanto na batalha contra os orcs quanto na nossa luta foram apenas preparadas e ensaiadas? Se eu estivesse tão aleijado quanto Drizzt Do'Urden acreditava que estou, como poderia sobreviver um dia nessas montanhas?

— Eu não... — começou Drizzt, mas seu constrangimento o silenciou. O que Montólio disse era verdade, e Drizzt sabia disso. Ele, pelo menos em um nível inconsciente, havia acreditado que o ranger era menos do que inteiro desde seu primeiro encontro. Drizzt sentia que não demonstrava a seu amigo nenhum desrespeito — na verdade, achava o homem incrível —, mas havia feito pouco de Montólio e achado que as limitações do ranger eram maiores do que as suas.

— Você achou — corrigiu Montólio —, e eu te perdoo por isso. Para o seu crédito, você me tratou de forma mais justa do que qualquer um que me conhecia antes, inclusive aqueles que haviam viajado ao meu lado por incontáveis campanhas. Agora sente-se — disse a Drizzt. — É minha vez de contar minha história, como você contou a sua. Por onde começar?

Montólio meditou, coçando o queixo.

Tudo parecia tão distante para ele agora, outra vida que deixara para trás. Porém, ele mantinha uma ligação com o seu passado: seu treinamento como um ranger da deusa Mielikki. Drizzt, instruído da forma por Montólio, entenderia.

— Eu dei minha vida à floresta, à ordem natural, desde que era muito jovem — começou Montólio. — Eu aprendi, como eu comecei a te ensinar, os caminhos do mundo selvagem e logo decidi que defenderia tal perfeição, essa harmonia de ciclos vasta e maravilhosa demais para ser entendida. É por isso que eu gosto tanto de lutar contra orcs e similares. Como já falei antes, eles são os inimigos da ordem natural, inimigos das árvores e dos animais tanto quanto dos homens e das raças bondosas. Criaturas inflexíveis, em tudo, e não sinto culpa em cortá-las!

Montólio passou muitas horas contando algumas de suas campanhas, expedições nas quais atuou sozinho ou como batedor para grandes exércitos. Contou a Drizzt sobre sua própria instrutora, Dilamon, uma ranger tão habilidosa com um arco que ele nunca a tinha visto errar, nem uma vez em dez mil disparos.

— Ela morreu em batalha — explicou Montólio — defendendo uma fazenda de uma invasão de um bando de gigantes. Não chore pela senhora Dilamon, no entanto: nenhum fazendeiro foi ferido e nenhum dos poucos gigantes que se arrastaram para longe mostrou seu rosto feio naquela região novamente!

A voz de Montólio caiu de forma evidente quando ele chegou ao seu passado mais recente. Ele falou sobre os Rangers Vigilantes, seu último grupo de aventureiros, e sobre como eles lutaram contra um dragão vermelho que vinha saqueando as aldeias. O dragão foi morto, assim como três dos Rangers Vigilantes, e Montólio teve seu rosto queimado.

— Os clérigos me arrumaram direitinho — disse Montólio sombrio. — Não ficou nenhuma cicatriz pra mostrar minha dor — ele fez uma pausa, e Drizzt viu, pela primeira vez desde que conheceu o velho ranger, uma nuvem de dor atravessar o rosto de Montólio. — No entanto, não conseguiram fazer nada pelos meus olhos. As feridas estavam além de suas habilidades.

— Você veio aqui para morrer — disse Drizzt, com um tom mais acusatório do que pretendia.

Montólio não refutou a acusação.

— Eu sofri o sopro de dragões, as lanças dos orcs, a ira dos homens malignos e a ganância daqueles que violariam a terra para o seu próprio benefício — disse o ranger. — Nenhuma dessas coisas feriu tão profundamente quanto a pena. Mesmo os meus companheiros dos Rangers Vigilantes, que haviam lutado ao meu lado tantas vezes, sentiram pena de mim. Até você.

— Eu não... — Drizzt tentou negar.

— Você sim — retrucou Montólio. — Em nossa batalha, você se considerou superior. É por isso que você perdeu! A força de qualquer ranger é a sabedoria, Drizzt. Um ranger entende a si mesmo, seus inimigos e seus amigos. Você achou que eu era deficiente, senão você nunca teria tentado uma manobra tão impetuosa quanto pular sobre mim. Mas eu entendi você e antecipei o movimento — aquele sorriso irônico mostrou-se com perversão. — Sua cabeça ainda está doendo?

— Sim — admitiu Drizzt, esfregando o hematoma — embora meus pensamentos pareçam estar clareando.

— Quanto à sua pergunta original — disse Montólio, convencido de que seu argumento já tinha sido provado — não há nada excepcional em minha audição, nem em nenhum dos meus outros sentidos. Eu apenas presto mais atenção ao que eles me contam do que as outras pessoas, e eles me guiam bem, como você entende agora. Realmente, eu não sabia dessas habilidades quando vim pra cá a princípio, e você está correto no seu palpite sobre o motivo de eu ter vindo. Sem os meus olhos, achei que fosse um homem morto, e queria morrer aqui, neste bosque que aprendi a conhecer e amar nas minhas viagens anteriores. Talvez fosse graças a Mielikki, a Senhora da Floresta, embora mais provavelmente fosse Graul, um inimigo próximo daqui, mas não demorou muito para mudar minhas intenções em relação à minha própria vida. Encontrei um propósito aqui, sozinho e aleijado... e estava aleijado nesses primeiros dias. Com esse propósito veio uma renovação em minha vida, e isso, por sua vez, me levou a perceber meus limites novamente. Agora estou velho, cansado e cego. Se tivesse morrido cinco anos atrás, como pretendia, teria morrido com a minha vida incompleta. Nunca saberia até onde poderia ir. Somente na adversidade, além de qualquer coisa que Montólio DeBrouchee jamais imaginou, poderia ter conhecido tão bem a mim mesmo e à minha deusa.

Montólio parou para prestar atenção em Drizzt. Ele ouviu um farfalhar com a menção de sua deusa, e tomou isso como um movimento desconfortável. Querendo explorar tal revelação, Montólio alcançou dentro de sua túnica e sua cota de malha e sacou um pingente no formato da cabeça de um unicórnio.

— Não é bonito? — perguntou sem rodeios.

Drizzt hesitou. O unicórnio era trabalhado perfeitamente e tinha um desenho maravilhoso, mas as conotações do pingente não se acomodavam facilmente no coração do drow. Em Menzoberranzan, Drizzt havia testemunhado a loucura de se seguir os comandos das divindades, e não gostou do que tinha visto.

— Quem é o seu deus, drow? — Montólio perguntou. Em todas as semanas em que ele e Drizzt estiveram juntos, não tinham chegado a falar sobre religião.

— Não tenho um deus — respondeu Drizzt com ousadia —, e também não quero um.

Era a vez de Montólio fazer uma pausa.

Drizzt levantou-se e caminhou alguns passos.

— Meu povo segue a Lolth — ele começou. — Ela, se não a causa, com certeza é a continuação de sua maldade, como esse Gruumsh é para os orcs, e como outros deuses são para outros povos. Seguir um deus é loucura. Em vez disso, devo seguir meu coração.

A risada tranquila de Montólio roubou o poder da proclamação de Drizzt.

— Você tem um deus, Drizzt Do'Urden — disse ele.

— Minha divindade é meu coração — declarou Drizzt, voltando-se para ele.

— Como a minha.

— Você chamou sua divindade de Mielikki — retrucou Drizzt.

— E você ainda não encontrou um nome para seu deus — rebateu Montólio. — Isso não significa que você não tenha uma divindade. Seu deus é o seu coração, e o que o seu coração lhe diz?

— Eu não sei — admitiu Drizzt depois de refletir sobre aquela pergunta complicada.

— Pense, então! — gritou Montólio. — O que seus instintos lhe falaram sobre o bando de gnolls ou sobre os fazendeiros em Maldobar? Lolth não é sua divindade, isso é certo. Que deus ou deusa então se adapta ao que está no coração de Drizzt Do'Urden?

Montólio quase conseguiu ouvir os dar de ombros contínuos de Drizzt.

— Você não sabe? — perguntou o velho ranger. — Mas eu sei.

— Você presume muito — respondeu Drizzt, ainda não convencido.

— Eu observo muito — disse Montólio com uma risada. — Você tem um coração similar ao de Guenhwyvar?

— Nunca duvidei desse fato — respondeu Drizzt com honestidade.

— Guenhwyvar segue Mielikki.

— Como pode saber? — Drizzt argumentou, ficando um pouco perturbado. Ele não se importava com os palpites de Montólio sobre ele, mas Drizzt considerou tal rótulo um ataque à pantera. De alguma forma, para Drizzt, Guenhwyvar parecia estar acima dos deuses e todas as implicações de seguir um.

— Como posso saber? — Montólio ecoou incrédulo. — A gata me disse, é claro! Guenhwyvar é a entidade da pantera, uma criatura do domínio de Mielikki.

— Guenhwyvar não precisa de seus rótulos — respondeu Drizzt com raiva, movendo-se rápido para sentar-se de novo ao lado do ranger.

— É claro que não — concordou Montólio. — Mas isso não muda o fato de ela ser. Você não entende, Drizzt Do'Urden. Você cresceu cercado pela perversidade de uma divindade.

— E a sua é a verdadeira? — Drizzt perguntou sarcástico.

— Todos são verdadeiros, e todos são um só, temo eu — respondeu Montólio.

Drizzt teve que concordar com a observação anterior de Montólio: ele não entendia.

— Você vê os deuses como entidades externas — Montólio tentou explicar. — Você os vê como seres físicos tentando controlar nossas ações para seus próprios fins, e assim, você, na sua independência teimosa, os rejeita. Os deuses são internalizados, digo eu, quer alguém o tenha nomeado como próprio ou não. Você seguiu Mielikki por toda sua vida, Drizzt. Você apenas nunca teve um nome para colocar em seu coração.

De repente, Drizzt ficou mais intrigado do que cético.

— O que você sentiu assim que saiu pela primeira vez do Subterrâneo? — Montólio perguntou. — O que seu coração lhe disse quando olhou pela primeira vez para o sol ou as estrelas, ou o verde da floresta?

Drizzt pensou naquele dia distante, quando ele e sua patrulha drow saíram do Subterrâneo para atacar uma reunião de elfos. Aquelas eram memórias dolorosas, mas dentro delas surgia uma sensação de conforto, uma lembrança de uma exaltação maravilhosa com a sensação do vento e dos aromas das flores recém abertas.

— E como você falou com Algazarra? — Montólio continuou. — Não é uma façanha simples, compartilhar a caverna com aquele urso! Admita ou não, você tem o coração de um ranger. E o coração de um ranger é um coração de Mielikki.

Então uma conclusão formal trouxe de volta uma parte das dúvidas de Drizzt.

— E o que a sua deusa exige? — ele perguntou, com um tom um pouco irritado de volta a sua voz. Começou a se levantar mais uma vez, mas Montólio bateu uma mão sobre suas pernas e o segurou.

— Exige? — o ranger riu. — Eu não sou um missionário proclamando palavras empoladas e impondo regras de comportamento! Eu não acabei de dizer que os deuses estão dentro da pessoa? Você conhece as regras de Mielikki assim como eu. Você tem seguido elas a vida toda. Estou te oferecendo um nome pra elas, só isso, e um ideal de comportamento personificado, um exemplo que você pode seguir nos tempos em que se afastar do que você sabe que é verdade.

Com isso, Montólio pegou o galho e Drizzt seguiu.

Drizzt refletiu sobre as palavras por um longo tempo. Ele não dormiu naquele dia, embora tenha ficado em sua toca, pensando.

— Eu desejo saber mais sobre sua... nossa... deusa — disse Drizzt na próxima noite, quando encontrou Montólio cozinhando o jantar.

— E eu desejo te ensinar — respondeu Montólio.

Cem conjuntos de olhos amarelados e injetados de sangue se viraram para encarar o humano corpulento quando ele atravessou o acampamento, levando seu cão amarelo ao seu lado. Roddy não gostava de ir ali, até o forte do rei orc, Graul, mas não tinha intenções de deixar o drow fugir desta vez. Roddy tinha tratado várias vezes com Graul nos últimos anos; o rei orc, com tantos olhos nas montanhas selvagens, provou ser um aliado inestimável, embora caro, em suas caçadas.

Vários grandes orcs cruzaram propositalmente o caminho de Roddy, empurrando-o e provocando seu cachorro. Roddy sabiamente manteve seu animal de estimação sob controle, embora ele, também, quisesse atacar os orcs malcheirosos. Eles faziam isso toda vez que ele chegava, esbarrando, cuspindo, fazendo qualquer coisa para provocar uma briga. Orcs sempre se mostravam corajosos quando estavam em número maior que seus inimigos. Geralmente de cem pra um.

Todo o grupo se pôs atrás de McGristle e seguiu-o de perto enquanto cobria os últimos cinquenta metros, subindo uma encosta rochosa, até a entrada da caverna de Graul. Dois orcs grandes saíram da entrada, brandindo lanças, para interceptar o intruso.

— Por que cê aqui? — um deles perguntou em sua língua nativa. O outro estendeu a mão como se esperasse pagamento.

— Não pagar esta vez — respondeu Roddy, imitando seu dialeto com perfeição. — Desta vez, Graul paga!

Os orcs olharam um para o outro em descrença, depois viraram para Roddy e emitiram grunhidos que de repente foram cortados quando um orc ainda maior surgiu da caverna.

Graul disparou e empurrou os guardas para o lado, caminhando até colocar seu focinho escorrendo a um centímetro do nariz de Roddy.

— Graul paga? — ele fungou, seu hálito quase derrubando Roddy.

O riso de Roddy era puramente por causa dos orcs plebeus empolgados que estavam mais próximos. Ele não podia mostrar nenhuma fraqueza ali; como cães ferozes, os orcs logo atacavam qualquer um que não se mantivesse firme diante deles.

— Tenho informação, rei Graul — disse o caçador de recompensas com firmeza. — Informação que Graul gostaria de saber.

— Fala — gritou Graul.

— Paga? — Roddy perguntou, embora suspeitasse de que estava abusando da sorte.

— Fala! — Graul rosnou novamente. — Se sua palavra ter valor, Graul vai deixar você vivo.

Roddy lamentou em silêncio que sempre parecia funcionar assim com Graul. Era difícil fazer qualquer negócio favorável com aquele chefe fedorento quando ele estava cercado por uma centena de guerreiros armados. Roddy, porém, continuou firme. Ele não tinha ido até ali pelo ouro — embora esperasse que pudesse conseguir algum —, mas pela vingança. Roddy não atacaria Drizzt abertamente enquanto o drow estivesse com Monshi. Nessas montanhas, cercadas por seus amigos animais, Monshi era uma força formidável, e mesmo se Roddy conseguisse passar por ele e chegar até o drow, muitos aliados de Monshi, veteranos como Columba Garra de Falcão, certamente vingariam a ação.

— Ter um elfo negro em seu domínio, poderoso rei orc! — Roddy proclamou. Ele não viu o choque que esperava.

— Renegado — explicou Graul.

— Cê sabe? — os olhos arregalados de Roddy traíram sua descrença.

— Drow mata guerreiros de Graul — disse o chefe dos orcs em um tom sombrio. Todos os orcs reunidos começaram a bater o pé e cuspir, xingando o elfo negro.

— Então, por que drow vive? — Roddy perguntou sem rodeios. Os olhos do caçador de recompensas se estreitaram quando suspeitou que Graul não sabia ainda a localização do drow. Talvez ainda tivesse algo com que negociar.

— Meus batedores não consegue achar! — Graul rugiu, e era verdade. Mas qualquer frustração que o rei orc mostrava era uma atuação bem planejada. Graul sabia onde Drizzt estava, mesmo que seus batedores não soubessem.

— Eu achar! — Roddy rugiu, e todos os orcs pularam e gritaram em alegria faminta. Graul ergueu os braços para silenciá-los. Esta era a parte crítica, o rei orc sabia. Ele olhou em volta em busca do xamã, o líder espiritual da tribo, e achou o orc de vestes vermelhas observando e ouvindo atento, conforme Graul esperava.

Sob o conselho desse xamã, Graul evitou qualquer ação contra Montólio durante todos esses anos. O xamã acreditava que o aleijado que não era tão aleijado fosse um presságio de magia ruim, e, com as advertências de seu líder religioso, toda a tribo orc se encolhia quando Montólio estava por perto. Mas, ao se aliar com o drow, e, se as suspeitas de Graul estivessem corretas, ao ajudá-lo a vencer a batalha na cordilheira, Montólio havia se metido onde não devia, tinha violado o domínio de Graul tanto quanto o drow renegado. Agora, convencido de que o drow era de fato um renegado — já que nenhum outro elfo negro estava na região —, o rei orc só esperava alguma desculpa que pudesse incitar seus lacaios à ação contra o bosque. Roddy, Graul tinha sido informado, agora poderia fornecer essa desculpa.

— Fala! — Graul gritou no rosto de Roddy, para interceptar as próximas tentativas de pagamento.

— Drow tá com ranger — respondeu Roddy. — Ele senta no bosque do ranger cego! — Se Roddy esperava que sua proclamação inspirasse outra erupção de maldições, saltos e cuspidas, certamente ficou desapontado. A menção do ranger cego lançou uma palidez massiva sobre a reunião, e agora todos os orcs comuns olhavam do xamã para Graul em busca de alguma orientação.

Era hora de Roddy tecer um conto de conspiração, como Graul tinha previsto que ele faria.

— Vocês tem que ir e pegar! — Roddy gritou. — Eles não são...

Graul ergueu os braços para silenciar ambos os murmúrios e Roddy.

— É o ranger cego que mata gigante? — o rei orc perguntou malicioso a Roddy. — E ajuda drow a matar guerreiro?

Roddy, é claro, não tinha ideia do que o Graul estava falando, mas foi rápido o suficiente para pegar a intenção do rei orc.

— Foi! — declarou alto. — E agora o drow e o ranger tá contra todo mundo! Vocês ter que acertar e esmagar eles antes que eles vem e acerta vocês! O ranger vai trazer seus animais e elfoses... muitos e muitos elfoses e os anãos também... contra Graul!

A menção dos amigos de Montólio, em particular os elfos e os anãos, que o povo de Graul odiava acima de tudo no mundo, trouxeram expressões azedas em cada face e fizeram mais de um orc olhar nervosamente por cima do ombro, como se estivesse esperando o exército do ranger vir cercar o acampamento naquele instante.

Graul olhou direto para o xamã.

— Aquele-Que-Vigia deve abençoar o ataque — o xamã respondeu à pergunta silenciosa. — Na lua nova! — Graul assentiu com a cabeça e o orc de vestes vermelhas virou-se, convocou uma série de plebeus a seu lado, e se pôs a fazer os preparativos.

Graul pegou uma bolsa e sacou um punhado de moedas de prata para Roddy. Roddy não havia fornecido nenhuma informação verdadeira que o rei ainda não soubesse, mas a declaração do caçador de recompensas de uma conspiração contra a tribo orc prestou assistência considerável a Graul em sua tentativa de despertar seu xamã supersticioso contra o ranger cego.

Roddy aceitou o pagamento lamentável sem reclamar, acreditando já ter conseguido o suficiente para o seu propósito e se virou para sair.

— Você fica — disse Graul de repente.

Com um movimento do rei orc, vários guardas orcs se posicionaram ao lado do caçador de recompensas. Roddy olhou desconfiado para Graul.

— Convidado — o rei orc explicou calmamente. — Vem pra luta — Roddy não ficou com muitas opções.

Graul acenou para os guardas e voltou para dentro da caverna. Os guardas orcs apenas deram de ombros e sorriram um para o outro, sem vontade de voltar e encarar os convidados do rei, em particular o enorme lobo de pelo prateado.

Quando Graul voltou para seu lugar, se virou para falar com o outro convidado.

— Você certo — disse Graul ao diminuto sprite.

— Eu-sou-muito-bom-em-conseguir-informações — Tephanis sorriu e, silenciosamente, acrescentou — e-criar-situações-favoráveis!

Tephanis achou-se inteligente naquele momento, porque não só havia sido ele quem informara a Roddy de que o drow estava no bosque de Montólio, mas também arranjou com o rei Graul para que Roddy ajudasse os dois. Graul não tinha amor pelo ranger cego, Tephanis sabia, e com a presença do drow servindo de desculpa, Graul poderia enfim persuadir seu xamã a abençoar o ataque.

— Caroak ajuda na luta? — perguntou Graul, olhando com desconfiança para o enorme e imprevisível lobo prateado.

— Claro — disse Tephanis de imediato. — É-do-nosso-interesse--ver-esses-inimigos-destruídos!

Caroak, compreendendo cada palavra que os dois trocaram, levantou-se e saiu da caverna. Os guardas na entrada não tentaram bloquear seu caminho.

— Caroak-vai-incitar-os-worgs — explicou Tephanis. — Uma-força-poderosa-vai-se-unir-contra-o-ranger-cego. Há-muito-tempo-ele-é--um-inimigo-de-Caroak.

Graul assentiu com a cabeça e meditou em particular sobre as semanas vindouras. Se ele pudesse se livrar tanto do ranger quanto do drow, seu vale seria mais seguro do que havia sido em muitos anos — desde antes da chegada de Montólio. O ranger raras vezes lutava contra os orcs em pessoa, mas Graul sabia que eram os espiões animais do ranger que sempre alertavam as caravanas que passavam. Graul não conseguia se lembrar da última vez que seus guerreiros haviam apanhado uma caravana desprevenida, o método orc preferido. Se o ranger se fosse, no entanto...

Com o verão, o auge da temporada de negócios, se aproximando depressa, os orcs se dariam bem este ano.

Tudo o que Graul precisava agora era a confirmação do xamã, que Aquele-Que-Vigia, Gruumsh Caolho, o deus orc, abençoaria o ataque.

A lua nova, um tempo sagrado para os orcs e um momento em que o xamã acreditava que poderia conhecer as vontades dos deuses, estava a mais de duas semanas. Ansioso e impaciente, Graul resmungou pela demora, mas sabia que apenas teria que esperar. Graul, muito menos religioso do que outros acreditavam, tinha a intenção de atacar independente da decisão do xamã, mas o rei orc não desafiaria abertamente o líder espiritual da tribo, a menos que fosse inevitável.

A lua nova não estava tão longe, Graul disse a si mesmo. Então ele se livraria tanto do ranger cego quanto do drow misterioso.

Capítulo 17

Em desvantagem

— Você parece preocupado — disse Drizzt a Montólio quando viu o ranger em uma ponte de corda na manhã seguinte. Piante estava pousado em um galho acima dele.

Montólio, perdido em pensamentos, não respondeu de imediato. Drizzt deu de ombros e se virou, respeitando a privacidade do ranger, e tirou a estatueta de ônix do bolso.

— Guenhwyvar e eu vamos sair para uma breve caçada — explicou Drizzt por cima do ombro — antes que o sol suba muito. Então, vou descansar e a pantera vai passar o resto do dia com você.

Ainda assim, Montólio quase não ouviu o drow, mas quando o ranger notou que Drizzt colocou a estatueta de ônix na ponte de corda, as palavras do drow se registraram com mais clareza e ele saiu de suas contemplações.

— Espere — disse Montólio, estendendo a mão. — Deixe a pantera continuar descansando.

Drizzt não entendeu:

— Guenhwyvar está fora há mais de um dia — disse ele.

— Talvez precisemos em breve de Guenhwyvar para algo mais importante do que caçar — Montólio começou a explicar.

— Qual é o problema? — perguntou Drizzt, de repente sério. — O que Piante viu?

— Ontem à noite foi lua nova — disse Montólio. Drizzt, com sua nova compreensão dos ciclos lunares, assentiu com a cabeça. — Um dia sagrado para os orcs — continuou Montólio. — O acampamento deles está a quilômetros de distância, mas ouvi seus gritos na noite passada.

Mais uma vez Drizzt assentiu com a cabeça em reconhecimento.

— Ouvi os uivos de suas canções, mas me perguntei se não seria mais do que a voz do vento.

— Foi o uivo dos orcs — assegurou Montólio. — Todos os meses eles se reúnem e grunhem e dançam descontrolados em seu estupor típico. Os orcs não precisam de poções para induzir isso, você sabe. Não pensei nisso, embora eles parecessem muito barulhentos. Geralmente, não podem ser ouvidos aqui. Um vento favorável... desfavorável... trouxe a música, eu suponho.

— Você descobriu então que havia algo mais na música? — Drizzt supôs.

— Piante também os ouviu — explicou Montólio. — Sempre cuidando de mim, essa coisinha — ele se virou na direção da coruja — foi dar mais uma olhada.

Drizzt também olhou para o pássaro maravilhoso, sentado inchado e orgulhoso como se compreendesse os elogios de Montólio. Apesar das sérias preocupações do ranger, Drizzt teve que se perguntar o quão bem Montólio podia entender Piante, e o quão completamente a coruja podia compreender os acontecimentos ao seu redor.

— Os orcs formaram um bando de guerra — disse Montólio, coçando a barba eriçada. — Graul despertou do longo inverno com uma sede de vingança, ao que parece.

— Como pode saber? — Drizzt perguntou. — Piante pode entender suas palavras?

— Não, claro que não — Montólio respondeu, achando a ideia engraçada.

— Então, como você pode saber?

— Uma matilha de worgs surgiu, isso Piante me contou — explicou Montólio. — Orcs e worgs não são os melhores amigos, mas se juntam quando há algum problema chegando. A celebração dos orcs ontem à noite foi selvagem, e com a presença de worgs, pode haver poucas dúvidas.

— Existe alguma aldeia próxima? — Drizzt perguntou.

— Nada mais perto do que Maldobar — respondeu Montólio. — Eu duvido que os orcs iriam tão longe, mas a neve já está quase toda derretida e as caravanas irão atravessar o estreito de Sundabar para a Cidadela Adbar e vice-versa. Deve haver uma que vem de Sundabar, embora eu não acredite que Graul seja ousado o suficiente, ou estúpido, para atacar uma caravana de anões fortemente armados vinda de Adbar.

— Quantos guerreiros tem o rei orc?

— Graul poderia reunir milhares se tivesse tempo e vontade de fazê-lo — disse Montólio —, mas isso levaria semanas, e Graul nunca foi conhecido por sua paciência. Além disso, não teria trazido os worgs tão cedo se quisesse esperar para reunir suas legiões. Os orcs têm o hábito de desaparecer enquanto os worgs estão por perto, e os worgs têm o hábito de ficar preguiçosos e gordos com tantos orcs ao redor, se é que você me entende.

O tremor de Drizzt mostrou que ele de fato entendia.

— Eu acho que Graul tem cerca de uma centena de guerreiros — disse Montólio —, talvez de dez a vinte worgs, pela contagem de Piante, é provável que um gigante ou dois.

— Uma força considerável para atacar uma caravana — disse Drizzt, mas tanto o drow quanto o ranger tinham outras suspeitas em mente. Quando se conheceram, dois meses antes, fora à custa de Graul.

— Levará um dia ou dois para se prepararem — disse Montólio

depois de uma pausa desconfortável. — Piante vai vigiá-los mais de perto esta noite, e eu também chamarei outros espiões.

— Eu irei espiar os orcs — acrescentou Drizzt. Ele viu a preocupação cruzar o rosto de Montólio, mas logo a descartou. — Muitas vezes essa era a minha obrigação, ser um batedor das patrulhas de Menzoberranzan — disse. — É uma tarefa que eu me sinto bastante seguro em fazer. Não tenha medo.

— Aquilo foi no Subterrâneo — lembrou Montólio.

— A noite é tão diferente? — Drizzt respondeu malicioso, lançando uma piscadela e um sorriso reconfortante na direção de Montólio. — Nós teremos nossas respostas.

Drizzt disse seus "bons dias" então e saiu para descansar. Montólio ouviu os passos em retirada de seu amigo, quase inaudíveis entre as árvores densamente aglomeradas, com admiração sincera, e achou o plano de Drizzt um bom plano. O dia se passou devagar e sem mais nenhuma ocorrência para o ranger. Ele ocupou-se o melhor que pôde ao considerar seus planos de defesa para o bosque. Montólio nunca havia defendido o lugar antes, exceto uma vez quando um bando de ladrões tolos havia ido parar ali, mas havia passado muitas horas formulando e testando diferentes estratégias, achando inevitável que algum dia Graul ficaria cansado da interferência do ranger e encontraria a coragem de atacar.

Se esse dia tivesse chegado, Montólio estava confiante de que estaria pronto. Porém, pouco poderia ser feito agora: as defesas não poderiam ser levantadas antes de Montólio ter certeza da intenção de Graul, e o ranger descobriu que a espera parecia interminável. Por fim, Piante informou a Montólio que o drow estava se mexendo.

— Eu partirei, então — observou Drizzt assim que encontrou o ranger, observando o sol que já estava a oeste. — Vamos descobrir o que nossos vizinhos hostis estão planejando.

— Tenha cuidado, Drizzt — disse Montólio, e a preocupação genuína em sua voz tocou o drow. — Graul pode ser um orc, mas é esperto. Ele pode muito bem esperar que um de nós vá dar uma olhada nele.

Drizzt sacou suas cimitarras ainda estranhas e as fez girar para ganhar confiança em seus movimentos. Em seguida, voltou a encaixá-las no cinto e deixou cair uma mão no bolso, sentindo mais conforto com a presença da estatueta de ônix. Com um tapinha final nas costas do ranger, o batedor partiu.

— Piante estará por perto! — Montólio gritou para ele. — E outros amigos que você pode não esperar. Dê um grito se encontrar mais problemas do que pode lidar!

O acampamento dos orcs não era difícil de encontrar, marcado por uma enorme fogueira que ardia no céu noturno. Drizzt viu as formas, incluindo a de um gigante, dançando ao redor das chamas e ouviu os grunhidos e os rosnados de grandes lobos, worgs, de acordo com Montólio. O acampamento ficava em um pequeno vale, em uma clareira cercada por grandes bordos e paredes de pedra. Drizzt podia ouvir as vozes dos orcs muito bem naquela noite tranquila, então decidiu não chegar muito perto. Ele escolheu uma enorme árvore e selecionou um ramo inferior, convocando sua habilidade de levitação inata para elevá-lo.

O feitiço falhou por completo, então Drizzt, não muito surpreso, enfiou as cimitarras em seu cinto e subiu. O tronco se ramificava várias vezes, e chegava a uns seis metros de altura. Drizzt foi até a bifurcação mais alta e estava prestes a começar a subir um ramo longo e sinuoso quando ouviu uma respiração. Cauteloso, Drizzt olhou ao redor do grande tronco.

No lado oposto a ele, aninhado bem confortável no vão entre o canto do tronco e outro ramo, se reclinava um sentinela orc com as mãos cruzadas atrás de sua cabeça e uma expressão vazia e entediada no rosto. Ao que parecia, a criatura não tinha notado o elfo negro silencioso, a menos de um metro de distância.

Drizzt agarrou o punho de uma cimitarra, então, ganhando confiança de que a criatura estúpida estava confortável demais para olhar ao redor, mudou de ideia e ignorou o orc. Em vez disso, concentrou-se nos eventos na clareira.

A linguagem orc era parecida com a língua dos goblins na estrutura e inflexão, mas Drizzt, não sendo um mestre mesmo em goblin, só conseguia distinguir algumas palavras dispersas. Os orcs, no entanto, eram uma raça bastante demonstrativa. Dois modelos, imagens de um elfo negro e um humano magro e de bigode, logo mostraram a Drizzt a intenção do clã. O maior orc da reunião, o rei Graul, provavelmente, xingava e cuspia nos modelos. Então, os soldados orcs e os worgs se revezaram em estraçalhar os bonecos, para a euforia dos espectadores frenéticos, uma euforia que se transformou em êxtase puro quando o gigante de pedra caminhou e esmagou o falso elfo negro no chão.

Aquilo continuou por horas, e Drizzt suspeitava que continuaria até o amanhecer. Graul e vários outros orcs grandes se afastaram da hoste principal e começaram a desenhar no chão, aparentemente organizando os planos de batalha. Drizzt não podia se aproximar o suficiente para entender suas conversas embaralhadas e não tinha intenção de ficar na árvore com a luz reveladora do amanhecer se aproximando com rapidez.

Ele observou o sentinela orc do outro lado do tronco, agora roncando alto, antes de começar a descer. Os orcs pretendiam atacar a casa de Montólio, Drizzt sabia; não deveria agora dar o primeiro golpe?

A consciência de Drizzt o traiu. Ele desceu do enorme bordo e fugiu do acampamento, deixando o orc adormecido em seu recanto confortável.

Montólio, com Piante em seu ombro, sentou-se em uma das pontes de corda, esperando o retorno de Drizzt.

— Eles estão vindo para cá — declarou o velho ranger quando o drow enfim entrou. — Graul está furioso com alguma coisa, provavelmente um incidente na Escarpa de Rogee. — Montólio apontou para o oeste, em direção à alta cordilheira onde ele e Drizzt se encontraram.

— Você tem um lugar seguro para situações assim? — Drizzt perguntou. — Os orcs virão esta noite, creio eu, quase uma centena de guerreiros fortes e com aliados poderosos.

— Fugir? — gritou Montólio. Ele agarrou uma corda próxima e a jogou para ficar ao lado do drow, enquanto Piante apertava sua túnica e se preparava para o passeio. — Fugir de orcs? Eu não disse que os orcs são minha paixão especial? Nada em todo o mundo soa mais doce do que uma lâmina abrindo uma barriga de orc!

— Eu devo perder meu tempo te lembrando dos números? — Drizzt disse, sorrindo apesar de sua preocupação.

— Você deveria lembrar a Graul! — riu Montólio. — O velho orc perdeu a inteligência, ou ficou muito mais resistente, para vir até aqui com uma desvantagem numérica tão grande!

A única resposta de Drizzt, a única possível a uma declaração tão escandalosa quanto esta, veio como uma explosão de riso.

— Mas então — prosseguiu Montólio, sem sequer hesitar —, vou apostar um balde de trutas recém-apanhadas e três bons garanhões que o velho Graul não virá para a luta. Ele vai ficar escondido atrás das árvores, observando e torcendo suas mãos gordas e, quando destruirmos suas tropas, será o primeiro a fugir! Ele nunca teve colhões para uma batalha de verdade, não desde que se tornou rei. Ele está muito confortável, eu acho, com muito a perder. Bem, vamos abaixar um pouco a bola dele!

Mais uma vez Drizzt não conseguiu encontrar as palavras para responder, e ele não poderia ter parado de rir do absurdo de qualquer maneira. Ainda assim, Drizzt teve que admitir o efeito empolgante e reconfortante que a divagação de Montólio lhe conferia.

— Você vai descansar um pouco — disse Montólio, coçando seu queixo barbado e olhando ao redor, outra vez analisando seu entorno. — Vou começar os preparativos. Você ficará impressionado, eu prometo... e te acordo em algumas horas.

Os últimos murmúrios que o drow ouviu quando se arrastou para dentro de seu cobertor em seu refúgio escuro colocaram tudo em perspectiva.

— Sim, Piante, espero por isso há muito tempo — disse Montólio empolgado, e Drizzt não duvidou nem um pouco disso.

Tinha sido uma primavera pacífica para Kellindil e seus parentes elfos. Eles eram um grupo nômade, vagando por toda a região e parando onde encontrassem abrigo, nas árvores ou nas cavernas. Seu amor era o mundo aberto, dançar sob as estrelas, cantar em sintonia com os rios velozes das montanhas, caçar veados e javalis entre as árvores das montanhas.

Kellindil reconheceu o medo, uma emoção raramente vista entre o grupo despreocupado, no rosto de seu primo, assim que o outro elfo entrou no acampamento bem tarde uma noite.

Todos os outros se reuniram.

— Os orcs estão agitados — explicou o elfo.

— Graul achou uma caravana? — perguntou Kellindil.

Seu primo sacudiu a cabeça e pareceu confuso.

— É muito cedo para os comerciantes — respondeu. — Graul tem outra presa em mente.

— O bosque do ranger — disseram vários dos elfos juntos. O grupo inteiro voltou-se para Kellindil, então, aparentemente considerando o drow sua responsabilidade.

— Eu não acredito que o drow esteja aliado a Graul — Kellindil respondeu na mesma hora à pergunta não pronunciada. — Com todos os seus batedores, Montólio teria descoberto. Se o drow é um amigo do ranger, então ele não é inimigo para nós.

— O bosque está a muitos quilômetros daqui — mencionou um dos outros. — Se desejamos olhar mais de perto os movimentos do rei orc, e chegar a tempo para ajudar o velho ranger, então devemos partir imediatamente.

Sem uma palavra de discordância, os elfos nômades reuniram os suprimentos necessários, principalmente seus grandes arcos longos e flechas extras. Poucos minutos depois, eles partiram, atravessando as matas e seguindo as trilhas da montanha, não fazendo mais barulho do que uma brisa suave.

Drizzt despertou no início da tarde para uma visão surpreendente. O dia escureceu com nuvens cinzentas, mas ainda parecia claro para o drow enquanto ele se arrastava para fora de seu refúgio e se espreguiçava. Acima dele, Drizzt viu o ranger, rastejando sobre os galhos superiores de um pinheiro alto. A curiosidade de Drizzt transformou-se em horror quando Montólio, uivando como um lobo selvagem, pulou de braços e pernas abertas da árvore.

Montólio usava um arreio de corda preso ao tronco fino do pinheiro. Quando ele disparou, seu impulso inclinou a árvore, e o ranger desceu com leveza, quase dobrando o pinheiro ao meio. Assim que Montólio chegou no chão, se levantou e colocou o arreio de corda ao redor de algumas raízes espessas.

À medida que a cena se desenrolava na frente de Drizzt, ele percebeu que vários pinheiros haviam sido dobrados dessa maneira, todos apontando para o oeste e todos amarrados por cordas interligadas. Enquanto abria caminho com cuidado até Montólio, Drizzt passou por uma rede, vários fios de armadilhas e um conjunto particularmente desagradável feito de cordas e mais de uma dezena de facas de lâminas duplas. Quando a armadilha fosse suspensa e as árvores voltassem à vertical, esta corda também seria suspensa, para o terror de qualquer criatura que parasse por perto.

— Drizzt? — Montólio perguntou, ouvindo os passos leves. — Cuidado onde pisa. Eu não gostaria de ter que dobrar todas essas árvores de novo, embora eu admita que seja um pouco divertido.

— Você parece ter os preparativos bem encaminhados — disse Drizzt enquanto se aproximava do ranger.

— Eu vinha esperando por esse dia há muito tempo — respondeu Montólio. — Repassei essa batalha cem vezes em minha mente e sei o curso que vai levar — ele se agachou e desenhou uma forma oval alongada no chão, aproximadamente a forma do pinhal. — Deixa eu te mostrar — ele explicou, e começou a desenhar a paisagem ao redor do bosque com tanto detalhe e precisão que Drizzt balançou a cabeça e olhou outra vez para se certificar de que o velho ranger era mesmo cego.

O arvoredo consistia em várias dúzias de árvores, correndo de norte a sul por cerca de cinquenta metros de comprimento e menos da metade em largura. O chão caía em uma inclinação suave, mas notável, com a extremidade norte do bosque sendo metade da altura de uma árvore mais baixa que o extremo sul. Mais ao norte, o chão estava quebrado e coberto de pedregulhos, com trilhas estreitas de grama e quedas súbitas, e atravessava trilhas muito tortuosas.

— Sua força principal virá do oeste — explicou Montólio, apontando para além da parede da rocha e através do pequeno prado para alguns matagais densos entre as muitas bordas de rocha e beiras de penhascos. — Essa é a única maneira deles entrarem juntos.

Drizzt fez uma rápida observação da área circundante e não discordou. Do outro lado do bosque ao leste, o terreno era áspero e desigual. Um exército investindo dessa direção entraria no campo de grama alta quase de uma vez, direto entre os dois montes altos de pedra, e seria um alvo fácil para o arco mortal de Montólio. A sul, além do bosque, a inclinação era mais íngreme, um lugar perfeito para orcs arqueiros e arremessadores de lança, exceto pelo fato de que, logo após o cume mais próximo, surgia um barranco profundo com uma parede quase impossível de se escalar.

— Nós não teremos nenhum problema vindo do sul — Montólio vocalizou, quase como se tivesse lido os pensamentos de Drizzt. —E, se eles vierem do norte, terão que subir correndo para chegar até nós. Eu conheço Graul. Com números tão favoráveis, ele fará toda sua hoste investir direto pelo oeste, tentando nos derrubar de uma vez.

— Por isso as árvores — observou Drizzt com admiração. — E o conjunto da corda, da rede e das facas.

— Astuto — Montólio se congratulou. — Mas lembre-se, eu tive cinco anos para me preparar para isso. Venha comigo agora. As árvores são apenas o começo. Eu tenho tarefas para você enquanto eu termino as armadilhas das árvores.

Montólio levou Drizzt até outra toca secreta escondida por detrás de um cobertor. Lá dentro, estavam penduradas fileiras de itens estranhos de ferro, parecidos com mandíbulas de animais com uma forte corrente conectada às suas bases.

— Armadilhas — explicou Montólio. — Os caçadores de peles as colocam nas montanhas. Coisas perversas. Eu as encontro, Piante é bastante habilidoso em detectá-las, e pego. Gostaria de ter olhos para ver o caçador confuso quando ele for até elas uma semana depois!

— Esta aqui pertencia a Roddy McGristle — continuou Montólio, puxando a mais próxima. O ranger colocou-a no chão e manobrou os pés com cuidado para afastar as mandíbulas até que ficassem estáveis. — Isso deve atrasar um orc — disse Montólio, agarrando uma vara próxima e batendo com ela até acertar o êmbolo.

As mandíbulas de ferro da armadilha se fecharam, a força do golpe quebrando a vara de forma limpa e arrancando a metade restante da mão de Montólio.

— Eu tenho mais de vinte delas — disse Montólio sombriamente, se encolhendo com o som maligno das mandíbulas de ferro. — Nunca pensei em usá-las (coisas perversas), mas contra Graul e seu clã as armadilhas podem apenas amenizar alguns dos danos que causarem.

Drizzt não precisava de mais instruções. Ele levou as armadilhas até o prado ocidental, as colocou e as escondeu, e jogou as correntes a vários metros de distância. Ele colocou algumas logo do lado de dentro da parede da pedra, também, pensando que a dor que elas poderiam causar aos primeiros orcs que chegassem certamente retardaria aqueles atrás.

A essa altura, Montólio já havia acabado com as árvores; ele havia dobrado e amarrado mais de uma dúzia delas. Agora, o ranger estava em uma ponte de corda que corria de norte a sul, armando uma fileira de bestas ao longo dos apoios a oeste. Assim que estivessem armadas e carregadas, Montólio ou Drizzt poderiam apenas apertar os gatilhos, disparando enquanto passassem.

Drizzt planejou ir e ajudar, mas primeiro tinha um outro truque em mente. O drow voltou para o depósito de armas e pegou o alto e pesado ranseur que havia visto antes. Ele encontrou uma raiz resistente na área onde planejou manter sua posição e cavou um pequeno buraco atrás dela. Então, colocou a arma de metal sobre a raiz, com por volta de trinta centímetros apenas da haste sobre o buraco, e cobriu toda a parte com grama e folhas.

Ele havia acabado de terminar quando o ranger o chamou novamente.

— Isso aqui é melhor ainda — disse Montólio, abrindo seu sorriso malicioso. Ele levou Drizzt até uma tora dividida ao meio, oca, e coberta de piche para selar qualquer rachadura. — É um bom barco para quando o rio está alto e lento — explicou Montólio. — E bom para conter conhaque de Adbar — acrescentou com outro sorriso.

Drizzt, sem entender, olhou-o com curiosidade. Montólio tinha mostrado a Drizzt seus barris da bebida forte há mais de uma semana, um presente que o ranger havia recebido por alertar uma caravana de Sundabar sobre a intenção de emboscada de Graul, mas o elfo negro não viu nenhum propósito em derramar a bebida em uma tora oca.

— O conhaque de Adbar é poderoso — explicou Montólio. — Queima com mais luz do que qualquer coisa, exceto os melhores óleos.

Agora, Drizzt entendeu. Juntos, ele e Montólio levaram a tora e colocaram-na no final da única passagem a leste. Eles derramaram o conhaque dentro, então o cobriram com folhas e grama.

Quando voltaram para a ponte de corda, Drizzt viu que Montólio já havia feito os preparativos para tal fim. Uma única besta foi colocada voltada para o leste, com seu virote, já carregado, enrolado em um pano embebido em óleo e uma pederneira nas proximidades.

— Você terá que acender — explicou Montólio. — Sem Piante, não posso ter certeza e, mesmo com o pássaro, às vezes a altura do meu alvo está errada.

A luz do dia já havia praticamente desaparecido a essa altura, e a visão noturna de Drizzt logo localizou a tora dividida. Montólio tinha construído os apoios ao longo da ponte de corda muito bem e com apenas este propósito em mente, e com alguns pequenos ajustes, Drizzt tinha a arma com a mira travada em seu alvo.

As principais defesas estavam prontas, e Drizzt e Montólio estavam finalizando suas estratégias. De vez em quando, Piante ou alguma outra coruja entrava, tagarelando as notícias. Uma delas entrou com a confirmação esperada: o rei Graul e seu bando estavam em marcha.

— Você pode chamar Guenhwyvar agora — disse Montólio. — Eles chegarão esta noite.

— Burros — disse Drizzt. — A noite nos favorece. Você é cego de qualquer maneira, e não precisa da luz do dia, e eu sem dúvida prefiro a escuridão.

A coruja piou outra vez.

— A horda principal virá do oeste — disse Montólio a Drizzt com presunção — como eu disse que viriam. Dezenas de orcs, além de um gigante! Piante está vendo outro grupo menor que se separou do primeiro.

A menção do gigante causou um calafrio na espinha de Drizzt, mas ele tinha todas as intenções e um plano já definido para combater aquele lá.

— Eu quero atrair o gigante para mim — disse ele.

Montólio virou-se para ele com curiosidade.

— Vamos ver como vai ser a batalha — respondeu o ranger. — Há apenas um gigante... ou você ou eu vamos lidar com ele.

— Eu quero atrair o gigante para mim — repetiu Drizzt, com mais firmeza. Montólio não conseguiu ver o maxilar tenso do drow ou o fogo ardente nos olhos lavanda de Drizzt, mas o ranger não podia negar a determinação na voz de Drizzt.

— *Mangura bok woklok* — ele disse, e voltou a sorrir, sabendo que essa expressão estranha tinha pegado o drow de surpresa.

— *Mangura bok woklok* — Montólio repetiu. — "Imbecil cabeça-dura", numa tradução livre. Gigantes de pedra odeiam essa expressão... vão pra cima de você imediatamente.

— *Mangura bok woklok* — Drizzt falou calmamente. Ele teria que se lembrar.

Capítulo 18

A batalha do bosque de Monshi

Drizzt notou que Montólio parecia mais do que um pouco preocupado depois que Piante, de volta com mais notícias, partiu.

— A divisão das forças de Graul? — ele indagou.

Montólio assentiu, sua expressão sombria.

— Orcs montando worgs, apenas um punhado, circulando a oeste.

Drizzt olhou para além da parede da rocha, para o estreito garantido por sua calha de conhaque.

— Nós podemos detê-los — disse ele.

Ainda assim, a expressão do ranger era sombria.

— Outro grupo de worgs, vinte ou mais, vem do sul — Drizzt não deixou o medo do ranger passar quando Montólio acrescentou. — Caroak os está liderando. Nunca pensei que aquele lá iria se aliar a Graul.

— Um gigante? — Drizzt perguntou.

— Não. Lobo invernal — respondeu Montólio.

Ao ouvir as palavras, Guenhwyvar abaixou as orelhas e grunhiu com raiva.

— A pantera sabe — disse Montólio enquanto Drizzt olhava com espanto. — Um lobo invernal é uma perversão da natureza, uma praga contra criaturas que seguem a ordem natural e, portanto, inimigo de Guenhwyvar.

A pantera negra rosnou outra vez.

— É uma criatura grande — prosseguiu Montólio — e muito mais inteligente que um lobo comum. Eu já lutei contra Caroak antes. Sozinho, já poderia nos dar trabalho! Com os worgs ao seu redor, e nós ocupados lutando contra os orcs, ele conseguiria vencer.

Guenhwyvar rosnou pela terceira vez e rasgou o chão com suas grandes garras.

— Guenhwyvar vai cuidar de Caroak — observou Drizzt.

Montólio se aproximou e agarrou a pantera pelas orelhas, prendendo o olhar de Guenhwyvar com sua própria expressão sem visão.

— Cuidado com o hálito do lobo — disse o ranger. — Um cone de gelo, que irá congelar seus músculos em seus ossos. Eu vi um gigante ser derrubado por isso!

Montólio virou-se para Drizzt e sabia que o drow ostentava uma expressão preocupada.

— Guenhwyvar tem que mantê-los longe de nós até que possamos afastar Graul e seu grupo — disse o ranger —, então poderemos fazer nossos arranjos para lidar com Caroak. — ele soltou as orelhas da pantera e afagou Guenhwyvar com força no pescoço.

Guenhwyvar rugiu pela quarta vez e atravessou o bosque, como uma flecha preta apontada para o coração da desgraça.

A principal força de ataque de Graul veio, conforme esperado, do oeste, gritando e berrando e pisoteando os arbustos em seu caminho. As tropas se aproximaram em dois grupos, um em cada um dos matagais densos.

— Mire no grupo a sul! — Montólio gritou para Drizzt, em posição na ponte de corda carregada de bestas. — Nós temos amigos no outro!

Como em confirmação às palavras do ranger, o matagal a norte irrompeu de repente com gritos de orcs que soavam mais como berros aterrorizados do que como gritos de batalha. Um coro de rosnados guturais acompanhou os gritos. Algazarra, o urso, tinha respondido ao chamado de Montólio, Drizzt sabia, e pelos sons no matagal, havia trazido vários amigos.

Drizzt não iria questionar sua boa sorte. Ele se posicionou atrás da besta mais próxima e fez o primeiro virote alçar voo quando os primeiros orcs emergiram do bosque a sul. O drow correu imediatamente para a próxima da fila, disparando seus tiros em rápida sucessão. Logo abaixo, Montólio atirou algumas flechas por sobre o muro.

No súbito enxame de orcs, Drizzt não conseguia dizer quantos tiros realmente acertaram, mas eles com certeza diminuíram a velocidade da investida e dispersaram suas fileiras. Vários orcs caíam de bruços; alguns se viravam e voltavam para dentro das árvores. Mas a maior parte do grupo, e mais alguns vindo do outro matagal que correram para se juntar a eles, continuava vindo.

Montólio disparou uma última vez, e tateou seu caminho de volta para uma área protegida atrás do centro de suas armadilhas de árvores dobradas, onde estaria protegido por três lados por paredes de madeira e árvores. Com seu arco em uma mão, verificou sua espada e aproximou-se para tocar uma corda do outro lado.

Drizzt percebeu o ranger entrando em posição a seis metros abaixo dele e para o lado, e achou que esta poderia ser sua última oportunidade. Ele buscou um objeto pendurado acima da cabeça de Montólio e deixou cair um feitiço sobre ele.

Os virotes causaram um caos mínimo na tropa de orcs em investida, mas as armadilhas se mostraram mais eficazes. Primeiro um, depois outro, orc caiu nela, seus gritos se destacando em meio ao barulho da corrida. À medida que outros orcs viam a dor e o sofrimento de seus companheiros, diminuíam bastante a velocidade ou paravam de vez.

Com a agitação crescente no campo, Drizzt fez uma pausa e mirou com cuidado seu disparo final. Ele notou um orc grande, muito bem equipado, observando dos ramos mais próximos do matagal a norte. Drizzt sabia que aquele era Graul, mas sua atenção logo se deslocou para quem estava parado ao lado do rei orc.

— Droga — murmurou o drow, reconhecendo McGristle. Agora estava abalado, e moveu a besta de um lado para o outro entre os adversários. Drizzt queria atirar em Roddy, queria acabar com seu tormento pessoal, aqui e agora. Mas Roddy não era um orc, e Drizzt se viu repelido pelo pensamento de matar um ser humano.

— Graul é o alvo mais importante — disse o drow a si mesmo, mais para remover seu tormento interior do que por qualquer outro motivo. Rapidamente, antes que pudesse encontrar mais argumentos, apontou e atirou. O virote assobiou no seu trajeto, batendo no tronco de uma árvore, a apenas alguns centímetros acima da cabeça de Graul.

Roddy imediatamente agarrou o rei orc e puxou-o de volta para as sombras mais profundas. Em seu lugar veio um gigante de pedra rugindo, com uma pedra na mão.

A rocha acertou as árvores ao lado de Drizzt, sacudindo os ramos e a ponte. Um segundo projétil se seguiu imediatamente, acertando uma viga de apoio em cheio e fazendo a metade da frente da ponte cair.

Drizzt já imaginava que isso aconteceria, embora estivesse espantado e horrorizado com a estranha precisão mesmo de tão longe. Quando a metade da frente da ponte caiu abaixo dele, Drizzt saltou, se segurando em um emaranhado de ramos. Quando o drow enfim se localizou, enfrentou um novo problema. A leste, vinham os cavaleiros de worgs, brandindo tochas.

Drizzt olhou para a armadilha da tora, depois para a besta. Ela e a viga que a sustentava tinham sobrevivido ao golpe de pedra, mas o drow não podia confiar na ponte vacilante.

Os líderes do grupo principal, agora atrás de Drizzt, chegaram ao muro de pedras naquele momento. Felizmente, o primeiro orc que pulou aterrissou direto em outra das armadilhas, e seus companheiros não quiseram segui-lo de perto.

Guenhwyvar saltava ao redor e entre os muitos picos quebrados de pedra marcando a descida para o norte. A pantera ouviu os primeiros gritos de batalha distantes vindos do bosque, mas, com mais atenção, Guenhwyvar ouviu os uivos que se seguiam da matilha que se aproximava. A pantera pulou para uma borda baixa e esperou.

Caroak, o enorme monstro canino prateado, liderava a investida. Focado no bosque distante, o lobo invernal foi completamente surpreendido quando Guenhwyvar caiu sobre ele, arranhando e rasgando violentamente.

Tufos de pelo prateado voavam sob o ataque. Ganindo, Caroak mergulhou em um rolamento lateral. Guenhwyvar se manteve sobre o lobo como um lenhador de pé sobre um tronco na água, cortando e rasgando a cada golpe. Mas Caroak era um lobo velho e sábio, um veterano de centenas de batalhas. Enquanto o monstro rolava, uma explosão de gelo veio na direção da pantera.

Guenhwyvar esquivou-se, tanto da geada quanto da investida de vários worgs. Porém, a explosão de frio pegou a pantera na lateral do rosto, adormecendo o queixo de Guenhwyvar. A perseguição agora estava de volta, com Guenhwyvar pulando e caindo ao redor da matilha, e os worgs, e um Caroak irritado, tentando morder a pantera.

O tempo estava acabando para Drizzt e Montólio. Acima de tudo, o drow sabia que deveria proteger seu flanco traseiro. Em movimentos síncronos, Drizzt tirou as botas, pegou a pederneira com uma mão, colocou um pedaço de aço na boca e saltou para um ramo que o levaria para a besta solitária.

Ele estava acima dela um momento depois. Se segurando com uma mão, bateu a pederneira. Faíscas rolaram, perto do alvo. Drizzt bateu de novo, repetidas vezes, e, por fim, uma faísca atingiu os trapos encharcados com óleo na ponta do virote o suficiente para engolfá-la em chamas.

Em seguida, o drow não teve tanta sorte. Se balançou e retorceu, mas não conseguia aproximar o pé do gatilho.

Montólio não podia ver nada, é claro, mas entendia bem a situação geral. Ouviu os worgs que se aproximavam na parte de trás do bosque e sabia que aqueles na frente tinham passado pela parede. Ele enviou outro tiro de arco através da espessa copa de árvores dobradas, apenas para medir a distância, e piou alto três vezes.

Em resposta, um grupo de corujas saiu dos pinheiros, atacando os orcs ao longo da parede da rocha. Como as armadilhas, os pássaros só podiam causar um dano real mínimo, mas a confusão ganhou um pouco mais de tempo para os defensores.

Nessa altura do combate, a única vantagem clara para os defensores do bosque estava no matagal a norte, onde Algazarra e três de seus mais próximos e maiores amigos ursos tinham derrubado uma dezena de orcs e feito mais uns vinte fugirem correndo às cegas. Um orc, fugindo de um urso, virou ao redor de uma árvore e quase esbarrou em Algazarra. O orc ainda teve bom senso o suficiente para empurrar a lança à frente, mas a criatura não tinha a força necessária para conduzir a arma tosca através da pele espessa de Algazarra, que respondeu com um golpe pesado que lançou a cabeça do orc voando pelas árvores.

Outro grande urso passou por perto, com seus enormes braços cruzados. A única pista de que o urso segurava um orc em seu abraço esmagador eram os pés do orc, que pendiam e chutavam descontrolados abaixo do monte de pelos que o engolfavam.

Algazarra viu outro inimigo, menor e mais rápido que um orc. O urso rugiu e atacou, mas a diminuta criatura já havia desaparecido antes que chegasse perto.

Tephanis não tinha nenhuma intenção de se juntar à batalha. Ele tinha vindo com o grupo ao norte principalmente para se manter fora da visão de Graul, e tinha planejado o tempo todo permanecer nas árvores e aguardar o fim da luta. As árvores já não pareciam mais seguras, então o sprite correu, na intenção de adentrar o matagal a sul.

No meio do caminho, os planos do sprite foram frustrados outra vez. Sua velocidade imensa quase o fez passar direto pela armadilha antes que as mandíbulas de ferro se fechassem, mas os dentes perversos pegaram seu pé. O tranco subsequente roubou seu fôlego e o deixou atordoado, caído de bruços na grama.

Drizzt sabia o quão revelador seria esse pequeno fogo no virote, então não ficou surpreso quando outra rocha foi lançada pelo gigante. Ela atingiu o galho em que Drizzt se segurava, e, com uma série de estalos, o galho se dobrou ainda mais.

Drizzt enganchou a besta com o pé enquanto caía, e ativou o gatilho imediatamente, antes que a arma fosse desviada demais. Então manteve sua posição obstinadamente e observou.

O virote ardente alcançou a escuridão além da parede de pedras a leste. Lá, derrapou baixo, saltando faíscas sobre a grama alta, depois acertou na lateral — no lado de fora — da tora cheia de conhaque.

A primeira metade dos cavaleiros de worg atravessou a armadilha, mas os três restantes não tiveram tanta sorte, se aproximando no momento em que as chamas lamberam acima da lateral da embarcação. O conhaque e as chamas saltaram enquanto os cavaleiros atravessavam. Worgs e orcs caíram na grama alta, criando outros focos de incêndio.

Aqueles que já haviam passado se viraram de repente na direção do fulgor repentino. Um cavaleiro orc foi lançado do lombo de seu worg, caindo sobre sua própria tocha, e os outros dois mal se mantiveram em seus assentos. Acima de tudo, os worgs odiavam o fogo, e a visão de três dos seus rolando no chão, bolas de pelo e chamas, fez pouco para fortalecer sua determinação para a batalha.

Guenhwyvar tinha chegado a uma pequena área nivelada dominada por um único bordo. Se alguém estivesse assistindo a corrida da pantera teria piscado com incredulidade, perguntando-se se o tronco da árvore vertical não era na verdade um tronco caído, tamanha a velocidade de Guenhwyvar ao subir nele.

A matilha de worgs veio logo depois, farejando ao redor, certos de que a gata estava acima da árvore, mas incapaz de discernir a forma negra de Guenhwyvar entre os galhos escuros.

Mas a pantera se revelou logo, voltando a cair com força nas costas do lobo invernal, desta vez tomando o cuidado de travar sua mandíbula na orelha de Caroak.

O lobo invernal se debatia e gania enquanto as garras de Guenhwyvar faziam seu trabalho. Caroak conseguiu se virar e Guenhwyvar ouviu a respiração aguda, igual à que precedeu a explosão de gelo anterior.

Os músculos pesados do pescoço de Guenhwyvar se flexionaram, forçando as mandíbulas abertas de Caroak para o lado. O sopro maligno saiu de qualquer maneira, acertando três worgs que investiam direto no focinho.

Os músculos de Guenhwyvar de repente se flexionaram mais uma vez, e a pantera ouviu o pescoço de Caroak estalar. O lobo invernal caiu direto, com Guenhwyvar ainda sobre ele.

Aqueles três worgs mais próximos de Guenhwyvar, os três que haviam sido atingidos pelo sopro gelado de Caroak, não representavam ameaça. Um estava caído de lado, ofegante, tentando inalar algum ar, que não se movia dentro de seus pulmões congelados, outro girava em círculos apertados, totalmente cego, e o último permaneceu perfeitamente imóvel, olhando para as pernas dianteiras, que, por algum motivo, não o obedeciam.

O resto da matilha, porém, com quase vinte worgs fortes, se aproximou organizada, cercando a pantera em um círculo mortal. Guenhwyvar olhou ao redor em busca de uma rota de fuga, mas os worgs chegaram sem pressa, não deixando nenhuma abertura.

Eles trabalharam em harmonia, ombro a ombro, apertando o círculo.

Os orcs brotaram sobre o emaranhado de árvores dobradas, procurando por algum caminho através delas. Alguns começaram a fazer algum progresso, mas toda a armadilha estava interconectada, e qualquer uma das dúzias de fios no chão levariam todos os pinheiros a se desdobrar.

Então, um dos orcs encontrou a rede de Montólio, da maneira mais difícil. Ele tropeçou sobre uma corda, caiu de bruços na rede, e foi puxado para cima, levando um dos companheiros ao seu lado. Nenhum deles poderia ter imaginado o quão melhor estavam do que aqueles que haviam deixado para trás, principalmente o orc que, sem suspeitar, acionou as cordas com as facas. Quando as árvores subiram, a armadilha diabólica surgiu, estripando a criatura e levantando-a sobre os calcanhares no ar.

Até mesmo aqueles orcs que não foram pegos pelas armadilhas secundárias não se deram bem. Os ramos emaranhados, eriçados com agulhas de pinheiros espinhosos, dispararam sobre eles, jogando alguns longe e causando coceira e desorientando os outros.

Pior ainda para os orcs, Montólio usou o som das árvores se desdobrando como sinal para abrir fogo. Flecha atrás de flecha cruzava as árvores, a maioria atingindo seu alvo. Um orc levantou sua lança para atirar, então foi atingido por uma flecha no rosto e outra no peito. Outro se virou e fugiu, gritando freneticamente "Magia ruim!"

Para aqueles que cruzavam a parede de pedra, o orc aos brados parecia voar, seus pés chutando acima do chão. Seus companheiros assustados entenderam quando o orc desmoronou no chão, com a pena de uma flecha trêmula em suas costas.

Drizzt, ainda em seu tênue poleiro, não teve tempo de se maravilhar com a execução eficiente dos planos bem colocados de Montólio. A oeste, o gigante estava vindo e, do outro lado, os dois cavaleiros de worg restantes se recuperaram o suficiente para retomar suas investidas, com as tochas em punho.

✦

O círculo dos worgs rosnando se apertou. Guenhwyvar podia sentir o cheiro fedorento do hálito deles. A pantera não poderia atacar através das fileiras espessas, nem poderia pular sobre eles rápido o bastante para fugir.

Guenhwyvar encontrou outra rota. As patas traseiras pisotearam o corpo ainda agonizante de Caroak e a pantera se atirou direto no ar, a mais de seis metros. Guenhwyvar pegou o ramo mais baixo do bordo com suas garras dianteiras, enganchou-se e puxou-se para cima. Então a pantera desapareceu nos ramos, deixando a matilha frustrada uivando e rosnando.

Guenhwyvar reapareceu em seguida, saindo pela lateral e pousando no chão, logo antes da matilha retomar a perseguição. Nessas últimas semanas, a pantera tinha passado a conhecer muito bem o terreno local, e agora Guenhwyvar sabia muito bem para onde levar os lobos.

Eles correram ao longo de uma escarpa, com um vazio escuro e inquietante no flanco esquerdo. Guenhwyvar marcou bem as rochas e as poucas árvores dispersas. A pantera não podia ver o banco oposto do abismo e tinha que confiar plenamente em sua memória. Incrivelmente rápida, Guenhwyvar girou de repente e saltou para a noite, descendo levemente através do caminho largo e acelerando em direção ao bosque. Os worgs teriam um salto longo — longo demais para a maioria deles — ou um longo caminho de volta se quisessem segui-la.

Eles avançaram rosnando e arranhando o chão. Um parou na beirada e fez menção de tentar um salto, mas uma flecha apareceu em seu flanco e acabou com sua determinação.

Worgs não eram criaturas estúpidas, e a visão da flecha os colocou na defensiva. As flechas vindas de Kellindil e dos seus parentes foi mais do que eles esperavam. Dezenas delas mergulharam, tombando vários worgs. Apenas alguns escaparam daquela saraivada, e eles logo se espalharam para os cantos da noite.

Drizzt convocou outro truque mágico para deter os portadores das tochas. O fogo das fadas, chamas dançantes inofensivas, apareceu de repente abaixo das chamas da tocha, rolando pelo instrumento de madeira até lamber as mãos dos orcs. O fogo das fadas não queimava — sequer era quente —, mas quando os orcs viram chamas engolindo suas mãos, estavam longe de ser racionais.

Um deles jogou a tocha longe, e o movimento custou-lhe a montaria. Ele caiu na grama, e o worg virou-se outra vez e grunhiu em frustração.

O outro orc simplesmente deixou cair sua tocha, que caiu sobre a cabeça da sua montaria. As faíscas e as chamas irromperam sobre os pelos grossos do worg, ferindo os olhos e as orelhas, e a fera ficou louca. Ele caiu e rolou no chão de cabeça, se jogando direto sobre o orc assustado.

O orc cambaleou até se levantar, atordoado e machucado e mantendo os braços abertos como se estivesse pedindo desculpas. No entanto, o worg chamuscado não estava interessado em ouvir desculpa alguma. Ele saltou de imediato e travou suas poderosas mandíbulas no rosto do orc.

Drizzt não viu nada daquilo. O drow só podia esperar que seu truque tivesse funcionado, porque, assim que lançou o feitiço, ele soltou seu pé da besta e deixou o galho destruído levá-lo até o chão.

Dois orcs, enfim vendo um alvo, correram até o drow quando ele aterrissou, mas, assim que as mãos de Drizzt estavam livres do galho, elas sacaram suas cimitarras.

Os orcs se aproximaram, sem suspeitar de nada, e Drizzt, com um movimento com as armas para os lados, os cortou. O drow passou por mais outros invasores espalhados enquanto abria caminho para o local preparado. Um sorriso sombrio encontrou seu rosto quando por fim sentiu o eixo metálico do ranseur sob seus pés descalços. Ele se lembrou dos gigantes em Maldobar que mataram a família inocente, e se consolou que agora mataria outro de seus parentes doentios.

— *Mangura bok woklok*! — Drizzt gritou, colocando um pé no ponto de apoio da raiz e o outro na ponta da arma escondida.

Montólio sorriu quando ouviu o chamado do drow, ganhando confiança na proximidade de seu poderoso aliado. Seu arco soou mais algumas vezes, mas o ranger sentiu que os orcs estavam chegando até ele de forma indireta, usando as árvores grossas como cobertura. O ranger esperou, usando a si mesmo de isca. Então, pouco antes de o cercarem, Montólio deixou cair o arco, sacou a espada e cortou a corda ao seu lado, logo abaixo de um enorme nó. A corda arrebentada enrolou-se no ar, o nó se prendendo em uma bifurcação em um galho mais baixo, e o escudo de Montólio, aprimorado sob o efeito de um dos feitiços de escuridão de Drizzt, caiu dependurado com precisão na altura certa para receber o braço à espera do ranger.

A escuridão não fazia muita diferença para o ranger cego, mas os poucos orcs que vieram na direção de Montólio encontraram-se em uma posição precária. Eles se empurravam e balançavam de forma selvagem — um acertou seu próprio irmão — enquanto Montólio calmamente resolveu a luta e voltou ao trabalho metódico. Em questão de um minuto, quatro dos cinco que entraram ali estavam mortos ou morrendo e o quinto tinha fugido.

Longe de estar saciado, o ranger e sua bola portátil de escuridão seguiram, procurando por vozes ou sons que o levariam a mais orcs. Mais uma vez veio o grito que fez Montólio sorrir.

— *Mangura bok woklok!* — Drizzt gritou novamente. Um orc atirou uma lança, da qual o drow desviou. O orc distante estava agora desarmado, mas Drizzt não o perseguiria, mantendo sua posição com determinação.

— *Mangura bok woklok!* — Drizzt gritou de novo. — Vem, seu imbecil cabeça-dura! — Desta vez, o gigante, aproximando-se da parede na direção de Montólio, ouviu as palavras. O monstro enorme hesitou um momento, olhando o drow com curiosidade.

Drizzt não perdeu a oportunidade:

— *Mangura bok woklok*!

Com um rosnado e um pisão que sacudiram a terra, o gigante chutou um buraco no muro de pedra e caminhou em direção a Drizzt.

— *Mangura bok woklok*! — Drizzt repetiu só pra garantir, arrumando os pés para ficarem no ângulo certo.

O gigante começou a correr desenfreado, espalhando orcs aterrorizados à sua frente e batendo sua pedra e seu porrete um no outro com raiva. Ele cuspiu mil maldições em Drizzt naqueles poucos segundos, palavras que o drow nunca decifraria. Com três vezes a altura do drow e muitas vezes seu peso, o gigante se jogou sobre Drizzt, e, em sua pressa, pareceu mesmo que enterraria Drizzt onde ele estava calmamente parado.

Quando o gigante estava a apenas dois longos passos, totalmente comprometido com seu curso de colisão, Drizzt deixou cair todo peso em seu pé traseiro. A haste da ranseur caiu no buraco. Sua ponta subiu.

Drizzt saltou para trás no momento em que o gigante se chocou contra o ranseur. A ponta da arma e as farpas recurvadas desapareceram na barriga do gigante, e foram para cima através de seu diafragma, direto para o seu coração e pulmões. A haste metálica se curvou e pareceu que iria quebrar quando sua extremidade traseira afundou quase meio metro.

A ranseur aguentou, e o gigante foi parado. Ele largou o seu porrete e sua pedra, alcançou impotente a haste de metal com mãos que já não tinham mais força para segurá-la. Seus olhos imensos se arregalaram em negação, em terror e em absoluta surpresa. A grande boca escancarou-se e se contorceu estranhamente, mas não conseguia sequer achar fôlego para gritar.

Drizzt, também, quase gritou, mas segurou as palavras antes de proferi-las.

— Incrível — disse, olhando para trás para onde Montólio estava lutando, porque o grito que quase bradou foi um louvor à deusa

Mielikki. Drizzt sacudiu a cabeça impotente e sorriu, atordoado pelas percepções apuradas de seu companheiro não tão cego.

Com esses pensamentos na cabeça e uma sensação de certeza em seu coração, Drizzt acompanhou a haste e cortou a garganta do gigante com ambas as armas. Ele continuou, pisando no ombro e na cabeça do gigante e pulando em direção a um grupo de orcs que observava, gritando durante o percurso.

A visão do gigante, que os humilhava, tremendo e ofegante, já havia enervado os orcs, mas quando o tal monstro drow de pele de ébano e olhar selvagem saltou sobre eles, os orcs abandonaram a posição por completo. O ataque de Drizzt levou-o até os dois mais próximos, e ele sem demora os cortou e continuou seu ataque.

Seis metros à esquerda do drow, uma bola de escuridão rolou para fora das árvores, levando uma dúzia de orcs amedrontados diante dela. Os orcs sabiam que entrar nesse mundo impenetrável era cair no alcance do eremita cego e morrer.

Dois orcs e três worgs, tudo o que restava dos que carregavam as tochas, reagruparam-se e foram em silêncio em direção à borda leste do bosque. Se pudessem chegar por trás do inimigo, eles acreditavam que a batalha ainda poderia ser vencida.

O orc mais ao norte nunca viu a forma negra correndo. Guenhwyvar o derrubou e continuou correndo, confiante de que aquele nunca mais voltaria a se levantar.

Um worg era o próximo da fila. Mais rápido para reagir do que o orc, o worg girou e encarou a pantera, com presas à mostra e mandíbulas batendo.

Guenhwyvar rosnou, se abaixando logo diante dele. Suas garras foram se alternando em uma série de bofetadas. O worg não conseguiu igualar a velocidade da gata. Ele balançou as mandíbulas de um lado para o outro, sempre um momento muito tarde para apanhar as patas velozes. Depois de apenas cinco tapas, o worg foi derrotado. Um olho tinha fechado para sempre, sua língua, meio rasgada, se pendurava impotente de um lado de sua boca, e sua mandíbula inferior já não estava alinhada com a superior. Apenas a presença de outros alvos salvou o worg, porque quando ele se virou e fugiu pelo mesmo caminho que tinha vindo, Guenhwyvar, vendo presas mais próximas, não o seguiu.

Drizzt e Montólio haviam espantado a maior parte da força invasora de volta ao muro de pedra. "Mágica ruim!" veio o grito geral dos orcs, com as vozes marcadas pelo desespero. Piante e as outras corujas ajudaram no frenesi crescente, se jogando de repente nos rostos dos orcs, beliscando com uma garra ou bico, e voltando aos céus. Ainda assim, outro orc descobriu uma das armadilhas enquanto tentava fugir. Ele caiu uivando e gritando, seus gritos apenas aumentando o terror dos companheiros.

— Não! — Roddy McGristle gritou com descrença. — Você deixou dois cara derrotar toda sua força!

O olhar de Graul se instalou no homem corpulento.

— Nós podemos fazer com que voltem — disse Roddy. — Se te verem, vão voltar pra a luta.

A avaliação do homem da montanha não estava errada. Se Graul e Roddy tivessem feito sua entrada, os orcs, então, ainda em mais de cinquenta, poderiam se reagrupar. Com a maioria de suas armadilhas utilizadas, Drizzt e Montólio ficariam em uma situação bem desagradável! Mas o rei orc havia visto outro problema surgindo a norte e havia decidido, apesar dos protestos de Roddy, que o velho e o elfo negro simplesmente não valiam o esforço.

A maioria dos orcs no campo ouviu o perigo mais novo antes de vê-lo, uma vez que Algazarra e seus amigos eram um grupo barulhento. O maior obstáculo que os ursos encontraram à medida que rolavam pelas fileiras dos orcs era apenas escolher um alvo no meio daquela corrida enlouquecida. Os ursos golpeavam os orcs enquanto passavam por eles, então os perseguiam no bosque e além, até seus buracos na beira do rio. Era o meio da primavera; o ar estava carregado de energia e animação, e como esses ursos brincalhões adoravam bater em orcs!

Toda a horda de corpos apressados passou direto pelo célere caído. Quando Tephanis acordou, descobriu que ele era o único vivo no campo cheio de sangue.

Grunhidos e gritos brotaram do oeste, o bando em fuga e os sons de batalha ainda soavam no bosque do ranger. Tephanis sabia que seu papel na batalha, por menor que tenha sido, acabara. Uma dor imensa subia pela perna do sprite, mais dor do que jamais sentira. Ele olhou para seus pés rasgados e, para seu horror, percebeu que a única saída possível da armadilha perversa era completar o horrendo corte, perder a ponta de seu pé e os cinco dedos no processo. Não era um trabalho difícil — o pé estava pendurado por um fino pedaço de pele — e Tephanis não hesitou, temendo que o drow saísse a qualquer momento e o encontrasse.

O célere sufocou seu grito e cobriu a ferida com sua camisa rasgada, depois avançou lentamente para dentro das árvores.

O orc se arrastou silencioso, feliz por ter quaisquer sons abafados pelos ruídos da luta entre a pantera e um worg. Todos os pensamentos de matar o velho ou o drow haviam fugido deste orc; ele vira seus companheiros perseguidos por um bando de ursos. Agora, o orc só queria encontrar uma saída, e não era algo fácil no espesso e baixo emaranhado de ramos de pinheiro.

Ele pisou em algumas folhas secas quando entrou em uma área limpa e congelou ante o estalo barulhento. O orc olhou para a esquerda, depois lentamente voltou para a direita. De repente, saltou e girou, esperando um ataque da retaguarda. Mas estava tudo vazio pelo que podia notar e, exceto pelos rosnados da pantera e ganidos dos worgs, silencioso. O orc soltou um profundo suspiro de alívio e procurou a trilha mais uma vez.

Então parou de repente por instinto e virou a cabeça para trás para olhar. Uma forma escura estava agachada em um galho logo acima de sua cabeça, e o brilho prateado disparou antes que o orc pudesse começar a reagir. A curva da lâmina da cimitarra revelou-se perfeita para deslizar ao redor do queixo do orc e mergulhar na sua garganta.

O orc ficou imóvel, com os braços abertos e convulsionando, e tentou gritar, mas sua laringe estava destruída. A cimitarra saiu rapidamente e o orc caiu pra trás, nos braços da morte.

Não tão longe, outro orc enfim se soltou da rede em que estava pendurado e apressado libertou seu amigo. Os dois, enfurecidos e não tão ansiosos para fugir sem uma briga, caminharam em silêncio.

— No escuro — o primeiro explicou quando passaram por uma moita e encontraram a paisagem obscurecida por um globo impenetrável. — No fundo.

Juntos, os orcs levantaram suas lanças e jogaram, grunhindo selvagens com isso. As lanças desapareceram no globo de escuridão, bem no centro, uma batendo em um objeto metálico, mas a outra atingindo algo mais macio.

Os gritos de vitória dos orcs foram cortados por duas notas de uma corda de arco. Uma das criaturas caiu para a frente, morta antes mesmo de atingir o chão, mas a outra, obstinada em se manter de pé, conseguiu olhar para o peito, para a pena protuberante de uma flecha. Ele viveu por tempo o suficiente para ver Montólio passar sem pressa e desaparecer na escuridão para recuperar seu escudo.

Drizzt observou o velho à distância, balançando a cabeça e refletindo.

※

— Acabou — o batedor elfo contou aos outros quando os alcançou entre os pedregulhos ao sul do bosque de Montólio.

— Eu não estou tão certo — respondeu Kellindil, olhando para o oeste e ouvindo os ecos de rosnados de urso e gritos de orcs. Kellindil suspeitava que algo além de Graul estava por trás desse ataque e, se sentindo um pouco responsável pelo drow, queria saber o que poderia ser.

— O ranger e drow ganharam o bosque — explicou o batedor.

— Concordo — disse Kellindil. — E assim o papel de vocês terminou. Voltem, todos, para o acampamento.

— Você vai se juntar a nós? — perguntou um dos elfos, embora já tivesse adivinhado a resposta.

— Se o destino assim desejar — respondeu Kellindil. — Por enquanto, tenho outros assuntos a tratar.

Os outros não questionaram Kellindil. Raramente ele chegava à região deles e nunca permanecia por muito tempo. Kellindil era um aventureiro; a estrada era seu lar. Ele partiu de vez, correndo para alcançar os orcs que fugiam, então se emparelhando com seus movimentos.

※

— Cê deixou dois deles te derrotar! — Roddy se queixou quando ele e Graul tiveram um momento para recuperar o fôlego. — Dois!

A resposta de Graul veio no balanço de um porrete pesado. Roddy bloqueou parte do golpe, mas seu peso o jogou para trás.

— Cê vai pagar por isso! — o homem da montanha rosnou, arrancando Sangrador do cinto. Uma dúzia de servos de Graul apareceu ao lado do rei orc e ele de repente entendeu a situação.

— Cê nos trouxe a ruína! — Graul gritou irritado para Roddy. Então, para seus orcs, gritou — Mata!

O cachorro de Roddy tropeçou até chegar mais perto do grupo e Roddy não esperou que os outros o alcançassem. Ele se virou e correu para o meio da noite, usando cada truque que conhecia para conseguir distância do bando que o perseguia.

Seus esforços logo tiveram sucesso — os orcs não queriam mais batalhas naquela noite — e Roddy deveria ter sido esperto o bastante para não ficar olhando para trás.

Ele ouviu um farfalhar à sua frente e se virou bem a tempo de pegar a empunhadura de uma espada direto com o rosto. O peso do golpe, multiplicado pelo próprio impulso de Roddy, fez o homem da montanha cair inconsciente no chão.

— Não estou surpreso — disse Kellindil sobre o corpo caído.

Capítulo 19

Caminhos distintos

OITO DIAS NÃO HAVIAM FEITO NADA PARA ALIVIAR a dor no pé de Tephanis. O sprite andava o melhor que podia, mas sempre que tentava correr, inevitavelmente se inclinava para um lado e se chocava contra um arbusto, ou pior, o tronco duro de uma árvore.

— Pode-por-favor-parar-de-rosnar-pra-mim, cachorro-idiota!? — Tephanis brigou com o cão amarelo com quem havia estado desde o dia seguinte à batalha. Nenhum dos dois se sentia confortável perto um do outro. Tephanis muitas vezes lamentava que o vira-latas feio não fosse de forma alguma parecido com Caroak.

Mas Caroak estava morto; o célere tinha encontrado o corpo rasgado do lobo invernal. Outro companheiro se fora, e agora o sprite estava sozinho outra vez.

— Sozinho-exceto-por-você, cachorro-estúpido — lamentou.

O cachorro mostrou os dentes e grunhiu.

Tephanis queria cortar sua garganta, queria correr para cima e para baixo ao longo do animal sarnento, cortando e rasgando a cada centímetro. Ele viu o sol descendo bem no céu, e sabia que o animal tinha boas chances de se mostrar valioso.

— Hora-de-ir! — o célere proclamou. Mais rápido do que o cão poderia reagir, Tephanis se lançou sobre ele, agarrou a corda pendurada no pescoço do cachorro e amarrou três circuitos completos ao redor de uma árvore próxima. O cão foi atrás dele, mas Tephanis facilmente se manteve fora de alcance, até que a corda se esticou, mantendo o cão à distância.

— Já-volto, criatura-estúpida!

Tephanis correu ao longo das trilhas da montanha, sabendo que a noite talvez fosse sua última chance. As luzes de Maldobar queimavam à distância, mas era uma luz diferente, uma fogueira que guiava o célere. Ele chegou no pequeno acampamento apenas alguns minutos depois, feliz por ver que o elfo não estava por perto.

Ele encontrou Roddy McGristle sentado na base de uma enorme árvore, com seus braços presos atrás dele e seus pulsos amarrados ao redor de uma árvore. O homem da montanha parecia uma coisa miserável — tão miserável quanto o cão —, mas Tephanis estava sem opções. Ulgulu e Kempfana estavam mortos, Caroak estava morto, e Graul, após o desastre no bosque, tinha chegado ao ponto de colocar uma recompensa pela cabeça do célere.

Então, sobrou apenas Roddy — não seria sua primeira escolha, mas Tephanis não tinha vontade de sobreviver por conta própria de novo. Ele acelerou, despercebido, pela parte de trás da árvore e sussurrou na orelha do homem da montanha.

— Você-estará-em-Maldobar-amanhã.

Roddy congelou com a voz inesperada e estridente.

— Você estará em Maldobar amanhã — repetiu Tephanis, tão devagar quanto conseguia.

— Vai embora — Roddy rosnou, achando que o sprite o estava provocando.

— Você-deveria-ser-mais-gentil-comigo, ah-deveria-sim! — Tephanis rebateu. — O-elfo-quer-te-prender, você-sabe-né? Por-crimes--contra-o-ranger-cego.

— Cala sua boca — grunhiu McGristle, mais alto do que pretendia.

— O que você está fazendo? — veio o grito de Kellindil de não tão longe.

— Pronto. Você-conseguiu, homem-besta! — Tephanis sussurrou.

— Eu falei procê ir embora! — Roddy respondeu.

— Eu-posso. E-então, aonde-você-iria-parar? Na-prisão? — Tephanis disse com raiva. — Eu-posso-ajudar-você-agora-se-você-quiser-minha-ajuda.

Roddy estava começando a entender.

— Desamarra minhas mão — ele ordenou.

— Elas-já-estão-desamarradas — Tephanis respondeu, e Roddy percebeu que as palavras do sprite eram verdadeiras. Começou a se levantar, mas mudou de ideia quando Kellindil entrou no acampamento.

— Fica-parado — informou Tephanis. — Eu-vou-distrair-seu-captor — Tephanis saiu enquanto falava e Roddy ouviu apenas um murmúrio ininteligível. Ele manteve as mãos atrás dele, porém, sem pensar em mais nada a fazer com o elfo muito bem armado se aproximando.

— Nossa última noite na estrada — observou Kellindil, deixando cair perto do fogo o coelho que tinha caçado para ser sua refeição. Ele foi para a frente de Roddy e curvou-se. — Vou mandar uma carta à Senhora Garra de Falcão assim que chegarmos a Maldobar — disse. — Ela considera Montólio DeBrouchee um amigo, e estará interessada em saber o que aconteceu no bosque.

— O que cê sabe? — Roddy cuspiu para ele. — O ranger também era um amigo meu.

— Se você é um amigo do rei orc Graul, então você não é amigo do ranger no bosque — retrucou Kellindil.

Roddy não teve nenhuma refutação imediata, mas Tephanis forneceu uma. Um som de zumbido veio por trás do elfo e Kellindil, deixando uma mão cair sobre a espada, girou.

— Que tipo de ser você é? — perguntou ao célere, com os olhos arregalados de espanto.

Kellindil nunca soube a resposta, porque Roddy apareceu de repente por trás dele, derrubando-o no chão. Kellindil era um lutador experiente, mas não chegava perto de superar o braço forte de Roddy McGristle. As mãos enormes e sujas de Roddy se fecharam na garganta delgada do elfo.

— Estou-com-seu-cachorro — Tephanis disse a Roddy quando ele terminou o que tinha que fazer. — Amarrado-em-uma-árvore.

— Quem é você? — Roddy perguntou, tentando esconder sua exaltação, tanto pela liberdade quanto pelo conhecimento de que seu cachorro ainda vivia. — E o que cê quer comigo?

— Eu-sou-uma-criatura-pequena, como-pode-ver — explicou Tephanis. — Eu-gosto-de-ter-amigos-grandes.

Roddy parou para pensar na oferta por um momento.

— Bem, cê merece — ele disse com uma risada. Ele encontrou Sangrador, seu machado, entre os pertences do elfo morto e levantou-se com uma expressão sombria. — Vem comigo, então. Bora voltar pras montanha. Tenho um drow pra apagar.

Uma expressão azeda cruzou as feições delicadas do célere, mas Tephanis a escondeu antes que Roddy percebesse. Tephanis não queria chegar perto do bosque do ranger cego. Além do fato de o rei orc ter colocado uma recompensa por sua cabeça, ele sabia que os outros elfos poderiam desconfiar de algo se Roddy aparecesse sem Kellindil. Mais do que isso, Tephanis sentiu sua cabeça e seu pé doerem ainda mais ante a ideia de encarar o elfo negro novamente.

— Não! — o sprite deixou escapar. Roddy, não acostumado a ser desobedecido, olhou-o ameaçador.

— Não-é-necessário — Tephanis mentiu. — O-drow-está-morto. Um-worg-matou.

Roddy não parecia convencido.

— Eu-já-te-levei-ao-drow-uma-vez — Tephanis lembrou-lhe.

Roddy estava muito desapontado, mas já não duvidava do célere. Se não fosse por Tephanis, Roddy sabia, nunca teria localizado Drizzt e estaria a mais de 160 quilômetros de distância, fuçando a Caverna de Morueme e gastando todo o seu ouro em mentiras de dragões.

— E o ranger cego? — Roddy perguntou.

— Ele-vive, mas-deixe-ele-vivo — respondeu Tephanis. — Muitos-amigos-poderosos-se-juntaram-a-ele. — ele dirigiu o olhar de Roddy para o corpo de Kellindil. — Elfos, muitos-elfos.

Roddy concordou com a cabeça. Ele não tinha nenhum rancor verdadeiro contra Monshi e não tinha vontade de enfrentar os parentes de Kellindil.

Eles enterraram Kellindil e todos os suprimentos que não podiam levar, encontraram o cachorro de Roddy e partiram mais tarde naquela mesma noite para as grandes terras a oeste.

De volta ao bosque de Monshi, o verão passou de forma pacífica e produtiva, com Drizzt conhecendo os caminhos e métodos de um ranger com ainda mais facilidade do que Montólio, já otimista, havia imaginado. Drizzt aprendeu o nome de cada árvore ou arbusto na região, e de cada animal — e mais importante: aprendeu a aprender, a observar as pistas que Mielikki lhe dava. Quando encontrava um animal que havia encontrado antes, descobriu que apenas observando seus movimentos e ações, poderia discernir rapidamente sua intenção, comportamento e humor.

— Vá e sinta o pelo da cauda — Montólio sussurrou para ele um dia no crepúsculo cinza e pálido. O velho ranger apontou para um campo, para a linha das árvores e para o movimento branco de uma cauda de cervo. Mesmo na luz fraca, Drizzt tinha dificuldades em ver o cervo, mas sentiu sua presença, como Montólio obviamente havia sentido.

— Ele vai deixar? — Drizzt sussurrou. Montólio sorriu e deu de ombros. Drizzt se esgueirou silencioso, seguindo as sombras ao longo da borda do prado. Ele escolheu uma aproximação pelo norte, a favor do vento, mas para chegar a norte do veado, teria que vir a leste. Reconheceu seu erro quando estava a dez metros do cervo. O animal levantou a cabeça de repente, farejou, e sacudiu sua cauda branca.

Drizzt congelou e esperou por um longo momento enquanto o cervo retomava seu pasto. A criatura esquiva estava em alerta agora, e assim que Drizzt tomou outro passo medido, o cervo correu para longe.

Mas não antes de Montólio, chegando pelo sul, aproximar-se o suficiente para acariciar seu traseiro enquanto corria.

Drizzt piscou com espanto.

— O vento me favorecia! — reclamou com o ranger convencido.

Montólio sacudiu a cabeça.

— Somente nos últimos vinte metros, quando você veio ao norte do cervo — ele explicou. — O oeste era melhor que o leste até então.

— Mas você não conseguiu chegar ao norte do veado pelo oeste — disse Drizzt.

— Eu não precisava — respondeu Montólio. — Tem uma ribanceira alta lá atrás. — Ele apontou para o sul. — Ela corta o vento nesse ângulo... e gira de volta.

— Eu não sabia.

— Você tem que saber — disse Montólio levemente. — Esse é o truque. Você tem que ver como um pássaro e olhar para toda a região antes de escolher o seu curso.

— Eu não aprendi a voar — respondeu Drizzt sarcástico.

— Nem eu! — rugiu o velho ranger. — Olhe acima de você.

Drizzt estreitou os olhos quando os voltou para o céu cinzento. Ele notou uma forma solitária, deslizando com suavidade usando grandes asas abertas para pegar a brisa.

— Um falcão — disse o drow.

— Seguiu a brisa do sul — explicou Montólio —, então inclinou-se para o oeste, sobre as correntes que se quebraram ao redor da ribanceira.

Se você tivesse observado seu voo, você poderia ter suspeitado da mudança no terreno.

— Isso é impossível — Drizzt disse impotente.

— É? — Montólio perguntou, e começou a se afastar para esconder o sorriso. Era claro que o drow estava correto; não se podia dizer a topografia de um terreno pelos padrões de voo de um falcão. Montólio tinha descoberto sobre o vento que se deslocava com uma certa coruja furtiva que tinha falado com o ranger assim que Drizzt começou a andar pelo prado, mas Drizzt não precisava saber disso. Deixe o drow acreditar na lorota por um tempo, o velho ranger decidiu. A reflexão, repassando tudo o que aprendeu, seria uma lição valiosa.

— Piante te contou — Drizzt disse uma meia hora depois, na trilha de volta ao bosque. — Piante te falou do vento e sobre o falcão.

— Você parece decidido.

— Eu estou — Drizzt disse com firmeza. — O falcão não gritou, já estou atento o suficiente para saber disso. Você não podia ver o pássaro, e eu sei que você não ouviu o farfalhar do vento sob suas asas, não importa o que você diga!

O riso de Montólio trouxe um sorriso de confirmação ao rosto do drow.

— Você se saiu bem hoje — disse o velho ranger.

— Não cheguei perto do cervo — lembrou Drizzt.

— Esse não foi o teste — respondeu Montólio. — Você confiou no seu conhecimento para contestar minhas afirmações. Você tem certeza das lições que aprendeu. Agora ouça um pouco mais. Me deixe te ensinar alguns truques para quando for se aproximar de um cervo esquivo.

Eles conversaram por todo o caminho de volta até o bosque e até tarde da noite depois disso. Drizzt ouviu ansioso, absorvendo todas as palavras, enquanto deixava entrar mais dos maravilhosos segredos do mundo.

Uma semana depois, em um campo diferente, Drizzt colocou uma mão no traseiro de uma corça, a outra no traseiro de seu filhote coberto de manchas. Ambos os animais fugiram com o toque inesperado, mas Montólio pôde "ver" o sorriso de Drizzt a uma centena de metros de distância.

As aulas de Drizzt estavam longe de estar completas quando o verão estava perto de acabar, mas Montólio já não passava muito tempo instruindo o drow. Drizzt tinha aprendido o suficiente para sair e aprender por conta própria, ouvindo e observando as vozes silenciosas e sinais sutis das árvores e dos animais. Drizzt estava tão absorto em suas revelações intermináveis, que mal notou as mudanças profundas em Montólio. O ranger sentia-se muito mais velho agora. Suas costas dificilmente se endireitavam nas manhãs geladas e suas mãos muitas vezes ficavam dormentes. Montólio permaneceu com uma postura estoica quanto a isso, e não se entregava à autopiedade e mal lamentava o que estava por vir.

Ele havia vivido muito e plenamente, tinha cumprido muito, e tinha experimentado a vida de forma mais vívida do que a maioria dos homens jamais sonharia.

— Quais são seus planos? — ele disse inesperadamente a Drizzt uma noite durante o jantar, um ensopado de vegetais que Drizzt inventara.

A pergunta atingiu a Drizzt com força. Ele não tinha planos para além do presente — e por que deveria, com a vida tão fácil e agradável, mais do que jamais fora para o renegado drow enclausurado? Drizzt não queria pensar muito sobre isso, então jogou um biscoito para Guenhwyvar para mudar o assunto. A pantera estava ficando um pouco confortável demais na cama de Drizzt, se enrolando nos cobertores até o ponto em que Drizzt tinha começado a se preocupar que a única maneira de remover Guenhwyvar do emaranhado seria enviá-la de volta ao Plano Astral.

Montólio era persistente.

— Quais são seus planos, Drizzt Do'Urden? — o velho ranger repetiu com firmeza. — Onde e como você vai viver?

— Você está me despejando? — Drizzt perguntou.

— Claro que não.

— Então vou morar com você — respondeu Drizzt calmo.

— Quero dizer depois — disse Montólio, ficando nervoso.

— Depois do que? — perguntou Drizzt, acreditando que Monshi sabia de algo que ele não sabia.

O riso de Montólio zombou de suas suspeitas.

— Eu sou um homem velho — explicou o ranger — e você é um elfo jovem. Eu sou mais velho do que você, mas mesmo que eu fosse um bebê, seus anos superariam os meus. Para onde irá Drizzt Do'Urden quando Montólio DeBrouchee não estiver mais por aqui?

Drizzt virou-se.

— Eu não... — ele começou hesitante. — Eu vou ficar aqui.

— Não — respondeu Montólio com seriedade. — Você tem muito mais diante de você, eu acho. Esta vida não seria o bastante.

— Serviu pra você — Drizzt respondeu com mais intensidade do que pretendia.

— Por cinco anos — disse Montólio calmo, não se ofendendo. — Cinco anos depois de uma vida de aventura e emoção.

— Minha vida não foi tão calma — Drizzt lembrou.

— Mas você ainda é uma criança — disse Montólio. — Cinco anos não são quinhentos, e você tem mais quinhentos pela frente. Prometa-me que irá reconsiderar seus planos quando eu não estiver mais aqui. Há um mundo enorme lá fora, meu amigo, cheio de dor, mas cheio de alegria também. A primeira te mantém no caminho do crescimento e a última torna a jornada tolerável. Prometa-me agora — disse Montólio — que quando Monshi não estiver mais aqui, você vai encontrar seu lugar.

Drizzt queria discutir, perguntar ao ranger como ele poderia ter tanta certeza de que o bosque não era o "lugar" de Drizzt. Uma balança mental mergulhou e se nivelou, depois mergulhou de novo dentro de Drizzt naquele momento. Ela pesava as memórias de Maldobar, as mortes dos fazendeiros e todas as lembranças antes das provações que enfrentara e os males que o seguiram com tanta persistência. Contra isso, Drizzt considerou seu desejo sincero de voltar ao mundo. Quantos outros Monshis encontraria? Quantos amigos? E quão vazio seria este bosque quando ele e Guenhwyvar estivessem sozinhos ali?

Montólio aceitou o silêncio, conhecendo a confusão do drow.

— Prometa que, quando chegar a hora, você vai, pelo menos, pensar no que eu disse.

Confiando em Drizzt, Montólio não precisou ver o aceno de afirmação de seu amigo.

A primeira neve chegou cedo naquele ano, apenas uma leve varredura de nuvens quebradas que brincavam de esconde-esconde com a lua cheia. Drizzt, com Guenhwyvar, se deliciou com a mudança de estações, apreciando a reafirmação do ciclo interminável. Ele estava de bom humor quando voltou para o bosque, sacudindo a neve dos espessos ramos de pinheiro enquanto se aproximava.

A fogueira queimava baixa; Piante estava imóvel em um ramo baixo e mesmo o vento parecia não fazer um som. Drizzt olhou para Guenhwyvar em busca de alguma explicação, mas a pantera apenas sentou-se junto ao fogo, sombria e imóvel.

O pavor é uma emoção estranha, um ponto culminante de pistas tênues e sutis que traz tanta confusão quanto o medo.

— Monshi? — Drizzt chamou suavemente, aproximando-se do refúgio do velho ranger. Ele afastou o cobertor e o usou para cobrir a luz das brasas da fogueira moribunda, deixando seus olhos mudarem para o espectro infravermelho.

Ele permaneceu ali por muito tempo, observando as últimas gotas de calor se desvanecerem do corpo do ranger. Mas se Monshi estava frio, seu sorriso contente emanava calor.

Drizzt lutou contra muitas lágrimas nos próximos dias, mas sempre que se lembrava desse último sorriso, a paz final que havia inundado o velho, lembrava-se de que as lágrimas eram por sua própria perda e não por Monshi.

Drizzt enterrou o ranger sob um monte de pedras ao lado do bosque, depois passou o inverno em silêncio, cuidando de suas tarefas diárias e refletindo. Piante passou a vir com menos frequência, e em uma ocasião, o olhar de despedida que Piante lançou para Drizzt disse ao drow que a coruja nunca mais retornaria ao bosque.

Na primavera, Drizzt entendeu os sentimentos de Piante. Por mais de uma década, ele procurou por um lar, e encontrou um com Montólio. Mas agora que o ranger se foi, o bosque não parecia mais tão hospitaleiro. Este era o lugar de Monshi, e não o de Drizzt.

— Como prometi — murmurou Drizzt uma manhã. Montólio pediu-lhe que considerasse seu curso com cuidado quando o ranger não estivesse mais ali, e Drizzt agora manteve sua palavra. Ele se sentia confortável no bosque e ainda era aceito ali, mas o bosque não era mais seu lar. Sua casa estava lá fora, ele sabia, em todo o mundo que Montólio assegurara que estava "cheio de dor, mas também cheio de alegria".

Drizzt empacotou alguns itens — suprimentos e alguns dos livros mais interessantes do ranger —, embainhou suas cimitarras e pendurou o arco longo sobre o ombro. Então, deu uma última caminhada ao redor do bosque, olhando uma última vez para as pontes de corda, o arsenal, o barril de conhaque e a calha, a raiz da árvore onde deteve o gigante no meio do ataque, a área protegida onde Monshi tinha mantido sua posição. Ele chamou Guenhwyvar, e a pantera entendeu assim que chegou.

Eles não olharam para trás enquanto caminhavam pela trilha da montanha, em direção ao amplo mundo de dores e alegrias.

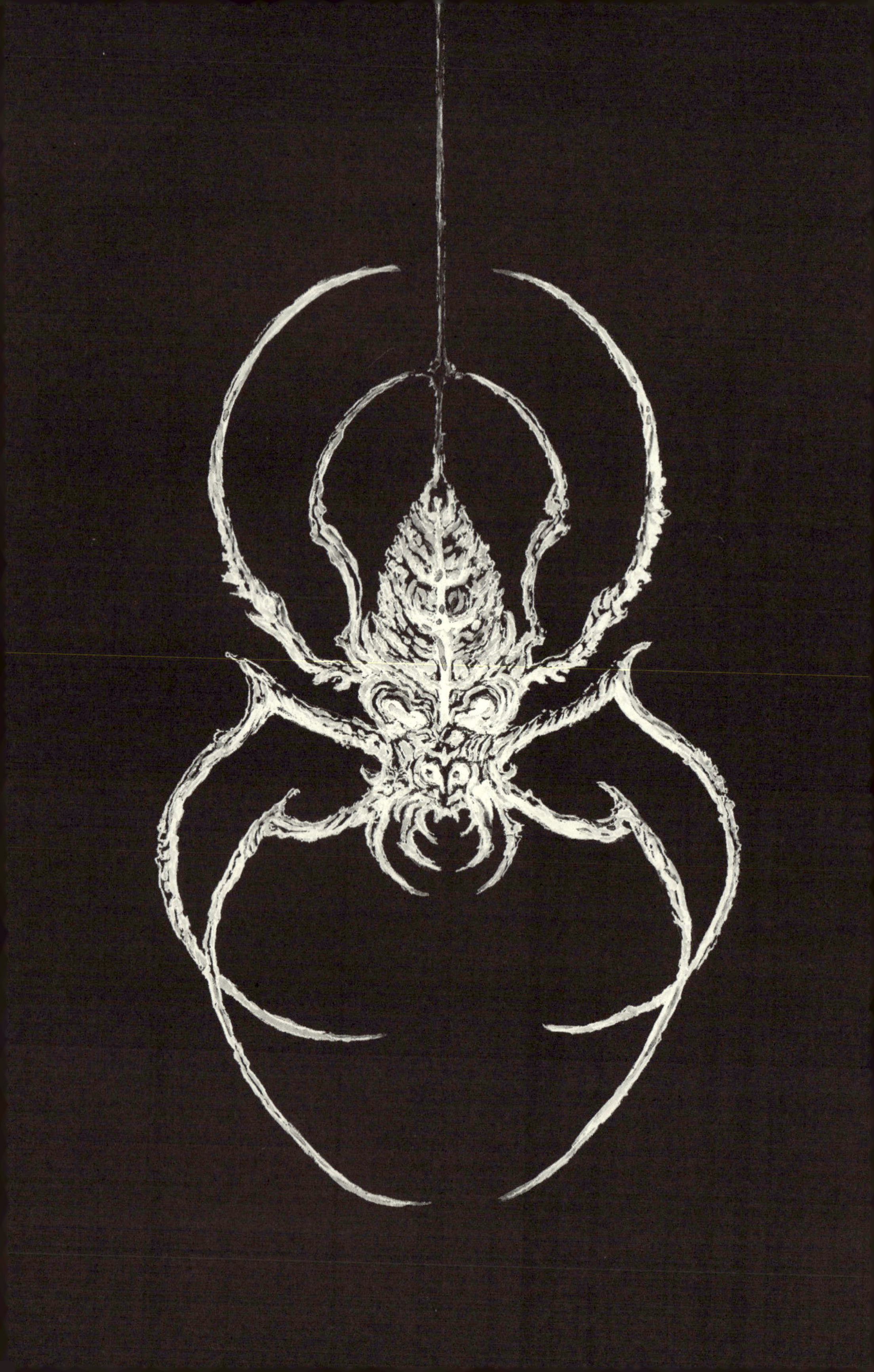

Parte 5
Refúgio

Quão diferente me pareceu a trilha quando saí do bosque de Monshi comparada com a estrada que me levou até lá. Eu estava sozinho mais uma vez, exceto quando Guenhwyvar respondia ao meu chamado. Nessa estrada, porém, eu estava sozinho só em corpo. Em minha mente, carregava um nome, a encarnação dos meus valiosos princípios. Monshi havia chamado Mielikki de deusa; para mim, ela era uma maneira de viver.

Ela sempre caminhava ao meu lado ao longo das muitas estradas da superfície que atravessei. Ela me levou à segurança e lutou contra o meu desespero quando fui perseguido e caçado pelos anões da Cidadela Adbar, uma fortaleza a nordeste do bosque de Monshi. Mielikki, e minha crença em meu próprio valor, me deram a coragem de me aproximar de cidade após cidade em todo o norte. As recepções sempre foram as mesmas: choque e medo que logo se transformavam em raiva. Os mais generosos daqueles que encontrei me diziam apenas para ir embora; outros me perseguiam com armas à mostra. Em duas ocasiões, fui forçado a lutar, embora tivesse conseguido escapar sem que ninguém fosse gravemente ferido.

Os pequenos cortes e arranhões eram um pequeno preço a pagar. Monshi tinha me pedido para não viver como ele, e as percepções do velho ranger, como sempre, se tornaram verdadeiras. Nas minhas viagens ao longo do norte, mantive algo, esperança, que nunca teria mantido se tivesse permanecido como um eremita no bosque perene. À medida que cada nova aldeia se mostrava no horizonte, uma sensação de ansiedade acelerava meus passos. Um dia, eu estava determinado, encontraria aceitação e encontraria meu lar.

Isso aconteceria de repente, imaginei. Eu me aproximaria de um portão, falaria uma saudação formal e depois me revelaria como um elfo negro. Até a minha fantasia era temperada pela realidade, porque o portão não se abriria com minha chegada. Em vez disso, permitiriam minha entrada acompanhado de guardas, e passaria por um período de teste muito parecido com o que eu passei em Gruta das Pedras Preciosas, a cidade dos svirfneblin.

As suspeitas permaneceriam sobre mim por muitos meses, mas no final, os princípios seriam vistos e aceitos pelo que eram; o caráter da pessoa superaria a cor de sua pele e a reputação de sua herança.

Repassei essa fantasia inúmeras vezes ao longo dos anos. Cada palavra de cada reunião na minha cidade imaginada tornou-se uma litania contra as rejeições contínuas. Não teria sido suficiente, mas Guenhwyvar sempre esteve ali para mim, e agora havia Mielikki.

— Drizzt Do'Urden

Capítulo 20

Anos e quilômetros

A ESTALAGEM DA COLHEITA EM PONTE OESTE ERA um ponto de encontro favorito para viajantes da Longa Estrada que se estende entre Águas Profundas e Mirabar, as duas grandes cidades do norte. Além de quartos confortáveis, a Estalagem da Colheita incluía a Taverna e Comedoria do Derry, um famoso bar de troca de histórias, onde, em qualquer noite, um hóspede encontraria aventureiros de regiões tão variadas quanto Luskan e Sundabar. A lareira era grande e quente, as bebidas eram abundantes, e as histórias contadas na Comedoria eram aquelas que seriam contadas e recontadas em todos os Reinos.

Roddy manteve o capuz de seu desgastado manto de viagem puxado sobre seu rosto, escondendo suas cicatrizes, enquanto comia seu carneiro. O velho cão amarelo sentava-se no chão ao lado dele, rosnando, e de vez em quando Roddy deixava cair um pedaço de carne.

O faminto caçador de recompensas raramente levantava a cabeça do seu prato, mas os olhos vermelhos de Roddy espiavam de forma suspeita, das sombras de seu capuz. Ele conhecia alguns dos rufiões reunidos naquela noite na Comedoria, pessoalmente ou por reputação, e não confiava neles mais do que eles, se fossem sábios, confiariam nele.

Um homem alto reconheceu o cachorro de Roddy quando passou pela mesa e parou, pensando em cumprimentar o caçador de recompensas. Porém, o homem alto se afastou em silêncio, percebendo que o miserável McGristle não valia o esforço. Ninguém sabia exatamente o que tinha acontecido naqueles anos, nas montanhas perto de Maldobar, mas Roddy tinha saído dessa região com cicatrizes profundas, físicas e emocionais. Sempre mal-humorado, McGristle passava mais tempo rosnando do que falando.

Roddy mordeu a carne um pouco mais, então deixou cair o osso grosso para o cachorro e limpou as mãos gordurosas sobre o manto, afastando por acidente o lado do capuz que escondia suas terríveis cicatrizes. Roddy foi rápido em puxar o capuz de volta, seu olhar se dirigindo para quem pudesse ter notado. Um único olhar enojado com as cicatrizes de Roddy já havia custado a vida para vários homens.

Ninguém pareceu notar, no entanto. Não desta vez. A maioria daqueles que não estavam ocupados comendo, estavam no bar, discutindo alto.

— Nunca foi! — um homem rosnou.

— Eu te disse o que vi! — outro rebateu. — E disse certo!

— Só na tua cabeça! — o primeiro gritou de volta, e outro ainda colocou:

— Você não reconheceria nem se visse um! — várias pessoas se aproximaram, encostando-se umas nas outras.

— Fiquem quietos! — sobressaiu-se uma voz. Um homem afastou-se da multidão e apontou diretamente para Roddy. Este, por sua vez, sem reconhecer o homem, por instinto, baixou a mão para Sangrador, seu machado bem gasto.

— Pergunte a McGristle! — o homem gritou. — Roddy McGristle! Ele sabe mais sobre elfos negros do que qualquer um.

Uma dúzia de conversas brotou de uma só vez quando o grupo inteiro avançou até Roddy. A mão do caçador de recompensas já estava longe de Sangrador novamente. Agora, ele cruzava os dedos de ambas as mãos na mesa à frente dele.

— Cê é o McGristle, né? — o homem perguntou a Roddy, mostrando ao caçador de recompensas uma boa medida de respeito.

— Talvez eu seja — respondeu Roddy calmo, apreciando a atenção. Ele não esteve cercado por um grupo tão interessado no que ele tinha a dizer desde quando o clã Thistledown foi assassinado.

— Ah — uma voz descontente surgiu de algum lugar ao fundo —, o que ele sabe sobre os elfos negros?

O olhar de Roddy fez os da frente recuarem um passo, e ele percebeu o movimento. Ele gostou disso, gostou de ser importante outra vez, respeitado.

— O elfo drow matou meu cachorro — disse ríspido. Ele se aproximou e puxou a cabeça do velho cão amarelo, mostrando a cicatriz. — E machucou a cabeça deste aqui. O maldito elfo negro — disse deliberadamente, puxando o capuz do rosto — me deu isso.

Normalmente, Roddy escondia as cicatrizes horríveis, mas os engasgos e os murmúrios da multidão pareciam bastante satisfatórios para o miserável caçador de recompensas. Ele virou-se para o lado, deu-lhes uma visão completa e saboreou a reação o máximo de tempo possível.

— De pele preta e de cabelos brancos? — perguntou um homem atarracado de barriga protuberante, aquele que havia começado o debate no bar com seu próprio conto de um elfo negro.

— Tem que ser pra ser um elfo negro — Roddy resmungou. O homem olhou ao redor triunfante.

— Foi isso o que eu tentei dizer pra eles — ele disse a Roddy. — Eles falam que eu vi um elfo sujo, ou um orc talvez, mas eu sabia que era um drow!

— Se cê vê um drow — Roddy disse com severidade e deliberação, pesando cada palavra com importância —, então cê sabe que viu um drow. E você não vai esquecer que viu um drow! E que qualquer um que duvida de suas palavras tenta encontrar ele o próprio drow. Ele vai voltar pra você pedindo desculpa!

— Bem, eu vi um elfo negro — proclamou o homem. — Estava acampando na Floresta Oculta, ao norte de Grunwald. Noite tranquila, pensei, então deixei o fogo aceso um pouco mais, para vencer o vento frio. Bem, então apareceu esse estranho sem aviso, sem uma palavra!

Todos os homens do grupo estavam presos à narrativa agora, ouvindo-a ante uma luz diferente agora que o estranho com cicatrizes feitas por um drow tinha confirmado o conto.

— Sem uma palavra, ou um piado, nada! — o homem de barriga protuberante continuou. — Ele tinha sua capa puxada para baixo, de forma suspeita, então eu disse pra ele "O que você está fazendo?". Ele respondeu "Procurando por um lugar onde meus companheiros e eu possamos acampar à noite", muito calmo. Parecia razoável o suficiente para mim, mas ainda não gostava daquele capuz abaixado. "Puxe o seu capuz então", eu disse pra ele. "Eu não compartilho nada sem ver o rosto da pessoa". Ele considerou minhas palavras por um minuto, então levou as mãos para cima, muito devagar — o homem imitou o movimento dramaticamente, olhando para garantir que tivesse a atenção de todos.

— Eu não precisava ver mais nada! — o homem gritou de repente, e todos, apesar de terem ouvido a mesma história, contada da mesma forma só um momento antes, pularam de surpresa. — Suas mãos eram tão pretas quanto o carvão e tão esbeltas quanto as de um elfo. Eu sabia então, mas não sei como eu sabia com tanta certeza, que era um drow diante de mim. Um drow, eu digo, e que qualquer um que duvida das minhas palavras que tente encontrar o próprio drow!

Roddy assentiu com a cabeça, enquanto o homem de barriga protuberante olhava seus antigos duvidosos.

— Parece que ouvi falar muito sobre elfos negros nos últimos tempos — resmungou o caçador de recompensas.

— Eu ouvi apenas sobre esse — outro homem entrou. — Até que falamos com você, quero dizer, e ouvimos falar de sua batalha. Isso faz dois drows em seis anos.

— Como eu disse — Roddy comentou sombriamente — parece que eu ouvi falar demais sobre elfos negros...

Roddy nunca terminou sua frase enquanto o grupo explodia em uma risada exagerada à sua volta. Parecia os bons e velhos tempos para o caçador de recompensas, os dias em que todos prestavam atenção a cada palavra dele.

O único homem que não estava rindo era o contador de histórias, abalado demais de seu próprio relato do encontro com o drow.

— Ainda assim — ele disse acima da agitação — quando penso naqueles olhos roxos me olhando debaixo daquele capuz...

O sorriso de Roddy desapareceu em um piscar de olhos.

— Olhos roxos? — ele mal conseguiu engasgar. Roddy tinha encontrado muitas criaturas que usavam infravisão, a visão sensível ao calor mais comum entre os habitantes do Subterrâneo, e sabia que normalmente esses olhos se mostravam como pontos vermelhos. Roddy ainda se lembrava vividamente dos olhos púrpura olhando para ele quando estava preso debaixo da árvore de bordo. Ele soube então, e sabia agora, que essa cor era rara, mesmo entre os elfos negros.

Aqueles no grupo mais próximo de Roddy pararam de rir, pensando que a pergunta do caçador de recompensas prejudicava a verdade do conto do homem.

— Eles eram roxos — insistiu o homem de barriga protuberante, embora houvesse pouca convicção em sua voz instável. Os homens ao seu redor aguardavam o acordo ou refutação de Roddy, sem saber se riam ou não do narrador.

— Que armas ele tava carregando? — Roddy perguntou sombriamente, levantando-se devagar.

O homem pensou por um momento.

— Espadas curvas — ele falou.

— Cimitarras?

— Cimitarras — o outro concordou.

— O drow disse o nome dele? — Roddy perguntou e, quando o homem hesitou, Roddy agarrou-o pelo colarinho e puxou-o sobre a mesa. — O drow disse o nome dele? — o caçador de recompensas repetiu, sua respiração quente no rosto do homem barrigudo.

— Não... er, há, Driz...

— Drizzit?

O homem deu de ombros impotente, e Roddy o lançou de volta a seus pés.

— Onde? — o caçador de recompensas rugiu. — E quando?

— Floresta Oculta — disse o homem barrigudo, tremendo. — Três semanas atrás. O drow está indo para Mirabar com os Frades Penitentes, eu acho.

A maioria da multidão gemeu com a menção do grupo religioso fanático. Os Frades Penitentes eram um bando esfarrapado de mendigos sofredores que acreditavam — ou diziam acreditar — que havia uma quantidade finita de dor no mundo. Quanto mais sofrimento tomassem sobre eles, segundo os frades, menos permanecia para o resto do mundo suportar. Quase todos desprezavam a ordem. Alguns eram sinceros, mas alguns imploravam por bugigangas, prometendo sofrer de formas horríveis pelo bem do doador.

— Eram os companheiros do drow — continuou o homem de barriga protuberante. — Eles sempre vão para Mirabar. Vão encontrar o frio quando o inverno chega.

— É um caminho longo — observou alguém.

— Bem longo — disse outro. — Os Frades Penitentes sempre seguem a rota do túnel.

— Quase quinhentos quilômetros — o primeiro homem que reconheceu Roddy acrescentou, tentando acalmar o agitado caçador de recompensas. Mas Roddy nunca o ouviu. Puxando seu cão, ele se afastou e saiu da Comedoria, batendo a porta atrás dele e deixando todo o grupo murmurando um com outro em absoluta surpresa.

— Foi Drizzit quem pegou o cachorro e a orelha de Roddy — o homem continuou, agora voltando sua atenção para o grupo. Ele não tinha conhecimento prévio do nome do estranho drow; apenas fez uma suposição baseada na reação de Roddy. Agora, o grupo fluía ao redor dele, segurando sua respiração coletiva para ele contar-lhes a história de Roddy McGristle e o drow de olhos roxos. Como qualquer cliente adequado da Comedoria, o homem não deixou que a falta de conhecimento real o impedisse de contar a história. Ele enfiou os polegares no cinto e começou, preenchendo os consideráveis espaços em branco com o que fosse apropriado.

Mais de dez suspiros e aplausos de apreciação e prazer surpreso ecoaram na rua fora da Comedoria naquela noite, mas Roddy McGristle e seu cão amarelo, com suas rodas de carroça já grossas da lama da Longa Estrada, não ouviram nenhum deles.

— Ei, o-que-você-está-fazendo? — veio uma reclamação cansada de um saco atrás do banco de Roddy. Tephanis rastejou para fora. — Por-que-estamos-indo-embora?

Roddy se curvou e o atacou, mas Tephanis, mesmo com sono, não teve problemas para se desviar do golpe.

— Você mentiu para mim, seu primo de um kobold! — rosnou Roddy. — Você me disse que o drow estava morto. Mas não está! Ele tá na estrada para Mirabar, e eu vou pegá-lo!

— Mirabar? — Tephanis gritou. — Muito-longe-muito-longe! — O célere e Roddy passaram por Mirabar na primavera anterior. Tephanis achou aquele lugar muitíssimo miserável, cheio de anões sombrios, homens de olhos afiados e um vento frio demais para o seu gosto. — Temos-que-ir-para-o-sul-para-o-inverno. No-sul-é-quente!

O olhar resultante de Roddy silenciou o sprite.

— Eu vou esquecer o que você fez comigo — ele grunhiu, então acrescentou um aviso ameaçador —, se pegarmos o drow.

Ele virou-se de costas para Tephanis então, e o sprite rastejou de volta ao seu saco, sentindo-se miserável e se perguntando se Roddy McGristle valia a pena.

Roddy atravessou a noite, curvando-se para incitar seu cavalo e murmurando "seis anos!" repetidas vezes.

Drizzt se encolheu perto do fogo que ardia em um antigo barril de minério que o grupo havia encontrado. Esse seria o sétimo inverno do drow na superfície, mas ainda assim se incomodava com o frio. Ele passou décadas, e seu povo vivia por milênios, no Subterrâneo morno e sem estações. Embora o inverno ainda estivesse a alguns meses de distância, sua aproximação era evidente nos ventos gelados que sopravam das montanhas da Espinha do Mundo. Drizzt usava apenas um cobertor antigo, fino e rasgado, sobre suas roupas, cota de malha e cinto de armas.

O drow sorriu quando percebeu que seus companheiros se mexiam e se enrolavam sobre quem conseguia o próximo gole de uma garrafa de vinho que haviam pedido enquanto o último bebedor havia tomado. Drizzt estava sozinho no barril agora; os Frades Penitentes, ainda que não chegassem a afastar o drow, muitas vezes não se aproximavam dele. Drizzt aceitava isso e sabia que os fanáticos apreciavam sua companhia por razões práticas, se não estéticas. Alguns do grupo realmente gostavam de ser atacados pelos vários monstros da região, os vendo como oportunidades para algum sofrimento verdadeiro, mas os mais pragmáticos do grupo apreciavam ter o habilidoso drow armado por perto, oferecendo proteção.

O relacionamento era aceitável para Drizzt, se não satisfatório. Ele havia deixado o bosque de Monshi anos atrás cheio de esperança, mas uma esperança temperada pelo realismo de sua existência. De vez em quando, Drizzt se aproximava de uma aldeia apenas para ser posto atrás de uma parede de palavras ásperas, maldições e armas sacadas. Toda vez,

Drizzt ignorava o desprezo. Fiel ao seu espírito ranger — porque Drizzt era de fato um ranger agora, tanto em treinamento quanto em coração —, ele aceitou seu sofrimento de forma estoica.

Porém, a última rejeição mostrou a Drizzt que sua determinação estava se desgastando. Ele tinha sido afastado de Luskan, na Costa da Espada, mas não por nenhum guarda, porque nunca chegou a se aproximar do lugar. Os próprios medos de Drizzt o mantiveram longe, e tal fato o assustou mais do que as espadas que já enfrentara. Na estrada fora da cidade, Drizzt tinha se encontrado com esse grupo de Frades Penitentes, e eles o aceitaram hesitantes, até porque eles não tinham motivos para afastá-lo, uma vez que estavam muito envolvidos em sua própria miséria para se preocupar com quaisquer diferenças raciais. Dois do grupo até se jogaram aos pés de Drizzt, implorando-lhe que libertasse seus "terrores dos elfos negros" e os fizesse sofrer.

Durante a primavera e o verão, o relacionamento evoluiu com Drizzt servindo como um guardião silencioso enquanto os frades seguiam seus caminhos de mendicância e sofrimento. Em suma, era bastante desagradável, às vezes até mesmo enganoso, para o drow de princípios, mas Drizzt não encontrou outras opções.

Drizzt olhou para as chamas saltitantes e refletiu sobre seu destino. Ele ainda tinha Guenhwyvar e usou bem suas cimitarras e seu arco muitas vezes. Todos os dias dizia a si mesmo que, ao lado dos fanáticos um tanto desamparados, ele estava servindo a Mielikki e a seu próprio bom coração. Ainda assim, não levava os frades em grande consideração e não os chamava de amigos. Observando os cinco homens agora, bêbados e caindo um sobre o outro, Drizzt suspeitava que nunca o faria.

— Me bata! Me corte! — um dos frades gritou de repente, e correu na direção do barril, tropeçando em Drizzt, que o pegou e o segurou, mas apenas por um momento.

— Solte sua *malignanidade* drow na minha cabeça! — o frade sujo e barbudo implorou, e seu corpo magrelo caiu em uma pilha angulosa.

Drizzt virou-se, balançou a cabeça e, inconscientemente, deixou cair a mão na bolsa para sentir a estatueta de ônix, precisando do toque para lembrá-lo de que não estava mesmo sozinho. Estava sobrevivendo, lutando uma eterna batalha solitária, mas estava longe de se contentar. Havia encontrado um lugar, talvez, mas não um lar.

— Como o bosque sem Montólio — pensou o drow. — Nunca um lar.

— Você disse algo? — perguntou um frade imponente, irmão Mateus, se aproximando para coletar seu companheiro bêbado. — Por favor, desculpe o irmão Jankin, meu amigo. Ele bebeu demais, temo eu.

O sorriso impotente de Drizzt revelou que não havia se ofendido, mas suas próximas palavras pegaram o irmão Mateus, o líder e o membro mais racional (se não o mais honesto) do grupo, desprevenido.

— Vou completar a viagem a Mirabar com vocês — explicou Drizzt —, e então vou embora.

— Embora? — perguntou Mateus, preocupado.

— Este não é o meu lugar — explicou Drizzt.

— Dez-Burgos é o lugar! — Jankin deixou escapar.

— Se alguém te ofendeu... — Mateus disse a Drizzt, sem prestar atenção ao homem bêbado.

— Ninguém — Drizzt disse e sorriu de novo. — Há mais para mim nesta vida, irmão Mateus. Não fique com raiva, eu imploro, mas vou embora. Não foi uma decisão que tomei com facilidade.

Mateus parou por um momento para pensar nas palavras.

— Como quiser — disse ele — mas você pode, pelo menos, acompanhar-nos pelo túnel até Mirabar?

— Dez-Burgos! — Jankin insistiu. — Lá é lugar de sofrer! Você vai gostar também, drow. Terra de ladrões, onde um renegado pode achar seu lugar!

— Tem coisas que ficam nas sombras e que se alimentam de frades desarmados — interrompeu Mateus, dando a Jankin uma sacudida áspera.

Drizzt parou um momento, paralisado pelas palavras de Jankin. Porém, ele tinha caído, e o drow olhou para Mateus.

— Não é por isso que vocês seguem a rota do túnel para a cidade? — Drizzt perguntou ao frade imponente. O túnel era normalmente reservado para carrinhos de minas, vindos da Espinha do Mundo, mas os frades sempre passavam por lá, mesmo em situações como essa, quando tinham que fazer um circuito completo da cidade apenas para chegar à entrada da rota. — Para ser uma vítima e sofrer? — Drizzt continuou.

— Certamente, a estrada está mais limpa e é mais conveniente com o inverno há meses de distância.

Drizzt não gostava do túnel para Mirabar. Todos os andarilhos que encontrariam naquela estrada estariam perto demais para o drow esconder sua identidade. Drizzt foi abordado lá em suas duas viagens anteriores.

— Os outros insistem em que atravessemos o túnel, embora esteja a muitos quilômetros do nosso caminho — respondeu Mateus, uma ponta afiada em seu tom. — Mas eu prefiro mais formas pessoais de sofrimento e agradeceria sua companhia até Mirabar.

Drizzt queria gritar com o frade espúrio. Mateus considerava ter perdido uma única refeição um sofrimento severo e só usava sua fachada porque muitas pessoas crédulas entregavam moedas aos fanáticos cobertos, normalmente apenas para se livrar dos homens malcheirosos.

Drizzt assentiu com a cabeça e observou enquanto Mateus arrastava Jankin.

— Então vou embora — sussurrou em voz baixa. Ele podia dizer a si mesmo repetidas vezes que estava servindo a sua deusa e seu coração, protegendo o bando aparentemente indefeso, mas seu comportamento muitas vezes cuspia na cara dessas palavras.

— Drow! Drow! — o irmão Jankin balbuciou enquanto Mateus o arrastava até os outros.

Capítulo 21

Hephaestus

Tephanis viu o grupo de seis — os cinco frades e Drizzt — seguirem seu lento caminho até o túnel que levava à entrada leste de Mirabar. Roddy tinha enviado o célere para explorar a região, dizendo a Tephanis para atrair o drow, se ele o encontrasse, até Roddy.

— Sangrador vai cuidar daquele lá — Roddy tinha grunhido, batendo seu formidável machado na palma da sua mão.

Tephanis não tinha tanta certeza. O sprite tinha visto Ulgulu, um mestre mais poderoso do que Roddy McGristle, ser despachado pelo drow, e outro mestre poderoso, Caroak, ser despedaçado pela pantera negra do drow. Se Roddy tivesse seu desejo concedido e enfrentasse o drow em batalha, Tephanis logo teria que procurar outro mestre.

— Não-desta-vez, drow — o sprite sussurrou de repente, após uma ideia vir à sua mente. — Dessa-vez-eu-te-pego! — Tephanis conhecia o túnel para Mirabar — ele e Roddy o tinham usado no penúltimo inverno, quando a neve tinha enterrado a estrada ocidental — e tinha aprendido muitos de seus segredos, incluindo um que o sprite agora planejava usar em sua vantagem.

Ele fez um circuito largo ao redor do grupo, não querendo alertar o drow de ouvidos aguçados, e ainda assim chegou na entrada do túnel muito antes dos outros. Poucos minutos depois, o sprite estava a mais de um quilômetro e meio de distância da entrada, arrombando uma fechadura intrincada, uma que parecia desajeitada para o célere habilidoso, no portão de grade.

Irmão Mateus liderou o caminho pelo túnel, com outro frade ao seu lado e os três restantes completando um círculo protetor ao redor de Drizzt. Drizzt pediu que fizessem isso para que pudesse permanecer discreto se alguém por acaso passasse pelo grupo. Seu capuz estava baixo, seus ombros encurvados e se manteve abaixado no meio do grupo.

Eles não encontraram nenhum outro viajante e caminharam pela passagem iluminada por tochas a um ritmo constante. Chegaram a uma encruzilhada e Mateus parou abruptamente, vendo o portão levantado para uma passagem no lado direito. Uma dúzia de passos à frente, uma porta de ferro balançava, e a passagem além dela estava completamente escura, não iluminada por tochas como o túnel principal.

— Que curioso — comentou Mateus.

— Imprudente — outro corrigiu. — Rezemos para que outros viajantes, que não conheçam o caminho tão bem quanto nós, não acabem passando por aqui e peguem o caminho errado.

— Talvez devamos fechar a porta — outro ainda sugeriu.

— Não — Mateus logo interveio. — Pode haver alguém lá embaixo, mercadores talvez, que não ficariam muito satisfeitos se fizéssemos isso.

— Não! — Irmão Jankin gritou de repente e correu para a frente do grupo. — É um sinal! Um sinal divino! Nós somos chamados, meus irmãos, a Phaestus, o sofrimento final!

Jankin virou-se para correr pelo túnel, mas Mateus e um outro, nem um pouco surpresos com a explosão selvagem rotineira de Jankin, pularam imediatamente sobre ele e o derrubaram.

— Phaestus! — Jankin gritava descontrolado, com seus longos cabelos pretos desgrenhados voando sobre seu rosto. — Eu estou indo!

— O que está havendo? — Drizzt teve que perguntar, sem ter ideia do que os frades estavam falando, embora achasse ter reconhecido a referência. — Quem, ou o que, é Phaestus?

— Hephaestus — corrigiu o irmão Mateus.

Drizzt conhecia aquele nome. Um dos livros que levou do bosque de Monshi era de história dracônica, e Hephaestus, um venerável dragão vermelho que vivia nas montanhas a noroeste de Mirabar, era mencionado lá.

— Esse não é o nome verdadeiro do dragão, é claro — Mateus continuou entre grunhidos enquanto lutava com Jankin. — Eu não sei qual é, nem mais ninguém — Jankin se contorceu de repente, jogando o outro monge de lado, e logo pisou na sandália de Mateus.

— Hephaestus é um antigo dragão vermelho que viveu nas cavernas a oeste de Mirabar por mais tempo que qualquer um, até mesmo os anões, consegue se lembrar — explicou outro frade, Irmão Herschel, um menos engajado do que Mateus. — A cidade o tolera porque ele é um preguiçoso e um estúpido, embora eu não diria isso a ele. A maioria das cidades, eu presumo, escolheria tolerar um vermelho se isso significasse não precisar lutar contra ele. Mas Hephaestus não é muito chegado em pilhagem, ninguém se lembra da última vez que ele chegou a sair do seu buraco, e ele ainda derrete algum minério em troca de pagamento, embora seja muito alto.

— Alguns pagam, porém — acrescentou Mateus, tendo Jankin de volta ao controle — especialmente no final da temporada, para se juntarem à última caravana no sul. Nada pode separar o metal tão bem quanto o sopro de um dragão vermelho! — sua risada logo desapareceu quando Jankin se chocou contra ele, o derrubando no chão.

Jankin escapou, por apenas um momento. Mais rápido que qualquer um poderia reagir, Drizzt arrancou o manto e correu até o monge fugitivo, pegando-o logo do lado de dentro da pesada porta de ferro. Um único passo e uma manobra de torção fizeram Jankin cair de costas com força e tiraram o fôlego do frade de olhos arregalados.

— Vamos passar por esta região logo — o drow sugeriu, encarando o frade atordoado. Eu estou cansado das travessuras de Jankin... talvez eu devesse deixá-lo correr até o dragão!

Dois dos outros vieram e levantaram Jankin, então todo o grupo virou-se para partir.

— Socorro! — chegou um grito que vinha mais além no túnel escuro.

As cimitarras de Drizzt já estavam em suas mãos. Todos os frades se reuniram ao seu redor, olhando para a escuridão.

— Você está vendo alguma coisa? — Mateus perguntou ao drow, sabendo que a visão noturna de Drizzt era muito mais precisa do que a sua.

— Não, mas o túnel faz uma curva logo ali — respondeu Drizzt.

"Socorro!" veio o grito outra vez. Atrás do grupo, ao redor da curva do túnel principal, Tephanis tinha que segurar seu riso. Os céleres eram adeptos do ventriloquismo, e o maior problema que Tephanis tinha para enganar o grupo era manter seus gritos lentos o suficiente para serem entendidos.

Drizzt deu um passo cauteloso, e os frades, mesmo Jankin, agora de cabeça fria após o grito de socorro, seguiram logo atrás. Drizzt fez sinal para que voltassem assim que, de repente, percebeu o potencial de uma armadilha.

Mas Tephanis era rápido demais. A porta bateu com um baque ressoante e, antes que o drow, a dois passos de distância, pudesse passar pelos frades assustados, o sprite já tinha trancado a porta. Um momento depois, Drizzt e os frades ouviram um segundo baque quando o portão de grades desceu.

Tephanis voltou para a luz do dia alguns minutos depois, se achando muito esperto e lembrando-se de manter uma expressão intrigada quando explicou a Roddy que o grupo do drow não estava em nenhum lugar.

Os frades se cansaram de gritar assim que Drizzt lhes lembrou que seus gritos poderiam despertar o ocupante na outra extremidade do túnel.

— Mesmo que alguém passe pelo portão, não vai te ouvir do outro lado desta porta — disse o drow, inspecionando a porta pesada com a única vela que Mateus acendeu. Uma combinação de ferro, pedra e couro, e perfeitamente encaixada, a porta tinha sido criada por anões. Drizzt tentou bater nela com o punho de uma cimitarra, mas isso produziu apenas um baque abafado que não iria mais longe do que os gritos.

— Estamos perdidos — gemeu Mateus. — Não temos saída, e nossos suprimentos não são muito abundantes.

— Outro sinal! — Jankin explodiu de repente, mas dois dos frades o derrubaram e sentaram-se em cima dele antes que pudesse fugir para o covil do dragão.

— Talvez haja alguma lógica no pensamento do irmão Jankin — disse Drizzt depois de uma longa pausa.

Mateus olhou para ele com desconfiança.

— Você está pensando que nossos suprimentos durariam mais se o Irmão Jankin fosse encontrar Hephaestus? — perguntou.

Drizzt não conseguiu segurar o riso.

— Não tenho a intenção de sacrificar ninguém — disse e olhou para Jankin lutando sob os frades. — Não importa o quanto ele queira! Mas nós temos apenas uma saída, ao que parece.

Mateus seguiu o olhar de Drizzt pelo túnel escuro.

— Se você não planeja sacrificar ninguém, então está olhando para o lado errado — disse o frade imponente. — Certamente não está pensando em passar pelo dragão!

— Veremos — foi tudo o que o drow respondeu. Ele acendeu outra vela com a chama da primeira e andou por uma curta distância pelo túnel. O bom senso de Drizzt discutia com a inegável empolgação que sentiu ante a possibilidade de enfrentar Hephaestus, mas era uma discussão que ele esperava que a necessidade vencesse. Montólio havia lutado contra um dragão, lembrou Drizzt, perdeu os olhos para um vermelho. As lembranças do ranger da batalha, apesar de seus ferimentos, não eram tão terríveis. Drizzt estava começando a entender o que o ranger cego havia dito sobre a diferença entre sobrevivência e realização. Quão valiosos seriam os quinhentos anos que Drizzt ainda teria de vida?

Pela segurança dos frades, Drizzt esperava que alguém viesse e abrisse o portão e a porta. Mas os dedos do drow tremiam com a promessa da emoção quando ele alcançou sua mochila e tirou um livro de história dracônica que havia trazido do bosque.

Os olhos sensíveis do drow precisavam de pouca luz, e conseguia distinguir as letras com uma dificuldade mínima. Como suspeitava, havia uma parte falando do venerável vermelho que vivia a oeste de Mirabar. O livro confirmava que Hephaestus não era o nome verdadeiro do dragão, mas sim um nome dado a ele em referência a algum deus obscuro dos ferreiros.

A parte do livro não era extensa, eram mais histórias de alguns comerciantes que entraram para contratar o dragão para usar seu sopro, e outras histórias de comerciantes que ao que parecia disseram a coisa errada ou barganharam demais sobre o custo — ou talvez o dragão estivesse apenas com fome ou de mau humor — e que nunca mais voltaram. Mais importante para Drizzt, o livro confirmou a descrição do frade da criatura como sendo preguiçosa e um pouco estúpida. De acordo com as notas, Hephaestus era orgulhoso demais, como os dragões costumavam ser, e capaz de falar a língua comum, mas "deficiente em se tratando da percepção de coisas suspeitas, característica normalmente associada à raça, em especial aos vermelhos veneráveis".

— O irmão Herschel está tentando arrombar a fechadura — disse Mateus, indo até Drizzt. — Seus dedos são ágeis. Gostaria de tentar?

— Nem Herschel nem eu conseguiremos arrombar aquela fechadura — disse Drizzt distraído, sem deixar de olhar para o livro.

— Pelo menos Herschel está tentando — rosnou Mateus —, e não se aconchegando sozinho desperdiçando velas e lendo um tomo inútil.

— Não é tão inútil para qualquer um de nós que pretenda sair daqui vivo — disse Drizzt, ainda não olhando para cima. Ele conseguiu a atenção do frade.

— O que é isso? — perguntou Mateus, inclinando-se sobre o ombro de Drizzt, embora não soubesse ler.

— Fala sobre vaidade — respondeu Drizzt.

— Vaidade? O que a vaidade tem haver com...

— Vaidade de dragão — explicou Drizzt. — Um ponto muito importante, talvez. Todos os dragões a possuem em excesso, os malignos mais do que os bondosos.

— Quando se tem garras afiadas como espadas e um sopro que pode derreter pedra, bem, deveriam — resmungou Mateus.

— Talvez — admitiu Drizzt —, mas a vaidade é uma fraqueza, não duvide, até mesmo para um dragão. Vários heróis exploraram tal característica para matar uma dessas bestas.

— Agora você está pensando em matar a coisa — Mateus retrucou, admirado.

— Se for preciso — disse Drizzt, distraído. Mateus levantou as mãos e se afastou, balançando a cabeça para responder os olhares interrogativos dos outros.

Drizzt sorriu para si mesmo e voltou à sua leitura. Seus planos estavam tomando forma agora. Ele relera a parte referente várias vezes, tentando memorizar cada palavra.

Três velas depois, Drizzt ainda estava lendo e os frades estavam ficando cada vez mais impacientes e famintos. Eles cutucaram Mateus, que se levantou, ajeitou o cinto sobre a barriga e caminhou em direção a Drizzt.

— Mais vaidade? — ele perguntou sarcástico.

— Já acabei essa parte — respondeu Drizzt. Ele ergueu o livro, mostrando a Mateus um esboço de um enorme dragão negro enrolado em torno de várias árvores caídas em um pântano espesso. — Estou aprendendo agora sobre o dragão que pode ajudar nossa causa.

— Hephaestus é um vermelho — Mateus observou com desdém —, não desse tipo.

— Este é um dragão diferente — explicou Drizzt — Mergandevinasander de Chult, um visitante em potencial para conversar com Hephaestus.

O irmão Mateus estava completamente perdido.

— Os vermelhos e os negros não se dão bem — ele cortou, com ceticismo óbvio. — Qualquer imbecil sabe disso.

— Eu quase nunca dou ouvidos a imbecis — respondeu Drizzt, e outra vez o frade se virou e se afastou, balançando a cabeça.

— Há algo mais que você não sabe, mas que Hephaestus provavelmente saberá — disse Drizzt com calmamente, baixo demais para que alguém ouvisse. — Mergandevinasander tem olhos roxos!

Drizzt fechou o livro, confiante de que tinha aprendido o suficiente para fazer sua tentativa. Se já tivesse testemunhado o esplendor terrível de um venerável vermelho antes, não estaria sorrindo naquele momento. Mas a ignorância e as lembranças de Montólio criaram coragem no jovem guerreiro drow que tinha tão pouco a perder, e Drizzt não tinha intenção de morrer de fome por medo de algum perigo desconhecido. Também não avançaria, ainda não.

Não até que tivesse tempo de praticar sua melhor voz de dragão.

De todos os esplendores que Drizzt tinha visto em sua vida aventureira, nenhum — nem as grandes casas de Menzoberranzan, nem a caverna dos illithids, nem mesmo o lago de ácido — poderiam chegar perto do espetáculo deslumbrante do covil do dragão. Montes de ouro e pedras preciosas preenchiam a enorme câmara em curvas ondulantes, como a aproximação de algum navio gigante no mar. Armas e armaduras, de brilho magnífico, estavam empilhadas, e a abundância de itens artesanais — cálices, taças e similares — poderia ter abastecido por completo os tesouros de cem reis ricos.

Drizzt teve que se lembrar de respirar enquanto olhava para o esplendor. Não eram as riquezas que o deixavam assim, ele se importava pouco com as coisas materiais, mas as aventuras que tais itens maravilhosos e riquezas insinuavam é que puxavam Drizzt em uma centena de direções diferentes. Olhar para o covil do dragão desvalorizou sua simples sobrevivência na estrada com os Frades Penitentes e seu simples desejo de encontrar um lugar tranquilo e silencioso para chamar de lar. Ele pensou novamente na história do dragão de Montólio e em todas as outras histórias de aventuras que o ranger cego lhe contara. De repente, precisava viver essas aventuras por si mesmo.

Drizzt queria um lar e queria encontrar aceitação, mas percebeu então, olhando para os espólios, que também desejava um lugar nos livros dos bardos. Ele esperava viajar por estradas perigosas e emocionantes e até mesmo escrever suas próprias histórias.

A câmara em si era imensa e desigual, recuando em torno de cantos cegos. Ela estava iluminada por um sutil brilho dourado avermelhado. Estava quente em um nível desconfortável quando Drizzt e os outros resolveram parar para pensar na fonte daquele calor.

Drizzt voltou-se para os frades que esperavam e piscou, depois apontou para a esquerda, para a única saída.

— Vocês conhecem o sinal — ele articulou em silêncio.

Mateus assentiu hesitante, ainda se perguntando se tinha sido inteligente confiar no drow. Drizzt tinha sido um aliado valioso para o frade pragmático na estrada nos últimos meses, mas um dragão era um dragão.

Drizzt examinou a câmara novamente, desta vez olhando para além dos tesouros. Entre duas pilhas de ouro, vislumbrou seu alvo, e não era menos esplêndido do que as joias e pedras. Deitado no meio desses montículos havia uma enorme cauda escamosa, vermelho-dourada, como a tonalidade da luz, se mexendo de forma leve e rítmica de um lado para o outro, cada deslizar empilhando o ouro mais profundamente ao redor dela.

Drizzt tinha visto imagens de dragões antes; um dos mestres de magia na Academia até criou ilusões dos vários tipos de dragões para os estudantes inspecionarem. Nada, no entanto, poderia ter preparado o drow para tal momento, sua primeira visão de um dragão vivo. Em todos os reinos conhecidos, não havia nada mais impressionante, e de todos os tipos de dragões, os enormes vermelhos eram talvez os mais imponentes.

Quando Drizzt enfim conseguiu arrancar seu olhar da cauda, seguiu caminho para dentro da câmara. O túnel saía num ponto alto ao lado de uma parede, mas uma trilha clara conduzia ao chão. Drizzt o estudou por um longo momento, memorizando cada passo. Então enfiou dois punhados de terra em seus bolsos, tirou uma flecha de sua aljava e colocou um feitiço de escuridão nela. De forma cuidadosa e silenciosa, Drizzt deu seus os passos cegos na trilha, guiados pelo contínuo balançar da cauda escamosa. Ele quase tropeçou quando alcançou a primeira pilha de pedras e ouviu a cauda parar bruscamente.

— Aventura — Drizzt lembrou em silêncio, e continuou, concentrando-se na imagem mental de seu entorno. Ele imaginou o dragão erguendo-se diante dele, vendo através de seu disfarce do globo de escuridão. Ele estremeceu por instinto, esperando que um raio de fogo o engolfasse e o fritasse ali mesmo. Mas ele continuou, e quando finalmente chegou à pilha de ouro, ficou contente de ouvir a respiração fácil e trovejante do dragão adormecido.

Drizzt começou a subir o segundo monte devagar, deixando um feitiço de levitação se formar em seus pensamentos. Ele não esperava realmente que o feitiço funcionasse direito — ele vinha falhando cada vez mais a cada nova tentativa, mas qualquer ajuda que conseguisse aumentaria o efeito de sua artimanha. A meio caminho do montículo, Drizzt começou a correr, espalhando moedas e pedras a cada passo. Ele ouviu o dragão despertar, mas não desacelerou, sacando seu arco enquanto corria.

Quando alcançou o cume, saltou e conjurou a levitação, ficando imóvel no ar por uma fração de segundo antes que o feitiço falhasse. Então Drizzt caiu, disparando o arco e enviando o globo de escuridão para o outro lado da câmara.

Ele nunca teria acreditado que um monstro daquele tamanho pudesse ser tão ágil, mas quando bateu desajeitado sobre uma pilha de cálices e pedras preciosas, se viu olhando para a cara de uma fera muito irritada.

Aqueles olhos! Como feixes duplos de condenação, seu olhar se encaixava em Drizzt, passando através dele, impelindo-o a cair de bruços implorando por misericórdia e a revelar todas as falcatruas, a confessar todos os pecados a Hephaestus, aquela coisa divina. O grande pescoço serpentino do dragão inclinou-se um pouco para o lado, mas o olhar nunca deixou o drow, prendendo-o tão firme quanto um dos abraços de Algazarra, o urso.

Uma voz soou suave, mas firme, nos pensamentos de Drizzt: a voz de um ranger cego que contava histórias de batalha e heroísmo. A princípio, Drizzt mal a ouvia, mas era uma voz insistente, lembrando a Drizzt de uma maneira especial que outros cinco homens dependiam dele agora. Se falhasse, os frades morreriam.

Esta parte do plano não era muito difícil para Drizzt, porque ele acreditava mesmo em suas palavras.

— Hephaestus! — ele gritou na língua comum. — Seria possível, finalmente? Ah, o mais magnífico! Mais magnífico que as histórias contam, de longe. — A cabeça do dragão recuou a uns três metros de Drizzt, e uma expressão confusa veio àqueles olhos supostamente sábios, revelando a fachada.

— Você sabe sobre mim? — Hephaestus retumbou, a respiração quente do dragão soprando a crina branca de Drizzt para trás.

— Todos sabem sobre você, poderoso Hephaestus! — Drizzt gritou, se pondo de joelhos, mas não ousando ficar de pé. — Era você a quem eu procurava, e agora o encontrei e não estou desapontado!

Os olhos terríveis do dragão se estreitaram em suspeita.

— Por que um elfo negro procuraria Hephaestus, Destruidor de Cockleby, Devorador de Dez Mil Cabeças de Gado, Aquele Que Esmagou Angalander, o Estúpido de Prata, Aquele... — Aquilo continuou por muitos minutos, com Drizzt suportando o hálito desagradável estoicamente, fingindo encantamento com a listagem dos diversos feitos malignos do dragão. Quando Hephaestus acabou, Drizzt teve que parar um momento para se lembrar da pergunta inicial.

Sua confusão real só aprimorou seu logro naquele momento.

— Elfo negro? — perguntou como se não entendesse. Ele olhou para o dragão e repetiu as palavras, ainda mais confuso. — Elfo negro?

O dragão olhou ao redor, seu olhar caindo como faróis gêmeos em todos os montes de tesouro, depois permanecendo por algum tempo no globo de escuridão de Drizzt, a meio caminho da sala.

— Estou falando de você! — Hephaestus rugiu de repente, e a força do grito jogou Drizzt para trás. — Elfo negro!

— Drow? — Drizzt disse, recuperando-se rapidamente e se atrevendo agora a ficar de pé. — Não, não eu... — se examinou e assentiu com súbito reconhecimento. — Sim, é claro — disse ele. — Muitas vezes me esqueço desse manto que visto!

Hephaestus emitiu um grunhido longo, grave, cada vez mais impaciente e Drizzt sabia que era melhor se mexer logo.

— Não sou um drow — disse. — Embora em breve eu possa ser se Hephaestus não puder me ajudar! — Drizzt só podia esperar que tivesse aguçado a curiosidade do dragão. — Você já ouviu falar de mim, tenho certeza, poderoso Hephaestus. Eu sou, ou era e espero voltar a ser, Mergandevinasander de Chult, um velho dragão negro de fama nada pequena.

— Mergandevin...? — Hephaestus começou, mas o dragão deixou a palavra morrer. Hephaestus tinha ouvido falar do dragão, é claro; os dragões conheciam os nomes da maioria dos outros dragões em todo o mundo. Hephaestus também sabia, como Drizzt esperava que soubesse, que Mergandevinasander tinha olhos púrpuras.

Para ajudá-lo através da explicação, Drizzt lembrou-se de suas experiências com Estalo, o infeliz pech que havia sido transformado por um mago na forma de um ganchador.

— Um mago me derrotou — começou sombriamente. — Um grupo de aventureiros entrou no meu covil. Ladrões! Eu peguei um deles, um paladino!

Hephaestus parecia gostar desse pequeno detalhe, e Drizzt, que acabara de pensar nisso, se parabenizou em silêncio.

— Como sua armadura prateada foi pulverizada sob o ácido do meu sopro!

— É uma pena ter desperdiçado assim — interveio Hephaestus. — Paladinos são refeições tão boas!

Drizzt sorriu para esconder sua inquietação ao pensar naquilo. Como seria o gosto de um elfo negro? Ele não podia deixar de pensar nisso com a boca do dragão tão perto.

— Eu teria matado todos eles, e teria feito adições boas ao meu tesouro... se não fosse aquele mago miserável! Foi ele quem me fez essa coisa terrível! — Drizzt observou sua forma drow com um olhar reprovador.

— Metamorfose? — Hephaestus perguntou, e Drizzt notou um pouco de empatia, ele esperava, na voz.

Drizzt assentiu solene.

— Um feitiço maligno. Tomou minha forma, minhas asas e meu sopro. No entanto, continuei sendo Mergandevinasander em meu pensamento, embora... — Hephaestus alargou os olhos ante a pausa, e o olhar lamentável e confuso que Drizzt deu realmente tocou o dragão.

— Eu desenvolvi essa súbita afinidade com as aranhas — murmurou Drizzt. — Uma vontade de acariciá-las e beijá-las... — Então, é assim que um dragão enojado se parece, Drizzt pensou enquanto voltava a olhar para a criatura. Moedas e bugigangas tilitaram em toda a câmara enquanto um tremor involuntário percorria a espinha do dragão.

※

Os frades no túnel baixo não podiam ver a conversa, mas podiam distinguir as palavras bem o bastante para entender o que o drow tinha em mente. Pela primeira vez que qualquer um deles se lembrava, irmão Jankin estava completamente sem palavras, mas Mateus conseguiu sussurrar algumas palavras, ecoando seus sentimentos compartilhados.

— Aquele lá tem colhões! — o frei imponente riu, e então bateu uma mão em sua própria boca, temendo que tivesse falado alto demais.

※

— Por que você veio até mim? — Hephaestus rugiu com raiva. Drizzt deslizou para trás sob a força do rugido, mas conseguiu manter seu equilíbrio desta vez.

— Eu imploro, poderoso Hephaestus! — Drizzt clamou. — Eu não tenho escolha. Eu viajei para Menzoberranzan, a cidade dos drow, mas o feitiço desse mago era poderoso, me disseram, e não podiam fazer nada para dissipá-lo. Então eu venho até você, grande e poderoso Hephaestus, conhecido por suas habilidades em feitiços de transmutação. Talvez um dos meus...

— Um dragão negro? — veio o rugido estrondoso, e desta vez, Drizzt caiu. — Um dos seus?

— Não, não, um dragão — disse Drizzt apressado, retraindo o aparente insulto e tornando a se levantar, visto que poderia ter que sair correndo em breve. O grunhido contínuo de Hephaestus disse a Drizzt que precisava de uma distração, e ele a encontrou atrás do dragão, nas marcas profundas de queimado ao longo das paredes e atrás de uma alcova retangular. Drizzt percebeu que era ali que Hephaestus ganhava seu pagamento considerável derretendo minérios. O drow não podia deixar de estremecer quando se perguntou quantos comerciantes ou aventureiros infelizes encontraram seu fim entre aquelas paredes destruídas.

— O que causou tal cataclisma? — Drizzt gritou com admiração. Hephaestus não ousou se virar, suspeitando de traição. Um momento depois, porém, o dragão percebeu o que o elfo negro tinha notado e o rugido desapareceu.

— Que deus veio até você, poderoso Hephaestus, e o abençoou com tal poder espetacular? Em nenhum lugar em todos os reinos há pedra tão destruída! Não desde os incêndios que formaram o mundo...

— Basta! — Hephaestus retumbou. — Você, que é tão estudado, não conhece o sopro de um vermelho?

— Certamente, o fogo é o meio de um vermelho — respondeu Drizzt, nunca tirando o olhar da alcova —, mas quão intensas as chamas podem ser? Com certeza não para causar tal devastação!

— Gostaria de ver? — veio a resposta do dragão em um silvo sinistro e fumegante.

— Sim! — Drizzt gritou, então — Não! — disse, caindo em posição fetal. Ele sabia que estava trilhando um caminho perigoso, mas sabia que era uma aposta necessária. — Realmente eu gostaria de testemunhar uma explosão tão grande, mas temo de verdade sentir o seu calor.

— Então assista, Mergandevinasander de Chult! — Hephaestus rugiu. — Contemple um dragão melhor que você! — A ingestão brusca da respiração do dragão puxou Drizzt dois passos para a frente, levou o cabelo branco a seus olhos e quase arrancou sua capa de suas costas. No montículo atrás dele, as moedas caíram para a frente em uma corrida ruidosa.

Então o pescoço serpentino do dragão balançou em um longo arco, colocando a grande cabeça vermelha alinhada com a alcova.

A explosão resultante roubou o ar da câmara; os pulmões de Drizzt queimaram e seus olhos arderam, tanto por causa do calor quanto do brilho. Ele continuou a olhar, no entanto, enquanto o fogo do dragão consumia a alcova em uma explosão trovejante. Drizzt observou, também, que Hephaestus fechava os olhos com força quando soprava o fogo.

Quando a conflagração terminou, Hephaestus voltou triunfante. Drizzt, ainda olhando a alcova, a rocha fundida escorrendo pelas paredes e pingando do teto, não precisou fingir admiração.

— Pelos deuses! — o drow sussurrou. Ele conseguiu olhar para a expressão presunçosa do dragão. — Pelos deuses — repetiu Drizzt. — Mergandevinasander de Chult, que se considerava supremo, foi humilhado.

— E bem, ele deveria ser! — Hephaestus retumbou. — Nenhum dragão negro se iguala a um vermelho! Saiba isso agora, Mergandevinasander. É um fato que poderia salvar sua vida, se alguma vez um vermelho chegar à sua porta!

— Certamente — Drizzt logoe concordou. — Mas temo que eu não tenha porta — mais uma vez, olhou para sua forma e franziu o cenho de desdém. — Nenhuma porta além de uma na cidade dos elfos negros!

— Esse é o seu destino, não o meu — disse Hephaestus. — Mas eu tenho pena de você. Devo deixar você sair vivo, embora isso seja mais do que você merece por perturbar meu sono!

Aquele era o momento crítico, Drizzt sabia. Ele poderia ter aceitado a oferta de Hephaestus; naquele momento, não queria nada além de sair dali. Mas seus princípios e a memória de Monshi não o deixariam ir. "E quanto aos seus companheiros no túnel?" ele lembrou. E as aventuras dos livros dos bardos?

— Devore-me, então — disse ao dragão, embora mal pudesse acreditar nas palavras enquanto falava. — Eu, que conheci a glória dracônica, não posso me contentar com a vida como um elfo negro.

A boca enorme de Hephaestus avançou.

— Ai de todos os dragões! — Drizzt lamentou. — Nossos números sempre diminuem, enquanto os humanos se multiplicam como parasitas. Ai dos tesouros dos dragões, roubados por magos e paladinos! — o jeito que ele cuspiu na última palavra fez com que Hephaestus desse uma pausa.

— E ai de Mergandevinasander — Drizzt continuou dramatico —, por ser abatido assim por um mago humano cujo poder ofusca até mesmo o de Hephaestus, o mais poderoso dos dragões.

— Ofusca! — Hephaestus gritou, e toda a câmara tremeu sob o poder daquele rugido.

— No que eu devo acreditar? — Drizzt gritou de volta, de forma um pouco patética se comparada ao volume do dragão. — Hephaestus se recusaria a ajudar um dos seus a caminho da extinção? Não, nisso eu não acredito, nisso o mundo jamais deveria acreditar! — Drizzt apontou um dedo para o teto acima dele, pregando como se sua vida dependesse disso. Ele não precisava se lembrar do preço do fracasso. — Eles dirão, todos de todos os reinos, que Hephaestus não ousou tentar dissipar a magia do mago, que o grande vermelho não ousou revelar sua fraqueza contra um feitiço tão poderoso pelo medo de que sua fraqueza convidasse aquele mesmo grupo do mago a vir para o norte para saquear outro dragão!

— Ah! — Drizzt gritou, de olhos arregalados. — Mas essa rendição de Hephaestus também não daria ao mago e seus amigos ladrões desagradáveis a esperança de tal saque? E que o dragão possui mais para roubar do que Hephaestus, o vermelho da rica Mirabar?

O dragão estava sem saber o que fazer. Hephaestus gostava de seu modo de vida, dormindo em tesouros cada vez maiores de comerciantes que pagavam bem. Ele não precisava do tipo de aventureiros heroicos se metendo em seu covil! Era exatamente com isso que Drizzt contava.

— Amanhã — o dragão rugiu. — No dia de hoje eu contemplarei o feitiço e amanhã Mergandevinasander voltará a ser um dragão negro! Então ele deve partir, com a cauda em chamas, caso se atreva a pronunciar mais uma palavra blasfema! Agora devo descansar para lembrar o feitiço. Você não deve se mexer, dragão de forma drow. Eu farejo onde você está e ouço melhor do que qualquer um no mundo. Eu não durmo tão pesado quanto muitos ladrões gostariam!

Drizzt não duvidava de uma única palavra, é claro, mas enquanto as coisas tinham ido tão bem quanto esperava, ele estava encrencado. Não podia esperar um dia para retomar sua conversa com o vermelho, nem seus amigos. Como iria o orgulhoso Hephaestus reagir, Drizzt se perguntou, quando o dragão tentasse remover um feitiço que sequer existia? E o que, Drizzt perguntou a si mesmo, à beira de entrar em pânico, ele faria se Hephaestus realmente o transformasse em um dragão negro?

— Claro, o sopro de um negro tem vantagens sobre o de um vermelho — Drizzt deixou escapar quando Hephaestus se afastou.

O vermelho se voltou para ele com velocidade e fúria assustadoras.

— Você gostaria de sentir meu sopro? — Hephaestus rosnou. — Como vai ficar sua ostentação então, eu me pergunto?

— Não, não é isso — respondeu Drizzt. — Não se ofenda, poderoso Hephaestus. Realmente o espetáculo de seu fogo roubou meu orgulho! Mas o sopro de um negro não pode ser subestimado. Tem qualidades além mesmo do poder do fogo de um vermelho!

— Como assim?

— Ácido, oh, Hephaestus, o Incrível, Devorador de Dez Mil Cabeças de Gado — respondeu Drizzt. — O ácido se gruda à armadura de um cavaleiro, cava seu caminho em um tormento duradouro.

— Como metal derretido? — Hephaestus perguntou sarcástico. — Metal derretido pelo fogo de um vermelho?

— Acho que por mais tempo, temo eu — admitiu Drizzt, abaixando o olhar. — O sopro de um vermelho vem em uma explosão de destruição, mas o de um negro permanece, para o desespero do inimigo.

— Uma explosão? — Hephaestus rosnou. — Por quanto tempo seu sopro pode durar, verme miserável? Posso soprar por mais tempo, tenho certeza!

— Mas... — Drizzt começou, indicando a alcova. Desta vez, a ingestão repentina do dragão puxou Drizzt vários passos para a frente e quase o tombou. O drow manteve o juízo suficiente para gritar o sinal designado: "Fogo dos Nove Infernos!" quando Hephaestus balançou a cabeça para trás, na direção da alcova.

— O sinal! — Mateus disse acima do tumulto. — Corram por suas vidas! Corram!

— Nunca! — gritou o aterrorizado Irmão Herschel, e os outros, com exceção de Jankin, não discordaram.

— Oh, sofrer tanto assim! — o fanático dos cabelos desgrenhados lamentou, pisando fora do túnel.

— Temos que correr! Por nossas vidas! — Mateus lembrou-os, pegando Jankin pelos cabelos para evitar que ele fosse para o lado errado.

Eles lutaram na saída do túnel por vários segundos e os outros frades, percebendo que talvez sua única esperança, em breve, estaria diante deles, saíram correndo do túnel e todo o grupo caiu pelo caminho inclinado da parede. Quando se recuperaram, estavam com certeza encrencados, e dançaram sem rumo, sem ter certeza se subiam para o túnel ou corriam para a saída. Sua luta desesperada quase não avançou na inclinação, especialmente com Mateus ainda tentando controlar Jankin, então a saída era o único caminho. Tropeçando em si mesmos, os frades fugiram pela sala.

Mesmo seu terror não impediu que cada um deles, mesmo Jankin, pegasse um punhado de ouro enquanto corriam.

Nunca houve uma explosão tão longa de fogo de dragão! Hephaestus, com os olhos fechados, rugia sem parar, desintegrando a pedra na alcova. Grandes gotas de chamas explodiam na sala — Drizzt foi quase derrotado pelo calor —, mas o dragão irritado não cedeu, determinado a humilhar o visitante irritante de uma vez por todas.

O dragão espiou uma vez, para testemunhar os efeitos de sua exibição. Os dragões conheciam seus tesouros melhor do que qualquer coisa no mundo, e Hephaestus não deixou passar a imagem de cinco figuras fugazes que atravessavam a câmara principal em direção à saída.

O sopro parou abruptamente e o dragão se virou.

— Ladrões! — ele rugiu, rachando a pedra com sua voz estrondosa. Drizzt sabia que o plano fora exposto.

A mandíbula enorme e afiada se fechou na direção do drow. Drizzt deu um passo para o lado e saltou, sem ter outro lugar para onde ir. Agarrou um dos chifres do dragão e subiu na cabeça do monstro. Drizzt conseguiu se arrumar em cima dele e se segurou como se sua vida dependesse disso enquanto o dragão ultrajado tentava atirá-lo pra longe. Drizzt tentou sacar uma cimitarra, mas encontrou um bolso e puxou um punhado de terra. Sem a menor hesitação, o drow jogou a terra no olho maligno do dragão.

Hephaestus ficou furioso, sacudindo a cabeça com violência, para cima e para baixo e para todas as direções. Drizzt se segurou obstinado, e o dragão esperto escolheu um método melhor.

Drizzt entendeu a intenção de Hephaestus quando a cabeça subiu a toda velocidade. O teto não era tão alto, não comparado ao pescoço serpentino de Hephaestus. Foi uma longa queda, mas, de longe, um destino preferível, e Drizzt caiu logo antes da cabeça do dragão bater na rocha.

Drizzt levantou-se acelerado enquanto Hephaestus, mal desacelerado pelo choque, sugou o ar. A sorte salvou o drow, não pela primeira nem pela última vez, quando um pedaço de pedra despencou do teto maltratado e caiu na cabeça do dragão. O sopro de Hephaestus explodiu em uma bufada inofensiva e Drizzt correu com toda a velocidade sobre o montículo do tesouro, mergulhando logo atrás.

Hephaestus rugiu e soltou o resto do sopro direto para o monte de tesouro. As moedas derreteram; pedras preciosas racharam sob a pressão. O monte tinha seis metros de espessura e estava bem aglomerado, mas Drizzt, no lado oposto, sentiu suas costas queimarem. Ele saltou da pilha, largando seu manto fumegante e coberto de ouro fundido.

Então Drizzt surgiu, com as cimitarras em mãos, à medida que o dragão recuava. O drow correu direto para o dragão, com bravura e estupidez, golpeando com toda sua força. Ele parou, atordoado, depois de apenas dois golpes, ambas cimitarras vibrando dolorosamente em suas mãos; sentiu-se como se tivesse golpeado um muro de pedra!

Hephaestus, de cabeça erguida, sequer notara o ataque.

— Meu ouro! — o dragão lamentou. Então a fera olhou para baixo, o olhar luminoso passando através do drow mais uma vez. — Meu ouro! — Hephaestus repetiu em tom perverso.

Drizzt deu de ombros inocentemente, então correu.

Hephaestus bateu com sua cauda, acertando mais um monte de tesouros e fazendo chover moedas e pedras preciosas na câmara.

— Meu ouro! — o dragão rugiu repetidamente enquanto abria caminho através das pilhas apertadas.

Drizzt foi para trás de outro montículo.

— Me ajude, Guenhwyvar — ele implorou, deixando cair a estatueta.

— Sinto seu cheiro, ladrão! — o dragão ronronou, como se um trovão pudesse ronronar, não muito longe do montículo de Drizzt.

Em resposta, a pantera chegou ao topo do montículo, rugiu em desafio, depois saltou. Drizzt, no fundo, ouvia atentamente, medindo os passos, quando Hephaestus correu para a frente.

— Vou te mastigar, metamorfo! — o dragão berrou, e sua boca aberta abriu-se para Guenhwyvar.

Mas os dentes, mesmo os dentes do dragão, não faziam efeito na névoa insubstancial que Guenhwyvar de repente se tornou.

Drizzt conseguiu pegar um pouco do tesouro enquanto corria, sua retirada coberta pelo rosnado frustrado do dragão. A câmara era grande e Drizzt não tinha saído por completo quando Hephaestus se recuperou e o viu. Confuso, mas não menos enraivecido, o dragão rugiu e voltou a perseguir Drizzt.

Na língua goblin, sabendo graças ao livro que Hephaestus falava, mas esperando que o dragão não soubesse que ele sabia, Drizzt gritou:

— Quando a besta estúpida me seguir, saia e pegue o resto!

Hephaestus parou e girou, olhando para o túnel baixo que levava às minas. O dragão estúpido estava no meio de um acesso espantoso, querendo devorar o drow, mas temendo um ataque por trás. Hephaestus dirigiu-se ao túnel e bateu sua cabeça escamosa na parede acima dele, apenas para garantir, então voltou para refletir sobre o que aconteceu.

Os ladrões já haviam alcançado a saída àquela altura, o dragão sabia; teria que sair a céu aberto se quisesse pegá-los — não era uma ideia inteligente nesta época do ano, considerando o lucrativo negócio do dragão. No final, Hephaestus resolveu o dilema como resolvia todos os problemas: prometeu devorar por inteiro o próximo grupo de mercadores que se aproximasse. Com seu orgulho restaurado graças a essa resolução, que iria esquecer logo que voltasse ao sono, o dragão voltou para o fundo de sua câmara, arrumando o ouro e recuperando o que conseguiu dos montes que, inadvertidamente, tinha derretido.

Capítulo 22

Sujeito ao retorno

— Você nos tirou de lá! — Irmão Herschel gritou. Todos os frades, exceto Jankin, deram um grande abraço em Drizzt assim que o drow os alcançou em um vale rochoso a oeste da entrada do covil do dragão.

— Se houver alguma forma de te pagar por isso...

Drizzt esvaziou seus bolsos em resposta, e cinco conjuntos de olhos ansiosos se arregalaram quando moedas e objetos de ouro se desdobraram, brilhando no sol da tarde. Uma pedra em particular, um rubi de cinco centímetros, prometia riquezas além de qualquer coisa que os frades conhecessem.

— Para vocês — explicou Drizzt. — Tudo isso. Não preciso de tesouros.

Os frades olharam ao redor se sentindo culpados, nenhum deles disposto a revelar a quantidade armazenada em seus próprios bolsos.

— Talvez você devesse ficar com um pouco — sugeriu Mateus —, se você ainda pretende seguir em frente sozinho.

— Eu vou — Drizzt disse com firmeza.

— Você não pode ficar aqui — argumentou Mateus. — Pra onde você vai?

Drizzt realmente não tinha pensado muito nisso. Tudo o que realmente sabia era que seu lugar não estava entre os Frades Penitentes. Ele refletiu um pouco, lembrando as muitas estradas pelas quais havia viajado. Um pensamento surgiu em sua cabeça.

— Você disse — comentou Drizzt a Jankin. — Você falou de um lugar uma semana antes de entrarmos no túnel.

Jankin olhou para ele com curiosidade, mal conseguindo se lembrar.

— Dez-Burgos — disse Drizzt. — Terra de ladrões, onde um renegado pode encontrar seu lugar.

— Dez-Burgos? — Mateus relutou. — Você deve reconsiderar seu curso, amigo. Vale do Vento Gélido não é um lugar acolhedor, nem os assassinos brutos de Dez-Burgos.

— O vento está sempre soprando — Jankin acrescentou com um olhar melancólico em seus olhos escuros e vazios —, repleto de areia e com um frio que corta. Eu vou com você!

— E os monstros! — acrescentou um dos outros, dando uma bofetada na nuca de Jankin. — Yeti da tundra e ursos brancos, e bárbaros ferozes! Não, eu não irei para Dez-Burgos mesmo se o próprio Hephaestus tentasse me perseguir até lá!

— Bem, o dragão poderia — disse Herschel, olhando ansioso para o covil não tão distante. — Existem algumas fazendas nas proximidades. Talvez possamos ficar lá à noite e voltar para o túnel amanhã.

— Eu não irei com vocês — repetiu Drizzt. — Você diz que Dez-Burgos é um lugar hostil, mas eu teria qualquer recepção mais gentil em Mirabar?

— Nós iremos aos fazendeiros esta noite — respondeu Mateus, reconsiderando suas palavras. — Nós vamos comprar um cavalo para você lá, e os suprimentos que você precisará. Não desejo que você vá embora — disse —, mas Dez-Burgos parece ser uma boa escolha — ele olhou para Jankin — para um drow. Muitos encontraram seu lugar lá. Realmente é um lar para aqueles que não têm nenhum.

Drizzt entendeu a sinceridade na voz do frade e apreciou a graça de Mateus.

— Como eu chego lá? — perguntou.

— Siga as montanhas — respondeu Mateus. — Mantenha sempre ao alcance da sua mão direita. Quando você chegar no final, você entrou em Vale do Vento Gélido. Um único pico marca o terreno plano ao norte da Espinha do Mundo. As cidades são construídas em torno dela. Que seja tudo o que você espera!

Com isso, os frades se prepararam para ir. Drizzt apertou as mãos atrás da cabeça e recostou-se contra a parede do vale. Na verdade, era hora de se separar dos frades, ele sabia, mas não podia negar a culpa e a solidão que a perspectiva oferecia. As pequenas riquezas que tinham tirado do covil do dragão mudariam muito a vida de seus companheiros, lhes forneceria abrigo e todas as necessidades, mas a riqueza não poderia fazer nada para alterar as barreiras que Drizzt enfrentava.

Dez-Burgos, a terra que Jankin tinha chamado de lar para os que não têm nenhum, um lugar de encontro para aqueles que não tinham para onde ir, trazia ao drow alguma esperança. Quantas vezes o destino o chutara? De quantos portões ele se aproximou, esperançoso, apenas para ser afastado pela ponta de uma lança? Desta vez seria diferente, Drizzt disse a si mesmo, porque, se não conseguisse encontrar um lugar na terra dos ladrões, para onde então ele poderia recorrer?

Para o drow atormentado, que passara tanto tempo correndo da tragédia, culpa e preconceitos dos quais não conseguia escapar, a esperança não era uma emoção confortável.

Drizzt acampou em um pequeno bosque naquela noite enquanto os frades entravam na pequena aldeia agrícola. Eles voltaram na manhã seguinte trazendo um bom cavalo, mas com um membro de seu grupo ausente.

— Onde está Jankin? — Drizzt perguntou, preocupado.

— Amarrado em um celeiro — respondeu Mateus. — Ele tentou fugir na noite passada, para voltar--

— Para Hephaestus — Drizzt terminou para ele.

— Se ele continuar assim pelo resto do dia, podemos apenas deixá-lo ir — acrescentou um Herschel enojado.

— Aqui está o seu cavalo — disse Mateus —, se a noite não te fez mudar de ideia.

— E aqui está um novo cobertor — ofereceu Herschel. Ele entregou a Drizzt uma capa de boa qualidade, revestida de peles. Drizzt sabia que os frades estavam sendo generosos além do normal, e quase mudou de ideia. Ele não podia ignorar suas outras necessidades, porém, e não as satisfaria entre esse grupo.

Para mostrar a sua determinação, o drow foi direto até o animal, na intenção de subir nele naquele instante. Drizzt tinha visto um cavalo antes, mas nunca de tão perto. Estava impressionado com a força absoluta da criatura, com os músculos ondulando ao longo do pescoço do animal, e também ficou espantado pela altura das costas do cavalo.

Ele passou um momento olhando nos olhos do cavalo, comunicando sua intenção o melhor que podia. Então, para o choque de todos, até mesmo de Drizzt, o cavalo se inclinou, permitindo que o drow subisse com facilidade na sela.

— Você tem um jeito com cavalos — observou Mateus. — Você nunca mencionou que era um bom cavaleiro.

Drizzt apenas assentiu e fez o melhor que pôde para ficar na sela quando o cavalo começou a trotar. Levou ao drow vários momentos para descobrir como controlar a criatura e ele já tinha ido muito para o leste — o caminho errado — antes que conseguisse voltar. Ao longo do circuito, Drizzt esforçou-se por manter sua fachada, e os frades, também nem um pouco acostumados com cavalos, apenas assentiram e sorriram.

Horas depois, Drizzt estava galopando rápido a oeste, seguindo a borda sul da Espinha do Mundo.

— Os Frades Penitentes — sussurrou Roddy McGristle, olhando para baixo de uma ribanceira pedregosa na direção do bando enquanto seguiam o caminho até o túnel de Mirabar.

— O-quê? — Tephanis gritou, correndo de sua sacola para se juntar a Roddy. Pela primeira vez, a velocidade do sprite provou ser uma desvantagem. Antes mesmo de perceber o que estava dizendo, Tephanis cuspiu:

— Não-pode-ser. O-dragão...

O olhar de Roddy caiu sobre Tephanis como a sombra de uma nuvem que prenuncia a tempestade.

— Quer-dizer, eu-supus... — Tephanis explodiu, mas ele percebeu que Roddy, que conhecia o túnel melhor do que ele e sabia, também, o jeito que o sprite tinha com fechaduras, tinha adivinhado o que ele fez.

— Cê tentou matar o drow sozinho — disse Roddy com calma.

— Por-favor, meu-mestre — respondeu Tephanis. — Eu-não-queria... Eu-temi-por-você. O-drow-é-um-demônio! Eu-os-mandei-pelo-túnel-do-dragão. Eu-achei-que-você...

— Esquece — rosnou Roddy. — Cê fez o que fez, e chega de falar disso. Agora volta pro saco. Depois a gente arruma o que cê fez, se o drow não morreu.

Tephanis assentiu com a cabeça, aliviado, e voltou ao saco. Roddy recolheu o saco e chamou seu cachorro para seu lado.

— Eu vou fazer os frade falar — prometeu o caçador de recompensas —, mas primeiro...

Roddy girou o saco, batendo no muro de pedra.

— Mestre! — veio o grito abafado do sprite.

— Seu... ladrão... de... drow... — Roddy bufou e bateu o saco impiedosamente contra a pedra inflexível. Tephanis se contorceu nos primeiros golpes, até conseguiu começar a fazer um rasgo com sua pequena adaga. Mas então o saco se ensopou de algo escuro e o sprite não se contorcia mais.

— Seu mutante ladrão de drow — murmurou Roddy, jogando o pacote sangrento longe. — Vem, cachorro. Se o drow tá vivo, os frade vão saber onde ele tá.

Os Frades Penitentes eram uma ordem dedicada ao sofrimento, e alguns deles, particularmente Jankin, haviam sofrido muito em suas vidas. Nenhum deles, no entanto, jamais imaginou o nível de crueldade que encontrariam nas mãos de Roddy McGristle, de olhos selvagens, e antes de uma hora se passar, Roddy também estava correndo para o oeste ao longo da borda sul da serra.

O vento frio a leste enchia seus ouvidos com sua canção sem fim. Drizzt tinha ouvido a cada segundo, já que tinha circulado a borda ocidental da Espinha do Mundo e virado para o norte e para o leste, no pedaço estéril de terra que recebeu seu nome em homenagem a seu vento, Vale do Vento Gélido. Ele aceitou o gemido lúgubre e o corte congelante do vento de bom grado, porque, para Drizzt, a rajada de ar vinha como uma lufada de liberdade.

Outro símbolo dessa liberdade, a vista do amplo mar, veio quando o drow circulou a cordilheira. Drizzt havia visitado o litoral uma vez, em sua passagem para Luskan, e agora queria parar e percorrer os poucos quilômetros que faltavam para a costa novamente. Mas o vento frio o lembrou do inverno iminente, e ele entendeu a dificuldade que teria para viajar pelo vale assim que a primeira neve caísse.

Drizzt viu o Sepulcro de Kelvin, a montanha solitária na tundra ao norte da grande cordilheira, no primeiro dia após ter entrado no vale. Ele a seguiu ansioso, visualizando seu pico singular como o ponto de marcação para a terra que chamaria de lar. Ele sentia uma esperança hesitante sempre que se concentrava naquela montanha.

Ele passou por vários pequenos grupos, carroças solitárias ou um punhado de homens a cavalo, enquanto se aproximava da região de Dez-Burgos ao longo da rota da caravana, pela entrada sudoeste. O sol estava baixo no oeste e fraco, e Drizzt manteve o capuz de sua capa puxado para baixo, escondendo sua pele de ébano. Acenava sutilmente com a cabeça quando cada viajante passava.

Três lagos dominavam a região, assim como o pico do rochoso Sepulcro de Kelvin, que subia a trezentos metros da planície quebrada e vivia coberta de neve mesmo durante o curto verão. Das dez cidades que davam nome à região, apenas a principal, Bryn Shander, se destacava dos lagos. Ela ficava acima da planície, em uma pequena colina, sua bandeira chicoteando desafiadora contra o vento feroz. A rota da caravana, a trilha de Drizzt, levava a esta cidade, o principal mercado da região.

Drizzt podia notar pela crescente fumaça de fogueiras distantes que várias outras comunidades estavam a poucos quilômetros da cidade na colina. Ele considerou seu curso por um momento, perguntando-se se deveria ir a uma dessas cidades menores e mais isoladas em vez de continuar direto para a cidade principal.

— Não — disse o drow com firmeza, deixando cair a mão em sua bolsa para sentir a estatueta de ônix. Drizzt incitou o cavalo para a frente, subindo a colina até os portões proibidos da cidade forjada.

— Mercador? — perguntou um dos dois guardas que estavam entediados diante do portão de ferro. — Você tá um pouco atrasado pra negociar.

— Não sou um comerciante — respondeu Drizzt suave, perdendo uma boa medida de sua coragem agora que a hora derradeira havia chegado. Ele estendeu a mão devagar para o capuz, tentando manter sua mão trêmula em movimento.

— De que cidade, então? — perguntou o outro guarda. Drizzt deixou cair a mão, sua coragem desviada pela pergunta contundente.

— De Mirabar — ele respondeu sincero, e antes que pudesse parar e antes que os guardas fizessem outra pergunta que o distraísse, ele estendeu a mão e puxou o capuz.

Quatro olhos se arregalaram e as mãos imediatamente foram para as espadas embainhadas.

— Não! — Drizzt retrucou de repente. — Não, por favor. — Um cansaço se mostrou tanto em sua voz quanto em sua postura que os guardas não conseguiram entender. Drizzt não tinha mais forças para tais batalhas insensatas de mal-entendidos. Contra uma horda de goblins ou um gigante invasor, as cimitarras do drow vinham às suas mãos com facilidade, mas contra alguém que apenas lutava contra ele por causa de percepções errôneas, suas lâminas pesavam muito.

— Eu vim de Mirabar — continuou Drizzt, sua voz ficando cada vez mais firme a cada sílaba — até Dez-Burgos para viver em paz.

O drow manteve as mãos abertas, não oferecendo nenhuma ameaça.

Os guardas mal sabiam como reagir. Nenhum deles havia visto um elfo negro antes — embora soubessem sem dúvida que Drizzt era um — ou sabia mais sobre a raça além das histórias à beira da fogueira sobre uma antiga guerra que separou os povos élficos.

— Espere aqui — um dos guardas sussurrou para o outro, que não parecia apreciar a ordem. — Vou informar o porta-voz Cassius.

O guarda bateu no portão de ferro e deslizou para dentro assim que estava aberto o suficiente para deixá-lo passar. O guarda restante observava Drizzt sem piscar, sua mão nunca deixando o punho da espada.

— Se você me matar, uma centena de bestas irá derrubá-lo — ele declarou, tentando, mas falhando em soar confiante.

— Por que eu faria isto? — Drizzt perguntou inocentemente, mantendo suas mãos estendidas e sua postura não ameaçadora. O encontro fora bem até agora, ele acreditava. Em todas as outras aldeias das quais se atreveu a se aproximar, os primeiros que o viam ou fugiam em terror ou o perseguiam com as armas à mostra.

O outro guarda retornou pouco tempo depois com um homem pequeno e delgado, barbeado e com olhos azuis brilhantes que o analisavam continuamente, observando cada detalhe. Ele usava roupas de alta qualidade, e, pelo respeito que os dois guardas mostraram a ele, Drizzt soube de imediato que era alguém de hierarquia alta.

Ele estudou Drizzt por um longo tempo, analisando cada movimento e cada característica.

— Eu sou Cassius — disse ele após uma longa pausa —, Porta-voz de Bryn Shander e Porta-Voz Principal do Conselho Governante de Dez-Burgos.

Drizzt mergulhou em uma pequena reverência.

— Eu sou Drizzt Do'Urden — disse ele —, de Mirabar e além, agora vindo para Dez-Burgos.

— Por quê? — Cassius perguntou bruscamente, tentando pegá-lo desprevenido. Drizzt deu de ombros.

— É preciso um motivo?

— Para um elfo negro, talvez — Cassius respondeu honestamente.

O sorriso de aceitação de Drizzt desarmou o porta-voz e acalmou os dois guardas, que agora estavam parados de forma protetora ao lado dele.

— Não posso oferecer nenhuma razão para vir, além do meu desejo de vir — continuou Drizzt. — A minha estrada foi longa, porta-voz

Cassius. Estou cansado e preciso descansar. Dez-Burgos é o lugar dos renegados, pelo que me disseram, e não duvido que um elfo negro seja um renegado entre os moradores da superfície.

Parecia lógico o suficiente, e a sinceridade de Drizzt se mostrou clara para o porta-voz observador. Cassius apoiou o queixo na palma da mão e pensou por um longo tempo. Ele não temia o drow, nem duvidava das palavras do elfo, mas não tinha intenção de permitir a agitação que um drow causaria em sua cidade.

— Bryn Shander não é o seu lugar — Cassius disse sem rodeios, e os olhos cor de lavanda de Drizzt se estreitaram com a proclamação injusta. Sem se deixar intimidar, Cassius apontou para o norte. — Vá para Bosque Solitário, na floresta às margens a norte de Maer Dualdon — sugeriu. Ele moveu o olhar para o sudeste. — Ou para Bom-Prado ou Toca de Dougan no lago do sul, Águas Rubras. Estas são cidades menores, onde você causará menos agitação e encontrará menos problemas.

— E quando eles recusarem minha entrada? — Drizzt perguntou. — Onde então, bom porta-voz? Para o lado de fora, no vento, para morrer na planície vazia?

— Você não tem como saber...

— Eu sei — interrompeu Drizzt. — Passei por isso muitas vezes. Quem receberá um drow, mesmo aquele que abandonou o seu povo e seus caminhos e que não deseja nada além de paz? — A voz de Drizzt era severa e não mostrava autocompaixão, e Cassius mais uma vez entendeu que as palavras eram verdadeiras.

Cassius sentiu empatia genuína. Ele próprio tinha sido um renegado uma vez e tinha sido forçado até os confins do mundo, indo em vão para o Vale do Vento Gélido, para encontrar um lar. Não havia mais lugares além disso; Vale do Vento Gélido era a última parada de um renegado. Outro pensamento veio então a Cassius, uma possível solução para o dilema que não irritaria sua consciência.

— Por quanto tempo você viveu na superfície? — Cassius perguntou com interesse sincero.

Drizzt parou para pensar na pergunta por um momento, se perguntando onde o porta-voz queria chegar.

— Sete anos — respondeu.

— No norte?

— Sim.

— No entanto, você não encontrou nenhum lar, nenhuma aldeia para acolhê-lo — disse Cassius. — Você sobreviveu a invernos hostis e, sem dúvida, a inimigos mais diretos. Você é habilidoso com essas lâminas no seu cinto?

— Sou um ranger — disse Drizzt sem hesitar.

— Uma profissão incomum para um drow — observou Cassius.

— Eu sou um ranger — repetiu Drizzt, com mais força — bem treinado nos caminhos da natureza e no uso de minhas armas.

— Não duvido — refletiu Cassius. Ele fez uma pausa e disse — Existe um lugar que oferece abrigo e isolamento — o porta-voz levou o olhar de Drizzt para o norte, até as encostas rochosas de Sepulcro de Kelvin. — Além do vale anão está a montanha — Cassius explicou —, e além disso, a tundra aberta. Seria bom para Dez-Burgos ter um batedor nas encostas ao norte da montanha. O perigo sempre parece vir dessa direção.

— Eu vim encontrar um lar — interrompeu Drizzt. — Você me oferece um buraco em uma pilha de pedras e um dever para com quem eu não devo nada — na verdade, a sugestão apelava ao espírito ranger de Drizzt.

— Você quer que eu diga que as coisas são diferentes? — Cassius respondeu. — Não deixarei um drow errante entrar em Bryn Shander.

— Um homem teria que se provar digno?

— Um homem não teria uma reputação tão sombria — respondeu Cassius de forma franca, sem hesitação. — Se eu fosse tão magnânimo, se te acolhesse com base apenas em suas palavras e abrisse meus portões para você, você encontraria seu lar? Nós dois sabemos que não, drow. Nem todos em Bryn Shander têm um coração tão aberto, eu prometo. Você causaria um alvoroço onde quer que fosse e independente de sua intenção, seria forçado a entrar em batalhas.

— Seria o mesmo em qualquer uma das cidades — Cassius prosseguiu, adivinhando que suas palavras tinham atingido um acorde de verdade no coração do drow expatriado. — Eu lhe ofereço um buraco em uma pilha de rocha, dentro das fronteiras de Dez-Burgos, onde suas ações, boas ou más, forjarão sua reputação além da cor da sua pele. A minha oferta parece tão fútil agora?

— Preciso de suprimentos — disse Drizzt, aceitando a verdade nas palavras de Cassius. — E quanto ao meu cavalo? Não acho que as encostas de uma montanha sejam um lugar apropriado para uma criatura tão grande.

— Troque seu cavalo então — Cassius sugeriu. — Meu guarda receberá um preço justo e retornará aqui com os suprimentos de que você precisará.

Drizzt pensou na sugestão por um momento, depois entregou as rédeas para Cassius.

O porta-voz saiu então, se achando bem esperto. Não só evitou qualquer problema imediato, como convenceu Drizzt a proteger suas fronteiras, tudo em um lugar onde Bruenor Martelo-de-Batalha e seu clã de anões soturnos sem dúvida poderiam impedir o drow de causar algum problema.

Roddy McGristle puxou sua carroça em uma pequena aldeia aninhada nas sombras do extremo oeste da cordilheira. A neve viria em breve, o caçador de recompensas sabia, e não tinha vontade de ser pego na metade do caminho pelo vale quando começasse. Ele ficaria ali com os fazendeiros e aguardaria o inverno.

Nada poderia deixar o vale sem passar por aquela área, e se Drizzt tivesse ido para lá, como os frades revelaram, não teria para onde fugir.

Drizzt partiu dos portões naquela noite, preferindo a escuridão para a jornada, apesar do frio. Sua abordagem direta para a montanha o levou ao longo da borda oriental do desfiladeiro rochoso que os anões haviam reivindicado como seu lar. Drizzt tomou muito cuidado para evitar os guardas que o povo barbudo poderia ter por ali. Ele já havia encontrado anões antes, quando passou pela Cidadela Adbar em suas primeiras andanças após deixar o bosque de Monshi, e não foi uma experiência agradável. As patrulhas anãs o perseguiram sem esperar por explicações, e o perseguiram durante muitos dias pelas montanhas.

Por toda a sua prudência em passar do vale, Drizzt não podia ignorar um monte alto de rochas que encontrou, uma escalada com passos apoiados nas pedras empilhadas. Ele estava a menos da metade da montanha, com vários quilômetros e horas da noite à frente, mas Drizzt subiu o desvio, passo a passo, encantado pelo panorama alargado das luzes da cidade sob ele.

A escalada não era alta, apenas cinquenta metros ou mais, mas com a tundra plana e a noite clara, Drizzt tinha uma visão de cinco cidades: duas às margens do lago a leste, duas a oeste no lago maior e Bryn Shander, em sua colina, alguns quilômetros ao sul.

Quantos minutos se passaram, Drizzt não sabia, porque as vistas provocavam muitas esperanças e fantasias para lembrar. Ele estava em Dez-Burgos há apenas um dia, mas já se sentia confortável com a vista, com o conhecimento de que milhares de pessoas sobre a montanha ouviriam sobre ele e talvez o aceitassem.

Uma voz revoltada e grave arrancou Drizzt de suas contemplações. Ele caiu em um agachamento defensivo e circulou atrás de uma rocha. O fluxo de reclamações marcou claramente a figura que vinha. Ele tinha ombros largos e era cerca de trinta centímetros mais baixo do que Drizzt, embora be mais pesado do que o drow. Drizzt sabia que era um anão antes mesmo que a figura parasse para ajustar seu elmo — batendo a cabeça em uma pedra.

— Maldito Dagnaggit —, murmurou o anão, "ajustando" o capacete pela segunda vez.

Drizzt estava bastante intrigado, mas também era inteligente o suficiente para perceber que um anão que resmungava provavelmente não receberia de braços abertos um drow não convidado no meio de uma noite escura. À medida que o anão se movia para outro ajuste, Drizzt saiu, correndo leve e silencioso pelo lado da trilha. Ele passou perto do anão, mas depois desapareceu sem mais agitação do que a sombra de uma nuvem.

— Há? — o anão murmurou quando voltou, desta vez satisfeito com o ajuste de seu elmo. — Quem é? O que você quer? — disse ele entre uma série de pulos curtos e giratórios, com seus olhos se movendo com atenção.

Havia apenas a escuridão, as pedras e o vento.

Capítulo 23

Uma memória materializada

A PRIMEIRA NEVE DA ESTAÇÃO CAIU SOBRE VALE do Vento Gélido. Grandes flocos à deriva desciam em uma dança hipnotizante, tão diferentes das tempestades de vento mais comuns na região. A jovem, Cattibrie, observava a tudo com um encantamento óbvio da entrada da caverna que era sua casa, o tom de seus olhos azuis parecendo ainda mais puro no reflexo do cobertor branco do chão.

— Chegou tarde, mas forte — resmungou Bruenor Martelo-de-Batalha, um anão de barba vermelha, quando apareceu atrás de Cattibrie, sua filha adotiva. — Certeza que vai ser uma estação difícil, assim como tudo neste lugar pra dragões brancos!

— Ah, papai! — respondeu severamente Cattibrie. — Para de reclamar! Foi só uma nevezinha bonita e inofensiva, sem vento nem nada.

— Humanos — bufou o anão de forma ridícula, ainda atrás da menina. Cattibrie não conseguia ver sua expressão, suave para ela, enquanto ele resmungava, mas não precisava. Bruenor era 90% diversão e 10% reclamação, segundo a estimativa de Cattibrie.

Cattibrie girou de repente na direção do anão, com seus cabelos castanho-avermelhados, na altura do ombro, batendo em seu rosto.

— Posso sair para brincar? — ela perguntou, com um sorriso esperançoso em seu rosto. — Ah, por favor, papai!

Bruenor forçou sua melhor careta.

— Só um tolo consideraria o inverno do Vale do Vento Gélido como um bom lugar para brincar! Mostre algum bom senso, garota! A estação vai congelar seus ossos!

O sorriso de Cattibrie desapareceu, mas ela se recusou a se render com tanta facilidade.

— Bem dito pra um anão — ela retrucou, para o horror de Bruenor. — Você se dá bem o suficiente com os buracos e quanto menos vê o céu, mais feliz você fica. Mas eu tenho um longo inverno à frente, e essa pode ser a minha última chance de ver o céu. Por favor, papai?

Bruenor não conseguiu segurar seu rosto fechado contra o charme de sua filha, mas não queria que ela saísse.

— Acho que tem alguma coisa rondando lá fora — ele explicou, tentando parecer autoritário. — Percebi na escalada faz algumas noites, mesmo não tendo visto. Pode ser um leão branco ou um urso. É melhor... — Bruenor nunca terminou, porque o olhar desanimado de Cattibrie destruiu completamente os medos imaginários do anão.

Cattibrie não era inexperiente quanto aos perigos da região. Vivia com Bruenor e seu clã há mais de sete anos. Um bando de goblins assassinou os pais de Cattibrie quando ela era apenas uma criança, e, embora fosse humana, Bruenor a tomou como sua filha.

— Você é difícil — disse Bruenor em resposta à expressão desamparada de Cattibrie. — Saia, então, mas não vá longe! Dê sua palavra, pestinha, que vai onde pode ver as cavernas, e leva uma espada e um chifre.

Cattibrie correu e plantou um beijo na bochecha de Bruenor, que o anão taciturno logo limpou, resmungando às costas da menina enquanto ela desaparecia no túnel. Bruenor era o líder do clã, tão duro quanto a pedra que mineravam. Mas toda vez que Cattibrie plantava um beijo em sua bochecha, o anão percebia que tinha cedido a ela.

— Humanos! — o anão resmungou novamente, e então tomou o túnel para a mina, pisando duro, achando melhor bater em alguns pedaços de ferro, apenas para se lembrar de sua dureza.

Foi fácil para a menina espirituosa racionalizar sua desobediência quando olhou de volta pelo vale das encostas mais baixas de Sepulcro de Kelvin, a quase cinco quilômetros da entrada. Bruenor disse a Cattibrie para manter as cavernas à vista, e elas estavam, ou pelo menos o terreno mais extenso ao redor delas estava, a partir daquele ponto alto.

Mas Cattibrie, deslizando alegre por uma extensão acidentada, logo encontrou uma falha em não atender às advertências do pai experiente. Ela tinha chegado ao fundo, um passeio delicioso, e estava esfregando rapidamente suas mãos em busca de calor, quando ouviu um grunhido baixo e sinistro.

— Leão branco — Cattibrie disse bem baixo, lembrando-se das suspeitas de Bruenor. Quando olhou para cima, viu que o palpite de seu pai não estava de todo errado, nem certo. Era realmente um grande felino que a menina via olhando para ela de um monte pedregoso, mas era preto, não branco, e uma enorme pantera, não um leão.

De forma desafiadora, Cattibrie tirou a faca da bainha.

— Fica longe, gato! — ela disse, com apenas um mínimo de tremor em sua voz, porque sabia que o medo convidava o ataque de animais selvagens.

Guenhwyvar abaixou as orelhas e se sentou, depois emitiu um rugido longo e ressonante que ecoou em toda a região pedregosa.

Cattibrie não conseguiu responder ao poder nesse rugido, nem aos dentes longos que a pantera mostrava. Procurou por uma rota de fuga, mas sabia que, não importava para que lado corresse, não poderia ir além da distância que a pantera cobriria com seu primeiro salto.

— Guenhwyvar! — veio um chamado acima. Cattibrie tornou a olhar para a expansão coberta de neve para ver uma forma esbelta e encapuzada, escolhendo uma rota cuidadosa em sua direção. — Guenhwyvar! — o recém-chegado gritou novamente. — Saia!

A pantera grunhiu uma resposta gutural, depois afastou-se, pulando os pedregulhos cobertos de neve e saltando sobre pequenos penhascos com tanta facilidade quanto se estivesse atravessando um campo liso e plano.

Apesar de seus contínuos medos, Cattibrie observou a pantera partir com sincera admiração. Ela sempre amou animais e os estudav com frequência, mas a interação dos músculos elegantes de Guenhwyvar era mais majestosa do que qualquer coisa que já havia imaginado. Quando enfim saiu de seu transe, ela percebeu que a figura esbelta estava logo atrás dela. Cattibrie então girou, com a faca ainda na mão.

A lâmina caiu de sua mão e sua respiração parou abruptamente assim que ela olhou para o drow.

Drizzt, também, ficou surpreso com o encontro. Ele queria ter certeza de que a garota estava bem, mas quando olhou para Cattibrie, todos os pensamentos de seu propósito desapareceram em uma onda de lembranças.

Ela tinha por volta da mesma idade que o garoto de cabelos cor de areia da fazenda, Drizzt observou inicialmente, e tal pensamento inevitavelmente trouxe as agonizantes lembranças de Maldobar. Quando Drizzt olhou mais de perto, nos olhos de Cattibrie, seus pensamentos foram enviados ainda mais longe em seu passado, até os dias em que marchara ao lado de seus parentes sombrios. Os olhos de Cattibrie possuíam o mesmo brilho alegre e inocente que Drizzt tinha visto nos olhos de uma criança elfa, uma garota que ele havia resgatado das lâminas selvagens de seus parentes invasores. A memória sobrecarregou Drizzt, enviou-o de volta para aquela escuridão sangrenta no bosque élfico, onde seu irmão e seus companheiros haviam chacinado de forma brutal um grupo de elfos. No conflito, Drizzt quase matara a criança élfica, quase se colocou para sempre na mesma estrada sombria que seus parentes tão voluntariamente seguiam.

Drizzt sacudiu a cabeça para afastar as lembranças e lembrou-se de que esta era uma criança diferente de uma raça diferente. Ele queria falar uma saudação, mas a menina tinha ido embora.

Aquela palavra condenatória, *"drizzit"*, ecoou nos pensamentos do drow várias vezes enquanto voltava para a caverna que decidira usar como casa na face norte da montanha.

Na mesma noite, a estação veio com toda sua força. O vento frio do leste que soprava da Geleira Reghed empurrava a neve em sopros fortes e impenetráveis.

Cattibrie observou desesperada a neve, temendo que muitas semanas pudessem se passar antes que ela pudesse voltar para o Sepulcro de Kelvin. Não contou a Bruenor ou a nenhum dos outros anões sobre o drow, por medo de ser punida e de que Bruenor afastasse o drow. Olhando para a neve, Cattibrie desejava ter sido mais corajosa, ter permanecido e conversado com o elfo estranho. Cada uivo do vento aumentou esse desejo e fez a garota se perguntar se tinha perdido sua única chance.

"Vou para Bryn Shander", Bruenor anunciou mais de dois meses depois, pela manhã. Um intervalo inesperado surgiu no inverno que em anos normais durava sete meses em Vale do Vento Gélido, um raro degelo em janeiro. Bruenor olhou sua filha com desconfiança.

— Você quer sair sozinha hoje? — perguntou ele.

— Se eu puder — Cattibrie respondeu. — Tá muito apertado aqui e o vento não tá tão frio.

— Vou pegar um anão ou dois para ir com você — ofereceu Bruenor.

Cattibrie, pensando que agora poderia ser sua chance de voltar a investigar o drow, hesitou com a ideia.

— Eles estão todos consertando suas portas! — ela retrucou, mais rude do que pretendia. — Não quero incomodar ninguém com meus caprichos!

Os olhos de Bruenor se estreitaram.

— Você tem muita teimosia em você.

— Puxei do meu pai — disse Cattibrie com uma piscadela que derrubou quaisquer argumentos futuros.

— Tome cuidado, então — começou Bruenor —, e mantenha--

— As cavernas à vista! — Cattibrie terminou por ele.

Bruenor girou e saiu da caverna, resmungando impotente e amaldiçoando o dia em que decidiu adotar um ser humano como filha. Cattibrie apenas ria da fachada resmungona.

Mais uma vez, foi Guenhwyvar quem primeiro encontrou a menina de cabelos castanho-avermelhados. Cattibrie havia se dirigido para a montanha e estava seguindo ao redor das trilhas mais ocidentais quando viu a pantera negra acima dela, observando-a de um esporão de pedra.

— Guenhwyvar — a garota chamou, lembrando o nome que o drow usara. A pantera grunhiu baixo e pulou do esporão, aproximando-se.

— Guenhwyvar? — Cattibrie repetiu, mais incerta, porque a pantera estava a poucas dezenas de passos de distância. As orelhas de Guenhwyvar subiram com a segunda menção do nome e os músculos tensos da gata relaxaram visivelmente.

Cattibrie aproximou-se lentamente, um passo deliberado de cada vez.

— Onde está o elfo negro, Guenhwyvar? — ela perguntou em voz baixa. — Pode me levar até ele?

— E por que você quer ir até ele? — veio uma pergunta por trás.

Cattibrie congelou, lembrando-se da voz suave e melódica, então se virou devagar para encarar o drow. Ele estava a apenas três passos atrás dela, o olhar de olhos lavanda travado nela assim que se encontraram. Cattibrie não tinha ideia do que dizer, e Drizzt, absorvido outra vez pelas memórias, ficou quieto, observando e esperando.

— Cê é um drow? — Cattibrie perguntou depois que o silêncio tornou-se insuportável. Assim que ouviu suas próprias palavras, se repreendeu em silêncio por fazer uma pergunta tão estúpida.

— Eu sou — respondeu Drizzt. — O que isso significa para você?

Cattibrie deu de ombros ante a estranha resposta.

— Ouvi dizer que os drow são maus, mas você não me parece ser mau.

— Você assumiu um grande risco em vir aqui sozinha — observou Drizzt. — Mas não tenha medo — ele acrescentou, vendo o súbito desconforto da menina. — Não sou mau e não vou te fazer mal.

Após os meses sozinho em sua caverna confortável, mas solitária, Drizzt não queria que esta reunião terminasse logo.

Cattibrie assentiu, acreditando em suas palavras.

— Meu nome é Cattibrie — disse ela. — Meu papai é Bruenor, Rei do Clã Martelo-de-Batalha.

Drizzt inclinou a cabeça com curiosidade.

— Os anões — explicou Cattibrie, apontando para o vale. Ela entendeu a confusão de Drizzt assim que terminou de falar. — Ele não é meu pai de sangue — disse. — Bruenor me adotou quando eu era só um bebê, quando meus pais de sangue...

Ela não conseguiu terminar, e Drizzt não precisava que terminasse, compreendendo sua expressão dolorida.

— Eu sou Drizzt Do'Urden — o drow interveio. — É um prazer, Cattibrie, filha de Bruenor. É bom ter outra pessoa com quem conversar. Durante todas essas semanas de inverno, eu só tive Guenhwyvar, quando a gata está por perto, e minha amiga não é muito de falar, é claro...

O sorriso de Cattibrie quase chegou às orelhas. Ela olhou por cima do ombro para a pantera, agora deitada preguiçosamente no caminho.

— Ela é uma gata linda — observou Cattibrie.

Drizzt não duvidou da sinceridade no tom da menina, ou no olhar de admiração que ela deixou cair em Guenhwyvar.

— Venha aqui, Guenhwyvar — disse Drizzt, e a pantera esticou-se e levantou-se lentamente.

Guenhwyvar caminhou ao lado de Cattibrie, e Drizzt assentiu com a cabeça para responder a seu desejo não dito, mas óbvio. Hesitante no início, mas depois com firmeza, Cattibrie acariciou o pelo elegante da pantera, sentindo o poder e a perfeição do animal. Guenhwyvar aceitou o carinho sem queixa, até se encostou no lado de Cattibrie quando ela parou por um momento, empurrando-a, pedindo para continuar.

— Você está sozinha? — Drizzt perguntou.

Cattibrie assentiu.

— Meu pai disse para manter as cavernas à vista — ela riu. — Eu posso vê-las bem o suficiente, pelo meu ponto de vista!

Drizzt olhou de volta para o vale, até a parede de pedra distante a vários quilômetros de distância.

— Seu pai não ficaria satisfeito. Esta terra não é tão gentil. Estive na montanha por apenas dois meses, e já lutei duas vezes contra umas feras brancas desgrenhadas que não conhecia.

— Yeti da tundra — respondeu Cattibrie. — Você deve estar no lado do norte. Os yetis da tundra não vêm ao redor da montanha.

— Você tem certeza? — Drizzt perguntou sarcástico.

— Eu nunca vi um — Cattibrie respondeu —, mas não tenho medo deles. Eu vim te encontrar, e agora eu achei.

— É, achou — disse Drizzt. — E agora?

Cattibrie deu de ombros e voltou a acariciar Guenhwyvar.

— Venha — sugeriu Drizzt. — Vamos encontrar um lugar mais confortável para conversar. O brilho da neve machuca meus olhos.

— Você está acostumado com os túneis escuros? — Cattibrie perguntou esperança, ansiando para ouvir histórias de terras além das fronteiras de Dez-Burgos, o único lugar que Cattibrie já conheceu.

Drizzt e a menina passaram um dia maravilhoso juntos. Drizzt contou a Cattibrie sobre Menzoberranzan e Cattibrie respondeu seus relatos com histórias do Vale do Vento Gélido, de sua vida com os anões. Drizzt estava interessado em ouvir sobre Bruenor e seus parentes, já que os anões eram seus vizinhos mais próximos e mais temidos.

— Bruenor fala duro como pedra, mas eu o conheço e sei que é bem mais do que isso! — Cattibrie assegurou ao drow. — Ele é bom, assim como o resto do clá.

Drizzt ficou contente por ter ouvido isso e, também, satisfeito por ter feito essa conexão, tanto pelas implicações de uma amiga quanto, principalmente, pelo fato de realmente ter apreciado a companhia agradável e espirituosa da garota. A energia e o gosto de Cattibrie pela vida borbulhavam. Em sua presença, o drow não conseguia se lembrar de suas lembranças assustadoras, só podia se sentir bem com sua decisão de salvar a criança elfa, muitos anos antes. A voz melodiosa de Cattibrie e a maneira descuidada com que lançava seus cabelos flutuantes sobre os ombros levantavam a carga de culpa das costas de Drizzt, tão certo quanto um gigante poderia levantar uma rocha.

Seus relatos poderiam ter continuado por todo o dia e toda a noite, e por muitas semanas depois, mas quando Drizzt percebeu que o sol se punha no horizonte a oeste, percebeu que chegara a hora da garota voltar para sua casa.

— Vou te levar lá — ofereceu Drizzt.

— Não — Cattibrie respondeu. — É melhor não. Bruenor não entenderia e você me arrumaria uma montanha de problemas. Eu posso voltar, não se preocupe! Eu conheço essas trilhas melhor que você, Drizzt Do'Urden, e você não poderia me acompanhar mesmo se tentasse!

Drizzt riu da ostentação, mas quase acreditou. Ele e a garota partiram de imediato, indo até o extremo do sul da montanha e dizendo suas despedidas com promessas de que se encontrariam novamente durante o próximo degelo, ou na primavera, se nenhum acontecesse antes.

De fato, a menina pulava com leveza quando entrou no complexo dos anões, mas um olhar para o seu pai roubou uma medida de seu deleite. Bruenor fora para Bryn Shander naquela manhã a negócios com Cassius. O anão não estava feliz por saber que um elfo negro tinha escolhido um lar tão perto de sua porta, mas ele adivinhou que sua filha curiosa, curiosa demais, acharia isso incrível.

— Fique longe da montanha — disse Bruenor assim que notou Cattibrie, e ela ficou desesperada.

— Mas, papai... — ela tentou reclamar.

— Dê sua palavra, garota! — o anão exigiu. — Você não vai botar o pé naquela montanha novamente sem minha permissão! Tem um elfo negro ali, pelo que Cassius disse. Dê sua palavra!

Cattibrie assentiu impotente, depois seguiu Bruenor de volta ao complexo dos anões, sabendo que teria dificuldade em fazer seu pai mudar de ideia, mas sabendo, também, que as preocupações de Bruenor em relação a Drizzt Do'Urden estavam longe de ser justificadas.

※

Mais um degelo ocorreu um mês depois e Cattibrie cumpriu sua promessa. Ela não colocou um pé em Sepulcro de Kelvin, mas, das trilhas pelo vale ao redor, ela chamou Drizzt e Guenhwyvar. Drizzt e a pantera, procurando pela garota assim que o clima ficou mais ameno, estavam logo ao lado dela, no vale desta vez, compartilhando mais histórias e um almoço de piquenique que Cattibrie tinha embalado.

Quando Cattibrie voltou às minas naquela noite, Bruenor suspeitava muito e perguntou apenas uma vez se ela tinha mantido sua palavra. O anão sempre confiou na sua filha, mas quando Cattibrie respondeu que não estava no Sepulcro de Kelvin, suas suspeitas não diminuíram.

Capítulo 24

Revelações

Bruenor passou pelas encostas mais baixas do Sepulcro de Kelvin pela maior parte da manhã. A neve tinha derretido em boa parte, graças à primavera, mas alguns bolsões teimosos ainda tornavam as trilhas difíceis de se cruzar. Com o machado em uma mão e o escudo, entalhado com o estandarte de caneca espumante do Clã Martelo-de-Batalha, na outra, Bruenor seguia jornada, cuspindo maldições a cada área escorregadia, a cada obstáculo de pedra e a elfos negros em geral.

Ele circulou o esporão a nordeste da montanha, com seu nariz longo e vermelho-cereja por causa do vento mordaz, com a respiração dificultada.

— Hora de descansar — murmurou o anão, vendo uma alcova de pedra protegida por paredes altas do vento implacável.

Bruenor não era o único que notara o local confortável. Pouco antes de alcançar a fenda de três metros de largura na parede da pedra, um bater súbito de asas coriáceas trouxe uma enorme cabeça insetoide se elevando diante dele. O anão recuou, assustado e cauteloso. Ele reconheceu o animal como um remorhaz, um verme polar, e não estava tão ansioso para lutar com ele.

O remorhaz saiu do cubículo em perseguição, com seu corpo serpenteante de doze metros de comprimento se desenrolando como um laço azul-gélido por detrás dele. Olhos multifacetados de inseto, luzindo em um branco brilhante, se focaram no anão. As asas curtas e coriáceas mantinham a metade dianteira da criatura ereta e pronta para atacar enquanto dezenas de pernas inquietas impulsionavam o restante do longo tronco. Bruenor sentiu o aumento do calor quando as costas da criatura agitada começaram a brilhar, primeiro em um marrom apagado, depois em um vermelho incandescente.

— Isso vai parar o vento um pouco! — o anão riu, percebendo que não conseguiria fugir da criatura. Ele parou e sacudiu seu machado ameaçadoramente.

O remorhaz investiu, sua formidável bocarra grande o suficiente para engolir o alvo diminuto inteiro, descendo com voracidade sobre ele.

Bruenor saltou de lado e inclinou o escudo e o corpo para evitar que a bocarra atingisse suas pernas, enquanto batia o machado entre os chifres do monstro.

As asas bateram ferozes, tornando a levantar a cabeça. O remorhaz, apenas levemente ferido, estava pronto para atacar rapidamente, mas Bruenor foi mais rápido. Ele agarrou seu machado com sua mão do escudo, sacou uma adaga longa e mergulhou para frente, bem entre o primeiro conjunto de pernas do monstro.

A grande cabeça desceu com pressa, mas Bruenor já havia escorregado sob a barriga baixa, o ponto mais vulnerável do animal.

— Você entendeu? — Bruenor repreendeu, cravando a adaga entre as escamas.

Bruenor era resistente demais e estava muito bem equipado para ser gravemente ferido pelas sacudidas do verme, mas a criatura começou a rolar, na intenção de jogar suas costas incandescentes sobre o anão.

— Não, você não vai fazer isso, seu dragão-verme-pássaro-inseto esquisito! — Bruenor uivou, lutando para se manter longe do calor. Ele chegou ao lado da criatura e puxou com todas as suas forças, desequilibrando o remorhaz.

A neve derreteu e chiou quando as costas ardentes a tocaram. Bruenor chutou e percorreu as pernas, que se debatiam, até chegar à base vulnerável. O machado entalhado do anão se chocou contra ela, então, abrindo um corte largo e profundo.

O remorhaz se enrolou e estalou seu longo corpo de um lado para o outro, jogando Bruenor para o lado. O anão estava de pé em um instante, mas não foi rápido o suficiente, porque o verme polar estava rolando sobre ele. As costas ardentes atingiram Bruenor na coxa enquanto ele tentava se afastar, e o anão saiu mancando, agarrando suas calças de couro fumegantes.

Então eles voltaram a se enfrentar, ambos mostrando muito mais respeito pelo outro.

A boca se escancarou; com um golpe rápido, o machado de Bruenor arrancou uma presa e a jogou longe. A perna ferida do anão flexionou-se com o golpe, no entanto, e, tropeçando, Bruenor não conseguiu sair do caminho. Um chifre longo enganchou Bruenor sob o braço e o atirou longe para o lado.

Ele caiu em meio a um pequeno campo de rochas, recuperou-se, e bateu intencionalmente a cabeça contra uma pedra grande para ajustar seu capacete e afastar a tontura.

O remorhaz deixou uma trilha de sangue, mas não cedeu. A bocarra se abriu e a criatura sibilou, e Bruenor imediatamente lançou uma pedra direto em sua garganta.

Guenhwyvar alertou Drizzt sobre a confusão no esporão a noroeste. O drow nunca tinha visto um verme polar antes, mas assim que viu os combatentes a partir de um cume logo acima, sabia que o anão estava com problemas. Lamentando que tivesse deixado seu arco na caverna,

Drizzt puxou as cimitarras e seguiu a pantera para baixo da montanha tão rápido quanto as trilhas escorregadias permitiriam.

— Vem, então! — o anão teimoso rugiu para o remorhaz, e o monstro realmente investiu. Bruenor se preparou, na intenção de desferir apenas mais um bom golpe antes de se tornar comida de verme polar.

A grande cabeça foi até ele, mas depois o remorhaz, ouvindo um rugido por trás, hesitou e desviou o olhar.

— Burrice! — o anão gritou de alegria, e Bruenor cortou o maxilar do monstro com seu machado, dividindo-o de forma limpa entre dois grandes incisivos. O remorhaz gritou de dor; suas asas coriáceas se agitavam sem controle, tentando tirar a cabeça do alcance do anão perverso.

Bruenor bateu uma segunda e uma terceira vez, cada golpe cortando grandes vincos na boca e puxando a cabeça para baixo.

— Achou que ia me morder, né? — o anão gritou. Ele atacou com a mão de seu escudo e agarrou um chifre quando a cabeça do remorhaz começou a subir de novo. Uma sacudida rápida virou a cabeça do monstro em um ângulo vulnerável e os músculos firmes do braço de Bruenor se contraíram cruelmente, cravando seu poderoso machado no crânio do verme polar.

A criatura estremeceu e se debateu por mais um segundo, depois ficou quieta, com suas costas ainda brilhando de calor.

Um segundo rugido de Guenhwyvar tirou os olhos do anão orgulhoso de sua vítima. Bruenor, ferido e hesitante, olhou para ver Drizzt e a pantera se aproximando veloz, o drow com as cimitarras sacadas.

— Pode vir! — Bruenor rugiu para ambos, compreendendo mal o motivo da corrida deles. Ele bateu seu machado contra seu escudo pesado. — Venha e sinta meu machado! — Drizzt parou abruptamente e pediu que Guenhwyvar fizesse o mesmo. A pantera continuou, no entanto, com as orelhas achatadas.

— Vá, Guenhwyvar! — Drizzt ordenou.

A pantera rosnou indignada uma última vez e saltou para longe. Satisfeito pelo fato de a gata ter ido embora, Bruenor pousou o olhar sobre Drizzt, de pé na outra extremidade do verme polar caído.

— Você e eu, então? — cuspiu o anão. — Você tem colhões para encarar meu machado, drow, ou prefere garotinhas?

A referência óbvia a Cattibrie trouxe uma luz irritada aos olhos de Drizzt, e sua pegada em suas armas apertou.

Bruenor balançou o machado com facilidade.

— Venha — ele repreendeu com raiva. — Você tem colhões para vir brincar com um anão?

Drizzt queria gritar para todo o mundo ouvir. Ele queria correr sobre o monstro morto e esmagar o anão, negar as palavras do anão com força pura e brutal, mas ele não podia. Drizzt não podia negar Mielikki e não podia trair Monshi. Ele teve que sublimar sua raiva mais uma vez, teve que engolir os insultos impassível e com a percepção de que ele e sua deusa conheciam a verdade do que estava em seu coração.

As cimitarras giraram para dentro de suas bainhas e Drizzt se afastou, com Guenhwyvar aproximando-se dele.

Bruenor viu a dupla se afastar com curiosidade. No começo, ele pensou que o drow era um covarde, mas então, à medida que a empolgação da batalha diminuía aos poucos, Bruenor começou a se perguntar sobre a intenção do drow. Ele teria aparecido para finalizar ambos os combatentes, conforme Bruenor supusera? Ou ele, talvez, tivesse descido para socorrer Bruenor?

— Não… — o anão murmurou, descartando a possibilidade. — Não um elfo negro!

A caminhada de volta era longa para o anão, que mancava, dando a Bruenor muitas oportunidades para repassar os eventos ao redor do esporão a noroeste. Quando ele finalmente chegou de volta às minas, o sol havia se posto há muito tempo, e Cattibrie e vários anões estavam reunidos, prontos para sair em sua busca.

— Você está ferido — observou um dos anões. Cattibrie imediatamente imaginou uma luta entre Drizzt e seu pai.

— Verme polar — explicou o anão casualmente. — Acabei com ele, mas acabei ficando um pouco chamuscado pelo meu esforço.

Os outros anões assentiram admirados com a habilidade de batalha de seu líder — um verme polar não era fácil de matar — e Cattibrie suspirou alto.

— Eu vi o drow! — Bruenor rosnou para ela, suspeitando do motivo daquele suspiro. O anão continuou confuso sobre o encontro com o elfo negro e confuso, também, sobre onde Cattibrie se encaixaria naquilo tudo. Será que Cattibrie havia mesmo encontrado o elfo negro? ele se perguntou.

— Eu o vi, vi sim! — Bruenor continuou, agora falando mais para os outros anões. — O drow e a maior e mais negra gata que meus olhos já viram. Ele desceu até mim, assim que eu tombei o verme.

— Drizzt não faria isso! — Cattibrie interrompeu antes que seu pai pudesse entrar em seu frenesi costumeiro de contar histórias.

— Drizzt? — Bruenor perguntou, e a menina se virou, se percebendo descoberta. Bruenor deixou passar... naquele momento.

— Ele desceu, eu digo! — o anão continuou. — Veio até mim com as duas lâminas sacadas! Eu espantei ele e a gata!

— Nós poderíamos caçá-lo — sugeriu um dos anões. — Expulsá-lo da montanha!

Os outros assentiram com a cabeça e murmuraram seu acordo, mas Bruenor, ainda incerto sobre a intenção do drow, cortou-os:

— Ele tem a montanha — Bruenor disse a eles. — Cassius deu a ele, e não precisamos de problemas com Bryn Shander. Enquanto o drow ficar quieto e fora do nosso caminho, vamos deixá-lo em paz.

— Mas — continuou Bruenor, encarando Cattibrie — você não deve falar, nem se aproximar, daquele lá de novo!

— Mas... — Cattibrie começou em vão.

— Nunca! — Bruenor rugiu. — Eu vou ter sua palavra agora, garota, ou, por Moradin, eu vou conseguir a cabeça daquele elfo negro!

Cattibrie hesitou, horrivelmente presa.

— Diga! — exigiu Bruenor.

— Você tem minha palavra — a menina murmurou, e fugiu para o abrigo escuro da caverna.

— Cassius, o porta-voz de Bryn Shander, me mandou até você — explicou o homem bruto. — Disse que cê saberia do drow, se alguém soubesse.

Bruenor olhou ao redor de sua sala de audiências formal para os muitos outros anões presentes, nenhum deles muito impressionado pelo estranho rude. Bruenor deixou cair o queixo barbado em sua palma e deu um bocejo amplo, determinado a permanecer fora desse aparente conflito. Ele poderia ter contado uma mentira para o homem grosseiro e seu cachorro fedido ficarem fora dos corredores sem maiores problemas, mas Cattibrie, sentada ao lado de seu pai, se remexia desconfortável.

Roddy McGristle não deixou passar o movimento revelador.

— Cassius diz que cê deve ter visto o drow, porque ele tá bem perto.

— Se alguém de meu povo o viu — respondeu Bruenor distraido —, eles não disseram nada sobre o assunto. Se seu drow está por aqui, ele não incomodou ninguém.

Cattibrie olhou com curiosidade para o pai e respirou com mais facilidade.

— Não incomodou? — Roddy murmurou, com um olhar malicioso chegando a seus olhos. — Nunca é assim, com aquele lá — Lenta e dramaticamente, o homem da montanha abaixou o capuz, revelando suas cicatrizes. — Nunca incomoda, até que receba o que não está esperando!

— O drow te deu isso? — Bruenor perguntou, não muito alarmado ou impressionado. — Excelentes cicatrizes, melhor do que a maioria das que já vi.

— Ele matou meu cachorro! — rosnou Roddy.

— Não parece morto para mim — zombou Bruenor, arrancando risos de todos os cantos.

— Meu outro cachorro — rosnou Roddy, entendendo a que pé estava com aquele anão teimoso. — Cê não se importa comigo, nem deveria. Mas nem é por mim que tô caçando esse aí, e nem pela recompensa pela cabeça dele. Cê já ouviu falar de Maldobar?

Bruenor deu de ombros.

— Norte de Sundabar — explicou Roddy. — Lugar pequeno, pacífico... Só fazendeiro. Uma família, os Thistledowns, morava do lado da cidade, três gerações em uma única casa, como as boas famílias. Bartholemew Thistledown era um homem bom, como o seu pai, os seus filhos, três rapazes e duas moças, que nem a sua, de cabeça em pé e com um coração leve e um amor pelo mundo.

Bruenor suspeitava aonde o homem corpulento queria chegar, e pelo jeito incômodo que Cattibrie se remexia ao lado dele, percebeu que sua filha esperta também sabia.

— Boa família — pensou Roddy, fingindo uma expressão distante e contemplativa. — Nove na casa — o rosto do homem da montanha endureceu de repente e ele olhou direto para Bruenor. — Nove morreram na casa — declarou ele. — Rasgado pelo seu drow, e um comido por aquele gato dos infernos!

Cattibrie tentou responder, mas suas palavras saíram em um grito confuso. Bruenor ficou contente por sua confusão, pois, se ela tivesse falado com clareza, seu argumento teria dado ao homem da montanha mais do que Bruenor queria revelar. O anão colocou uma mão nos ombros da sua filha, então respondeu a Roddy calmamente:

— Você veio até nós com uma história sombria. Você assustou minha filha, e eu não gosto quando minha filha fica assustada.

— Peço seu perdão, anão real — disse Roddy com uma reverência —, mas cê tem que saber do perigo na sua porta. O drow é mau, que nem aquele gato-demônio. Eu não quero que a tragédia de Maldobar se repita.

— E não terá nenhuma repetição em meus salões — assegurou Bruenor. — Não somos fazendeiros, leve isso com você. O drow não vai incomodar mais do que já incomodou.

Roddy não estava surpreso com o fato de Bruenor não o ajudar, mas sabia bem que o anão, ou pelo menos a garota, sabia mais sobre o paradeiro de Drizzt do que tinham dito.

— Se não for por mim, então, por Bartholemew Thistledown, eu imploro, bom anão. Diz se sabe onde vou achar o elfo demônio. Ou, se você não sabe, então me dê alguns soldados para me ajudar a caçar ele.

— Meus anões têm muito a fazer com o derretimento — explicou Bruenor. — Não posso ceder ninguém para caçar os inimigos dos outros.

Bruenor realmente não se importava nem um pouco com a queixa de Roddy sobre o drow, mas a história do homem da montanha confirmou a crença do anão de que o elfo negro deveria ser evitado, principalmente por sua filha. Bruenor poderia mesmo ter ajudado Roddy e ter acabado logo com isso, mais para tirá-los do vale do que por qualquer motivo moral, mas não podia ignorar o desespero óbvio de Cattibrie.

Roddy tentou sem sucesso esconder sua raiva, procurando por outra opção.

— Pronde cê iria, se tivesse fugindo, Rei Bruenor? — perguntou. — Cê conhece a montanha melhor que qualquer um vivo, pelo que Cassius disse. Onde tenho que olhar?

Bruenor descobriu que gostava de ver o humano desagradável tão angustiado.

— Grande vale — ele disse enigmático. — Montanha grande. Muitos buracos. — o rei ficou quieto por um longo momento, balançando a cabeça.

A fachada de Roddy desmoronou por completo.

— Cê vai ajudar o drow assassino? — ele rosnou. — Cê diz que é rei, mas cê....

Bruenor saltou de seu trono de pedra, e Roddy recuou um passo cauteloso e deixou cair uma mão no punho de Sangrador.

— Eu tenho a palavra de um vilão contra outro! — Bruenor rosnou para ele. — Um é tão ruim quanto o outro, é o que eu acho!

— Não é o que um Thistledown acha! — Roddy gritou, e seu cachorro, sentindo sua indignação, mostrou os dentes e grunhiu.

Bruenor olhou a fera estranha e amarela com curiosidade. Estava chegando perto da hora do jantar e discussões deixavam Bruenor com fome! Ele se perguntou como um cachorro amarelo poderia preencher sua barriga...

— Cê não tem mais nada para me dar? — Roddy exigiu.

— Eu poderia te dar minha bota — Bruenor rosnou de volta. Vários soldados anões bem armados se aproximaram para se certificar de que o humano volátil não faria nada idiota. — Eu te chamaria para jantar — prosseguiu Bruenor —, mas você cheira muito mal para minha mesa, e você não parece o tipo que tomaria um banho.

Roddy puxou a corda de seu cão e disparou para fora, pisando duro com suas botas pesadas e batendo cada porta que encontrou. Ao aceno de Bruenor, quatro soldados seguiram o homem da montanha para garantir que ele partisse sem incidentes infelizes. Na sala de audiência formal, os outros riram e uivaram pelo modo como o rei tinha tratado o humano.

Cattibrie não se juntou à alegria, observou Bruenor, e o anão achava que sabia o porquê. A história de Roddy, verdadeira ou não, tinha criado algumas dúvidas na menina.

— Então, agora, você sabe — Bruenor disse a ela de forma rude, tentando pressioná-la sobre o assunto. — O drow é um assassino caçado. Agora você vai confiar nos meus avisos, garota!

Os lábios de Cattibrie desapareceram com uma mordida amarga. Drizzt não tinha falado sobre sua vida na superfície, mas não podia acreditar que este drow que ela veio a conhecer fosse capaz de assassinar alguém. Tampouco Cattibrie negaria o óbvio: Drizzt era um elfo negro e, para seu pai mais experiente, pelo menos, tal fato sozinho conferia credibilidade ao conto de McGristle.

— Você tá ouvindo, menina? — Bruenor rosnou.

— Você precisa juntar todos eles — disse Cattibrie de repente. — O drow e Cassius, e o feioso do Roddy McGristle. Você precisa...

— Não é problema meu! — Bruenor rugiu, cortando-a.

Lágrimas chegaram rápidas aos olhos suaves de Cattibrie diante da raiva súbita de seu pai. Todo o mundo parecia desmoronar diante dela. Drizzt estava em perigo, e mais ainda a verdade sobre seu passado. E, igualmente doloroso para Cattibrie, seu pai, a quem ela amava e admirava por toda a vida lembrada, parecia agora não dar ouvidos aos apelos da justiça.

Naquele momento horrível, Cattibrie fez a única coisa que uma garota de onze anos poderia fazer contra tais probabilidades — ela se virou de costas para Bruenor e fugiu.

※

Cattibrie não sabia mesmo o que ela queria fazer quando se encontrou correndo pelas trilhas mais baixas de Sepulcro de Kelvin, quebrando sua promessa a Bruenor. Cattibrie não podia recusar o desejo de vir, embora tivesse pouco para oferecer a Drizzt além de uma advertência de que McGristle estava procurando por ele.

Ela não conseguiu resolver todas as preocupações, mas então ficou diante do drow e entendeu a verdadeira razão pela qual se aventurara. Não era por Drizzt que tinha vindo, embora desejasse que ele ficasse seguro. Era por sua própria paz.

— Você nunca falou dos Thistledowns de Maldobar — ela disse fria em saudação, roubando o sorriso do drow. A expressão sombria que atravessava o rosto de Drizzt mostrava claramente sua dor.

Pensando que Drizzt, por sua melancolia, aceitasse a culpa pela tragédia, a menina ferida girou e tentou fugir. Drizzt pegou-a pelo ombro, porém, virou-a, e a segurou. Ele seria uma coisa maldita, de fato, se essa menina, que o aceitava de todo o coração, acreditasse nas mentiras.

— Eu não matei ninguém — sussurrou Drizzt acima dos soluços de Cattibrie —, exceto os monstros que mataram os Thistledowns. Tem minha palavra! — Ele recontou a história, então, na íntegra, até mesmo contando sua fuga do grupo de Columba Garra de Falcão.

— E agora estou aqui — concluiu —, querendo deixar aquilo tudo para trás, embora nunca, tem minha palavra, vá me esquecer!

— São duas histórias diferentes — respondeu Cattibrie. — A sua e a de McGristle, quer dizer.

— McGristle? — Drizzt ofegou como se seu fôlego tivesse sido arrancado de seu corpo. Drizzt não tinha visto o homem corpulento há anos e achava que Roddy era uma coisa de seu passado distante.

— Veio hoje — explicou Cattibrie. — Homem grande com um cachorro amarelo. Tá te caçando.

A confirmação sobrecarregou Drizzt. Será que algum dia escaparia de seu passado? Ele se perguntou. Se nunca acontecesse, como poderia sequer esperar encontrar aceitação?

— McGristle disse que você os matou — continuou Cattibrie.

— Então você só tem nossas palavras — argumentou Drizzt —, e não há evidência para provar qualquer uma das histórias — o silêncio que se seguiu pareceu durar horas.

— Nunca gostei daquele bruto feio — Cattibrie fungou, e conseguiu seu primeiro sorriso desde que conheceu McGristle.

A afirmação de sua amizade tocou Drizzt profundamente, mas não conseguiu esquecer o problema que agora pairava sobre ele. Ele teria que lutar contra Roddy, e talvez outros, se o caçador de recompensas pudesse despertar o ressentimento — o que não era difícil, considerando a herança de Drizzt. Ou Drizzt teria que fugir, mais uma vez aceitar a estrada como sua casa.

— O que você vai fazer? — Cattibrie perguntou, sentindo sua angústia.

— Não tema por mim — Drizzt assegurou-lhe, e lhe deu um abraço enquanto falava, um que ele sabia que poderia ser sua maneira de dizer adeus. — O dia está avançando. Você deve voltar para sua casa agora.

— Ele vai te achar — Cattibrie respondeu de forma sombria.

— Não — Drizzt disse calmo. — Não tão cedo, pelo menos. Com Guenhwyvar ao meu lado, vamos manter Roddy McGristle longe até que eu consiga descobrir o que é o melhor a se fazer. Agora, va! A noite está chegando e não acredito que seu pai apreciaria sua vinda aqui.

O lembrete de que teria que enfrentar Bruenor de novo colocou Cattibrie em movimento. Ela se despediu de Drizzt e virou-se, então correu de volta para o drow e o envolveu em um abraço. Seus passos estavam mais leves enquanto voltava para a montanha. Ela não resolveu nada para Drizzt, pelo menos até onde sabia, mas os problemas do drow pareciam distantes em comparação com seu próprio alívio de que seu amigo não era o monstro que diziam ser.

A noite seria muito obscura para Drizzt Do'Urden. Ele achava que McGristle era um problema muito distante, mas a ameaça estava aqui agora, e ninguém além de Cattibrie saiu em sua defesa.

Ele estaria sozinho — novamente — se quisesse lutar. Ele não tinha aliados além de Guenhwyvar e suas próprias cimitarras, e as perspectivas de combater McGristle — ganhando ou perdendo — não eram nada atraentes.

— Isso não é um lar — murmurou Drizzt ao vento gélido. Ele puxou a estatueta de ônix e chamou sua companheira pantera. — Venha, minha amiga — ele disse à gata —, vamos embora antes que nosso adversário nos alcance.

Guenhwyvar manteve uma guarda alerta enquanto Drizzt empacotava suas posses, enquanto o drow cansado da estrada esvaziava sua casa.

Capítulo 25

Provocação de anão

Cattibrie ouviu o cachorro rosnando, mas não teve tempo de reagir quando o homem enorme saltou de trás de uma rocha e a agarrou bruscamente pelo braço.

— Eu sabia que cê sabia! — McGristle gritou, soprando seu mau hálito no rosto da menina.

Cattibrie o chutou na canela.

— Me solta! — ela retrucou.

Roddy ficou surpreso ao notar que ela não havia medo em sua voz. Ele deu uma boa sacudida quando ela tentou chutá-lo novamente.

— Cê foi pra montanha por algum motivo — disse Roddy de uma só vez, sem relaxar — Cê foi ver o drow. Sabia que cê era amiga daquele lá. Vi no seu olho!

— Você não sabe nada! — Cattibrie cuspiu na cara dele. — Você só fala mentiras.

— Então o drow contou sua história dos Thistledowns, né? — Roddy respondeu, adivinhando com facilidade o que menina quis dizer. Cattibrie soube então que tinha errado em sua raiva, tinha dado a confirmação de seu destino.

— O drow? — Cattibrie disse distraída. — Não sei do que você está falando.

O riso de Roddy zombou dela.

— Cê tava com o drow, menina. Cê já disse tudo. E agora cê vai me levar até ele.

Cattibrie zombou dele, sendo sacudida de novo em resposta.

A careta de Roddy suavizou então, de repente, e Cattibrie gostou ainda menos do olhar que lhe veio no rosto.

— Cê é uma menina braba, né? — Roddy rosnou, agarrando o outro ombro de Cattibrie e virando-a para encará-lo diretamente. — Cheia de vida, né? Cê vai me levar pro drow, menina. Mas deve ter outras coisa pra gente fazer antes, coisa pra mostrar procê que não é pra contrariar o Roddy McGristle.

Sua carícia na bochecha de Cattibrie parecia ridiculamente grotesca, mas horrível e inegavelmente ameaçadora, e Cattibrie achou que fosse vomitar.

Cattibrie precisou de toda sua força para encarar Roddy naquele momento. Era apenas uma garotinha, mas tinha sido criada entre os anões do Clã Martelo-de-Batalha, um grupo orgulhoso e inabalável. Bruenor era um guerreiro, assim como a filha dele. O joelho de Cattibrie encontrou a virilha de Roddy, e quando o aperto dele relaxou, a garota levou a mão para arranhar seu rosto. Ela deu uma segunda joelhada, com menos efeito, mas o recuo de Roddy permitiu que se afastasse, quase livre.

O punho de ferro de Roddy apertou em torno de seu pulso, e eles lutaram por apenas um momento. Então Cattibrie sentiu uma pegada igualmente firme em sua mão livre e, antes que pudesse entender o que aconteceu, foi puxada de Roddy e uma forma escura passou por ela.

— Então, cê veio encontrar seu destino — Roddy gritou animado para Drizzt.

— Corra — disse Drizzt a Cattibrie. — Isso não é problema seu.

Cattibrie, apavorada, não discutiu.

As mãos nodosas de Roddy apertaram o cabo de Sangrador. O caçador de recompensas tinha enfrentado o drow em batalha antes e não tinha a intenção de tentar acompanhar os passos e as voltas ágeis daquele lá. Com um aceno de cabeça, soltou o cachorro.

O cachorro chegou a meio caminho de Drizzt, e estava prestes a pular sobre ele, quando Guenhwyvar o atingiu, rolando para a lateral. O cão voltou a ficar de pé, não muito ferido, mas recuando vários passos cada vez que a pantera rugia em seu rosto.

— Basta disso — disse Drizzt, de repente sério. — Você me perseguiu durante anos e eras. Saúdo sua persistência, mas sua ira está mal colocada, eu te digo. Eu não matei os Thistledowns. Nunca teria levantado uma lâmina contra eles!

— Pros nove infernos com os Thistledowns! — Roddy rugiu de volta. — Cê acha que é por isso?

— Minha cabeça não te daria sua recompensa — retrucou Drizzt.

— Pros infernos com o ouro! — Roddy gritou. — Você levou meu cachorro, drow, e minha orelha! — Ele bateu um dedo sujo no lado de seu rosto com cicatrizes.

Drizzt queria argumentar, queria lembrar a Roddy que foi ele quem havia iniciado a luta, e que seu próprio machado havia derrubado a árvore que havia rasgado seu rosto. Mas Drizzt entendia a motivação de Roddy e sabia que meras palavras não aliviariam. Drizzt tinha ferido o orgulho de Roddy e, para um homem como Roddy, isso superava qualquer dor física.

— Eu não quero lutar — ofereceu Drizzt com firmeza. — Pegue o seu cão e vá embora, com apenas sua palavra de que não me seguirá.

O riso zombeteiro de Roddy fez um calafrio subir pela espinha de Drizzt.

— Vou te caçar até os confins do mundo, drow! — Roddy rugiu. — E vou te encontrar todas as vezes. Num tem buraco fundo o bastante pra me afastar de você. Num tem mar grande o bastante! Vou te pegar, drow. Pego agora ou, se cê fugir, te pego depois!

Roddy lançou um sorriso de dentes amarelos e seguiu cauteloso na direção de Drizzt.

— Vou te pegar, drow — o caçador de recompensas rosnou novamente, baixinho. Uma corrida súbita o trouxe para perto e Sangrador foi sacudido em um movimento feroz. Drizzt saltou para trás.

Um segundo ataque prometeu resultados semelhantes, mas Roddy, ao invés de continuar o movimento, deu um golpe enganoso com as costas da mão direto no queixo de Drizzt.

Ele estava engajado contra Drizzt em um instante, seu machado passando furiosamente de cada lado.

— Fica quieto! — Roddy gritou enquanto Drizzt esquivava-se com habilidade, saltando ou abaixando a cada golpe. Drizzt sabia que estava usando uma estratégia perigosa em não contra-atacar os golpes terríveis, mas esperava que, se pudesse cansar o homem corpulento, ainda poderia encontrar uma solução mais pacífica.

Roddy era ágil e rápido para um homem grande, mas Drizzt era muito mais rápido, e o drow acreditava que poderia jogar aquele jogo por bem mais tempo.

Sangrador veio em um golpe lateral, mergulhando no peito de Drizzt. O ataque era uma finta, com Roddy querendo que Drizzt se abaixasse tanto que ele poderia chutar o drow no rosto.

Drizzt percebeu a finta. Ele saltou em vez de abaixar, virou um salto mortal sobre o machado e desceu levemente, ainda mais perto de Roddy. Desta vez Drizzt fez algo, golpeando com os punhos das cimitarras direto no rosto de Roddy. O caçador de recompensas cambaleou para trás, sentindo o sangue quente se espalhando de seu nariz.

— Vá embora — Drizzt disse com sinceridade. — Leve o seu cão de volta para Maldobar, ou onde quer que você chame de lar.

Se Drizzt acreditava que Roddy se renderia diante de uma humilhação maior, estava terrivelmente enganado. Roddy gritou de raiva e investiu, jogando o ombro em uma tentativa de enterrar o drow.

Drizzt bateu com o punho de sua arma na cabeça inclinada de Roddy e lançou-se em um salto sobre as costas do homem da montanha. O caçador de recompensas caiu com força, mas logo se ajoelhou, sacando e atirando uma adaga em Drizzt assim que o drow se virou.

Drizzt viu o cintilar prateado no último instante e sacou uma lâmina para desviar a arma. Outra adaga se seguiu, e depois outra, e, a cada vez, Roddy avançava um passo em direção ao drow distraído.

— To aprendendo seus truque, drow — disse Roddy com um sorriso maligno. Dois passos rápidos o levaram até Drizzt e Sangrador entrou em ação outra vez.

Drizzt rolou lateralmente e se levantou a poucos metros de distância. A contínua confiança de Roddy começou a incomodar Drizzt; ele tinha atingido o caçador de recompensas com golpes que teriam tombado a maioria dos homens, e agora se perguntava quanto dano o humano robusto poderia suportar. Tal pensamento levou Drizzt à conclusão inevitável de que deveria ter que começar a bater em Roddy com mais do que os punhos de sua cimitarra.

Mais uma vez, Sangrador veio pelo lado. Desta vez, Drizzt não esquivou. Ele entrou no arco da lâmina do machado e bloqueou com uma arma, deixando Roddy aberto para um ataque com a outra cimitarra. Três socos rápidos fecharam um dos olhos de Roddy, mas o caçador de recompensas apenas sorriu e atacou, agarrando Drizzt e jogando o combatente mais leve no chão.

Drizzt se contorceu e se estapeou, entendendo que sua consciência o traíra. Em um combate tão perto, não conseguiria se igualar à força de Roddy, e seus movimentos limitados destruíram sua vantagem da velocidade. Roddy manteve sua posição no topo e manobrou um braço para cortar com Sangrador.

Um ganido de seu cão amarelo foi o único aviso que recebeu, e isso não foi percebido o suficiente para evitar o ataque da pantera. Guenhwyvar jogou Roddy para longe de Drizzt, lançando-o no chão. O homem corpulento manteve sua consciência o suficiente para atacar a pantera enquanto ela chegava, cortando Guenhwyvar no flanco traseiro.

O cão teimoso entrou correndo, mas Guenhwyvar se recuperou, girou ao redor de Roddy e o afastou.

Quando Roddy se voltou para Drizzt, foi recebido por uma onda selvagem de golpes de cimitarra que ele não conseguia acompanhar e não conseguia contra-atacar. Drizzt tinha visto o ataque à pantera e as chamas em seus olhos lavanda já não indicavam nenhuma concessão. Uma empunhadura esmagou o rosto de Roddy, seguido do lado chato da outra lâmina. Um pé chutou seu estômago, seu peito e sua virilha no que parecia um único movimento. Sem sentir nada, Roddy aceitou a tudo com um grunhido, mas o drow enfurecido pressionou. Uma cimitarra foi apanhada novamente sob a cabeça do machado, e Roddy se moveu para atacar, com a intenção de levar Drizzt ao chão mais uma vez.

A segunda arma de Drizzt atingiu primeiro, porém, fazendo um corte no antebraço de Roddy. O caçador de recompensas recuou, segurando seu membro ferido enquanto Sangrador caía no chão.

Drizzt sequer desacelerou. Sua velocidade pegou Roddy desprevenido e vários chutes e socos deixaram o homem cambaleante. Drizzt então saltou alto e chutou com os dois pés, acertando o maxilar de Roddy e fazendo-o cair. Ainda assim, Roddy se sacudiu e tentou se levantar, mas desta vez, o caçador de recompensas sentiu as bordas de duas cimitarras descansando em lados opostos da sua garganta.

— Eu disse para você ir embora — Drizzt disse sombriamente, não movendo suas lâminas um centímetro, mas deixando Roddy sentir o metal frio.

— Me mata — disse Roddy calmamente, sentindo uma fraqueza em seu oponente —, se tiver colhões pra isso!

Drizzt hesitou, mas sua carranca não se suavizou.

— Vá embora — disse ele com tanta calma quanto conseguiu, calma que negava as provações que sabia que enfrentaria.

Roddy riu dele.

— Me mata, seu demônio de pele preta! — ele rugiu, provocando até o fim, embora permanecesse de joelhos em frente a Drizzt. — Me mata ou te pego! Não duvida, drow. Vou te caçar até os confins do mundo e até embaixo, se precisar!

Drizzt empalideceu e olhou para Guenhwyvar em busca de apoio.

— Me mata! — Roddy gritou, à beira da histeria. Ele agarrou os pulsos de Drizzt e puxou-os para a frente. Linhas de sangue brilhante apareceram em ambos os lados do pescoço do homem. — Me mata que nem cê matou meu cachorro!

Horrorizado, Drizzt tentou se afastar, mas o aperto de Roddy era como ferro.

— Cê não tem colhões para isso? — o caçador de recompensas berrou. — Então eu te ajudo! — ele puxou os punhos contra o puxão de Drizzt, cortando linhas mais profundas e, se o homem enlouquecido sentiu dor, não mostrou nada através de seu sorriso inflexível.

Ondas de emoções confusas assaltaram Drizzt. Queria matar Roddy naquele momento, mais por frustração do que vingança, e ainda assim sabia que não podia. Pelo que Drizzt sabia, o único crime de Roddy era uma caçada injustificada contra ele, e isso não era motivo o suficiente. Por tudo o que estimava, Drizzt tinha que respeitar uma vida humana, até uma tão miserável quanto a de Roddy McGristle.

— Me mata! — Roddy gritou repetidamente, tendo um prazer lúgubre no crescente nojo do drow.

— Não! — Drizzt gritou no rosto de Roddy com força suficiente para silenciar o caçador de recompensas. Enfurecido a ponto de não conseguir conter seu tremor, Drizzt não esperou para ver se Roddy retomaria seu grito insano. Ele chutou o joelho do homem bruto, puxou os pulsos para longe do alcance de Roddy e depois bateu as armas em simultâneo nas têmporas do caçador de recompensas.

Os olhos de Roddy se cruzaram, mas ele não desmaiou, afastando o golpe com teimosia. Drizzt bateu de novo e de novo, enfim o desmaiando, chocado com suas próprias ações e o contínuo desafio do caçador de recompensas.

Quando a raiva esfriou, Drizzt ficou de pé sobre o homem corpulento, tremendo e com lágrimas escorrendo de seus olhos de lavanda.

— Leva esse cachorro pra longe! — ele gritou para Guenhwyvar. Então, largou suas lâminas ensanguentadas em horror e se abaixou para se certificar de que Roddy não estivesse morto.

Roddy acordou com seu cachorro amarelo em cima dele. A noite caiu rapidamente e o vento castigava mais uma vez. Sua cabeça e seu braço doíam, mas ele ignorou a dor, querendo apenas retomar sua caçada, confiante agora de que Drizzt nunca teria forças para matá-lo. Seu cão encontrou o cheiro, levando de volta ao sul, e partiram. A coragem de Roddy se dissipou quando viraram ao redor de um afloramento rochoso e encontraram um anão de barba vermelha e uma garota esperando por ele.

— Você não tinha que tocar na minha menina — disse Bruenor.

— Ela tá aliada com o drow! — Roddy protestou. — Ela disse pro demônio assassino que eu tava chegando!

— Drizzt não é um assassino! — Cattibrie gritou de volta. — Ele nunca matou os fazendeiros! Ele disse que você só tá falando isso pros outros te ajudarem a pegar ele!

Cattibrie percebeu de repente que acabara de admitir a seu pai que tinha se encontrado com o drow. Quando Cattibrie encontrou Bruenor, havia lhe dito apenas o que McGristle tinha feito.

— Você foi até ele — disse Bruenor, ferido. — Você mentiu para mim, e foi até o drow! Eu disse pra não ir. Você disse que não ia...

O lamento de Bruenor feriu Cattibrie profundamente, mas ela

se agarrou às suas crenças. Bruenor a criou para ser honesta, mas isso incluía ser honesta com o que sabia que estava certo.

— Uma vez você me disse que todos têm o que merecem — Cattibrie respondeu. — Me disse que cada um é diferente e cada um deve ser visto pelo que é. Eu vi Drizzt, e vi de verdade. Ele não é assassino! E ele — apontou para McGristle — é um mentiroso! Não me orgulho da minha própria mentira, mas não podia deixar Drizzt ser pego por esse aí!

Bruenor refletiu sobre palavras por um momento, depois envolveu um braço em sua cintura e a abraçou com força. A mentira de sua filha ainda doía, mas o anão estava orgulhoso de que ela tivesse defendido o que acreditava. Na verdade, Bruenor tinha saído não para procurar por Cattibrie, que ele acreditava estar enfurecida nas minas, mas para encontrar o drow. Quanto mais recontava sua luta com o remorhaz, mais Bruenor ficava convencido de que Drizzt tinha vindo para ajudá-lo, não para lutar contra ele. Agora, à luz dos acontecimentos recentes, poucas dúvidas permaneciam.

— Drizzt veio e me soltou daquele lá — Cattibrie continuou. — Ele me salvou.

— O drow confundiu ela — disse Roddy, sentindo a atitude crescente de Bruenor e sem querer lutar contra o anão. — É um cão assassino, eu digo, e Bartholemew Thistledown diria, se um morto falasse.

— Bah! — Bruenor bufou. — Você não conhece minha menina ou ia pensar duas vezes antes de chamá-la de mentirosa. E te falei antes, McGristle, que não gosto quando minha filha fica assustada! Acho que você tem que sair do meu vale. Acho que você tem que sair agora.

Roddy rosnou, assim como o seu cão, que surgiu entre o homem da montanha e o anão, e arreganhou os dentes para Bruenor, que deu de ombros, sem se preocupar, e grunhiu de volta para o bicho, provocando-o ainda mais.

O cachorro investiu no tornozelo do anão e Bruenor colocou uma bota pesada em sua boca sem hesitar e prendeu a mandíbula no chão.

— E leva seu cão fedido com você!

Bruenor rugiu, apesar de que, ao admirar o flanco carnudo do cão, estava pensando novamente que poderia fazer um uso muito melhor daquela fera grosseira.

—Eu vou pra onde quiser, anão! — Roddy retrucou. — Vou pegar o drow, e se o drow tiver no seu vale, então eu fico!

Bruenor reconheceu a clara frustração na voz do homem, e então viu melhor as contusões no rosto de Roddy e o corte no braço.

— O drow escapou de você — disse o anão, e sua risada feriu profundamente a Roddy.

— Não por muito tempo — prometeu Roddy. — E nenhum anão vai ficar no meu caminho!

— Volte para as minas — disse Bruenor a Cattibrie. — Diga aos outros que posso me atrasar um pouco para o jantar. — O machado desceu do ombro de Bruenor.

— Pega ele — murmurou Cattibrie, sem duvidar nem um pouco da habilidade de seu pai.

Ela beijou Bruenor em cima de seu elmo, e correu alegremente. Seu pai confiava nela; nada em todo o mundo poderia dar errado.

Roddy McGristle e seu cachorro de três pernas deixaram o vale mais tarde. Roddy tinha visto uma fraqueza em Drizzt e pensou que poderia contra o drow, mas não viu tais sinais em Bruenor Martelo-de-Batalha. Quando Bruenor derrubara Roddy, algo que não demorou muito, Roddy não duvidou por um segundo que, se tivesse pedido ao anão para matá-lo, Bruenor teria feito isso com prazer.

Do topo da subida do sul, onde tinha ido para olhar pela última vez para Dez-Burgos, Drizzt viu a carroça sair do vale, suspeitando que era o caçador de recompensas. Não sabendo o que tudo significava, mas certamente não acreditando que Roddy tivesse mudado de ideia, Drizzt olhou para seus pertences empacotados e se perguntou para onde poderia ir em seguida.

As luzes das cidades estavam aparecendo, e Drizzt as observou sob um turbilhão de emoções. Ele esteve naquele ponto alto várias vezes, encantado por seu entorno e acreditando que havia encontrado seu lar. Quão diferente agora era essa visão! A aparição de McGristle deu uma pausa a Drizzt e lembrou-lhe que sempre seria um pária.

— Drizzit — ele murmurou para si mesmo, uma palavra realmente condenatória. Naquele momento, Drizzt não acreditava que iria encontrar uma casa, não acreditava que um drow que não tivesse o coração de um drow teria algum lugar nos reinos. A esperança, sempre fugaz no coração cansado de Drizzt, tinha sumido por completo.

— Elevado de Bruenor, é como chamam esse lugar — disse uma voz grosseira atrás de Drizzt. Ele girou, pensando em fugir, mas o anão de barba vermelha estava perto demais para isso. Guenhwyvar correu para o lado do drow, com os dentes à mostra.

— Afaste seu animal de estimação, elfo — disse Bruenor. — Se um gato tem gosto tão ruim quanto um cachorro, não vou querer nada disso! É meu lugar, isso aqui — o anão prosseguiu —, sendo eu Bruenor e esse o Elevado de Bruenor!

— Não vi nenhum sinal de propriedade — respondeu Drizzt com indignação, tendo sua paciência esgotada pela longa estrada que agora parecia crescer mais. — Mas conheço sua reivindicação agora, então vou sair. Fique tranquilo, anão. Não vou voltar.

Bruenor levantou a mão, tanto para silenciar o drow quanto para impedi-lo de sair.

— É só uma pilha de pedras — disse, o mais perto de um pedido de desculpas que Bruenor já tinha oferecido. — Eu o nomeei como se fosse meu, mas isso faz alguma diferença? É só um monte de pedra!

Drizzt inclinou a cabeça ante a divagação inesperada do anão.

— Nada é o que parece, drow! — Bruenor declarou. — Nada! Você tenta seguir o que sabe, sabe? Mas então descobre que não sabia o que achava que sabia! Achei que o cachorro tivesse um gosto bom, mas agora a barriga está me amaldiçoando a cada passo!

A segunda menção ao cão provocou uma repentina revelação sobre a partida de Roddy McGristle.

— Você o mandou embora — disse Drizzt, apontando para a rota do vale. — Você fez McGristle parar de me perseguir.

Bruenor quase não o ouviu, e certamente não teria admitido a boa ação, de qualquer forma.

— Nunca confiei nos humanos — ele disse de uma vez só — Nunca se sabe o que estão aprontando, e quando você descobre, já é tarde demais pra consertar! Mas sempre tive meus pensamentos sobre os outros povos. Um elfo é um elfo, afinal, e o mesmo vale para um gnomo. E os orcs são todos burros e feios. Nunca encontrei um diferente, e eu encontrei alguns! — Bruenor acariciou seu machado, e Drizzt não deixou o significado passar batido.

— O mesmo vale pros drow — continuou Bruenor. — Nunca conheci um... nunca quis. Por que ia querer? Eles têm coração cruel, foi o que ouvi de meu pai, e do pai de meu pai — ele olhou para as luzes de Termalaine em Maer Dualdon no oeste, sacudiu a cabeça e chutou uma pedra. — Então ouço que tem um drow perambulando pelo meu vale, e o que um rei pode fazer? Então minha filha vai até ele! — uma chama surgiu nos olhos de Bruenor, mas logo suavizou, quase como se estivesse envergonhado, assim que olhou para Drizzt. — Ela mentiu na minha cara! Nunca fez isso antes e nunca mais fará, se for inteligente!

— Não foi culpa dela — começou Drizzt, mas Bruenor acenou com violência para descartar tudo aquilo.

— Achei que soubesse o que sabia — continuou Bruenor depois de uma pausa, sua voz quase um lamento. — Achava que sabia sobre o mundo. É fácil achar isso quando se está enfiado no próprio buraco.

Ele olhou de volta para Drizzt, direto no brilho dos olhos cor lavanda do drow.

— Elevado de Bruenor? — perguntou o anão com um dar de ombros resignado. — O que isso significa, drow, colocar um nome em uma pilha de pedras? Eu achei que sabia, e achei que um cachorro tinha um gosto bom — Bruenor esfregou uma mão sobre a barriga e franziu a testa. — Chame de uma pilha de pedras, se quiser, e não sou mais dono delas do que você. Chame de Elevado de Drizzt, e você estaria me despejando!

— Eu não faria isso — respondeu Drizzt calmamente. — Não sei se poderia, mesmo que quisesses.

— Chame do que quiser — Bruenor gritou, de repente angustiado. — E chame um cachorro de vaca, isso não muda o gosto que vai ter! — Bruenor levantou as mãos, nervoso, e se virou, pisando duro ao longo da trilha rochosa, resmungando a cada passo.

— E você fica de olho na minha garota — Drizzt ouviu Bruenor grunhir acima de seus resmungos padrão —, já que ela é tão cabeça de orc que vai continuar indo pra essa montanha cheia de vermes e yetis fedorentos! E fique sabendo que te considero... — o resto se esvaneceu quando Bruenor desapareceu ao redor de uma curva.

Drizzt não conseguia nem começar a organizar aquele diálogo divagante, mas logo percebeu que não precisava colocar o discurso de Bruenor em ordem. Ele deixou cair uma mão em Guenhwyvar, esperando que a pantera compartilhasse a visão panorâmica, de repente maravilhosa. Drizzt sabia então que iria sentar-se no elevado, o Elevado de Bruenor, muitas vezes e ver as luzes se acendendo, porque, somando tudo o que o anão havia dito, Drizzt concluiu uma única frase. As palavras que Drizzt esperara tantos anos para ouvir:

Bem-vindo ao lar.

Epílogo

De todas as raças nos reinos conhecidos, nenhuma é mais confusa do que os humanos. Monshi me convenceu de que os deuses, em vez de serem entidades externas, são personificações do que está em nossos corações. Se isso é verdade, então, os muitos e variados deuses das seitas humanas — deidades de comportamentos muito diferentes — revelam muito sobre a raça.

Se você abordar um halfling, ou um elfo, ou um anão, ou qualquer uma das outras raças, boas e ruins, terá uma ideia justa do que esperar. Há, com certeza, exceções; com bastante fervor, eu estou entre elas! Mas um anão provavelmente será grosseiro, embora justo, e nunca encontrei um elfo, nem mesmo ouvi falar de um, que preferia uma caverna ao céu aberto. A preferência de um humano, porém, apenas ele pode saber — se é que ele próprio tenha como saber.

Em termos de bem e mal, então, a raça humana deve ser julgada com mais cuidado. Já lutei contra vis assassinos humanos, testemunhei magos humanos tão absortos em seu poder que destruíram implacavelmente todos os outros seres em seu caminho, e vi cidades onde grupos de seres humanos exploravam os infelizes de sua própria raça, vivendo em palácios reais enquanto outros homens e mulheres, e até mesmo crianças, morriam de fome e morriam nos becos das ruas enlameadas. Mas conheci outros humanos — Cattibrie, Monshi, Wulfgar, Agorwal de Termalaine — cuja honra não pode ser questionada e cujas contribuições para o bem dos reinos em seus curtos períodos de vida superam as da maioria dos anões e elfos que possam viver meio milênio ou mais.

Eles são realmente uma raça confusa, e o destino do mundo está cada vez mais em suas mãos sempre estendidas. Pode se provar um equilíbrio delicado, mas sem dúvida e não é entediante. Os seres humanos abrangem o espectro do caráter mais completamente do que qualquer outro ser; eles são a única raça "boa" que guerreira entre si — com uma frequência alarmante.

Os elfos da superfície mantêm a esperança no final. Aqueles que viveram por mais tempo e viram o nascimento de muitos séculos acreditam que a raça humana amadurecerá para o bem, que o mal nela diminuirá até chegar a nada, deixando o mundo para aqueles que permanecerem.

Na cidade do meu nascimento, testemunhei as limitações do mal, a autodestruição e a incapacidade de alcançar metas mais elevadas, até mesmo metas baseadas na aquisição de poder. Por tal razão, também tenho esperança nos humanos e nos Reinos. Assim como são muito variados, os humanos também são os mais maleáveis, os mais capazes de discordar com o que há dentro de si mesmos que descobrem ser falso.

Minha própria sobrevivência baseou-se na minha crença de que há uma finalidade maior para esta vida: tais princípios são uma recompensa em si mesmos. Não posso, portanto, olhar para frente com desespero, mas sim com esperanças maiores e com a determinação de que poderei ajudar a alcançar essas alturas.

Esta é minha história, então, contada tão completamente quanto posso me lembrar e tão completamente quanto escolhi divulgar. Minha estrada foi longa, cheia de barreiras, e só agora, que coloquei tanta coisa atrás de mim, sou capaz de contá-la de forma honesta.

Nunca vou olhar para trás, para aqueles dias, e rir; o preço era alto demais para que eu encontrasse algum humor nisso. Porém, muitas vezes me lembro de Zaknafein e Belwar e Monshi, e todos os outros amigos que deixei para trás.

Muitas vezes me perguntei sobre os muitos inimigos que enfrentei, sobre as muitas vidas que minhas lâminas arrancaram. Tive uma vida violenta em um mundo violento, cheio de inimigos para mim e para tudo o que valorizo. Fui elogiado pelo corte perfeito de minhas cimitarras, pelas minhas habilidades na batalha, e devo admitir que muitas vezes me permito sentir-me orgulhoso por essas habilidades em que trabalhei tão duro.

Sempre que me retiro da empolgação e penso no conjunto maior, porém, me pego lamentando pelas coisas não terem sido diferentes. Me dói lembrar de Masoj Hun'ett, o único drow que já matei; foi ele quem iniciou nossa batalha e ele certamente teria me matado se eu não tivesse me provado mais forte. Posso justificar minhas ações naquele dia, mas nunca ficarei confortável com o fato de ter tido a necessidade delas. Deveria haver uma solução melhor do que a espada.

Em um mundo tão repleto de perigo, onde orcs e trolls aparecem, ao que tudo indica, ao redor de cada curva da estrada, aquele que sabe lutar é mais frequentemente saudado como um herói e recebe o aplauso generoso. Há mais no manto de "herói", digo eu, do que a força do braço ou a habilidade em batalha. Monshi era um herói de verdade, porque superou a adversidade, porque nunca titubeava mesmo diante de chances desfavoráveis, e principalmente porque atuava dentro de um código de princípios claramente definidos. Pode-se dizer menos sobre Belwar Dissengulp, o gnomo das profundezas sem mãos que fez amizade com um drow renegado? Ou de Estalo, que ofereceu sua própria vida em vez de trazer perigo para seus amigos?

Da mesma forma, Wulfgar de Vale do Vento Gélido, um herói, que aderiu ao princípio acima da sede pela batalha. Wulfgar superou as percepções erradas de sua infância selvagem, aprendeu a ver o mundo como um lugar de esperança em vez de um campo de conquistas potenciais. E Bruenor, o anão que ensinou a Wulfgar essa diferença importante, é um dos reis mais justos de todos os reinos. Ele incorpora os princípios que o seu povo tem mais em conta, e eles vão defender alegremente Bruenor com suas próprias vidas, cantando uma canção em seu nome, mesmo sob suas respirações moribundas.

No fim, quando encontrou a força para renegar Matriarca Malícia, meu pai também foi um herói. Zaknafein, que perdeu sua batalha por princípios e identidade durante a maior parte de sua vida, venceu no final.

Nenhum desses guerreiros, no entanto, supera uma jovem que conheci quando viajei por Dez-Burgos. De todas as pessoas que já conheci, ninguém se manteve a padrões mais elevados de honra e decência do que Cattibrie. Ela viu muitas batalhas, mas seus olhos brilham claramente com inocência e seu sorriso brilha intocado. Triste será o dia, e todo o mundo irá lamentar, quando um tom discordante de cinismo estragar a harmonia de sua voz melodiosa.

Muitas vezes, aqueles que me chamam de herói falam unicamente da minha capacidade de batalha e não sabem nada dos princípios que guiam minhas lâminas. Eu aceito o cumprimento, de qualquer forma, para a satisfação deles, não para a minha. Quando Cattibrie me chamar assim, então, permitirei que meu coração se infle com a satisfação de saber que fui julgado pelo meu coração e não pelo braço da minha espada; apenas então eu ousarei acreditar que o manto é justificado.

E assim, minha história termina. Sento-me agora confortável ao lado do meu amigo, o legítimo rei do Salão de Mithral, e tudo é silencioso, pacífico e próspero. Finalmente, este drow encontrou sua casa e seu lugar. Mas sou jovem, devo me lembrar. Talvez tenha dez vezes mais anos do que aqueles que já se foram. E para minha alegria, o mundo continua sendo um lugar perigoso, onde um ranger deve manter seus princípios, mas também suas armas.

Ouso acreditar que minha história acabou de verdade? Acho que não.

— Drizzt Do'Urden

DRIZZT DO'URDEN VAI VOLTAR

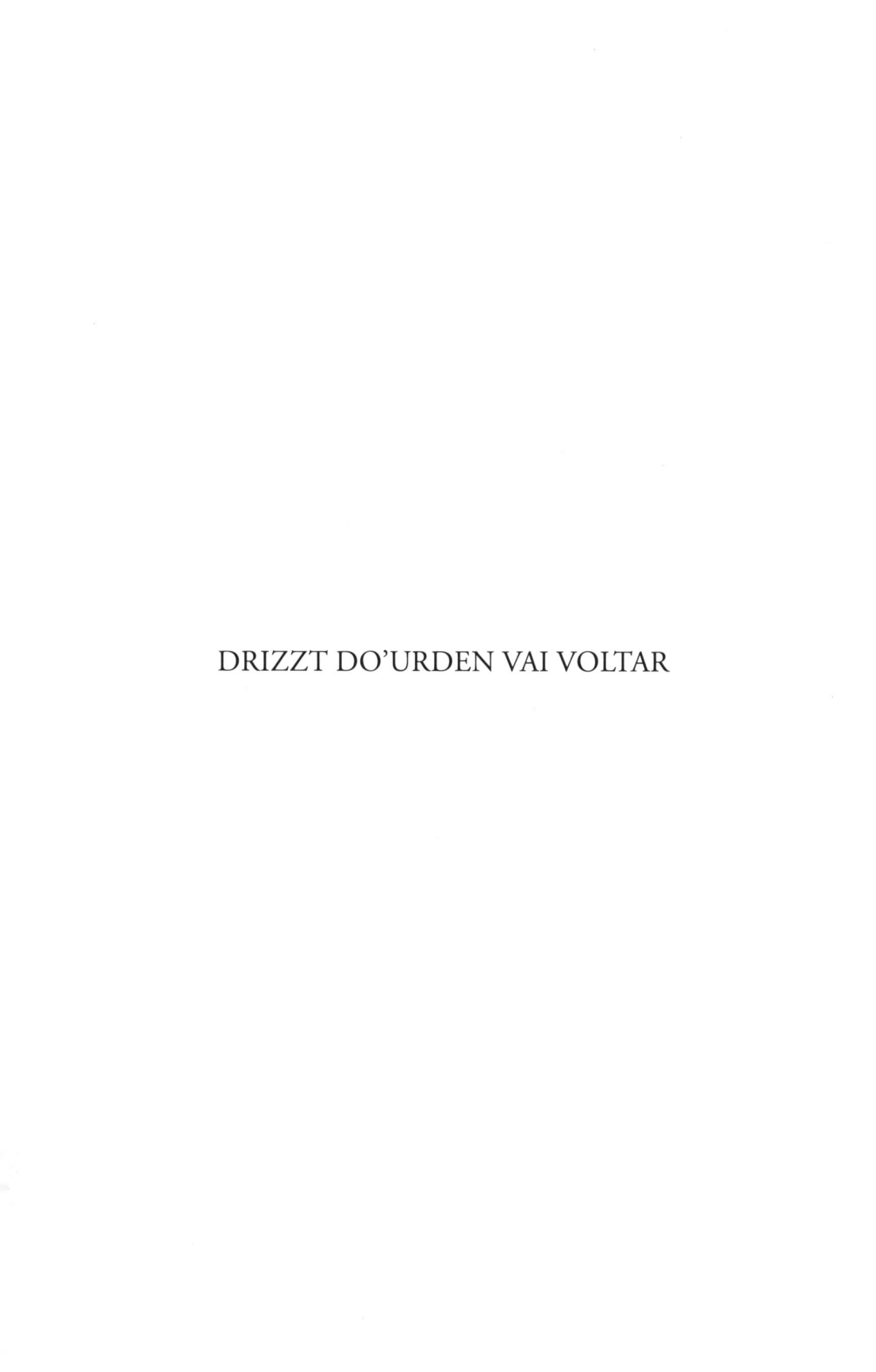

Para acompanhar as novidades da JAMBÔ e acessar conteúdos gratuitos de RPG, quadrinhos e literatura, visite nosso site e siga nossas redes sociais.

- www.jamboeditora.com.br
- facebook.com/jamboeditora
- twitter.com/jamboeditora
- instagram.com/jamboeditora
- youtube.com/jamboeditora
- twitch.com/jamboeditora

Para ainda mais conteúdo, incluindo colunas, resenhas, quadrinhos, contos, podcasts e material de jogo, faça parte da *Dragão Brasil*, a maior revista de cultura nerd do país.

- www.dragaobrasil.com.br

JAMBÔ

Rua Coronel Genuíno, 209 • Centro Histórico
Porto Alegre, RS • 90010-350
(51) 3391-0289 • contato@jamboeditora.com.br